Heinz-Peter Baecker · Koblenzer Schängel jagt Hunsrücker Bengel

Die Deutsche Bibliothek – CIP-Einheitsaufnahme

Baecker, Heinz-Peter:
Koblenzer Schängel jagt Hunsrücker Bengel /
Heinz-Peter Baecker. - Simmern : Pandion, 2000
(Pandion-Krimi)
ISBN 3-934524-06-0

Telefon/Telefax (06761) 7172, E-Mail pandion@t-online.de

Druck/Weiterverarbeitung:
Rosch Buch-Druckerei GmbH, Scheßlitz
Printed in Germany

ISBN 3-934524-06-0

Heinz-Peter Baecker

Koblenzer Schängel jagt Hunsrücker Bengel

PANDION

Mein besonderer Dank gilt:
Manfred Gniffke, Koblenz
Christel Bottlender, Laufersweiler
Richard Arsenschek, Spielbank Bad Ems
für die Dialekt- und Fachberatung
sowie Karl Rosenbaum, der mir genehmigt hat,
eines seiner Gedichte zu verwenden.

1.

Als Georg Breitbach an jenem kalten Novemberabend durchfroren die Tür zum Weinhaus ‚Hubertus' am Koblenzer Florinsmarkt öffnete, spürte er schon beim ersten Blick in die Runde, daß irgend etwas Bedrückendes in der Luft lag. Er zerrte Bosco, seinen Berner Sennenhund, etwas ungehalten durch die Tür und betrat den Raum, aus dem ihm eine wohlige Wärme entgegenströmte. Die meisten Tische waren wie immer mit Gästen besetzt, die man nicht jeden Tag hier traf oder mit Touristen, die in dem traditionsreichen Koblenzer Weinlokal die urige Atmosphäre bei einem Glas Mosel- oder Rheinwein genossen. An diesen Tischen war das übliche Stimmungshoch, man schwatzte, scherzte und prostete sich zu. Aber an den Tischen, an denen sich die Stammgäste immer zusammenfanden, herrschte so etwas wie Betroffenheit. Für so etwas hatte Breitbach als ehemaliger Kriminalhauptkommissar einen untrüglichen Blick. Auch sein Hund schien an diesem Abend sofort zu spüren, daß etwas anders war als sonst. Denn normalerweise stolzierte er mit erhobenem Kopf und wedelndem Schwanz seinem Herrchen voran an die Theke, wo ihn der Wirt, die Wirtin oder eine der Bedienungen mit ein paar freundlichen Worten oder sogar Streicheleinheiten begrüßten, bevor man seinem Herrchen aus dem Mantel half und ihm die Speisekarte brachte.

Heute war aber eben alles anders. Dieter Spahl, der rotwangige Wirt mit dem sonst so freundlichen Lächeln, stand gedankenversunken hinter seiner Theke, rieb sich das Kinn und starrte vor sich auf ein Tablett mit bereits gefüllten Weinpokalen. Er schien das Eintreffen seines Stammgastes ‚Schosch', wie Georg Breitbach von den Koblenzer Altstädtern nur genannt wurde, gar nicht bemerkt zu haben. Frau Baur, die große, etwas füllige Bedienung, die bei den Gästen sonst mit ihrem strahlenden Lachen jede üble Laune schlagartig vergessen ließ, saß mit ernstem Gesicht am großen Stammtisch gegenüber der Theke, was ungewöhnlich war, und beteiligte sich fast flüsternd an einem erregten Gespräch. Schosch schob sich durch den Durchgang zwischen den Stühlen zur Theke hin und entdeckte schließlich in der Nebenstube Frau Coratti, die Kollegin von Frau Baur. Sie stand am Tisch neben dem großen grünen Kachelofen und hörte mit leichtem Kopfschütteln Manni Gniffke zu, der ebenfalls sichtlich erregt und mit hochrotem Kopf seinen Mitzechern einen Vortrag hielt. Gniffke war ein alter Freund von Schosch Breitbach, wenn auch um einige Jahre jünger und immer noch im städtischen Dienst bei der Koblenz Touristik, wo er als Hans Dampf in allen Gassen fast rund um die Uhr für seine ‚schöne Stadt', wie er immer betonte, im Einsatz ist. Als er Schosch erblickte, hielt er kurz inne. „Goode, Schosch, komm her. Hei es noch Platz."

„Goode!" rief Breitbach zurück, was in Koblenz soviel wie ‚Guten Tag, guten Abend, Prost oder guten Appetit' bedeuten kann.

Durch diesen Zuruf tauchte Spahl, der Wirt, aus seinen Gedanken auf, drehte ruckartig seinen Kopf zur Seite, blickte Schosch erschrocken an und winkte dann wie gewohnt zur Begrüßung. Sofort begann Bosco mit dem Schwanz zu wedeln und an der Leine zu zerren, um sich beim Wirt seine bereits vermißten Streicheleinheiten abzuholen.

Breitbach überlegte, ob er dem Zerren seines Hundes nachgeben und erst den Wirt begrüßen oder der Aufforderung Gniffkes folgen sollte. Durch das Zerren seines Hundes behindert, streifte er erst einmal seinen Mantel ab und hängte ihn an einen Wandhaken. Dann ließ er sich von Bosco an die Theke zerren, wo ihn Spahl mit Handschlag begrüßte. „Hast du schon gehört?" fragte ihn der Wirt leise und mit deutlich hörbarer Entrüstung. „Sie haben heute den Kewes verhaftet."

Breitbach starrte Spahl an und wiederholte ungläubig: „Den Kewes?!" Er schüttelte wortlos den Kopf. ‚Kewes', von Beruf Schreinermeister, der eigentlich Jakob Fischer hieß, gehörte zu Schoschs Freundeskreis, obwohl er schon seit Jahren nicht mehr in der Altstadt wohnte. Er war nach dem Tod seines Schwiegervaters mit seiner Frau Helene in dessen Haus nach Pfaffendorf gezogen. Trotzdem traf man sich mehrmals in der Woche mal hier im ‚Hubertus', dem ‚Deutschen Kaiser', Koblenz' ältester Gaststätte oder im ‚Alten Brauhaus'.

Sichtlich erschrocken drehte sich Schosch zum Tisch am Kachelofen um. Manni Gniffke war aufgestanden und kam ihm bereits entgegen. „Hat dä Dieter dir dat schon verzählt? Se hann dä Kewes verhaft!"

„Aber warum denn?" murmelte Breitbach und zerrte seinen Hund hinter sich her, der immer noch sehnsüchtig wedelnd zur Theke blickte, da ihn immer noch keiner gestreichelt hatte.

„Dau wirst et net glaawe, aber se hann angeblich Falschgeld bei ihm gefonne."

Breitbach blieb vor dem Tisch am Kachelofen stehen und blickte in die erwartungsvollen Gesichter der anderen. Neben Gniffke saß Leo Wingen, Koblenz' beleibter und beliebter Speiseeishersteller, mit auffallend blassem Gesicht. Ihm gegenüber Peter Dommermuth, den alle nur ‚Pitter' nennen, und der wie Karl Rosenbaum, welcher sich gerade von einem längeren Krankenhausaufenthalt erholte und neben ihm saß, zu den bekannten Mundartdichtern und ‚Moddersproch'-Interpreten gehört. Eigentlich fehlte in dieser Runde nur noch Jakob Fischer, eben ‚Kewes', wie ihn alle nannten. Alles auch altgediente Koblenzer Karnevalisten und Mitglieder ‚der Großen', wie sich die Große Koblenzer Karnevalsgesellschaft kurz nennt. Aber auch außerhalb der närrischen Zeit, machte sich jeder auf seine Art und Weise, um die Stadt, ihre Tradition und Kultur verdient.

Frau Coratti, die Bedienung, machte Breitbach Platz, so daß er sich auf den noch freien Stuhl am Tisch setzen konnte. Bosco verschwand wie immer sofort unter dem Tisch und machte es sich zwischen den vielen Füßen bequem.

Breitbach spürte, daß man jetzt von ihm, dem ehemaligen Hauptkommissar, irgendeine Stellungnahme erwartete.

„Wann wurde Kewes verhaftet?" Breitbach blickte in die Runde. Alle saßen reichlich geknickt da, nur Gniffke, der wieder seinen alten Platz eingenommen hatte, schien vor Wut die kleine Welt von Koblenz aus den Angeln heben zu wollen.

„Suwatt gett et doch gar net. Als wenn dä Kewes Falschgeld drucke dät. Su'n Quatsch. Wad meinst dau, Schosch?"

Er hatte geahnt, was Manni aussprach: Seine Meinung war gefragt. Aber er wußte bisher nur, daß man offenbar Kewes wegen Besitz oder Verbreitung von Falschgeld verhaftet hatte und das reichte nicht aus, eine Stellungnahme abzugeben.

„Einmal die Drei, bitte, und Russeneier", gab er bei Frau Coratti in Auftrag, die ihm die Speisekarte reichen wollte. Dann wandte er sich wieder den anderen zu. „Nun erzählt mal von Anfang an."

Leo Wingen zuckte mit den Schultern. „Ich wollt den Kewes heute Omend abhole. Do hat mich fast dä Schlag getroffe, als ich bei ihm vorfuhr. Überall ‚Utze', en Uniform und en Zivil. Zeirscht dacht ich, demm Kewes sei ebbes passiert, doch dann kohm äh aus dem Haus. En Handschelle! Das mußt dau dir mol vurstelle, unse Kewes on en

Handschelle! Ich bin gleich auf ihn zogegange, awer die ‚Utze' hann mich abgedrängt. Ich hann ihm zogerufe ‚Kewes, wad es loss?'. Äh guggt mich verzweifelt aan und met Träne en de Aue. ‚Ich soll Geld gefälscht hann!' hat äh geroff, on dann hann se ihn schon en die greene Minna geschowe. Et war schlemm. Ich hann dann noch mool eine von dänne ‚Utze' in Zivil angesproche. Awer däh wor sehr zugeknöpft und meinte nur, man habe Beweise und ich soll morje die Zeitung abwarte, wenn ich mehr wissen wollt."

„Ich hann natürlich diekt dä Burger, dä Redakteur von der Rhein-Zeitung angerofe", fiel ihm Gniffke ins Wort. „Awer dä woßt och nur, dat mer angeblich en Menge falscher Scheine beim Kewes gefonne hat. Dat Wie on Wo on Wiesu, dat woßt dä och net."

„Hast du denn nicht mit der Frau vom Kewes sprechen können?" wollte Breitbach von Leo wissen.

Wingen schob seinen Oberkörper weit über den Tisch und nahm eine verzweifelte Haltung ein. „Dat Lehn ist doch gar nicht doh. Dat es bei seiner Schwester en Trier. Vielleicht weiß dat sugar noch nix vom Kewes seiner Verhaftung."

Breitbach beobachtete, wie Pitter Dommermuth vor Aufregung zitternd nach seinem halbvollen Weinglas griff, einen kräftigen Schluck zu sich nahm und dann mit einem überzeugten „Nä, dä Kewes net, niemols! Dä hat nix met Falschgeld am Hot" das Glas wieder abstellte. Karl Rosenbaum schwieg und starrte nur mit bedrückter Miene auf das Glas Mineralwasser vor sich. Er hatte als echter Karnevalist darauf gedrängt am 11.11. frühzeitig aus der Reha-Klinik in Bad Bertrich entlassen zu werden, und man sah ihm an, wie sehr ihm die Sache mit Kewes zu schaffen machte.

Erst als sich eine Hand auf seine Schulter schob und ein Weinpokal vor ihn auf den Tisch gestellt wurde, merkte Breitbach, daß Spahl hinter ihn getreten war. „Und, was sagst du dazu?"

Breitbach richtete sich auf und atmete tief durch. „Ich kann das alles auch nicht glauben, aber irgend etwas muß ja dran sein. So ohne jeden Beweis oder Verdacht unterschreibt kein Richter einen Haftbefehl. Ich werde mich mal gleich morgen früh mit einigen ehemaligen Kollegen in Verbindung setzen."

Spahl klopfte Breitbach dankbar auf die Schulter. „So hab ich mir das gedacht", schmunzelte er und hielt ihm ein Handy vor die Nase. „Du wirst doch sicher auch jetzt irgend jemand erreichen, den du kennst und der etwas sagen kann." Er schaute Breitbach verschmitzt lächelnd an, denn er wußte, daß Schosch sie nicht enttäuschen würde.

Der Exhauptkommissar nahm zögernd das Handy und tippte nach kurzem Überlegen eine Nummer ein. Fast schien es am Tisch, als hielten alle den Atem an. Vom Stammtisch an der Theke waren inzwischen einige aufgestanden, hatten sich um den Tisch am Kachelofen versammelt und hingen nun gespannt an Breitbachs Lippen.

Offenbar wurde am anderen Ende abgehoben, worauf Breitbach leise ein paar Fragen stellte und dann schweigend die Antwort entgegennahm. Während er noch telefonierte, wurde das bestellte Russen-Ei, eine der Spezialitäten des Weinhauses, durch die um den Tisch versammelten Stammgäste gereicht und vor Breitbach auf den Tisch gestellt, der sich wegen des Telefonats nur mit einem Kopfnicken bedanken konnte. Der Angerufene schien kein Ende zu finden, was natürlich alle auf eine ausführliche Berichterstattung hoffen ließ.

„Ich komme morgen bei euch vorbei!" beendete Breitbach schließlich das Gespräch. Er gab Spahl das Handy zurück und zog die Schultern hoch. „Also, so ganz informiert ist der diensthabende ehemalige Kollege auch nicht. Aber man hat Kewes in den letzten Tagen mehrfach mit falschen Scheinen erwischt. Einmal im Löhr-Center beim Globus, dann im ‚Weindorf' und gestern im Kaufhof. Das hat dem Richter natürlich für eine Hausdurchsuchung gereicht und da ist man offenbar fündig geworden." Breitbach blickte fast etwas verlegen in die gespannten Gesichter der versammelten Koblenzer Altstädter. „Und da gab es wohl noch eine ganze Menge!"

„Dat gett et doch gar net!" stieß Gniffke zu seiner Linken empört hervor. Dommermuth schaute stumm in sein leeres Glas und Spahl drehte sich geschlagen und fast beschämt ab. Diese Nachricht war so unfaßbar. Wie kam Kewes an das Falschgeld? Er ging zur Theke, wo er sich einen Obstler einschenkte und in einem Zug hinunterspülte.

„Mir och eine!" rief Manni Gniffke hinter dem Kachelofen hervor. „On bring noch eh Bier met!" Manni war wohl einer der ganz wenigen Stammgäste, der selbst im Weinhaus auf sein geliebtes Bier nicht verzichten konnte.

Als Frau Coratti die Bestellung bongen wollte, winkte Spahl ab. „Lassen Sie mal, die Runde geht aufs Haus, das bin ich dem Kewes schuldig." Er füllte sich selbst noch einen Obstler ein und anschließend eine Reihe Gläser auf einem Tablett. Dann folgte er Frau Coratti, die den Obstler unter den Stammgästen verteilte.

„Auf unseren Kewes!“ rief Spahl in die Runde und zwinkerte dabei den anderen aufmunternd zu.

„Off dat alles nur en Traum es!“ stöhnte Dommermuth mit unsicherer Stimme und man merkte ihm an, wie nah ihm die ganze Sache ging.

„En Alptraum!“ nickte Leo und kippte das Glas mit einem Schluck hinunter, obwohl er seit dem letzten Winter auf seine Gesundheit achtete und keinen Klaren mehr getrunken hatte.

Breitbach begann sich über das Russenei herzumachen. Nur langsam löste sich die Gruppe der Umherstehenden wieder auf.

„Laß dir's trotzdem schmecke!“ meinte Leo Wingen und schaute fast sehnsüchtig auf Breitbachs Teller. Seit fast einem Jahr aß er nach achtzehn Uhr nichts mehr, was nicht nur seiner Gesundheit, sondern auch seiner Figur zugute kam.

„Vielleicht klärt sich jo alles ganz schnell off“, meinte Karl Rosenbaum, der sich bisher nicht geäußert hatte. „Su wie ich dä Kewes enschätze, es dat alles en Irrtum oder ...“ Er brach ab, weil ihm plötzlich bewußt wurde, wie sehr die Umstände und die Beweise gegen Jakob Fischer sprachen.

„Dä wierd uns och en der Bütt fähle!“ Die Worte von Leo Wingen wirkten bei fast allen wie ein elektrischer Schlag. Daran hatte bisher keiner gedacht. Eine Büttensitzung ohne den Kewes? Unvorstellbar!

Breitbach fuchtelte mit dem Messer in der Luft herum. „Laß mal, Leo, bis dahin fließt noch viel Wasser am Deutschen Eck vorbei. Karneval ist im nächsten Jahr reichlich spät. Da haben wir noch drei Monate hin.“

Gniffke, immer noch mit hochrotem Kopf, schlug mit der Faust auf den Tisch. „Leit', ich kann dat immer noch net glaawe. Dat gett et doch gar net!“ Dann schubste er Breitbach mit dem Ellenbogen an. „Gell, Schosch, dau miss wad? Dau weiß doch, wie heit die meiste ‚Utze' senn, Deenst noch Vurschreft!“

Breitbach warf grinsend einen Blick zu seinem Nachbarn. „Das habe ich aber nicht gehört. Das stimmt auch nicht. Aber, ich werde mich mal umhören.“

Der Rest des Abends verlief recht still, wenn man einmal von den anderen Gästen des Weinhauses absah, die nicht wußten, welche dunklen Wolken sich über den Köpfen der Stammgäste zusammengezogen hatten.

Die Verhaftung von Jakob Fischer machte in dieser Nacht ihre Runde. Kewes war das Gesprächsthema Nummer Eins im ‚Alten Brauhaus' ebenso wie im ‚Weindorf' und dem ‚Deutschen Kaiser'.

Hier, im ‚Deutschen Kaiser', tauchte Breitbach kurz vor Mitternacht auf, nachdem er wie üblich mit seinem Hund vom Weinhaus ‚Hubertus' über die Burgstraße, die Stufen hinunter zur Mosel und am Ufer entlang bis zum Deutschen Eck und zurück zur ältesten Gaststätte von Koblenz gegangen war. Schosch hatte für einen Rentner noch immer einen sehr flotten Schritt. Das lag wohl daran, daß er auch nach seiner Pensionierung vor zwei Jahren regelmäßig am Training des Polizeisportvereins teilnahm. Unter den Arkaden in der Burgstraße beim Irish Pub war er kurz stehengeblieben und betrachtete erneut fassungslos die Ruine des gegenüberliegenden ausgebrannten Hauses, die gespenstisch im fahlen Licht der Straßenlaterne in den Himmel ragte. Irgendwie war er stolz auf seine ehemaligen Kollegen, daß sie den Brandstifter so schnell ermittelt hatten. Immerhin hatte es vier Tote gegeben. Und es hatte keine vierundzwanzig Stunden bis zur Verhaftung gedauert. An dem mit Brettern versperrten Zugang zum Haus hatten Anwohner und Freunde handgeschriebene Nachrufe aufgehängt und Blumen niedergelegt.

Als Schosch den ‚Deutschen Kaiser' betrat, bot sich ihm das gleiche Bild wie im Weinhaus ‚Hubertus'. Nur daß alles noch viel stiller war, da um diese Zeit fast nur noch Altstädter anzutreffen waren. Auch hier stürzte man sich sofort auf ihn. Er winkte aber gleich ab. „Ich weiß! Ich kann es auch nicht glauben", rief er in den Raum, ohne einen bestimmten Gast anzuschauen. „Vera, das Übliche!"

Vera Dormont, die kleine, zierliche Wirtin mit dem hübschen Gesicht, goß einen großzügig bemessenen Trester und ein Zischke ein und schob beides zu Schosch hin, der wie immer an der Theke stehenblieb. Das Gedeck beendete regelmäßig seinen Abendspaziergang mit Bosco.

„Kannst du dem Kewes irgendwie helfen?" erkundigte sich Vera besorgt, denn auch ihr wollte es nicht in den Kopf, daß der angesehene Schreinermeister und Stammgast Jakob Fischer ein Banknotenfälscher sein sollte.

„Ich versuche es", stöhnte Schosch, kippte den Trester hinunter und schüttelte sich dabei. „Hab' schon mit einem Kollegen von früher telefoniert. Was meinst du, was drüben beim ‚Hubertus' los war? Da saßen sie alle und heulten. Genau so wie hier", fügte er mit einem Blick in den Gastraum hinzu. Dann hob er sein Bierglas, prostete in die Runde und nahm einen kräftigen Schluck vom trüben Kellerbier.

„Hast du noch was für Bosco?“ fragte er leise und etwas verlegen. Dabei warf er seinem vierbeinigem Freund, der sich still zu seinen Füßen hingelegt hatte, einen mitfühlenden Blick zu. „Dem armen Kerl hat heute vor lauter Aufregung niemand etwas abgegeben wie sonst.“

Die Wirtin verschwand in der Küche und kam kurze Zeit später mit einem Hundenapf zurück, der randvoll mit Speiseresten gefüllt war. Als Bosco das Fressen roch, sprang er auf und wedelte der Wirtin entgegen. Gierig und mit peinlich lautem Schmatzen leerte er den Napf in kürzester Zeit.

Auf dem Heimweg am Rheinufer entlang hing Breitbach seinen Gedanken nach. Wie kam ein so unbescholtener Mann wie Kewes an Falschgeld? Immerhin war es ja nicht ein Schein, mit dem er erwischt worden war. Kewes war, wenn die Aussage seines ehemaligen Kollegen zutraf, bereits mehrfach aufgefallen und hatte auch noch Vorrat zu Hause gehabt. So sehr er sich anstrengte, er fand keine Antwort. Deshalb beschloß er gleich morgen zu erreichen, Kewes besuchen zu dürfen.

Im Hausflur ließ er Bosco von der Leine und stieg leise die Stufen zu seiner kleinen Wohnung im ersten Stock der Rheinstraße hinauf. Fast automatisch nahm er die Fernbedienung seines Fernsehers zur Hand und zappte kurz durch die Programme. Bei RTL lief gerade die Nachtausgabe der Nachrichten. Ohne seinen Mantel auszuziehen ließ er sich in einen Sessel fallen. Tatsächlich tauchte nach den Welt- und Wirtschaftsnachrichten bereits die Meldung über die Verhaftung eines Koblenzers auf, der bei RTL bereits als Mitglied einer Geldfälscherbande bezeichnet wurde. Wütend drückte Breitbach den Ausknopf und strich Bosco über den Kopf, der sich neben seinen Sessel gesetzt hatte und sehnsüchtig auf Streicheleinheiten wartete.

Das Wetter am nächsten Morgen war sehr stürmisch und sprühte Bretibach leichten Nieselregen ins Gesicht. Er hatte schlecht geschlafen, was einen Anflug schlechter Laune mit sich brachte. Zunächst war er wie gewohnt nach dem Frühstück mit Bosco runter in die Rheinanlagen gegangen und hatte sich dann gleich auf den Weg ins Präsidium gemacht.

Der wachhabende Beamte an der Pforte grüßte freundlich. Breitbach und sein Hund waren im ganzen Haus bekannt und beliebt. Zu Breitbachs Verabschiedung hatte man Bosco, der auch früher schon häufig sein Herrchen ins Präsidium begleitet hatte, zum Polizeihund ehrenhalber ernannt und ihm einen schmackhaften Knochen als Auszeichnung überreicht. Natürlich verschwand die Auszeichnung noch während der kleinen Abschiedsfeier im Magen des Hundes. Vielleicht gerade deshalb erinnerte sich Bosco gern an die Umgebung und begrüßte die ehemaligen Kollegen seines Herrchens immer ausgiebig schnuppernd in der Hoffnung, weitere Auszeichnungen dieser Art würden folgen.

Als Breitbach sein ehemaliges Büro betrat, in dem nun sein Nachfolger seine Arbeit tat, traf er gleich auf drei Kollegen. Sein Nachfolger, Kriminalhauptkommissar Walter Wagner, streckte ihm mit breitem Lachen die Hand entgegen. „Daß du heute hier auftauchen würdest, habe ich bereits gestern abend gewußt." Er deutete auf einen freien Stuhl und beugte sich zu Bosco. „Und du bist natürlich auch mitgekommen, alter Schnüffler?!"

Endlich schien für Bosco die Welt wieder in Ordnung. Er bedankte sich mit einem kräftigen Schwanzwedeln und schielte dabei zu seinem Herrchen, um ihm zu vermitteln, wie gut ihm das Kraulen des Hauptkommissars gefiel.

„Wir haben den Fischer zur Befragung hierher bestellt. Er ist bereits mit den Kollegen unterwegs. Wenn du willst, kannst du dabei sein."

Breitbach hatte Platz genommen und grinste. Selbstverständlich wollte er dabei sein, das wußte sein Nachfolger auch. Er warf einen unübersehbaren Blick auf die Akte, die auf dem Schreibtisch lag. „Jetzt laß mal die Hosen runter, was liegt gegen Kewes vor?"

„Kewes?" fragte Wagner erstaunt, der aus Münster stammte und sich in den zwei Jahren hier in Koblenz noch nicht vollends integriert hatte.

„Kewes ist hier in Koblenz der Kosename für Jakob", erklärte Kriminalhauptmeister Hans Berger, der junge Beamte, der neben dem Schreibtisch stand und einen Pott Kaffee in den Händen hielt. „Mögen Sie auch einen?"

Breitbach warf ihm einen dankbaren Blick zu und wandte sich wieder der Akte zu. „Also, was liegt gegen Fischer vor?"

„Lies doch selbst", forderte ihn Wagner auf, ohne von Bosco abzulassen. Also nahm Breitbach die Akte zur Hand und blätterte darin. Zunächst überflog er die drei Protokolle, die beim Auftauchen der falschen Scheine im Warenhaus Globus, im Koblenzer ‚Weindorf' und beim Kaufhof angefertigt worden waren. Im Globus hatte Kewes angegeben, er wisse nicht, wann, wie und wo er den Schein beim Einkaufen oder als Wechselgeld erhalten habe. Im ‚Weindorf' hatte er die gleiche Geschichte erzählt, aber hinzugefügt, daß er sich zu erinnern glaube, ihn nach dem Tanken in einer Tankstelle in der Hohenzollernstraße bekommen zu haben. Die Beamten hatten daraufhin sofort Kollegen von der Kripo zu dieser Tankstelle geschickt. Die hatten alle Hundertmarkscheine überprüft. Das Ergebnis war negativ. Richtig ins Rollen gekommen war die Sache erst durch Kewes Einkauf im Kaufhof. Hier trafen auf Grund der vorangegangenen Vorfälle neben der von der Geschäftsleitung verständigten Streife sofort auch die Kollegen von der Kripo ein und nahmen Fischer zu einem Verhör mit. Im Protokoll wurde Kewes vorgeworfen, daß es nun der dritte Fall innerhalb weniger Tage sei, bei dem er mit Falsifikaten zu bezahlen versuchte. Abgesehen davon, daß Kewes wieder gegenüber den Beamten beteuerte, er wisse von nichts und habe keine Erklärung dafür, gab er an, vor wenigen Tagen bei der Sparkasse in der Bahnhofstraße einen Tausendmarkschein gewechselt zu haben.

Breitbach schüttelte den Kopf. Wie konnte sich Kewes auf solche Aussagen einlassen? Ihm mußte doch klar sein, daß bei keiner Bank der Welt gleich drei Falsifikate nicht aufgefallen wären. Am Nachmittag hatte man den Durchsuchungsbefehl und Kewes Wohnung auf den Kopf gestellt. ‚Arme Lehn!', dachte Breitbach. Er kannte die Vorgehensweise bei solchen Hausdurchsuchungen und die Ordnungsliebe von Helene, der Frau von Kewes.

„Weiß seine Frau eigentlich schon von der Verhaftung?“ fragte Breitbach fast automatisch, ohne aufzublicken.

Wagner ließ von Bosco ab und setzte sich an seinen Schreibtisch. „Wir haben die Kollegen in Trier heute morgen verständigt. Die werden sie in diesen Minuten wohl aufsuchen und informieren.“

Breitbach blätterte weiter und erfuhr so, daß man zunächst nichts Verdächtiges in der Wohnung von Jakob Fischer entdeckt hatte. Erst im Keller, hinter Einmachgläsern, hatte man eine kleine Ledermappe gefunden. Sie enthielt siebzehn weitere falsche Scheine. Daraufhin hatte man Kewes gleich mitgenommen.

„Schöne Scheiße!“ entfuhr es Breitbach, und er warf die Akte zurück auf den Schreibtisch. „Dabei lege ich meine Hand dafür ins Feuer, daß der Kewes nichts mit Falschgeld zu tun hat.“

„Wie das?“ fragte Wagner ungläubig lachend. „Willst du noch mehr Beweise?“

Breitbach war nervös aufgestanden und hatte sich eine Zigarette angezündet. Mit dieser in der einen und einem Pott Kaffee in der anderen Hand lehnte er sich ans Fenster und starrte auf die Straße unter sich. Dabei entdeckte er einen Streifenwagen, der gerade auf das Gelände des Präsidiums einbog. „Ich glaube, der Fischer wird gerade gebracht. Hat er einen Anwalt rufen lassen?"

„Er hat gesagt, er sei unschuldig und wolle keinen!" antwortete der dritte Mann im Raum, den Breitbach nicht kannte.

„Sie sind...?" fragte er deshalb.

„Ich komme vom LKA, mein Name ist Hoffmann."

„Wer ich bin, wissen Sie?"

Hoffmann nickte freundlich. „Wer kennt Sie nicht nach über dreißig Jahren erfolgreicher Arbeit hier in Koblenz? Da gibt es ein geflügeltes Wort beim LKA ..."

Breitbach blickte erstaunt auf und den LKA-Beamten erwartungsvoll an. „Ein geflügeltes Wort?"

„Sagen Sie bloß, das hat Ihnen noch keiner gesteckt? Beim LKA heißt es immer, wenn man mal nicht entsprechend den Vorschriften und gängigen Regeln weiterweiß: ‚Mach's wie Breitbach!'"

„Und das bedeutet?" erkundigte sich Breitbach amüsiert.

Hoffmann blickte etwas hilfesuchend seine Kripokollegen an, dann grinste er breit über das ganze Gesicht. „Es ist immer die verdeckte Aufforderung, eine Sache unkonventionell anzugehen, halt so, wie Sie es uns früher vorgemacht haben."

„Das ist aber ein dickes verstecktes Kompliment!" meinte Wagner etwas neidisch. „Hoffentlich sagt man später mal auch mir so etwas nach."

Die Unterhaltung wurde durch ein lautes Klopfen an der Tür unterbrochen. Ein junger Polizist in Uniform trat ein. „Wir haben Ihnen einen gewissen Jakob Fischer überstellt."

„Bringen Sie ihn ins Vernehmungszimmer am Ende des Flures." Wagner trank seinen Kaffeepott leer. „Dann also los, meine Herren!"

Jakob Fischer saß zusammengesunken auf einem Stuhl und starrte vor sich auf die Tischplatte. Als Kewes hinter den drei Kriminalbeamten Schosch erblickte, stand er mühsam aber strahlend vor Freude auf. „Mensch, Schosch, daß du gekommen bist!" stieß er hervor und streckte Breitbach beide Hände zur Begrüßung entgegen. „Schosch, glaub mir, ich hab mit allem nichts zu tun ..."

Breitbach drückte ihm beide Hände und schob ihn mit einem verständnisvollen Lächeln vorsichtig auf seinen Stuhl zurück. „Kewes, wir sind hier nicht bei ‚der Großen' oder in einer Kneipe. Beinahe hätte ich gesagt, ich bin dienstlich hier. Aber die Zeiten sind ja vorbei. Kollege Wagner hat mir freundlicherweise gestattet, mitzukommen. Mehr nicht. Aber glaube mir, wo ich dir als Mensch helfen kann, tu ich es."

Nach dem leichten Dämpfer ließ Fischer wieder die Schultern sinken und legte die Hände ineinander gefaltet auf den kleinen Tisch vor sich. „Weiß Helene Bescheid?" fragte er leise.

„Wir haben Ihre Frau unterrichten lassen." Wagner zog sich einen Stuhl heran. „Sie wollen immer noch keinen Anwalt?"

Kewes warf einen fragenden Blick zu Breitbach, doch bevor dieser ihm einen Rat geben konnte, kam ein deutliches ‚Nein' über seine Lippen.

„Sie müssen es wissen", begann Wagner seine Vernehmung. „Wir beginnen also da, wo wir gestern aufgehört haben. Wollen Sie sich heute endlich glaubwürdig dazu äußern, wie Sie in den Besitz der insgesamt zwanzig falschen Hundertmarkscheine gekommen sind? Die bisher gemachten Einlassungen haben ja wohl alle wenig mit der Realität zu tun. Sie wußten, daß es sich um Falschgeld handelt, sonst hätten Sie es nicht verstecken müssen. Es wäre für sie vorteilhaft, das bestätigt Ihnen sicher auch Herr Breitbach gern, wenn Sie jetzt ein umfangreiches Geständnis ablegen würden."

Er blickte Fischer erwartungsvoll an, doch der machte keine Anstalten etwas zu sagen. Nach einer Weile des Wartens schweiften Wagners Blicke zu Breitbach, der ein leichtes Zwinkern in Wagners Augen zu sehen glaubte. Schosch trat neben seinen Freund Kewes und legte ihm vorsichtig eine Hand auf die Schulter.

„Kewes, mach es dir und allen anderen doch nicht so schwer. Ich bin überzeugt, daß du da in etwas hineingeraten bist, ohne es zu wollen. Aber die Lage der Dinge ist so eindeutig, daß uns wirklich nur die Wahrheit und eine klare Aussage weiterhelfen. Herr Hoffmann ist vom LKA. Hier geht es nicht um ein Kavaliersdelikt oder ähnliches, die Sache ist heiß, verstehst du?"

Langsam hob Kewes seinen Kopf und drehte sich zu Breitbach hin. „Schosch, kann ich mit dir alleine reden?"

Schosch Breitbach warf einen fragenden Blick zu Wagner, der wiederum seinen Blick fragend an Hoffmann richtete. Es schien eine Ewigkeit zu dauern, bis dieser zustimmend nickte. „Wenn es der Sache dient und zum Ziel führt", meinte er und ihm fiel dabei das geflügelte Wort ein, das er erst vor wenigen Minuten selbst kundgetan hatte.

Ohne weiteren Wortwechsel verließen die Kripobeamten den Raum, während sich Breitbach neben Kewes an den Tisch setzte und nach dessen Händen griff.

„So, Kewes. Schieß los. Ich weiß zwar nicht, ob es nicht doch besser wäre, du würdest einen Anwalt zu Rate ziehen. Aber bitte, wie du willst. Nur sage mir jetzt endlich, was geschehen ist. Wie kommst du zu dem Falschgeld?"

Kewes schaute seinem Freund tief in die Augen. Breitbach spürte, wie schwer es seinem Gegenüber fiel, einen Anfang zu finden. Aufmunternd drückte er ihm leicht die Hände.

Nachdem sich Fischer ein paar Mal geräuspert hatte, begann er leise zu sprechen, als rede er nur für sich. „Das ist eine recht lange Geschichte, eine unglaubliche Geschichte, Schosch. Es begann alles vor …" Er überlegte kurz, dann fuhr er fort. „Es ist sicher schon ein halbes Jahr her. Ich hatte den Auftrag bekommen, drüben in Güls eine Ladeneinrichtung einzubauen. Es war ein schöner Auftrag. Aber kaum war ich mit meiner Arbeit fertig, ging dem Mann das Geld aus. Der Laden wurde nicht einmal eröffnet. Eines Tages rief er mich an und teilte mir mit, er habe einen Käufer für die Ladeneinrichtung gefunden. Allerdings müsse ich die Einrichtung ausbauen und bei dem Käufer neu einpassen. Der aber hat seinen Laden in Kirchberg, oben im Hunsrück bei Simmern." Fischer zuckte mit den Schultern. „Was sollte ich machen? Ich ließ mich also darauf ein und baute alles in Güls aus und brachte es nach Kirchberg. Ich erhielt auch von dem Käufer mein Geld, sogar im voraus. Damit das Anpassen schneller über die Bühne gehen sollte, schickte mir der Käufer noch einen befreundeten Schreiner zur Hilfe, einen gewissen Hermann Scherer. Nun, bei der Arbeit kommt man halt so ins Gespräch. Was mich wunderte, war, daß dieser Scherer offenbar über eine Menge Geld verfügte und es auch ständig ausgab. Ich habe ihn natürlich eines Tages darauf angesprochen, und er vertraute mir an, daß er leidenschaftlicher Zocker sei. Er nannte mir auch gleich ein paar Adressen im Hunsrück, wo er regelmäßig zocken ging. In Ravengiersburg war es eine alte Scheune in der man sich regelmäßig traf, in Kastellaun das Hinterzimmer einer Kneipe und in Stromberg sogar die Wohnung eines Lehrers. Ich glaubte meinen Ohren nicht zu trauen. Im verschlafenen Hunsrück überall Zockerstuben?! Eines Abends lud er mich ein, doch einmal mit ihm zu kommen. Zuerst habe ich abgelehnt. Aber dann bin ich halt doch mit, aus Neugierde. Ich hatte kaum Geld in den Taschen, so daß keine große Gefahr einer Versuchung bestand. Wir sind an diesem Abend nach Ravengiersburg gefahren. Hermann hat mich sozusagen dort eingeführt."

Fischer machte eine Pause und holte tief Luft, „Kann ich bitte etwas zu trinken bekommen?"

Breitbach erhob sich. „Mach mir bitte keine Schwierigkeiten!" Er verließ für kurze Zeit den Raum. Als er zurückkam hatte er eine Flasche Mineralwasser und zwei Gläser in der Hand. Nachdem beide einen Schluck getrunken hatten, fuhr Kewes fort.

„Also, du wirst es nicht glauben. Ich wurde da richtig in eine Gesellschaft eingeführt, von der ich bisher nichts ahnte. Da waren Ärzte, Architekten, Vertreter, Bauern ... Und alle zockten was das Zeug hielt. Es wurde wenig gesprochen, aber um recht hohe Summen gespielt. Also nicht Pfennige, sondern gleich Scheine! Mehr aus Neugierde habe ich damals am ersten Abend fünfzig Mark gesetzt. Mehr hatte ich gar nicht dabei."

Die Augen von Kewes begannen plötzlich zu strahlen und von der Betroffenheit, die bisher seinen Körper befallen hatte, war nichts mehr zu spüren. „Ich habe gewonnen, Schosch! Ich bin mit über dreihundert Mark an diesem Abend nach Hause gefahren."

„Und was hat das alles mit dem Falschgeld zu tun, das man jetzt bei dir gefunden hat?" warf Breitbach etwas ungeduldig ein.

„Kommt sofort!" antwortete Fischer und rückte seinen Stuhl zurecht. „Ich war noch einige Male dort. Also nicht nur in Ravengiersburg, auch woanders", gestand er und blickte etwas verlegen zur Seite. „Meistens habe ich verloren. Insgesamt vielleicht sechs- oder achttausend Mark. Ich hatte keine glückliche Hand. Sicherlich hatte ich auch mal einen Gewinn. Aber eigentlich war ich immer auf der Verliererseite." Er blickte wieder zu Breitbach hin. „Erst bei den nächsten Besuchen bemerkte ich plötzlich auch die jungen Mädchen, die dort auftauchten. Ich konnte auch sehen, wie mal eine Waffe oder kleine weiße Päckchen verschoben wurden. Ich wollte sofort aufhören, sobald ich meine Verluste wieder zurück hatte. Ich habe doch nicht geahnt, worauf ich mich da einließ"

„Und deine Frau?" fragte Breitbach, von diesen Neuigkeiten sichtlich betroffen.

Über Kewes Gesicht flog ein kurzes, leichtes Lächeln. „Helene hat nie etwas davon mitbekommen. Sie hat geglaubt ich mache auswärts Überstunden."

„Und dann hast du plötzlich gewonnen?“ hakte Breitbach ungläubig nach.

Wieder strahlte Kewes über das ganze Gesicht. „Ja, vor etwa zwei Wochen. Hotte war da. Er ist so etwas wie ein Berufsspieler und der große Boß im Hintergrund. Ihn kennen alle, und er spielt wohl auch jeden Abend und an verschiedenen Orten. Er lud mich auf ein Spiel ein. Und ich habe gewonnen, Schosch! Zweitausend Mark gewonnen!“

„Und als du den ersten Hunderter ausgegeben hast ...“

Jakob Fischer nickte vehement und trommelte mit den Fäusten auf den Tisch. „Der hat mich reingelegt. Erst dachte ich, es ist Zufall. Aber als ich dann das zweite Mal auffiel ... Wie sollte ich das alles meiner Frau erklären?“

„Und wie war das mit dem dritten Schein?“ Breitbachs Stimme war plötzlich sehr sachlich geworden. Fast hatte es den Anschein, als habe er vergessen, daß er bereits seit zwei Jahren in Pension war.

Das Lächeln in Kewes Gesicht war verschwunden. Statt dessen sackte er wieder völlig in sich zusammen, seine Hände zitterten, als er nach dem Glas griff. „Ich hatte mir mehrere Scheine aus meiner Geldkassette eingesteckt, weil ich meiner Frau etwas für Weihnachten kaufen wollte. Ich wußte nicht mehr, welche aus dem Gewinn stammten. Als ich dann wieder auffiel, habe ich alle Hundertmarkscheine aus der Kassette genau betrachtet. Dabei habe ich entdeckt, daß einige Scheine an einer Stelle einen kleinen Knick hatten. Wohl von einer Büroklammer. Es waren genau siebzehn. Also wußte ich, daß es die von Hotte waren. Die habe ich dann in die Ledermappe getan und versteckt.“

Breitbach stand auf und schlenderte nachdenklich durch den Raum. Ein Blick auf seine Armbanduhr sagte ihm, daß Wagner wohl bald wieder auftauchen würde. Immerhin war dieses Gespräch zwischen ihm und Kewes mehr als ein Zugeständnis an alte gemeinsame Zeiten zu verstehen. Plötzlich blieb er mitten im Raum stehen. „Und warum legst du kein volles Geständnis ab?“

Fischer sprang erregt auf und griff Breitbach an beiden Schultern und schüttelte ihn: „Um Gottes Willen, Schosch, nein. Bitte, was ich dir gesagt habe, muß unter uns bleiben!“

„Du warst also zwischendurch noch einmal beim Zocken?“

Kewes Hände krallten sich in Breitbachs Schultern. Er senkte seinen Blick und nickte. „Ich bin nicht zum Zocken gegangen. Ich wollte nur mein gewonnenes Geld in echten Scheinen haben.“

„Und was hat man dir gesagt?“ Er sah, daß Kewes Augen feucht wurden. Er packte seinen Freund und schob ihn sanft auf den Stuhl zurück. „Jetzt kommt wohl der wichtigere Teil?“ meinte er mit ruhiger Stimme und ließ sich ebenfalls wieder auf dem Stuhl nieder. „Jakob, erzähl’ mir alles und zwar schnell. Gleich kommen Wagner und Hoffmann wieder.“

„Man hat mir gedroht!“ stieß Fischer hervor.

„Wie gedroht?“ forschte Breitbach nach.

„Wenn ich auch nur einen Ton sagen würde…“ begann Fischer, dann versagte ihm die Stimme.

Die nächsten Worte waren nur Fetzen, aus denen sich Breitbach aber sehr schnell einen Reim machen konnte. Man hatte seinem Freund also gedroht, sich an ihm, seiner Frau und auch der Familie seiner Tochter zu rächen, wenn er ‚singen’ würde. Er legte beruhigend seine Hand auf Kewes Schulter. „Gibt es noch irgendeinen Anhaltspunkt für mich, der von Bedeutung ist?“ fragte er. Dann fiel ihm selbst eine Frage ein. „Wie finde ich diesen Hermann aus Kirchberg?“

Nur mühsam konnte Kewes ihm den Weg beschreiben. Breitbach hatte sein kleines Notizbuch aus der Jackentasche gezogen und notierte sich ein paar Stichworte. Dann erhob er sich. „Ich werde jetzt Wagner rufen. Und du legst ein Geständnis ab, aber …“ Er beugte sich zu Kewes hinunter und wartete, bis dieser ihn anblickte. „… du nennst keinen Ort und keinen Namen! Hast du verstanden. Du erzählst, daß du gezockt hast und wie du an das Geld gekommen bist. Nur nicht wo das war und wer dort war. Du hast das Recht zu schweigen, um das Leben anderer nicht in Gefahr zu bringen. Den Rest überlaß bitte mir!“

Bosco sprang vor Freude an ihm hoch, als Breitbach eine halbe Stunde später mit seinen drei Exkollegen wieder das Büro von Wagner betrat, in dem der Hund auf ihn gewartet hatte.

„Hat er dir mehr erzählt als uns?“ wollte Wagner wissen.

Breitbach schüttelte mit unschuldigem Blick den Kopf. „Das, was im Protokoll steht, hat er auch mir gesagt. Auch ich konnte ihn nicht dazu bewegen, etwas darüber zu sagen, wer ihm das Geld gegeben hat.“ Dann wandte er sich dem LKA-Mann zu, der während der gesamten Vernehmung von Kewes kaum ein Wort gesprochen hatte. „Ich darf Ihre Anwesenheit dahingehend interpretieren, daß Herr Fischer nicht der einzige Fall ist, in den Sie sich einschalten?“ Bereits im Vernehmungszimmer war es Breitbach klar geworden, daß Fischer nur ein Fall unter vielen sein konnte. Und er mußte herausbekommen, wann und wo noch andere Scheine aufgetaucht waren.

„Sie haben recht. Die Scheine tauchen seit etwa einem Jahr auf. Die Mehrzahl in Frankreich, Luxemburg und auf deutscher Seite überwiegend in Grenznähe, praktisch den ganzen Rhein entlang."

„Immer nur in kleinen Mengen und bei bisher unbescholtenen Bürgern?"

Hoffmann schaute den ehemaligen Hauptkommissar erstaunt an. „Sie haben schon wieder recht. Woraus schließen Sie das?"

Breitbach schob Bosco vorsichtig beiseite und schmunzelte. „Mir steht es nicht zu, dem LKA vorzugreifen. Mir steht es überhaupt nicht zu, mich in diese Angelegenheit einzumischen, wäre das nicht dieses arme Schwein von Jakob Fischer. Aber meine Überlegungen werden Sie sicherlich auch schon angestellt haben. Wer bringt so kurz vor dem Wechsel zum Euro noch DM-Falsifikate unter die Leute? Doch nur jemand, der nicht darauf sitzen bleiben will. Wieviel Scheine sind denn bisher insgesamt aufgetaucht?"

Hoffmann blockte sofort ab. „Tut mir leid, darüber kann ich keine Auskunft erteilen. Ich habe schon mehr gesagt, als vielleicht zulässig ist."

Breitbach mußte innerlich grinsen. Hoffmann war ihm also nicht in die Falle gegangen. Aber das machte nichts. Er mußte nur unbedingt eines dieser Falsifikate in die Hand bekommen. Dazu war jetzt seine letzte Chance gekommen. Hoffmann würde die Beweisstücke sicherlich heute mit nach Mainz nehmen. Vorsorglich hatte er auf dem Weg vom Vernehmungsraum zu Wagners Büro die Toilette aufgesucht und sich einen Hundertmarkschein aus seinem Portemonnaie in die äußere Brusttasche gesteckt. Er nahm die Klarsichthülle mit den Falsifikaten von Hoffmanns Schreibtisch und betrachtete sie andächtig. Bosco sprang sofort an ihm hoch, in der Hoffnung, er werde ein Leckerli aus der Hülle herausnehmen. „Nicht!" befahl er seinem Hund. „Mach unter dem Schreibtisch Platz!" Bosco gehorchte aufs Wort, zog sich unter Wagners Schreibtisch zurück und holte sich prompt bei dem Kripobeamten Streicheleinheiten.

„Scheint eine gute Arbeit zu sein", murmelte Breitbach. „Ich gehe mal davon aus, daß die Scheine schon im Labor waren", meinte er mit einem Blick zu Wagner, der zustimmend nickte. Während sein ehemaliger Kollege sich mit seinem Hund beschäftigte, zog er mit spitzen Fingern zwei Scheine aus der Hülle und ging, diese gegen das Licht haltend, langsam zum Fenster. „Die Wasserzeichen sehen verdammt echt aus“, lobte er. Breitbach zog vorsichtig seine Lesebrille aus der äußeren Brusttasche und setzte sie auf. Er prüfte eingehend das Papier und fand auch hier keinen offensichtlichen Unterschied zu echten Scheinen. Dann hielt er die Scheine wieder gegen das Licht und drehte sie mehrfach.

„Es sind sehr gute Fälschungen. Wenn nicht heute die meisten großen Geschäfte über UV-Kontrolleuchten an den Kassen verfügen würden, wäre mancher Schein sicherlich nicht so schnell aufgefallen“, stimmte ihm Hoffmann zu. „Sie kommen aus einer guten Werkstatt.“

Breitbach nahm seine Brille wieder ab und schob sie etwas umständlich in die innere Brusttasche seines Jacketts. Dann drehte er sich mit den Scheinen wedelnd wieder um. „Da müssen sich die Fälscher aber beeilen, wenn sie daraus noch Kapital schlagen wollen.“ Er steckte die beiden Scheine wieder in die Klarsichthülle zurück und reichte sie Hoffmann. „Schade, daß ich nicht mehr im Dienst bin. Ich hätte gerne mit Ihnen zusammengearbeitet.“ Er schnippte mit den Fingern. Sofort sprang Bosco auf und stellte sich an die Seite seines Herrn.

„Walter, wenn ich zwischen dir und Kewes noch was vermitteln kann, ruf mich an! Und behandle ihn mir anständig. Der durchlebt doch jetzt tausend Höllenqualen.“

Im Restaurant ‚Balthasar‘, unweit seiner Wohnung, machte Breitbach kurz Station. Er bestellte ein Bier und bediente sich am Mittagsbüfett. Bosco hatte sich sofort zufrieden unter dem kleinen Tisch gelegt und schnupperte von Zeit zu Zeit neugierig den Gästen hinterher, wenn Sie mit gefüllten Tellern vom Büfett zu ihren Plätzen gingen.

Breitbach zog sein kleines Notizbuch hervor und studierte kurz seine Eintragungen. Gleichzeitig ergänzte er ein paar Dinge. Er würde als erstes einmal diesen Hermann Scherer aufsuchen. Es war wohl am einfachsten und unverdächtigsten, wenn er sich ebenso wie Kewes in diese Zockergesellschaft einführen ließ. Scherer schien ihm allein schon deshalb interessant, weil Kewes ihm erklärt hatte, daß dieser über viel Geld verfügte. In der Zockerszene gab es neben den Abkassierern immer nur eine Gruppe, die über Geld verfügte und dies deutlich zeigte, die sogenannten Rattenfänger. Sie mußten immer wieder neue Kunden heranschaffen, die erst einmal gewinnen durften und dann kräftig abgezockt wurden. Scherer schien ein solcher Rattenfänger zu sein oder er gehörte sogar zu den Betreibern dieser Zockerstuben.

Zufrieden mit seinen ersten Erkenntnissen machte er sich auf den Heimweg, um sein Mittagsschläfchen zu halten. Bevor er sich allerdings auf die Couch legte, zog er aus seiner Innentasche den Hundertmarkschein, hielt ihn grinsend gegen das Licht und strich ihn vorsichtig glatt. Hoffentlich merkte man nicht allzu schnell, daß sich unter den Falsifikaten jetzt ein echter Schein befand.

Gegen vier Uhr traf Breitbach in Kirchberg ein. Kewes hatte ihm trotz seiner Erregung den Weg recht gut beschrieben. Schosch orientierte sich an der Kirche, stellte seinen Wagen ab und fand sehr schnell das Mehrfamilienhaus in einer Nebenstraße, in dem Scherer wohnte. Dann ging er zurück in die Hauptstraße und suchte das Geschäft, in dem Kewes die Gülser Ladeneinrichtung eingebaut hatte. Ein Mann mittleren Alters, offenbar der Inhaber, war alleine in dem Laden und erkundigte sich sofort nach Breitbachs Wünschen. Etwas unentschlossen schaute sich dieser um, griff dann willkürlich ins Regal und fragte nach dem Preis. Bereitwillig gab ihm der Mann Auskunft. Breitbach spielte den Unentschlossenen und schaute sich weiter um.

„Das sind aber mal sehr freundliche und übersichtliche Regale", lobte er die Ladeneinrichtung und strich fast zärtlich über das Holz. „Diese Art würde sich doch auch als Bücherregal eignen, was meinen Sie?"

Der Inhaber nickte nach kurzer Überlegung zustimmend. „Die Einrichtung wurde auch individuell von einem Schreiner angefertigt und kommt nicht aus irgendeinem Katalog."

Breitbach hatte gewonnen! „Ach, können Sie mir die Adresse des Schreiners geben, der Ihnen diese Einrichtung gemacht hat?"

Der Mann zögerte einen Moment, dann meinte er: „Hier im Geschäft habe ich die Adresse nicht. Aber im Ort gibt es einen Schreiner, der beim Aufbauen geholfen hat. Der kann Ihnen sicherlich die Adresse des Kollegen geben. Ich glaube, der war aus Koblenz." Er kramte in einer Schublade nach einem Kugelschreiber und notierte eine Adresse.

Breitbach warf nur einen flüchtigen Blick auf den Zettel, den der Mann ihm reichte. Es war die Anschrift von Scherer. Er bedankte sich und verließ schnell den Laden.

Draußen hatte es angefangen zu regnen. Er ging zu seinem Wagen zurück, wo ihn Bosco schwanzwedelnd erwartete und ganz enttäuscht war, daß sein Herrchen nur einen Schirm aus dem Kofferraum holte.

Die Türklingel von Scherer war bis auf die Straße zu hören. Es dauerte nicht lange bis die Haustür aufgedrückt wurde. Die Treppenhausbeleuchtung wurde eingeschaltet und von oben waren Türgeräusche zu hören. Also stieg Breitbach die Treppe hinauf. In der Wohnungstür auf der rechten Seite des Treppenabsatzes steckte eine ältere Frau mit rundlichem Gesicht den Kopf heraus. „Zu wähm wolle Se dann?“ fragte sie mit etwas krächzender Stimme.

„Ich suche Herrn Hermann Scherer“, antwortete Breitbach wahrheitsgemäß und deutete auf den kleinen Zettel, den der Ladeninhaber ihm mitgegeben hatte.

„Dä Hermann kämmt erst!“ teilte ihm die nervige Stimme mit und schloß die Tür wieder. Breitbach blieb etwas ratlos auf dem Treppenabsatz stehen. ‚Schosch', ermahnte er sich insgeheim, ‚du bist nicht mehr im Dienst!' Also machte er sich wieder auf den Weg nach unten. Als er gerade die Haustür öffnen wollte, wurde diese von außen aufgeschlossen. Ein kräftig gebauter Mittdreißiger stand vor ihm.

„Sie sind nicht zufällig Herr Scherer?“ fragte Breitbach und hielt ihm den Zettel entgegen.

„Bin ich!“ antwortete der Mann fast fröhlich und griff nach dem Zettel, wobei deutlich ein breites goldenes Kettenarmband an seinem Handgelenk zum Vorschein kam. „Sie wollen zu mir?“

Breitbach wechselte etwas unbeholfen seinen Schirm von der rechten in die linke Hand und streckte Scherer seine Hand entgegen. „Mir wurde in einem Laden an der Hauptstraße gesagt, Sie seien Schreiner und könnten so wunderschöne Regale machen.“

Scherer lachte herzhaft. „Danke für das Kompliment. Aber so schnell wird daraus nichts. Ich bin nicht selbständig und habe nur an Wochenenden Zeit. Sie verstehen?“ Er knipste das Treppenhauslicht, das ausgegangen war, wieder an.

„Es eilt auch nicht. Zur Zeit arbeite und wohne ich noch in Mainz, aber ich will im Frühjahr nach Kirchberg ziehen. Bisher habe ich nicht einmal eine Wohnung gefunden.“ Breitbach erzählte Scherer langatmig, daß er nächstes Jahr in Pension gehen werde und warum er seinen Lebensabend im Hunsrück verbringen wolle. Er habe sich Kirchberg ausgesucht, da dieser Ort abseits und doch nahe an der Kreisstadt und der Verbindungsstraße zwischen Rhein und Mosel liege. Geduldig hörte ihm Scherer zu. „Sie sind praktisch der erste Kirchberger, mit dem ich Kontakt habe“, beendete Breitbach seinen Vortrag und griff seinem Gegenüber plump-vertraulich an den Arm. „Darf ich Sie auf ein Bier einladen?“

Scherer schaute nervös auf seine Uhr, sah darin aber die einfachste Möglichkeit, Breitbach schnell loszuwerden, ohne ihn als potentiellen Kunden zu verlieren.

Das ‚Kirner Eck' war um diese Uhrzeit noch leer. Der ehemalige Hauptkommissar wußte sehr genau, wie man Leute in Gespräche verwickeln konnte. Nach dem dritten Bier und zwei Trester hatte Scherer es aufgegeben zu hoffen, seinen neuen Bekannten schnell loszuwerden. Breitbach erkundigte sich zunächst, wo man gut essen, einkaufen und welche anderen Handwerker ihm Scherer noch empfehlen könne.

„Wissen Sie, was mir hier im Hunsrück fehlen wird?" fragte er leise und merkte, daß Scherer diese Frage wenig interessierte, was sich aber schlagartig änderte, als Breitbach fortfuhr, während er ganz genau die Reaktion des Schreiners beobachtete. „Bisher bin ich immer in Wiesbaden ins Spielkasino gegangen oder nach Frankfurt in entsprechende…", er blinzelte Scherer zu. „Spielen ist meine Leidenschaft seit meine Frau tot ist, und was soll's? Ich habe keine Erben, für wen soll ich da das Geld horten? Außerdem habe ich in den letzten Jahren unter dem Strich einen guten Schnitt gemacht."

Breitbach spürte förmlich, wie sich Scherer zurückhalten mußte, nicht herauszuplatzen. Fast hatte er schon Angst bekommen, Scherer würde die Chance nicht nutzen, einen neuen Kunden einzufangen. Doch jetzt blickte sich dieser nach allen Seiten um und beugte sich zu Breitbach hin. „Hier in der Gegend gibt es auch so kleine Clubs, wenn Ihnen das reicht. Was spielen Sie denn so?"

„Alles!" platzte Breitbach vor Freude heraus. „Roulette, Karten, Würfel, die Hauptsache, es muß prickeln."

„Spieler, was?" feixte Scherer leise.

Breitbach versuchte ein etwas beleidigtes Gesicht zu machen und trank sein Bierglas leer. „Wenn Sie es so nennen wollen!" knurrte er pikiert.

„Sorry, mein Herr. Ich wollte Ihnen nicht zu nahetreten oder Sie beleidigen. Ich spiele auch ab und zu. Wahrscheinlich nicht mit Einsätzen wie Sie, aber auch hier im Hunsrück gibt es Möglichkeiten…"

Jetzt war deutlich zu spüren, wie scharf Scherer darauf war, ihn in die illegalen Zockerstuben einzuführen. Also mußte er seine Strategie nach außen hin ändern. Er zog seine Brieftasche heraus. „Wir werden uns ja mal wiedersehen, wenn ich eine Wohnung gefunden habe", meinte er und beglich die komplette Zeche, nicht ohne ein für den Hunsrück äußerst großzügiges Trinkgeld liegen zu lassen.

Draußen regnete es immer noch. Breitbach öffnete seinen Schirm und teilte diesen bereitwillig mit Scherer. „Ich bringe Sie schnell nach Hause“, bestimmte er und ließ seinem Begleiter keine Chance zu widersprechen.

Sie legten die wenigen Meter schweigend zurück, wobei der Exhauptkommissar im Licht der Schaufenster und Straßenlaternen amüsiert das Gesicht von Scherer beobachtete, der ganz offensichtlich verzweifelt überlegte, wie er es am geschicktesten anstellen konnte, ihn so schnell wie möglich für einen Zockerabend zu gewinnen.

Vor der Haustür war es dann soweit. Als Breitbach seine Hand zum Abschied Scherer entgegenhielt, zog dieser ihn vorsichtig in den Eingang hinein. „Ich will mich Ihnen ja nicht aufdrängen“, begann er vorsichtig. „Sie sollten schon jetzt mal abends mit mir spielen gehen. Vielleicht lernen Sie ja ein paar Leute kennen, die Ihnen sympathisch sind und zufällig ein kleines Haus oder eine schöne Wohnung hier in der Gegend zu vermieten haben.“

Breitbach ließ sich mit seiner Antwort Zeit. Er bewegte den Kopf leicht hin und her und tat so, als wolle er sich alles noch einmal überlegen. Dann streckte er wieder die Hand zum Abschied aus. Also gut, wann treffen wir uns?“

„Donnerstag!“ antwortete Scherer sichtlich erleichtert und lachte wieder herzhaft. „Dabei weiß ich bisher nicht einmal, wie Sie heißen.“

„Ganz einfach Schmitz, Alfred Schmitz!“

2.

Am nächsten Morgen schlief Schosch Breitbach so lange, bis ihn Bosco sanft mit seiner feuchten Schnauze anstupste, weil er Gassi gehen mußte. Nur widerwillig erhob sich Breitbach und starrte verschlafen auf den Wecker. Kein Wunder, daß es schon halb elf Uhr war, nachdem er in der Nacht bis fast vier Uhr an seinem Schreibtisch gearbeitet hatte. Er duschte schnell, zog sich an, raffte ein paar beschriebene Blätter vom Schreibtisch und spazierte mit Bosco am Rhein- und Moselufer entlang. In Höhe der Balduinsbrücke bog er in die Altstadt ab und frühstückte ausgiebig in der erst vor wenigen Wochen eröffneten ‚Kaffeewirtschaft' am Münzplatz. Er ließ sich vom Kellner die Rhein-Zeitung bringen und durchforstete sie kauend nach einer Meldung über den Stand der Ermittlungen. Aber Wagner hatte offenbar eine Informationssperre verhängt, wofür man ihm nur dankbar sein konnte. Wie schnell wurden doch Menschen wie Jakob Fischer mit Verdächtigungen und Vermutungen diskriminiert und selbst, wenn sich alles als falsch herausstellte, blieb immer etwas hängen.

Schließlich kramte er die Blätter aus der Jackentasche, die er heute nacht bekritzelt hatte. Einiges war kaum noch zu lesen, da hatte ihm wohl seine Müdigkeit einen Streich gespielt. Er ergänzte schnell ein paar Passagen aus dem Gedächtnis, damit nichts verlorenging.

Diesen Scherer hatte er bereits gefunden, der würde ihn also am Donnerstag zu einem der Zockerplätze schleifen. Bis dahin stimmten also Kewes Angaben. Breitbachs erste Aufgabe würde es nun sein, so schnell wie möglich einen Kontakt zu diesem Hotte herzustellen. Der schien ihm im Moment als Schlüsselfigur. LKA-Hoffmann hatte erklärt, daß das Falschgeld entlang der deutschen Grenze, in Frankreich und in Luxemburg aufgetaucht war. Das bedeutete, daß der oder die Fälscher nur regional arbeiteten. Da ihm Hoffmann nicht sagen wollte, wieviele von den falschen Scheinen bereits aufgetaucht waren, konnten es nicht allzuviele sein. Wenn dies zutraf, durfte er davon ausgehen, daß es gar nicht darum ging, möglichst viel Falschgeld abzusetzen und damit das Geschäft zu machen, sondern möglicherweise nur darum, Leute abhängig von sich oder erpreßbar zu machen. So ganz sicher war er sich dieser Theorie noch nicht, zumal die Scheine erste Sahne waren und somit ein Profifälscher dahinterstecken mußte. Und den galt es zu finden, um Kewes freizubekommen.

Nachdem er bezahlt hatte, weckte er Bosco unter dem Tisch, der offenbar heute nacht auch zu wenig Schlaf mitbekommen hatte. Dann ging er in die Löhrstraße, um sich in der Buchhandlung Bouvier eine Hunsrück-Karte zu kaufen. Plötzlich stand er Manni Gniffke gegenüber, allerdings nicht leibhaftig, sondern nur auf dem Bildschirm. Im Erdgeschoß lief ein Video als Werbung für einen Film über Koblenz, in dem Gniffke gerade etwas über die Geschichte der Altstadt erzählte. Breitbach blieb einen Moment stehen, bekam aber nur wenig von dem Film mit, da der Ton sehr leise war und sich viele Menschen laut schwatzend in dem weihnachtlich dekorierten Laden drängten. Trotzdem hatten die wenigen Eindrücke ausgereicht, sich neben der gesuchten Landkarte vom Hunsrück auch das Video zu kaufen.

In der Löhrstraße stieß er auf Leo Wingen, der gerade dabei war, die Weihnachtsdekoration in seinem kleinen Eckladen zu begutachten. „Majurem, es dat en Zores!“ begrüßte er Breitbach. „Su schnell kannste gar nicht backe, wie die Leid kaafe.“ Leo hatte nicht nur das beste Speiseeis der Stadt, sondern erwies sich vor allem im Winter auch als ein ausgezeichneter Bäcker.

„Sei doch froh!“ entgegnete ihm Schosch. „Denk an Kewes, wie dreckig es dem in seiner Zelle geht.“

Leo nickte eifrig. „Do hast de recht, seh nur zo, dat dä möglichst schnell widder aus der Kardaus rauskimmt.“ Breitbach stutzte einen Moment, dann fiel ihm ein, daß die Justizvollzugsanstalt auf der Karthause war und deshalb viele Altstädter immer nur von der ‚Kardaus‘ sprachen, wenn sie das Gefängnis meinten. Leo griff in die Auslage und reichte Schosch zwei Spekulatius. „Probier!“ befahl er.

Bosco schien das mißverstanden zu haben, denn er sprang sogleich an seinem Herrn hoch und versuchte einen Spekulatius zu ergattern. „Komm, dau kres och wad“, meinte Leo und ließ sich von einer seiner Verkäuferinnen ein paar Bruchwaffeln über die Theke reichen. „Sollst jo och net lewe wie en Hond!“ grinste er, als Bosco gierig die Waffeln in sich hineinschlang.

Leo richtete sich wieder auf. „On? Haste vom Kewes wad Neijes gehiert?“

Breitbach schüttelte nur den Kopf. Er wußte nicht, was er Leo sagen durfte. Besser schien es ihm im Moment, daß er alle Erkenntnisse für sich behielt. Vielleicht würde er ja noch im Laufe seiner Ermittlungen den einen oder anderen um Hilfe bitten müssen.

Am frühen Nachmittag schaute Breitbach noch einmal bei Wagner vorbei. LKA-Hoffmann war wieder nach Mainz zurückgefahren. Er hatte die zwanzig Hunderter mitgenommen ohne zu merken, daß inzwischen ein echter darunter war. Jetzt, wo er mit Wagner alleine sprechen konnte, erhoffte sich Schosch Breitbach noch einige vertrauliche Informationen. Doch seine Ausbeute an diesem Nachmittag blieb recht spärlich. Das einzige, was er Wagner entlocken konnte, war, daß das LKA an einen internationalen Fälscherring glaubte, der möglicherweise in Frankreich saß und während der zu erwartenden Verwirrung in der Bevölkerung bei der Einführung des Euro die Blüten streuen wollte.

Breitbach kannte diese typischen Überlegungen übergeordneter Dienststellen. Er hatte es in seiner Laufbahn oft genug erlebt, daß man Dinge anfänglich viel zu hoch aufhängte und damit Zeit bei der Klärung von Fällen verlor.

„Fischer hat sich übrigens jetzt doch auf Anraten seiner Frau einen Anwalt genommen", teilte ihm Wagner beim Abschied mit. Breitbach war über diese Mitteilung äußerst zufrieden, befürchtete aber sofort, daß dieser schnellstmöglich einen Haftprüfungstermin beantragen würde.

Draußen hatte ein starker Wind eingesetzt und Bosco, dicht am Herrchen, warf ab und zu ängstliche Blicke zum Himmel und zu ihm hoch. Ein so großer Hund und Angst vor Gewitter! Wie oft hatte sich Schosch schon darüber amüsiert. Er benutzte dem Tier zuliebe die Unterführung unter der Hohenfelder Straße, suchte das Postamt in der Pfuhlgasse auf und ließ sich ein Mainzer Telefonbuch geben. Darin suchte er die Telefonnummer eines ehemaligen Schulkameraden heraus, der dort ein großes Versicherungsbüro hatte und von dem er wußte, daß dieser einen dicken Mercedes besaß. Er konnte unmöglich vorgeben, im Raum Mainz zu wohnen, über genügend finanzielle Mittel zu verfügen und dann mit einem Opel Astra und einer Koblenzer Nummer in Ravengiersburg vorfahren. Er rief seinen Schulkameraden an und wurde mit ihm sehr schnell handelseinig.

Am nächsten Tag, einem Donnerstag, blies ein eisiger Wind über Hunsrück und Eifel. Für die Nachtstunden hatte der SWR sogar

Straßenglätte gemeldet. Der Austausch des Astra gegen einen fast funkelnagelneuen Firmenwagen seines Freundes, einen dunkelblauen Mercedes 230, ging reibungslos über die Bühne. Breitbach hatte Glück, da der Geschäftsführer des Versicherungsbüros in Urlaub war und der Wagen deshalb nicht benötigt wurde.

Der Exkripobeamte hatte seinen elegantesten Anzug angezogen, als wolle er tatsächlich in ein Spielkasino gehen. Immerhin konnte er ja nicht wissen, wie man sich in diesen Zockerkreisen kleidete. Seine fast übertriebene Eleganz brachte Scherer sofort aus der Fassung. „So hätten Sie sich aber nicht kostümieren müssen!“ wetterte er, als er Breitbach die Tür öffnete. Breitbach murmelte eine Entschuldigung, während er mit Unschuldsmiene an sich hinunterschaute.

„Ich hole Ihnen schnell einen Mantel von mir zum Überziehen bei diesem Wetter.“ Er ließ Breitbach auf der Straße stehen und eilte nochmals die Treppen hinauf. Breitbach grinste innerlich und freute sich, daß sein neuer Bekannter auf sein Auftreten als reicher Geschäftsmann reingefallen war.

Der Mantel, den Scherer mitbrachte, war eher schäbig. Er hielt ihn Breitbach hin, der sofort hineinschlüpfte und zu seinem Erstaunen feststellte, daß er wie angegossen paßte. Vielleicht mußte er doch ein wenig im Alter auf seine Figur achten, denn Scherer schien ihm viel korpulenter zu sein als er selbst.

„Wenn's recht ist, fahren wir mit meinem Wagen“, bot Scherer nicht ohne Hintergedanken an. Breitbach war's recht, denn dann konnte er sich noch besser den Weg einprägen und rechts und links auf Details achten.

Die Fahrt nach Ravengiersburg dauerte eine knappe Viertelstunde. Der Sturm hatte noch nicht nachgelassen. Die Straße in Oppertshausen war zwar offiziell wegen Straßenbauarbeiten gesperrt, aber Scherer kannte einen innerörtlichen Schleichweg mit vielen Schlaglöchern, ein Beweis dafür, daß Scherer wohl des öfteren nach Ravengiersburg zum Zocken fuhr. Die Straßen in Ravengiersburg waren um diese späten Abendstunden menschenleer. Der Exhauptkommissar beschloß, die Strecke noch einmal auf der Karte nachzuvollziehen, die er gestern gekauft hatte. Sie folgten im Ort zunächst der Hauptstraße, vorbei an dem Dorfladen und bogen dann rechts ab ‚Zum Layenberg‘, wie Breitbach im Licht der Scheinwerfer kurz lesen konnte. Die Straße führte bergab und unterhalb des Ortes an einer Weide entlang. Der schmale, aber asphaltierte Weg machte eine langgezogene Rechtskurve. Dann ging es über eine Brücke. Jetzt konnte Breitbach auf der Beifahrerseite Bäume erkennen. So fuhren sie eine Weile. Plötzlich bog Scherer von der asphaltierten Straße ab und es ging eine Art breiten Trampelpfad entlang, vielleicht war es auch ein holpriger Wirtschaftsweg. Hinter einer Anzahl von Büschen entdeckte Breitbach nach etwa zweihundert Metern im Scheinwerferlicht ein paar Autos. Kewes hatte recht. Von den Wagen konnte man rückschließen, daß hier wirklich alles vertreten war. Vom Fiat Uno bis zum Mercedes der S-Klasse. Breitbach zählte so unauffällig und schnell er konnte. Dabei kam er auf elf Fahrzeuge.

„Warten Sie bitte einen Moment neben dem Wagen“, befahl Scherer, immer noch etwas ungehalten. Dann verschwand er aus Breitbachs Blickfeld hinter einer alten Scheune. Der Sturm war so stark, daß Breitbach nichts hören konnte. Also wartete er geduldig und starrte in die stockfinstere Nacht. Kein Unbeteiligter käme je auf die Idee, was sich hier mitten auf dem Feld und um diese Uhrzeit abspielte. Schließlich tauchte Scherer wieder aus dem Dunkel auf. „Kommen Sie“, sagte er wieder in einem wesentlich verbindlicheren Ton. „Man erwartet Sie.“

Breitbach stolperte hinter seinem Begleiter her. Knarrend öffnete sich im Dunkeln eine Tür, er wurde von zwei Händen förmlich in die Scheune hineingezogen. Es knarrte wieder, dann wurde ein Riegel verschoben, gefolgt von einem Geräusch, das entsteht, wenn man einen Vorhang auf- oder zuzieht. Scherer schaltete eine primitive Glühbirne ein, die von oben nur in einer einfachen Fassung herunterhing und ein schwaches Licht abgab.

„Sie können dort ablegen!“ Scherer deutete hinter Breitbach, der sich umdrehte und ein paar Haken entdeckte, an denen bereits einige Mäntel hingen.

Schweigend öffnete Scherer eine Tür, die dem Eingang gegenüber lag und ließ Breitbach mit einer höflichen Geste den Vortritt. Auch hier herrschte gedämpftes Licht, und es dauerte eine Weile, bis Breitbachs Augen den ganzen Raum erfassen konnten. Zunächst entdeckte er nur drei große Tische, über denen jeweils eine etwas hellere Lampe hing. Eine junge blonde Dame kam auf ihn zu, ein Sektglas in der Hand, das sie ihm entgegenhielt. „Willkommen mein Freund! Du bist das erste Mal hier, wie mir Hermann gesagt hat. Ich heiße Lissy und du?“

„Alfred!“ antwortete Breitbach und überlegte, wie sich dieser Pensionist in spe Alfred Schmitz verhalten würde, wäre er nicht Schosch

Breitbach und ehemaliger Kriminalbeamter. Er nahm etwas linkisch das Glas und streckte Lissy seine Hand zur Begrüßung entgegen. Doch sie ergriff gleich seinen Arm und zog ihn wortlos, aber mit einem gekonnten Augenaufschlag, zu einem der Tische.

Inzwischen hatten sich Breitbachs Augen an das Licht gewöhnt. Die Scheune war notdürftig eingerichtet, aber nicht ohne Stil. Neben einem großen alten Kühlschrank, der seine besten Zeiten schon lange hinter sich hatte, stand eine Art Bar mit verschiedenen Flaschen und Gläsern. Rundherum in der Scheune standen Sofas und Couches verschiedener Stilrichtungen und unter den Tischen lagen dicke Teppiche auf dem Lehmboden. Jeder Filmregisseur hätte seinen Requisiteur abgeküßt, wenn er ihm für eine Zockerszene diese Kulisse gebaut hätte.

Am ersten Tisch angekommen, erhob Lissy ihre etwas piepsige Stimme, worauf alle wohl bereits warteten, denn auch von den anderen Tischen blickten alle neugierig auf sie und den unbekannten Gast.

„Das ist Alfred. Alfred ist heute zum ersten Mal und hoffentlich nicht zum letzten Mal bei uns. Hermann ist sein Bürge. Ich weiß nicht, wie gut Alfred als Spieler ist, aber das werdet ihr ja schnell feststellen." Dann drehte sie sich zu Breitbach um. „Alfred, es ist nicht nötig, daß wir deinen Namen kennen, vielleicht heißt du ja auch gar nicht Alfred. Schau dich erst einmal um und dann ran an die Mäuse!" Sie stieß ein helles Gicksen aus und machte eine auffordernde Handbewegung zum Tisch, vor dem sie standen.

Breitbach spürte, wie etliche Augenpaare ihn mißtrauisch musterten, sich aber dann wieder dem Spiel zuwandten. Dabei ging es erstaunlich ruhig zu. Man spielte Black Jack. Etwas unsicher griff Breitbach in seine seitliche Jackentasche, worauf ihm Lissy, die immer noch neben ihm stand, zuflüsterte: „Rauchen strengstens verboten."

„Ich rauche nur ganz selten", antwortete Breitbach kühl und reichte ihr das volle Sektglas zurück. Auf dem Tisch vor ihm lag eine Menge Geld. Nur Scheine, blaue, rötliche und braune und mit jeder Runde wurden es mehr. Er beobachtete ein paar Minuten das Spiel und versuchte vor allem sich die Gesichter einzuprägen, nachdem ihm klar war, daß hier wohl kaum einer mit seinem echten Vornamen herumlief. Ein Hagerer mit einem Dreitagebart, offensichtlich die Bank an diesem Tisch, heimste gerade einen Haufen Geldscheine ein und sagte eine neue Runde an.

Unter den Gästen am Nachbartisch befand sich auch eine Frau. Als sie Breitbach auf den Tisch zukommen sah, winkte sie ihm freundlich zu und deutete auf einen freien Stuhl neben sich. Doch Breitbach nickte nur freundlich zurück und steuerte die Bar an, neben der Lissy wieder Platz genommen hatte. Erst jetzt entdeckte er, daß auch hinter der Bar ein Sofa stand, auf dem jemand lag.

„Das ist Kurt“, erklärte Lissy, als sie die Blicke von Schosch sah. „Er überwindet gerade seine Verluste mit etwas zu viel Alkohol. Ich werde ihn wohl nachher nach Hause fahren müssen.“

„Das heißt, ich kriege bei dir auch ein Mineralwasser?“

„Wird's schlimmer?“ fragte Lissy gespielt erstaunt. „Nichtraucher, Antialkoholiker, und was noch?“

„Leidenschaftlicher Spieler!“

„Dann bist du hier an der Bar aber falsch“, entgegnete die Blondine. Breitbach war überzeugt, daß sich unter der Perücke und der dicken Schminke ein völlig anderes Wesen verbarg, als es den Anschein hatte. Außerhalb dieser Scheune und bei Tageslicht würde sie wahrscheinlich kein Mensch wiedererkennen.

Lissy stand auf und brachte tatsächlich eine Flasche Mineralwasser aus dem Kühlschrank mit. Als Breitbach zur Brieftasche greifen wollte, winkte Lissy ab. „Laß mal, hier wird nur einmal bezahlt, wenn du weggehst. Ohne zu zahlen kann sowieso keiner gehen!“ Sie deutete lächelnd auf einen kleinen Schlüssel, den sie um den Hals an einer Kette hängen hatte. Offenbar paßte er auf das Schloß der Außentür.

Breitbach drehte sich wieder um und sah, daß Scherer inzwischen Platz genommen hatte. An diesem Tisch wurde mit Würfeln gespielt. Neben den Kommandos vom dritten Tisch, an dem die Roulette-Kugel rollte, war das Geräusch der fallenden Würfel wohl das lauteste in der Scheune. Eigentlich hatte er sich das Szenarium ganz anders vorgestellt. Alles ging sehr diszipliniert vor sich, keine Bauernkneipenatmosphäre, wie er erwartet hatte, keine Rauchschwaden, keine Betrunkenen, sah man einmal von Kurt auf dem Sofa hinter der Bar ab. Er trat hinter Scherer. Die Würfelrunden verliefen äußerst schnell. Breitbach verfolgte einige Runden, eine Manipulation war auf den ersten Blick für ihn nicht zu erkennen. Scherer gewann und verlor nicht öfter als die anderen Spieler, wenn man einmal von einem jungen Mann absah, der direkt gegenüber von Scherer saß und dem man seine Spielleidenschaft von den leuchtenden Augen und der leicht schweißbeperlten Stirn ablesen konnte. Schließlich kehrte Breitbach diesem Tisch den Rücken und wandte sich dem Roulettetisch zu. Auch hier verliefen die Spiele zügig, die Ansagen waren leise und, einmal abgesehen von der Illegalität des Spielens, sah alles ganz seriös aus. Breitbach zählte heimlich mit. Die Einnahmen der Kasse im Verhältnis zur Auszahlung schienen im Durchschnitt ähnlich wie bei allen Spielkasinos zu sein.

„Dort hinten stehen noch Stühle", munterte ihn der Croupier, ein graumelierter Schnauzbart, deutlich lispelnd, auf. Dabei schob er mit der rechten Hand seine Goldrandbrille wieder in die richtige Position, wobei eine kleine Tätowierung am Handgelenk sichtbar wurde.

Breitbach schlenderte langsam zum ersten Tisch zurück, wo man Karten spielte und griff sich im Vorübergehen einen der freien Stühle, worauf man am Tisch bereitwillig zusammenrückte. „Lassen Sie mich noch etwas zuschauen", bat Breitbach und betrachtete die neun Personen am Tisch. Zu gern hätte er einfach gefragt, wer in dem Raum wohl ‚Hotte' sei. Links neben ihm saß ein etwas derber, breitschultriger Mann. Seine fleischigen Finger zerknüllten förmlich die Spielkarten. Daneben saß genau das Gegenteil. Ein spindeldürrer spitznäsiger Glatzkopf, der sich ständig die Nase rieb, für Breitbach die typische Handbewegung eines Koksers. Neben ihm folgten zwei mittelblonde Typen, die durchaus Zwillinge sein konnten. Sie trugen gleiche Pullover, was die Vermutung unterstützte. Gegenüber von Breitbach spielte ein ganz junger Mann, kaum achtzehn oder zwanzig und eine schlanke Pomadenfrisur, der sich seine Haare sicherlich schwarz färbte. Die Runde am Tisch schlossen drei weitere Gäste, Allerweltsgesichter wie am Nachbartisch und der Dreitagebärtige, der die Bank hatte.

Die Spielfolge schien Breitbach interessant. Bei fast keiner Runde spielten alle mit, und bei jeder neuen gab die Bank den Einsatz vor. Die Reihenfolge der Angaben schien willkürlich. Mal waren es zehn, mal zwanzig, fünfzig oder hundert Mark. Akribisch beobachtete er den Kartengeber neben sich. Doch so sehr er sich auch bemühte, er konnte keine Tricks erkennen.

Am Nachbartisch ging es inzwischen lauter zu als vorher, was Breitbachs Interesse weckte. Er beugte sich zu dem Dreitagebart: „Mal nebenan schauen!" flüsterte er und erhob sich von seinem Stuhl, um am anderen Tisch nachzusehen, was der Grund des geänderten Geräuschpegels war. Man hatte inzwischen die Spielart gewechselt. Jeder hatte einen Knobelbecher vor sich stehen. Jetzt war zu erkennen, daß der junge schwitzende Spieler mit den leuchtenden Augen offenbar die Bank war. Also gehörte er zu Hotte, oder war er sogar Hotte? Die Spielregeln waren einfach. Jeder, außer der Bank, stülpte seinen Becher mit den Würfeln auf den Tisch. Dann wurden die Becher gleichzeitig gehoben und die Augen festgestellt. Nur die höchste Augenzahl spielte dann ein zweites Mal gegen die Bank. Es wunderte Breitbach, das sich die Leute auf solche Regeln einließen. Aber selbst Scherer spielte mit. Die Frage war eben nur, mit wessen Geld und welchem Hintergedanken. Inzwischen gab es also mindestens vier Leute, die hier Insider sein mußten: Scherer, der Dreitagebart am ersten und der kleine Schwitzer am zweiten und der lispelnde Croupier am dritten Tisch. Welche Rolle Lissy hier spielte, war Breitbach noch nicht klar.

Breitbach warf einen Blick auf seine Armbanduhr. Er erinnerte sich an die Frostwarnungen des SWR und schlenderte um den Tisch herum zu Scherer, der seine Absicht offenbar bereits ahnte.

„Was ist? Wir können auch Sonderrunden einlegen mit höheren Einsätzen, wenn Sie wollen."

‚Oh Gott, nein' schoß es Breitbach durch den Kopf. Nicht nur, daß dieser Mensch ihn irgendwie abstieß, jetzt schien man ihm wirklich auch noch das Geld aus der Tasche ziehen zu wollen. Den Kopf in der Schlinge meinte Breitbach: „Mir ist nicht gut, der Magen". Er versuchte ein würgendes Geräusch zu produzieren.

„Trinken Sie einen Schnaps, das hilft mir auch immer", empfahl ihm Scherer.

„Ich muß noch mit dem Auto fahren. Da trinke ich grundsätzlich nichts", ließ ihn Breitbach wissen und erhielt dafür einen mitleidigen Blick. Trotzdem schob Scherer seinen Knobelbecher beiseite und klopfte mit der Faust auf den Tisch. „Tut mir leid, meinem Partner geht es nicht gut." Er erhob sich. In diesem Moment konnte Breitbach genau erkennen, daß Scherer dem Schwitzer zublinzelte und dabei erstaunlich laut in den Raum rief: „Zum Abschied für alle eine Runde!"

Ein dankbares Raunen ging durch die Scheune und als sich Breitbach umdrehte sah er zu seinem Erstaunen, daß Lissy bereits zwei Tabletts mit gefüllten Schnapsgläsern an der Bar bereitstehen hatte. Also gehörte sie mit zu der Firma, dachte Breitbach. Zu gern hätte er gewußt, was sich außer billigem Fusel noch in den Gläsern befand. Dann gab er sich einen Ruck. Blitzschnell ergriff er eines der Gläser und kippte den Inhalt hinunter. „Sie haben recht", lachte er, „einer kann nichts schaden!"

Warum ihn Scherer verdutzt anschaute, war ihm im Moment nicht klar. Aber es war wohl die einzige Chance die Wirkung dieses Getränkes am eigenen Leibe zu verspüren. Falls sich seine Vermutung bestätigte, würde er wohl oder übel in dem geliehenen Mercedes übernachten müssen.

Lissy begann die Gläser zu verteilen und Scherer wartete, bis alle bedient waren. Dann erhob er sein leeres Glas und prostete wortlos den anderen in der Scheune zu.

„Welch illustere Runde!"

Breitbach und einige andere drehten sich erschrocken um. Von allen unbemerkt war ein etwa vierzigjähriger schmächtiger Mann in die Scheune getreten. Er hatte kurze braune Haare und sah aus wie der kleine Beamte einer Gemeindeverwaltung. Er war weder elegant gekleidet, noch trug er irgendwelchen Schmuck außer einem breiten Ehering. Konnte dieser unscheinbare Mann, dem man auch den Beruf eines Bauern oder Vertreters abgenommen hätte, dieser ominöse Hotte sein?

Wie zu seiner Bestätigung eilte Scherer auf den Mann zu. „Hotte, darf ich dir einen neuen Gast vorstellen, Alfred aus Mainz."

Hotte warf einen flüchtigen Blick auf Breitbach. „Und, spielt er gut?" fragte er mit schnurrender Stimme.

„Das bleibt noch ein Geheimnis", kam Breitbach Scherer zuvor. „Aber heute ist mein Magen nicht in Spiellaune gewesen. Deshalb auch der frühe Aufbruch. Hermann und ich wollten gerade gehen." Er streckte Hotte die Hand entgegen und war erstaunt, daß dieser sie ohne zu zögern annahm.

„Dann werden wir uns ja hoffentlich bald wiedersehen oder wollen Sie kneifen?" schnurrte Hotte monoton.

„Keinesfalls!" beteuerte Breitbach wahrheitsgemäß. „Es war heute ja erst ein Schnuppern, vielleicht werde ich schon ..."

Hotte fiel ihm ins Wort. „Kommen Sie morgen zu Micha, dann werden wir sehen, wie gut Sie spielen. Hermann wird Ihnen den Weg zeigen. Und bringen Sie genug Geld mit!" fügte er schmunzelnd hinzu, wobei sich sein Gesicht in viele Falten legte.

Damit ließ er Breitbach stehen und eilte auf Lissy zu, die ihm bereits ein Glas Sekt eingeschüttet hatte. Wahrscheinlich war es für Hotte aber eher Champagner.

Als sich Breitbach wieder zum Gehen wenden wollte, griff ihn Lissy am Arm. „Du hast noch Schulden bei mir, Süßer", lächelte sie ihn an.

Breitbach erinnerte sich an das Glas Mineralwasser, das Lissy ihm serviert und das er irgendwo abgestellt hatte. Er zog einen Zwanzigmarkschein aus der Tasche. Lissy nahm ihn, spitzte die Lippen verführerisch und schob das Geld in ihr Dekolleté.

Auf der Rückfahrt schwärmte Hermann Scherer von Hotte. Breitbach erfuhr, daß Hotte das alles organisierte und natürlich auch dafür sorgte, daß die Spiele fair verliefen. „Hotte hat die besten Beziehungen bis ganz oben hin", versicherte er Breitbach. „Von ihm kann man alles bekommen!"

„Auch Koks?" fragte Breitbach blitzschnell.

Scherer war so euphorisch, daß er nicht einmal merkte, in welche für ihn gefährliche Richtung Breitbach das Gespräch gelenkt hatte.

„Alles!" bestätigte er. „Seit Hotte hier im Hunsrück ist, geht die Post ab. Von wegen die Hunsrücker sind Hinterwäldler. Was brauchen wir Köln oder Frankfurt? Hotte besorgt es uns. Manchmal gibt er auch Partys. Ich weiß ja nicht, auf welchem Typ von Frauen Sie stehen. Aber da bleiben keine Wünsche offen. Und vor allem, hier gibt es keine Razzien und keine Sperrstunden. Da wird die Tür zugemacht, das Licht heruntergedreht, und dann steigt die Fete."

Breitbach überlegte, wieso Scherer plötzlich so gesprächig war. Allein das Auftauchen dieses Hotte konnte es ja nicht sein.

„Haben Sie auch etwas Stoff für mich?" fragte Breitbach ein zweites Mal blitzschnell und flog im gleichen Moment voll in den Sicherheitsgurt.

„Scheiße, hätten Sie vor fünf Minuten etwas gesagt", antwortete Scherer. „Ich sage Ihnen doch, Hotte besorgt alles."

„Das nächste Mal hoffentlich auch einen besseren Chauffeur!" donnerte Breitbach verärgert zurück und versuchte sich wieder in seinem Sitz aufzurichten. „Warum in aller Welt mußten Sie so bremsen?"

Scherer wußte offenbar keine Antwort, aber der plötzliche schroffe Ton von Breitbach holte ihn wieder etwas auf den Boden der Wirklichkeit zurück.

Als sie den Ortsrand von Kirchberg erreicht hatten, ließ Breitbach anhalten. „Ich gehe den Rest des Weges zu Fuß. Vielleicht geht es in der frischen Luft meinem Magen etwas besser."

Scherer erhob keinen Einspruch. Vielleicht hatte er doch etwas bemerkt. Er hielt an und ließ Breitbach aussteigen. „Kommen Sie morgen wieder zu mir?" frage Scherer.

„Aber morgen fahre ich!" brummte Breitbach und schlug den Mantelkragen hoch. Es war eisig kalt geworden und der Sturm fegte kräftig von Nordwesten.

Langsam verschwanden die Rücklichter und Breitbach atmete tief durch. Eigentlich hatte er erwartet, daß etwas im Schnaps gewesen war, nachdem Scherer auf so merkwürdige Weise plötzlich die Runde ausgerufen hatte. Doch er verspürte weder einen Rausch oder eine Benommenheit, die ihn beim Zocken hätte beeinflussen können, wenn er noch dort geblieben wäre. Was die Getränke betraf, war der Verein also scheinbar sauber. Warum hatte aber Scherer diesem Schwitzer zugezwinkert? Doch so sehr er sich auch den Kopf zerbrach, er fand keine Antwort darauf. Trotzdem war er sehr zufrieden mit sich. Er hatte mehr erreicht und erfahren als erwartet. In den Wind mischte sich ein leichter Nieselregen. Ein Wetter, bei dem man keinen Hund vor die Tür jagen würde. Bei diesem Gedanken fiel ihm Bosco ein, der wahrscheinlich sehnlichst auf seinen Herrn wartete. Hoffentlich hatte er nicht in den Flur gepinkelt.

Bosco hatte tapfer seine Bedürfnisse zurückgehalten. Es kam selten vor, daß sein Herrchen ihn über einen so langen Zeitraum allein ließ. Er begrüßte Breitbach mit unbändiger Freude, gab ihm aber durch ein ständiges Hin und Her zwischen ihm und der Wohnungstür zu verstehen, daß es höchste Zeit war. So machten die beiden noch einen ausgiebigen Spaziergang durch die nächtliche Koblenzer Altstadt.

Breitbach hatte sich eine dicke Daunenjacke mit Kapuze übergezogen und nutzte den Spaziergang, Pläne für die nächsten Tage zu schmieden. Natürlich reizte es ihn, gleich morgen zu diesem ‚Micha' zu fahren, aber er war sich noch nicht ganz sicher, ob er nicht auffallen würde. Was würde geschehen, wenn er zum zweiten Mal beim Zocken kneifen würde? Immerhin hatte er sich als leidenschaftlicher Spieler vorgestellt und mußte diese Figur nun auch glaubwürdig darstellen. Hotte würde also auf jeden Fall morgen bei Micha auftauchen und ihn erwarten. Er überlegte sich, wie er es bewerkstelligen konnte, die Spielhölle von Micha ausfindig zu machen, ohne selbst dort auftauchen. Scherer verdiente eindeutig seine Kohle als Werber für die Zockerstuben. Woran er noch beteiligt war, konnte Breitbach bisher nicht beurteilen.

Das meiste Kopfzerbrechen bereitete ihm dieser Hotte. Er paßte so gar nicht in das Bild, das er sich von diesem Typen gemacht hatte. Aber immerhin bestätigte es die alte Tatsache, daß man niemandem ansehen konnte, was für ein Mensch er war. Das hatte er in seinen vierzig Berufsjahren immer wieder bestätigt gefunden. Und trotzdem, irgend etwas irritierte ihn an diesem Hotte.

Zu gern hätte er außerdem gewußt, ob Hotte schon irgendwo einmal polizeilich aufgefallen und aktenkundig geworden war. Aber er konnte schlecht zu LKA-Hoffmann oder Wagner gehen und einfach diese Frage stellen, ohne daß man sofort Zusammenhänge vermutete.

Er war stehengeblieben und schaute sich nach Bosco um. Der Hund war nirgends zu sehen. Er stieß einen leisen Pfiff aus, doch nichts geschah. Er schob seine Kapuze vom Kopf, um besser lauschen zu können und pfiff ein zweites Mal. Wieder geschah nichts. Außer dem monotonen Rauschen der Regentropfen auf die Blätter, die von den Bäumen gefallen waren und auf dem Boden lagen, war nichts zu hören. Zu dumm, daß er sich so sehr in seine Gedanken vertiefen mußte. Sicherlich hatte Bosco wieder irgendwo einen fremden Hund erschnuppert, was ihn immer Herrn und Hof vergessen ließ. Breitbach steckte zwei Finger in den Mund und stieß einen schrillen Pfiff aus, der an den Häusern der Kastorpfaffengasse widerhallte. Aber es dauerte immer noch einige Zeit, bis er in der Ferne das dumpfe und rhythmische Getrappe von Bosco vernahm. Vergnügt mit dem Schwanz wedelnd und mit völlig durchnäßtem Fell tauchte schließlich der Hund in der Dunkelheit auf und machte mit schuldbewußtem Blick artig vor seinem Herrn Sitz. Breitbach schluckte bei diesem Anblick seine Verärgerung hinunter und legte Bosco als Strafe die Leine an.

Obwohl Breitbach am nächsten Morgen sehr spät aufstand, fand er Bosco noch im Tiefschlaf vor. Erst als das Radio im Badezimmer eingeschaltet wurde, hob der Hund kurz seinen Kopf, klopfte einmal mit dem Schwanz auf den Boden, um dann wieder zurückzusinken und weiterzuschlafen.

Die SWR-Nachrichten ließen Breitbach aufhorchen. Vor dem Landgericht Koblenz wurde gerade der Prozeß gegen den Eishallenkönig Alfred Scherhag verhandelt. Die Tatsache, daß auch hier Falschgeld eine Rolle spielen sollte, setzte sofort Breitbachs kleine grauen Zellen, wie Agatha Christie sie bei ihrem Monsieur Poirot nannte, in Gang. Hatte der Fall Scherhag irgend etwas mit Kewes zu tun? Zwar lag das Auftauchen der Falsifikate in diesem Fall bereits ein Jahr zurück, aber vielleicht hatten seine ehemaligen Kollegen dazu ja bestimmte Erkenntnisse, die im Zusammenhang mit seinen eigenen Nachforschungen ein völlig neues Bild ergaben. Breitbach beschloß, sofort nach dem Frühstück nochmals zu Wagner zu gehen.

Kurz bevor er seine Wohnung verließ, läutete das Telefon. Am anderen Ende meldete sich Manni Gniffke. Man habe ihn am gestrigen Abend im ‚Deutschen Kaiser' vermißt und er wolle sich erkundigen, ob Breitbach mehr wisse, als in der Rhein-Zeitung stehe. Da Breitbach noch keinen Blick in die heutige Ausgabe geworfen hatte, die sicherlich noch unten in seinem Briefkasten steckte, ließ er sich berichten. Wie so oft nutzte irgendein Nachbar von Kewes die Gelegenheit, sich darzustellen. Er hatte der Presse den Hinweis gegeben, daß Fischer in letzter Zeit mehrfach mit seiner Frau in Urlaub gefahren wäre und machte sich Gedanken, woher so viel Geld stamme. Gniffke kochte vor Wut und Breitbach sah seinen Freund förmlich vor sich, wie er sich über solche Verleumdungen und Intrigen aufregte. „Dat gieht einem an die Niere, wenn mer dat hiert!" schimpfte er. „Dä Kewes had sein Lewe lang geschafft. Do es et doch nur sein good Recht, emol mi en Urlaub ze ginn. Awer su e Gesabbels es nadierlich für die Presse e gefonne Fresse."

Während Manni sprach, kam Breitbach plötzlich ein Gedanke. Fast alle, die mit Kewes eng befreundet waren und die er kannte, sprachen mehr oder weniger Koblenzer Dialekt. Bis auf einen und der hatte auch noch ein Auftreten, wie er es gestern Scherer, Hotte und den anderen vorgespielt hatte: Klaus Weber, ein ehemaliger Oberstudienrat. Plötzlich merkte Breitbach, daß er kaum noch den Ausführungen von Gniffke zuhörte, sondern seine Gedanken in eine ganz andere Richtung galoppierten, was ihm augenblicklich sehr peinlich war, zumal Manni auf einmal schwieg und ihm offenbar eine Frage gestellt hatte.

„Sei mir nicht böse, aber Bosco hat mich gerade abgelenkt, was meintest du?" entschuldigte er sich.

„Mir wolle heide Omend off en Sprung zom Lehn. Willsde metginn?"

„Wann soll das denn sein?" fragte Breitbach ungeduldig, denn ihm war da eben eine Idee gekommen, die er in Ruhe überdenken wollte.

„Ich hann noch om fönnef en Stadtführung, donoh treffe mer uns om Plon!"

Der ‚Plan' war einer jener romantischen Plätze der Koblenzer Altstadt, auf dem man im Sommer saß und gemütlich ein Eis aß oder einen Kaffee trank. Obwohl Gniffke es nicht sehen konnte, nickte Schosch Breitbach, legte auf und ließ sich in den Rattansessel neben dem Telefon sinken. Wenn er Weber für seinen Plan gewinnen konnte, dann wußte er, wie er die Dinge angehen würde.

Nachdem ihm klar war, daß es für Bosco wieder ein langer Abend werden würde, nahm er ihn mit ins Präsidium. Wagner war nicht da, dafür aber Kriminalhauptmeister Berger. Der junge Beamte war damit beschäftigt, einen Bericht zu schreiben, der ihm offenbar sehr schwerfiel, wenn man den vollen Aschenbecher neben dem Computer richtig interpretierte. Spürbar erfreut von der Arbeit abgelenkt zu werden und eine Pause einlegen zu können, drehte er sich zu Breitbach um, als dieser das Büro betrat und bot ihm eine Tasse Kaffee an. Bosco verschwand sofort unter dem Schreibtisch von Wagner und lauerte auf eine Auszeichnung. Doch von diesem Ritual wußte Berger nichts und so blieben die Leckerlis in Wagners Schublade liegen.

Zu seiner Freude erfuhr Breitbach, daß Wagner als Zeuge im Fall Scherhag geladen war und sich derzeit beim Landgericht befand. Also mußte sein Nachfolger über diesen Fall bestens informiert sein, auch wenn er möglicherweise nicht direkt mit der Falschgeldaffäre betraut war. Beim Fall Scherhag ging es ja auch um Urkundenfälschung und Unterschlagung.

„Hat sich dieser Hoffmann vom LKA noch mal gemeldet?" fragte Breitbach scheinbar nebenbei.

„Nicht, daß ich wüßte. Aber ich war gestern den ganzen Nachmittag wegen eines Einbruchdeliktes mit Kommissar Rebstock unterwegs."

„Kommissar Rebstock?" fragte Breitbach überrascht. „Ist der neu?"

Berger verneinte. „Wie der mit Familiennamen richtig heißt, weiß ich nicht. Alle nennen ihn nur ‚Kommissar Rebstock', weil er irgendwo an der Mosel Weinberge und eine Straußwirtschaft hat."

Breitbach erinnerte sich an einen solchen Kollegen, zu dem er allerdings keinen Kontakt mehr hatte. „Kann ich mal an Wagners Computer?" Breitbach wußte, daß sich der junge Kollege kaum trauen würde, ihm dies zu verwehren. Deshalb nahm er ohne eine Antwort abzuwarten an Wagners Schreibtisch Platz und wählte sich in den Zentralcomputer des LKA ein. Zunächst fragte er nach einem Hermann Scherer, den der Computer auch prompt fand. Scherer war zweimal vorbestraft, allerdings ausschließlich wegen leichterer Körperverletzung, und beide Fälle lagen bereits mehrere Jahre zurück. Nach Scherer gab Breitbach den Suchbegriff ‚Hotte' ein. Es dauerte eine Weile, bis der Computer alles durchforstet hatte. Dann spuckte er drei

Namen aus, zwei davon, mehrfache Straftäter, sogar mit Personenbeschreibung, die aber nicht auf den Gesuchten paßten. Der dritte saß gerade in der JVA Landsberg in Bayern wegen Raubmordes ein. Enttäuscht schaltete Breitbach den Computer aus und warf einen Blick auf seine Armbanduhr. Um die Mittagszeit hatte er wahrscheinlich die größte Chance Klaus Weber anzutreffen. Er verabschiedete sich und schnippte Bosco als Signal des Aufbruchs.

Als er zur Karthause hinauffuhr und am Gefängnis vorbeikam, verweilten seine Gedanken für ein paar Sekunden bei Kewes, der wahrscheinlich die Minuten und Stunden zählte, die er hier verbringen mußte. „I'll do my best!" murmelte Breitbach und blickte im Vorbeifahren zu den kleinen vergitterten Fenstern empor.

Breitbach ließ Bosco im Auto und läutete am Gartentor. Hannelore Weber öffnete ihm und strahlte über das ganze Gesicht. „Welch seltener Gast!" rief sie fröhlich aus. „Sie kommen gerade zur rechten Zeit. Ich habe noch einen Pfannkuchen übrig."

„Ich wollte Sie nicht beim Mittagessen stören", entschuldigte sich Breitbach, „aber ich hätte gern für ein paar Minuten Ihren Mann gesprochen."

„Hereinspaziert!" Frau Weber schloß die Tür hinter ihm und deutete auf die Wohnzimmertür, in der im gleichen Moment ihr Mann auftauchte. Klaus Weber war äußerst schlank, sein weißes Haar und seine blasse Hautfarbe verliehen ihm ein aristokratisches Aussehen.

„Welch eine Überraschung, mein lieber Breitbach, wie lange haben wir uns schon nicht mehr gesehen?" Weber begrüßte seinen alten Bekannten mit kräftigem Händeschütteln und schob ihn vor sich her ins Wohnzimmer. „Nehmen Sie Platz, wo Sie wollen. Trinken Sie einen Kaffee mit uns?"

Breitbach sagte dankbar ‚Ja', denn er verspürte eine leichte Müdigkeit, die wohl von der kurzen Nacht herrührte.

Während sich Frau Weber in die Küche begab, erklärte er Klaus Weber in kurzen Sätzen, was er vorhatte. „Ich werde Sie auf keinen Fall in irgendwelche Schwierigkeiten bringen, das versteht sich von selbst. Ich brauche Sie nur für einen Abend, der allerdings lang werden kann, und in möglichst eleganter Kleidung."

„Letzteres ist kein Problem", schmunzelte Weber. „Ich komme sogar in Lackschuhen, wenn es erforderlich ist. Nur die Zeitfrage ist das Problem. Ich habe ja immer noch meine Chorproben und sie wissen ja wie das ist, gerade jetzt vor Weihnachten." Er stand auf und kam nach kurzer Zeit mit einem kleinen Taschenkalender in der Hand zurück. „Wenn es von ihrer Seite her möglich wäre, ich könnte am kommenden Montag mitkommen."

„Verdammt knapp", meinte Breitbach und räusperte sich. „Aber wenn ich heute abend Glück habe, dann könnte es klappen. Nur das kann ich Ihnen erst morgen sagen."

Auf dem Weg von der Karthause in die Altstadt hielt Breitbach kurz bei der Sparkasse in der Bahnhofstraße an. Er hob von seinem Konto eintausend Mark ab und ließ sich das Geld in Hundertern auszahlen. Zu Hause angekommen nahm er sich zunächst den falschen Hundertmarkschein vor, den er im Präsidium heimlich gegen einen echten ausgetauscht hatte. Er reinigte ihn vorsichtig, wie er es sich durch jahrelange Beobachtungen seiner Kollegen von der Spurensicherung und der Objektpräparierung abgeschaut hatte. Dann nahm er aus dem Wandschrank in der Diele, den er auch scherzhaft seine ‚Asservatenkammer' bezeichnete, ein kleines Fläschchen und strich den Schein mit einer wäßrigen farblosen Flüssigkeit ein. Mit einer Pinzette hielt er den Schein ein paar Minuten über den Heizkörper und betrachtete dabei die Menschen unten auf der Rheinstraße. Ein Nikolaus in rotem Gewand verteilte kleine Werbegeschenke an Kinder, die diese dankbar in Empfang nahmen. Es hatte endlich aufgehört zu regnen, dafür war aber der Wind stärker geworden und fegte den Wattebart des heiligen Mannes auf und ab und manchmal hatte es sogar den Anschein, als wolle er den Bart mit in die Lüfte nehmen und forttragen. Das Bild erinnerte ihn unwillkürlich an das Märchen von ‚Der Maus, die su ger flieje wollt', das sein Freund Leo Wingen erst vor wenigen Wochen als CD auf den Markt gebracht hatte.

Als der Schein trocken war, trug Breitbach ihn zum Tisch zurück, nahm das kleine Bündel echter Hunderter und öffnete seine Brieftasche. Er zählte sieben dieser Scheine ab, legte dann den präparierten Schein drauf und schließlich die restlichen drei Banknoten. Dann legte er alle Scheine auf die rechte Innenseite seiner Brieftasche und klappte sie zu. Anschließend öffnete er sie einige Male und prägte sich genau ein, wie er diese öffnen mußte, damit der vierte Schein von oben immer das Falsifikat war.

Den restlichen Nachmittag verbrachte Breitbach im Bett, wobei er eine Stunde vor sich hin döste und nochmals seinen abendlichen Plan durchging. Dann schlief er eine Stunde tief und fest. Als er wieder aufwachte, begann es draußen bereits dunkel zu werden. Er entschloß sich zu einem ausgedehnten Spaziergang mit Bosco. Nachdem er das Rheinufer entlang bis nach Oberwerth gegangen war, legte er auf dem Rückweg im ‚Weindorf' eine Abendessenspause ein. Als Lunnebach, der Wirt, ihn erblickte, kam er sofort an Breitbachs Tisch geeilt.

„Goode! Haben Sie auch schon gehört, was mit dem Kewes passiert ist?"

Da Breitbach gerade einen Bissen in den Mund gesteckt hatte, nickte er nur kauend und machte dem Wirt ein Handzeichen, sich zu ihm zu setzen.

„Es ist mir ja eigentlich irgendwie unangenehm, daß der Jakob ausgerechnet hier mit einem falschen Hunderter erwischt wurde. Meine Frau und ich waren nicht da. Mein Aushilfskellner kannte Kewes nicht und hat natürlich sofort die Polizei gerufen. Erst dadurch haben wir erfahren, daß er bereits schon einmal mit Falschgeld aufgefallen war. Trotzdem glaube ich, daß er nichts mit der Sache zu tun hat."

„Hat er nicht!" antwortete Breitbach bestimmt und sah die Erleichterung in Lunnebachs Gesicht. „Der ist da ohne es zu wissen und zu wollen in etwas hineingeschlittert, das ist völlig klar."

„Mir tut vor allem seine arme Frau leid ..."

Erschrocken blickte Breitbach auf seine Armbanduhr und schlug sich mit der flachen Hand gegen die Stirn. „Verdammt. Ich war mit dem Manni verabredet. Wir wollten gemeinsam zur Lehn gehen und sie etwas aufmuntern." Er überschlug die Zeit. „Können Sie mir bitte ein Taxi bestellen, aber sagen Sie gleich, daß ein Hund dabei ist."

Während der Wirt das Taxi bestellte, zahlte Breitbach bei der Bedienung und schob sich noch das restliche Bratenschnittchen in den Mund.

Fast gleichzeitig mit Breitbachs Taxi fuhren auch Leo Wingen und Manni Gniffke vor dem Haus der Fischers in Pfaffendorf vor. „Mir hann net lang off dich gelauert. Mir hann gedaacht, dau has dich ärjenswo verquatscht", rief ihm Manni bereits zu, während er das Taxi bezahlte.

Bosco holte sich als erstes wieder bei Wingen und Gniffke seine Streicheleinheiten, bevor er sich artig anleinen ließ und seinem Herrn zum Hauseingang folgte.

Frau Fischer sah die drei erstaunt an und nahm den kleinen Blumenstrauß mit feuchten Augen entgegen, den Leo Wingen ihr mitgebracht hatte.

„Bisher durfte ich Jakob noch nicht besuchen“, beklagte sich Helene mit weinerlicher Stimme. „Angeblich hat das der Staatsanwalt abgelehnt.“

„So en Quatsch, wer es dat, dä Jung?“ fragte Manni Gniffke sofort kämpferisch und es hatte den Anschein, als wolle er sich auf dem Absatz umdrehen, um Oberstaatsanwalt Jung aufzusuchen.

„Laß mal“, beruhigte ihn Breitbach. „Das hat aus deren Sicht alles seine Richtigkeit, so leid es mir tut, daß ich das sagen muß.“

Manni schaute ihn an. „Off welcher Säit stiehst dau eijentlich?“

„Natürlich auf der richtigen Seite, aber du mußt immer unterscheiden zwischen Vorschriften und persönlichen Gefühlen. Ich habe mir früher immer vorgestellt, wie ich reagieren würde, wenn ich einmal einen nahen Verwandten oder eben einen guten Freund verhaften müßte, nur weil ein Haftbefehl vorliegt. Das sind nun mal zwei Paar Schuhe.“

Breitbach wußte, daß auch Manni Gniffke die Situation durchaus richtig einschätzte, dafür war er lange genug in der Verwaltung tätig. Aber er wußte auch, daß für ihn bei allem Verständnis für Verwaltungsdinge und Vorschriften das Menschliche immer im Vordergrund stand. Und das ist es wahrscheinlich auch, warum er überall so beliebt und angesehen ist.

Lehn hatte eine Schale selbstgebackene Märwes, ein herrlich duftendes Mürbeteiggebäck, auf den Tisch gestellt. „Greifen Sie zu, meine Herrn“, munterte sie die drei Männer auf und schob jedem ein Glas Wein hin. Nur Manni bekam eine Flasche Bier und ein Glas hingestellt, weshalb er Frau Fischer einen kurzen dankbaren Blick zuwarf.

„Ich habe inzwischen die ganze Unordnung beseitigt, die deine Kollegen hinterlassen haben. Dabei ist mir etwas in die Hände gefallen, worauf ich mir keinen Reim machen kann.“ Helene Fischer stand nochmals auf und ging an einen kleinen Sekretär. Aus einer Schublade nahm sie ein kleines Büchlein, wie viele Leute es zum Eintragen von Telefonnummern benutzen. Sie reichte es Schosch Breitbach und tippte mehrmals aufgeregt mit dem Finger drauf. „Schau mal, ob dir dabei etwas auffällt, Herr Kriminalkommissar.“

„Hauptkommissar!“ berichtigte Leo sie und nahm sich verstohlen ein Plätzchen aus der Schale.

Breitbach öffnete das Büchlein und blätterte mehrmals vor und zurück. Es enthielt wie erwartet viele Namen, Adressen und Telefonnummern. Beim dritten Durchblättern hielt er unter ‚R‘ inne. Hier waren als letzte Einträge ein einfaches ‚R' und ein ‚RB', dahinter war jeweils eine Reihe von drei- und vierstelligen Zahlen eingetragen, durch Kommas getrennt.

Helene Fischer, die ihm über die Schultern zugeschaut hatte, klopfte Breitbach anerkennend auf die Schulter. „Aha, immer noch der alte Spürhund. Und jetzt schau mal unter ‚S' nach."

Breitbach blätterte eine Seite um und entdeckte dort zwei ähnliche Eintragungen, einmal mit ‚St' und einmal ‚S' gekennzeichnet.

„Das sind doch keine Telefonnummern!" stieß Helene hervor und brach in Tränen aus. „Und hier!", sie deutete mit dem Finger auf die letzte Eintragung unter ‚S'. Sie lautete 2000. „Bedeutet das den Jahrtausendwechsel oder die DM 2.000 Falschgeld, die man insgesamt bei Jakob gefunden hat?" Schluchzend ging sie zu ihrem Sessel zurück. Manni war aufgestanden, hinter Breitbach getreten und warf ebenfalls einen Blick in das kleine Büchlein, während Leo seine Hand auf Lehns Arm legte und meinte: „Schosch wird schon rausfenne, wad ed met denne Zahle off sich hat."

Breitbach hatte sich als erster verabschiedet und wieder ein Taxi genommen. Nachdem er mit Bosco noch schnell am Moselufer eine Runde gegangen war, versuchte nun pünktlich bei Scherer in Kirchberg zu sein. Auf der Autobahn beschäftigte er sich in Gedanken noch einmal mit den Buchstaben in dem kleinen Notizbuch. Er war sich sicher, daß das einfache ‚R' für Ravengiersburg stand, ‚RB' konnte durchaus Rheinböllen heißen und ‚St' für Stromberg stehen. Für das ‚S' gab es mehrere Möglichkeiten: Simmern, Sargenroth oder Schnorbach. Weitere Orte fielen ihm im Moment nicht ein. Er beschloß, sich morgen auf der Karte einmal die Orte anzuschauen, die zusätzlich in Frage kamen.

Als er von der Autobahn abbog und auf die B 50 in Richtung Kirchberg fuhr, spürte er plötzlich eine ungewohnte Nervosität in sich aufsteigen. ‚Schosch, du wirst alt!' beschimpfte er sich und griff zum dritten oder vierten Mal an diesem Abend nach seiner Brieftasche. Er hatte sie in einer ganz bestimmten Richtung in sein Jackett gesteckt, damit er genau die von ihm festgelegte Reihenfolge der Hundertmarkscheine vor sich hatte, wenn er sie öffnete. Er sprach leise ein Stoßgebet. Hoffentlich hatte er Glück und alles verlief so, wie er es sich ausgedacht hatte.

Scherer stand bereits vor der Haustür und erwartete ihn. Breitbach ließ das Fahrerfenster herunter, nachdem Scherer keine Anstalten machte, einzusteigen.

„Fahren Sie hinter mir her!“ rief ihm Scherer durchs offene Fenster zu. „Sie werden doch sicherlich nicht wieder über Kirchberg zurück nach Mainz fahren wollen.“

„Das kommt drauf an, wohin es geht“, antwortete Breitbach. Doch Scherer hatte sich bereits wieder umgedreht und eilte auf seinen eigenen Wagen zu. Er wartete, bis Breitbach gewendet hatte, dann gab er Gas und Breitbach hatte Mühe, ihm zu folgen. Zunächst ging es zurück auf die B 50 und in Richtung Simmern, dann weiter Richtung Rheinböllen. Doch die Hoffnung, daß ‚Micha', wie Hotte ihn genannt hatte, dort zu finden wäre, bestätigte sich nicht. Scherer bog in Argenthal Richtung Dörrebach rechts ab. Als sie den Schanzerkopf – einen beliebten Ski- und Rodelberg der Hunsrücker mit knapp 650 Höhenmetern – hinter sich gelassen hatten, wurde die Straße immer schmaler. Scherer fuhr für Breitbachs Geschmack viel zu schnell, aber was sollte er machen? Erst hinter Dörrebach wurde die Straße wieder etwas breiter. Schließlich erreichten sie Stromberg. Scherer bog in Richtung Ortsmitte ab und dann gleich wieder links auf einen Parkplatz. Er machte Breitbach ein Zeichen, den Wagen abzustellen.

Breitbach schaute sich um. Der Parkplatz war mit freundlichen Häusern umbaut. Nichts deutete auf eine geheimnisvolle Spelunke hin. „Kommen Sie!“ rief ihm Scherer zu und beide verschwanden in einer kleinen Seitengasse. Nach wenigen Metern verließen sie auch diese Straße und nahmen eine noch kleinere Gasse durch die kaum ein Auto fahren konnte. Oder war es nur ein Privatweg? Breitbach hatte keine eindeutige Beschilderung erkennen können. Schließlich bog Scherer in eine Art Hofeinfahrt ein.

Hier war es so dunkel, daß Breitbach die Umgebung nur noch erahnen konnte. „Sind Sie mit ihrer Raserei noch nie in eine Polizeikontrolle gekommen?“ fragte er Scherer, immer noch verärgert über dessen Fahrstil.

Er vernahm ein leises Lachen. „Um die Uhrzeit fährt doch hier keine Streife mehr. Großer Gott, hier ist nicht Mainz, hier ist der Hunsrück.“

‚Wenn du wüßtest!' dachte Breitbach. Er kannte zwar die personellen Probleme, aber er wußte auch, daß häufig von den Kollegen der Verkehrspolizei sehr wohl punktuell Kontrollen gemacht wurden.

„Außerdem gibt es doch heute Handys, da spricht sich so etwas unter Freunden schnell herum.“ Scherer hatte ihn am Ärmel gefaßt und führte ihn durch den Hof, in dem er sich offenbar sehr gut auskannte. Breitbach hörte in der Ferne eine Türglocke läuten, kurze Zeit später öffnete sich leise eine Tür und ein Mann mittleren Alters war im fahlen Licht des Hausflurs zu erkennen.

„Darf ich vorstellen: Micha, unser heutiger Gastgeber, und das ist Alfred, ein Freund von mir."

„Kommt rein", antwortete Micha heiser und machte einen Schritt zur Seite, so daß sie den dahinter liegenden Korridor betreten konnten.

Breitbach erfaßte den breiten Korridor mit einem Blick. Alles war sehr bieder eingerichtet, eine alte Garderobe, eine massive Bauerntruhe auf der eine Vase mit Plastikblumen stand, Blümchentapete an den Wänden und ein großes Ölgemälde mit einem röhrenden Hirsch vor einem See. Micha trug ein offenes Flanellhemd und eine an den Knien ausgebeulte Cordhose. Wenn Kewes Angaben stimmten und er sie richtig in Erinnerung hatte, mußte Micha der Lehrer sein.

Breitbach und Scherer wurden in ein Wohnzimmer geführt, in dem nur eine alte Stehlampe brannte. Auch hier deutete nichts auf Geschmack oder Luxus hin. Ein riesiges altes Sofa, drei unterschiedliche Sessel, eine alte Anrichte auf der ein Fernsehgerät stand und ein etwas vergammelter Vitrinenschrank waren die wesentlichsten Bestandteile der Einrichtung. Hinter einem Vorhang den Micha beiseite zog, kam eine Tür zum Vorschein. Als Micha sie öffnete, drangen nicht nur Stimmen an Breitbachs Ohr, sondern es stieg auch ein beißender Gestank von Zigaretten und Zigarren in seine Nase.

Der Raum war kleiner als das Wohnzimmer und verfügte auch auf den zweiten Blick über keinerlei Fenster, wie Breitbach sehr schnell feststellte. Offenbar war dieser Raum einmal von dem Wohnzimmer abgeteilt worden. Außer einem Holztisch und etlichen Stühlen fand nur noch ein altes Küchenbüffet Platz.

„Ali, Herbert, Wolfgang und Oskar", stellte Micha die vier Männer vor, die an dem Tisch saßen.

„Alfred", stellte sich Breitbach vor und versuchte sich trotz der dichten blauen Rauchschwaden im Raum die Gesichter einzuprägen. Als spontanen Eindruck stellte Schosch fest, daß die Gäste dieses Hinterzimmers sicherlich nicht mit einem Wagen der Luxusklasse vorgefahren waren. Trotzdem lagen genügend Scheine auf dem Tisch, um sofort zu erkennen, daß auch hier um nicht unerhebliche Beträge gespielt wurde. Micha schob Schosch einen Stuhl hin und deutete auf ein paar Bierflaschen und Gläser auf dem Küchenbüffet.

Welch ein Unterschied zu der Scheune in Ravengiersburg! Ohne auf das Angebot einzugehen, zog Breitbach hustend seinen Mantel aus, der ihm bereitwillig von Scherer abgenommen wurde. Dann nahm Breitbach Platz und wartete ab.

„Wir spielen hier nur Black Jack", stellte Micha völlig überflüssig fest. „Mindesteinsatz zwanzig. Nach oben keine Grenzen, wenn du willst."

Breitbach hustete erneut demonstrativ. „Du spielst heute nicht?" fragte er Scherer erstaunt, nachdem er wieder nach Luft gerungen hatte.

„Später, Alfred!" antwortete Scherer und zwinkerte Micha zu.

„Hermann hat zu viele Schulden bei mir", krächzte Micha heiser. „Die muß er mir erst einmal abbezahlen, bevor ich ihn wieder spielen lasse. Man hat ja auch eine gewisse Verantwortung. Ist doch so, oder?"

Breitbach wußte nicht, ob diese Bemerkung ernst oder ironisch gemeint war. Beides war diesem Micha zuzutrauen. Doch Scherer war die Bemerkung offenbar peinlich, denn er warf dem Gastgeber einen wütenden Blick zu. Breitbach zog vorsichtig seine Brieftasche aus dem Jackett und entnahm ihr den obersten Hunderter. Er beobachtete sehr genau, wie Micha und Scherer fast gleichzeitig in seine Brieftasche schielten, wogegen die anderen kaum Notiz davon nahmen.

„Kannst du wechseln?" Schosch hielt Micha den Schein hin und mußte wieder husten. Der Qualm im Raum machte ihm tatsächlich schwer zu schaffen. Micha griff in eine große Zigarrenschachtel, die neben ihm auf dem Tisch stand und entnahm ihr zwei Fünfzig-Mark-Scheine.

„Kleiner!" befahl Breitbach ohne aufzublicken und schüttelte energisch den Kopf. Mit einem abfälligen Grinsen zog Micha fünf Zwanziger aus der Zigarrenschachtel und schob sie Breitbach hin. Dann begann er, die Karten zu verteilen.

Schosch wollte gerade den ersten Einsatz wagen, als es an der Haustür läutete. Micha stand eilig auf und verließ den Raum. Breitbach nutzte die Gelegenheit aufzustehen und sich etwas die Beine zu vertreten.

„Kann man denn hier nicht einmal ein bißchen lüften?" fragte er Scherer, der aber nur hilflos mit den Schultern zuckte.

„Hast wohl nie geraucht?" fragte der Mann namens Oskar. „So eine jungfräuliche Lunge verträgt natürlich nichts." Er zog wieder an seiner Zigarre, blies den Qualm über den Tisch Breitbach entgegen und grinste.

Im gleichen Moment wurde die Zimmertür wieder geöffnet. Alle drehten sich neugierig um. Hotte war eingetroffen und blieb wie angewurzelt in der Tür stehen. „Nee, Leute, hier kriegt ihr mich aber nicht rein. Das ist ja schlimmer als im Londoner Nebel." Mit diesen Worten verschwand er wieder im Wohnzimmer. Scherer sprang auf und eilte hinter Hotte her. Draußen wurde leise aber erregt diskutiert. Breitbach konnte aber trotz aller Anstrengungen nur Wortfetzen verstehen. ‚Schweinerei', ‚Konzession entziehen', ‚Billigbude'. Hotte, von dem diese Worte offenbar stammten, stieß bei Schosch auf volles Verständnis. Aber es schienen mehrere Leute gekommen zu sein.

Draußen wurden daraufhin irgendwo Rolläden heruntergelassen. Dann betrat Scherer wieder den Raum und machte Breitbach ein Zeichen, ihm ins Wohnzimmer zu folgen.

Breitbach hatte richtig vermutet. Im Wohnzimmer hatten Hotte, zwei weitere Männer und zwei aufgedonnerte junge Mädchen bereits Platz genommen. „Lassen Sie uns hier spielen, da drinnen hält es ja keiner aus", stöhnte Hotte und deutete auf den letzten freien Sessel.

„Das können Sie laut sagen, zumal mein Magen immer noch nicht so ganz in Ordnung ist", bestätigte Breitbach und hustete nochmals kräftig, auch wenn er sich dieses Mal etwas anstrengen mußte, aber er wußte warum. Ihm war die Qualmerei im Nebenraum nicht ganz ungelegen gekommen. Immerhin konnte er sich so eventuell erneut einen frühen Abgang verschaffen.

Micha schaute Scherer an. „Übernimm du so lange draußen das Spiel und bring mir die Bank." Wortlos ging Scherer zurück in den Nebenraum und brachte die Zigarrenkiste. Dann verließ er das Wohnzimmer und schloß die Tür zum Nebenraum hinter sich.

Breitbach amüsierte sich innerlich köstlich über das Bild, das sich ihm bot. Hotte, der biedere Mann mit dem Gemeindediener-Gesicht, flankiert von den beiden aufgedonnerten Mädchen, die kaum sechzehn Jahre sein mochten. Beide trugen sehr enge Tops und äußerst kurze Röcke, alles billigster Machart und Qualität. Auch der Geruch des Parfüms, der sich langsam im Raum verteilte, paßte zu der Kleidung. Die Haare beider Mädchen waren wasserstoffblond gefärbt und die Gesichter dick und ungeschickt mit Make-up zugeschmiert.

Die beiden Männer, die mit Hotte gekommen waren und nun rechts und links von Micha saßen, schätzte Breitbach auf Anfang dreißig. Auch sie waren ebenso wenig elegant gekleidet wie Hotte, trugen aber reichlich Schmuck. Das linke Ohr des kleineren Mannes schmückte ein goldener Ohrring und sein offenes Hemd ließ den Blick auf ein glitzerndes Amulett zu. Beide trugen breite Armbänder, mehrere auffallende Ringe und paßten damit so gar nicht zu dem bisher durch Scherer kennengelernten, eher unauffälligen Personenkreis.

Micha hatte bereits ein Kartenspiel vor sich liegen. „Wie hoch gehen wir?“ fragte er und blickte dabei nur Breitbach an.

Zum zweiten Mal an diesem Abend schickte dieser ein kurzes Stoßgebet zum Himmel und zog seine Brieftasche aus dem Jackett. Mit spitzen Fingern entnahm er ihr den falschen Hunderter und hielt ihn lachend Hotte vor die Nase. „Ist der recht?“ fragte er und machte keine Anstalten, den Schein auf den Tisch zu legen. Schließlich ergriff Hotte fast verärgert den Schein und warf ihn auf den Tisch. „Ich hatte zwar an etwas Größeres gedacht, aber jeder fängt einmal klein an“, meinte Hotte spöttisch. Er zog aus seiner Jackentasche ein ganzes Bündel von Scheinen und warf einen Blauen gelangweilt hinterher. Die beiden anderen folgten seinem Beispiel. Breitbach spürte, wie sein Herz schneller zu schlagen begann. Ging seine Rechnung auf und er gewann dieses erste Spiel? Erneut rief er den Himmel an und flehte im Namen seines alten Freundes Kewes um Hilfe.

Micha mischte die Karten, ließ Breitbach das Päckchen schneiden und mischte ein zweites Mal. Dann warf er ihm, Hotte und den beiden anderen zwei Karten zu. Fast gleichzeitig hoben alle die Karten auf, nur Micha ließ seine vor sich liegen. Breitbach versuchte ein Pokerface zu machen und klopfte zweimal auf den Tisch. Er war sich fast sicher, daß man ihn die ersten Spiele gewinnen lassen würde, damit er für den Abend Blut leckte. Es war der uralte Trick, wenn man einen Spieler heiß machen wollte. Warum sollten Hotte und Micha anders verfahren? Er versuchte, möglichst unauffällig die anderen zu beobachten. Bisher hielt er genau zwanzig Punkte in der Hand. Wenn er nun ein Ass zugeworfen bekam, war er sich sicher, daß seine Vermutung zutraf. Auch Hotte und die beiden anderen verlangten noch eine weitere Karte. Bedächtig griff Breitbach nach der dritten Karte und drehte sie langsam um. Sein Herz blieb fast stehen. Er hielt einen König in der Hand. Im gleichen Moment war er sich absolut sicher, daß Hotte sein Gesicht beobachtet hatte und er glaubte, ein befriedigendes Lächeln um seine Augen zu erkennen. Hotte winkte ab, als Micha ihn anschaute, ebenso die beiden anderen, woraufhin Micha seine Karten offenlegte. Zwanzig Punkte kamen zum Vorschein. Ihm folgte Hotte mit neunzehn Punkten. Die beiden anderen waren ebenso wie Breitbach über das Ziel hinaus geschossen. Als Micha nach den Hundertern greifen wollte, hielt Hotte seine Hand fest und blickte Breitbach fragend an. „Legen wir noch was drauf?“

Breitbach war enttäuscht, daß das Spiel nicht so verlaufen war, wie er es sich vorgestellt hatte. Was hatte Hotte vor? Eigentlich war er sich sicher, daß man ihn gewinnen lassen wollte. Sollte er die zweite Chance nutzen? Sein Gehirn arbeitete rasch, aber offensichtlich nicht rasch genug, denn Hotte klopfte bereits lauernd mit dem Zeigefinger auf die Tischplatte.

„Nachlegen", stöhnte Breitbach und zog einen weiteren Hunderter aus seiner Brieftasche. ‚Mein Gott, wenn das schief geht, hatte er selbst einen falschen Hunderter in den Umlauf gebracht', schoß es ihm durch den Kopf und spürte eine gewisse Verspannung in seinen Schultern.

Wieder warf Micha jedem die ersten beiden Karten zu. Vorsichtig drehte Breitbach die erste um. Es war bereits ein Ass. Er versuchte das Zittern, das plötzlich seine Hand befiel, zu unterdrücken. War es die unerwartete Nervosität, die ihn befallen hatte, oder erinnerte er sich einfach nur an den Moment seines heutigen Abgangs, daß er wieder zu husten begann. Er schüttelte sich dabei und hoffte, so auch seine Nervosität etwas verbergen zu können. Dann drehte er die zweite Karte um. Dabei beobachtete er wieder Hotte, der aber eher gelangweilt in die Karten schaute. Breitbach war sich absolut sicher, daß dieser Mann wußte, welche Karten Micha ihm zugespielt hatte. Er drehte sie um. Sein Herz begann zu rasen, ein Bube, einundzwanzig. Also doch!

Hotte und die beiden anderen verlangten per Klopfzeichen weitere Karten von Micha. Nichts, aber auch gar nichts ließ darauf schließen, daß sie sich verdeckte Zeichen gaben. Aber sie hatten bereits vor Breitbachs Betreten des Wohnzimmers genügend Zeit gehabt, den Spielverlauf abzusprechen. Breitbach hustete noch einmal erbarmungswürdig und schnappte dabei vehement nach Luft. „Das kann einem den ganzen Abend verderben", schimpfte er und winkte ab, als Micha ihn fragend anschaute.

Micha verteilte daraufhin die nächste Runde nur noch an die anderen Mitspieler. Breitbach beobachtete Hotte, der immer noch scheinbar gleichgültig in seine Karten schaute. Plötzlich hob er den Kopf, ihre Blicke kreuzten sich. Mit einem breiten Grinsen legte Breitbach seine Karten auf den Tisch. „Puuuuh, das war knapp", stöhnte er ehrlich erleichtert. Jetzt hatte er seine Selbstsicherheit wieder gewonnen und verlieh seiner Stimme seinerseits einen herablassenden Ton. Er sah langsam von einem zum anderen, während er vorsichtig das Geld zu sich schob. „Meine Herren, wir sind doch hier nicht im Sandkasten. Oder wird bei Ihnen in einem solchen Fall nicht verdoppelt."

Hotte zog erstaunt die linke Augenbraue hoch und warf seinen Begleitern einen vielsagenden Blick zu. Wortlos nahm er aus dem Bündel Scheine zwei weitere Hunderter und warf sie auf den Tisch. Mit einer kurzen Kopfbewegung forderte er die anderen auf, das gleiche zu tun. „Sie kennen sich ja wirklich aus", bestätigte er anerkennend. „Ich hatte ehrlich den Eindruck, Sie seien ein Blender!"

Vorsichtig raffte Breitbach den Haufen Geldscheine zusammen und verfolgte genau, wo sich dabei das Falsifikat befand. Geschickt schob er es zwischen die anderen Scheine, damit er den falschen Hunderter nicht berühren mußte. Hottes Fingerabdrücke gehörten jetzt schon einmal ihm! Jetzt galt es, den schnellen Abgang vorzubereiten. Behutsam steckte er die Scheine wieder in seine Brieftasche.

„Sie wollen doch jetzt nicht gehen?" fragte Hotte, als Breitbach die Brieftasche gerade wieder einstecken wollte.

Schosch Breitbach schüttelte den Kopf und begann jämmerlich zu husten und nach Luft zu schnappen. Dann richtete er sich wieder auf. „Nein, aber ich müßte mal ..."

„Zweite Tür links", krächzte Micha. Breitbach stand auf und beeilte sich, auf die Toilette zu kommen. Hier zog er blitzschnell einen kleine Plastikbeutel aus seiner Jackentasche, öffnete die Brieftasche und ließ vorsichtig das Falsifikat in dem Plastikbeutel verschwinden. Es durfte auf keinen Fall erneut in den Umlauf kommen. Er atmete entspannt durch, ordnete seine Kleidung und drückte die Spültaste.

3.

Breitbach fühlte sich wie gerädert, als er am späten Vormittag aufstand. Er war froh, daß heute verkaufsoffener Samstag war. So konnte er sich etwas Zeit lassen. Nach dem Duschen behielt er seinen Morgenmantel an und stiefelte die Treppe hinunter, um sich die Zeitung zu holen. Dann kochte er sich zwei Fünf-Minuten-Eier. Ab und zu gönnte er sich trotz seines stets leicht erhöhten Cholesterinspiegels zwei Eier im Glas mit etwas Salz und reichlich Pfeffer.

Während er frühstückte, blätterte er die Rhein-Zeitung durch. Von Kewes und dem Falschgeld war nichts mehr zu lesen. Sicherlich würde man erst wieder berichten, wenn neue Fakten auf dem Tisch lagen oder die Verhandlung gegen Kewes begann, zu der es hoffentlich erst gar nicht kommen würde.

Nachdem er den Frühstückstisch abgeräumt hatte, rief er Wagner an, erwischte aber einen ungünstigen Moment. Wagner war gerade in einer Besprechung. Trotzdem erfuhr Breitbach von ihm, daß es sich im Fall Scherhag bei dem Falschgeld um relativ schlechte Farbkopien handelte, wogegen man bei Kewes echte Drucke gefunden hatte, mit an Sicherheit grenzender Wahrscheinlichkeit sogar im Tiefdruckverfahren hergestellt. Also kamen die Falsifikate aus verschiedenen Quellen. Mit dieser Information und einer ganzen Reihe von Überlegungen der nächtlichen Heimfahrt machte sich Breitbach mit Bosco auf den morgendlichen Spaziergang.

In der Koblenzer Altstadt war die Hölle los. Der vorweihnachtliche Einkaufsrummel war in vollem Gange. Überall schleppten Menschen riesige Plastiktüten mit sich und an fast jeder Ecke stand ein Weihnachtsmann und verteilte irgend etwas. Schließlich lenkte Breitbach seine Schritte in Richtung Polizeipräsidium. Es kam zwar selten vor, daß er Bosco für kurze Zeit den Kollegen an der Pforte überließ, um in Ruhe einkaufen zu können. Aber manchmal ergab es sich und die Kollegen freuten sich immer, wenn Bosco bei ihnen auftauchte. Er legte sich dann friedlich in eine Ecke und wartete geduldig, bis sein

Herrchen zurückkehrte. Denn er wußte genau, daß dieser ihm jedesmal etwas Leckeres mitbrachte.

Diesmal war es ein richtig schöner Knochen. Und während Breitbach noch einmal versuchte, Wagner oben in seinem Büro zu erreichen, zerlegte Bosco diesen mit sichtlichem Wohlbehagen. Wagner hatte aber inzwischen bereits das Präsidium verlassen, auch Berger war nirgends zu sehen. Auf Wagners Schreibtisch lag allerdings ein Fax. Es kam von der französischen Polizei aus Colmar und war eine Personenbeschreibung. Breitbach überflog sie und erkannte in der beschriebenen Person sofort Hotte. Das war kein Zufall. Nur ging aus dem Fax nicht hervor, zu welchem Zweck Wagner diese Personenbeschreibung angefordert oder erhalten und was diese Person mit der französischen Polizei zu tun hatte. Breitbach überlegte kurz, aber ohne Wagner auszuhorchen konnte er mit dieser Information nichts anfangen. Etwas verärgert über seine Erfolglosigkeit stieg Breitbach wieder die Treppen hinab. Zu seinem Erstaunen begegnete ihm dabei der LKA-Beamte. Auch der war überrascht, Breitbach zu treffen.

„Was machen Sie denn wieder hier?“ fragte Breitbach lachend. „Es sind doch hoffentlich nicht noch andere Hunderter in Koblenz aufgetaucht?“

LKA-Hoffmann schien aber wenig Lust zu haben, sich mit Breitbach zu unterhalten. Er murmelte etwas in sich hinein und eilte weiter die Treppe hinauf.

„Habt ihr wieder das LKA im Haus?“ erkundigte er sich daraufhin bei der Wache, in der Hoffnung, hier etwas zu erfahren. Die Uniformierten schauten sich gegenseitig fragend an. „Es hat sich keiner bei uns vorgestellt.“

Vielleicht hatte das neuerliche Auftauchen von Hoffmann etwas mit dem Fax zu tun. Breitbach überlegte, ob er nochmals hinaufsteigen und Hoffmann fragen sollte. Da er sich aber sicher war, daß dieser mauern würde, verzichtete er darauf. Auf jeden Fall stand jetzt für ihn fest, daß Hotte sein Unwesen auch in Frankreich trieb.

Zu Hause betrachtete Breitbach noch einmal den falschen Hundertmarkschein im Plastikbeutel. Wenn Hotte wüßte, daß er stolzer Besitzer seiner Fingerabdrücke war! Während er den Schein betrachtete, ließ er langsam den gestrigen Abend an sich vorüberziehen. Sein Abgang nach nur wenigen Spielrunden war nicht unbedingt überzeugend gewesen. Zwar hatte er noch mehrmals Hustenanfälle vorgetäuscht und sich dabei immer gesteigert und auch wieder über seinen Magen gejammert. Inwieweit er dabei glaubwürdig gewirkt hatte, würde sich zeigen. Im Zweifelsfall mußte Alfred Schmitz wieder im Nichts verschwinden und sich Schosch Breitbach seinen ehemaligen Kollegen im Präsidium offenbaren.

Beim Abschied in Stromberg hatte er sich mit Scherer für kommenden Montag verabredet. So konnte sein Plan mit Klaus Weber beginnen. Er konnte nur hoffen, daß dem terminlich nichts dazwischenkam. Auch Klaus Weber war nach seiner Pensionierung als Oberstudienrat ein vielbeschäftigter Mann. Er komponierte, arrangierte und dirigierte, leitete verschiedene Chöre und widmete sich außerdem zusammen mit seiner Frau dem Reitsport. Beide gaben Unterricht, vor allem im Bereich des therapeutischen Reitens für Behinderte und waren von Zeit zu Zeit Punktrichter bei Dressurveranstaltungen. Daneben reisten beide mit ihrem Wohnmobil in Urlaub und genossen so Keller, Küche und Kultur anderer Länder.

Als Breitbach plötzlich Hunger verspürte, fiel ihm ein, daß er nichts zu Mittag gegessen hatte. Ein Blick auf die Uhr zeigte ihm, daß es bald wieder dunkel werden würde. Er entschloß sich, einen vorgezogenen Abendspaziergang mit Bosco mit einem Besuch im ‚Hubertus' abzuschließen und dort eine Kleinigkeit zu essen.

Dieter Spahl hatte gerade erst sein Weinlokal aufgeschlossen und war noch dabei, die letzten Gläser zu polieren, als Breitbach mit Bosco eintraf.

„Heute schon so früh?" begrüßte Spahl seinen Stammgast, legte das Tuch nieder und bückte sich, um Bosco zu streicheln. „Wir haben dich die beiden letzten Abende vermißt. Wo treibt ihr euch denn herum?"

„Mal da, mal dort", wich Breitbach der Frage aus. „Du hast ja nicht das einzige Lokal in Koblenz. Mach mir mal heute eine Schorle."

„Weißt du was Neues über Kewes?" wollte Spahl wissen, als er die Schorle einschenkte. Breitbach schüttelte nur den Kopf. Was hätte er Spahl auch sagen können. „Manni, Leo und ich waren gestern bei seiner Frau ..."

„Hat Manni bereits erzählt", unterbrach ihn Spahl. „Sie soll da so ein merkwürdiges Notizbuch gefunden haben."

Schosch Breitbach brummte nur und nippte an der Schorle.

„Haste für die Eintragungen eine Erklärung?"

„Neee!“ wiegelte Breitbach ab. „Die können alles bedeuten. Vielleicht sind es ja auch nur Maße. Da gab es auch nur ‚R' und ‚S' oder ‚RB'. Kann zum Beispiel ‚rechts' oder ‚Seite' oder ‚Rundbogen' heißen. Dann folgten Zahlen. Immerhin ist Kewes Schreiner.“

„Aber die letzte Zahl soll 2000 gewesen sein. Soviel Mark in falschen Scheinen hat man doch insgesamt bei Kewes gefunden!“ beharrte Spahl.

„Wir feiern auch demnächst das Jahr 2000. Vielleicht haben seine Notizen etwas damit zu tun“, antwortete Breitbach und setzte sich mit seinem Glas gegenüber der Theke an den großen runden Stammtisch. „Wir sollten nicht allzuviel in die Notizen hineininterpretieren. Kewes wird das alles aufklären, wenn er wieder zu Hause ist.“ Ein kalter Luftzug ließ ihn aufblicken. Auch Bosco, der sich bereits unter den Tisch verkrochen hatte, hob neugierig seinen Kopf. Peter Dommermuth stand in der Tür und winkte. „Goode!“ Sein schlohweißes Haar war vom Wind zerzaust, seine Brille beschlug sofort in der gemütlich warmen Weinstube.

„Mensch, seid ihr heute alle früh dran“, meinte Spahl und griff automatisch zum Lieblingswein seines Freundes Pitter. Der zog aus seiner Jackentasche eine Tüte, die Bosco sofort zum Zerren an der Leine veranlaßte. Dommermuth öffnete vorsichtig die Tüte und ließ Bosco hineinschnüffeln. „Dat es en Schwaad, die hann ich dir metgebracht.“ Dommermuth zog eine gekochte Schwarte aus der Tüte, die Bosco ihm sofort stürmisch entriß.

„Nicht so gierig!“ rief Breitbach, doch schon war von der Schwarte nichts mehr zu sehen.

„Dau läßt och deine Hond verhungere“, lachte Dommermuth als er den zufriedenen Blick von Bosco sah und setzte sich neben Schosch. „Wad kann mer dann fier dä Kewes don. Mer kann doch dä arme Kerl net einfach off der Kardaus hugge losse?“

Schosch legte beruhigend seine Hand auf Dommermuths Arm. „Ich hab' da schon einen Plan. Aber darüber kann ich noch nicht reden. Wenn ich Hilfe brauche, sage ich es.“

„Der Schosch weiß mehr, als er uns verrät“, rief Spahl, der das Gespräch verfolgt hatte, zum Stammtisch rüber und setzte seine Polierarbeit fort.

Den Sonntag verbrachte Breitbach damit, endlich wieder einmal seine Wohnung aufzuräumen. Vor allem genoß er es, einen ausgiebigen

Mittagsschlaf zu halten, auf den er in den letzten Tagen oft verzichtet hatte. Abends war er dann mit Bosco in den ‚Deutschen Kaiser' gezogen. Vera Dormont hatte ihm wieder einmal ein ‚Krüstchen', wie man in Koblenz ein kleines paniertes Schnitzel bezeichnet, mit köstlichen Bratkartoffeln in der Küche zubereiten lassen und Bosco einen Riesennapf hingestellt. Dann zog er ein Taschenbuch aus seiner Jacke und las in dem Krimi 'Herzflimmern in Simmern' dort weiter, wo er vor der Verhaftung von Kewes aufgehört hatte. Dabei stellte er zu seinem Erstaunen fest, daß in dem Krimi eine kleine Szene auch im ‚Deutschen Kaiser' in Koblenz spielte und er sah förmlich die Hauptfigur des Romans, den Erpresser Kurt Kögler, und seine kleine blonde Thekenbekanntschaft bei Vera am Tresen stehen.

Das letzte Zischke trank er schließlich mit Manni Gniffke, der noch nach Dreharbeiten für den SWR, bei denen er als Koblenzer Original mitgewirkt hatte, auf ein Bier und einen Schnaps vorbeischaute.

Pünktlich um einundzwanzig Uhr tauchte Klaus Weber am darauffolgenden Montag mit seinem Wohnmobil auf dem ‚Autohof Rheinböllen' auf. Breitbach ließ kurz die Scheinwerfer des geliehenen Mercedes aufleuchten. Dann stieg er aus. Bosco sprang aufgeregt hinterher. Er freute sich immer, wenn er mit seinem Herrn etwas anderes unternehmen konnte, als die üblichen täglichen Spaziergänge an der Koblenzer Uferpromenade. Beide gingen auf das Wohnmobil zu, das Weber in eine freie Parklücke gestellt hatte.

„Na, bin ich pünktlich?" Weber öffnete die Seitentür und ließ Breitbach und Bosco herein. Drinnen war es angenehm warm. Breitbach warf seinen Mantel über einen Sessel und schob sich auf die Sitzbank unter der sich Bosco sofort einen Platz gesucht hatte. Weber war genauso gekleidet, wie Breitbach es sich erhofft hatte. Sein weißes Haar, das schmale Gesicht, die feingliedrigen Hände und der elegante schwarze Anzug ergaben das perfekte Bild eines Grandseigneurs.

„Wir haben noch viel Zeit. Vor 22 Uhr brauchen wir nicht beim vereinbarten Treffpunkt zu sein. Lassen Sie uns noch einmal alles kurz durchgehen".

Klaus Weber war begeistert bei der Sache. Er hatte sich seit einer kleinen Kommissarsrolle, die er als Lehrer vor etlichen Jahren in einem Schülerfilm gespielt hatte, immer mal wieder gewünscht, in die Person eines anderen zu schlüpfen. Allerdings schwebte ihm dabei mehr die Rolle eines Verbrechers vor, weil ihm diese viel anspruchsvoller erschien. Trotzdem hatte er sofort zugesagt, als Breitbach ihm von seinem Plan erzählte. Zwar war ein Zocker nicht unbedingt die Rolle, die er sich immer gewünscht hatte, aber immerhin konnte er so wieder einmal schauspielern und zum anderen Kewes vielleicht helfen.

Er hatte nur seine Frau eingeweiht und dabei den Eindruck gewonnen, daß auch sie gern mitgespielt hätte. Aber in Breitbachs Plan paßte nur eine Person und Klaus Weber war dafür der Geeignetere.

„Kein Mensch kommt auf den Gedanken, daß ein Wohnmobil uns verfolgt oder beobachtet“, lachte Breitbach und rieb sich die Hände. „Sie können also auch ruhig dicht auffahren. Es sei denn ...“

Weber winkte ab. „Klar, wenn die Strecke es möglich macht, dann muß ich schon etwas Abstand halten. Ich bin mir nur noch nicht ganz sicher, wie ich mich verhalte, wenn ich in Aktion treten muß. Haben Sie dafür eine gute Ausrede parat?“

Breitbach schaute Weber spitzbübisch an. „Für den Fall rechne ich mit Ihrer Kreativität und Ihrem spontanen Einfallsreichtum. Begabte Musiker wie Sie haben doch immer Einfälle!“ Er zwinkerte mit den Augen, worauf Klaus Weber schmunzelnd den Zeigefinger erhob. „Sie verstehen es, den Leuten zu schmeicheln, mein Lieber. Ich hoffe nur, daß alles gut geht und wir nicht mit blauen Augen und Flecken nach Hause fahren.“

Breitbach blieb Weber eine Antwort schuldig, denn er war sich selbst nicht sicher, wie sein Plan ausgehen würde. Er warf einen Blick auf die Uhr. „Ich lasse Ihnen auf jeden Fall Bosco da. Er kennt Sie und wird Sie auch verteidigen, wenn es sein muß. Nicht war, Bosco?“ Er warf einen Blick zu seinem Hund, der wie zur Bestätigung zu ihm aufblickte ohne den Kopf von den Pfoten zu heben und einige Male mit dem Schwanz auf den Boden schlug.

Breitbach warf noch einmal einen kurzen Blick in den Rückspiegel, bevor er auf den Parkplatz neben der Volksbank in Rheinböllen einbog. Die Anzeige der Werbetafel der Volksbank sprang gerade von 21.47 Uhr auf 4°C Außentemperatur um. Weber war ihm gefolgt, wendete in der Seitenstraße schräg gegenüber und fuhr auf den kleinen Parkplatz neben der Apotheke. Dort würde er warten bis Breitbach wieder mit Scherer den Parkplatz verließ und dann beiden folgen. Der Exkripobeamte hatte sich schon einige passende Bemerkungen ausgedacht, um Scherer zu einer weniger rasanten Fahrweise zu bewegen, damit ihnen Weber mit dem Wohnmobil auch folgen konnte.

Auf dem Parkplatz standen etliche Autos. Breitbach entdeckte Scherers Wagen auf dem letzten Stellplatz. Er blendete kurz auf, doch Scherer schien nicht im Auto zu sitzen. Möglicherweise war er zu früh gekommen und vertrat sich nun irgendwo in der Umgebung die Beine. Vielleicht aber hatte Hotte auch am Freitag Lunte gerochen und man ließ ihn bereits beobachten. Breitbach schaute sich um. Nirgends war eine Parklücke zu entdecken. Als er enttäuscht zurücksetzte, flammten plötzlich Scheinwerfer vor ihm auf. Eine Parkfläche schien frei zu werden. Breitbach wartete bis der Wagen den Parkplatz verlassen hatte, steuerte dann den frei gewordenen Stellplatz an und stieg aus.

Im Licht der Leuchtreklame eines Reisebüros auf der anderen Straßenseite konnte er jetzt genau erkennen, daß niemand in Scherers Wagen saß. Suchend blickte er sich auf dem Parkplatz und der dahinter im Dunkel liegenden Rasenfläche um, konnte aber Scherer nirgends entdecken. Also schloß er den Mercedes ab und ging langsam auf Scherers Wagen zu. Dabei drehte er sich immer wieder um, aber abgesehen von dem Motorengeräusch von Webers Wohnmobil war nichts zu hören oder auch niemand zu sehen. Breitbach versuchte schnell seine Gedanken zu sortieren. Warum hatte Scherer seinen Wagen verlassen oder war nicht wenigstens in der Nähe geblieben? Instinktiv legte er seine Hand auf die Motorhaube, sie war warm. Also mußte Scherer erst vor kurzem gekommen und in der Nähe sein.

Nachdem er sich noch einmal vergeblich nach ihm umgeschaut hatte, schlenderte Breitbach langsam um das Fahrzeug herum. Dabei ließ er seine Blicke über den Wagen streifen und erstarrte für zwei oder drei Sekunden. Im unteren Bogen des Lenkrades hing leblos eine Hand. Nach diesen Schreckenssekunden reagierte Breitbach sofort. Blitzschnell zog er ein Taschentuch hervor und öffnete damit die Wagentür. Scherer lag blutüberströmt mit dem Gesicht nach unten auf dem Beifahrersitz. Der Exkripomann eilte um das Fahrzeug herum und öffnete auf die gleiche Weise die Beifahrertür. Vorsichtig, ohne mit dem Blut in Berührung zu kommen, ertastete er den Puls am Hals. Kein Zweifel, Scherer war tot. Vorsichtig schloß er die Beifahrertür, eilte erneut um den Wagen und drückte auch hier vorsichtig und leise die Fahrertür wieder zu. Dann blickte er sich nochmals auf dem Parkplatz um. Doch er konnte nichts Verdächtiges entdecken. Er eilte mit raschen Schritten entlang der abgestellten Fahrzeuge und warf in jedes einen Blick. Wenn ihn auf diesem Parkplatz jemand beobachtete, dann konnte dies nur von einem der abgestellten Fahrzeuge aus geschehen. Doch auch hier war sein Suchen vergebens.

Eilig lief er zum Mercedes zurück und startete in Richtung Ausfahrt. Er bog zunächst in Richtung Autobahn ab, dann aber gleich nach rechts in die Nebenstraße, in der Weber mit seinem Wohnmobil wartete. Er schaltete die Innenbeleuchtung seines Wagens ein und betätigte zweimal kurz die Lichthupe. Als er Webers erstauntes Gesicht sah, machte er ein Handzeichen, ihm zu folgen. Er schaltete die Innenbeleuchtung wieder aus und warf einen schnellen Blick in den Rückspiegel. Es war ihm offenbar niemand gefolgt. Mit Vollgas fuhr er die leicht ansteigende Straße hinauf. Als er auf der rechten Seite eine Autowerkstatt erblickte, schaltete er kurz entschlossen die Scheinwerfer aus und lenkte seinen Wagen auf den kleinen Vorplatz. Blitzschnell stellte er den Motor ab und sprang aus dem Fahrzeug, schloß es ab und lief die wenigen Schritte zurück zur Straße. Kaum hatte er diese erreicht, tauchten auch schon die Scheinwerfer des Wohnmobils auf. Breitbach trat auf die Fahrbahn und winkte. Als Weber sein Fahrzeug zum Stehen gebracht hatte, riß Breitbach die seitliche Tür des Wohnmobils auf und brüllte hinein: „Sofort weiterfahren!" Dann schwang er sich durch die schmale Tür ins Innere und wäre beinahe durch das ruckartige Anfahren des erschrockenen und völlig ahnungslosen Weber über Bosco geflogen, der sein Herrchen freudig begrüßen wollte.

„Platz!" brüllte Breitbach, was ihm im gleichen Moment bereits leid tat. Aber jetzt war keine Zeit für lange Erklärungen und Begrüßungen. Rechts und links nach Halt tastend schob er sich zum Beifahrersitz vor.

„Was ist geschehen?" fragte Weber mit ängstlicher Stimme.

„Scheiße ist!" zischte Breitbach. „Dieser Scherer lag tot in seinem Wagen. Alles voll Blut."

Fast hätte Weber, der sich so auf seine nächtliche Rolle gefreut hatte, das Wohnmobil vor Erregung in den Straßengraben gesteuert. „Um Gottes Willen. Was machen wir jetzt?"

„Fahren, fahren, fahren!" rief Breitbach kurz angebunden und warf einen Blick in den Außenspiegel. Hinter ihnen auf der Straße blieb alles dunkel. Nach etwa einem Kilometer legte er vorsichtig seine Hand auf Webers Arm. „Ich glaube, Sie können jetzt irgendwo anhalten", meinte er mit ruhigerer Stimme.

Kurz vor der B 50 entdeckten sie einen Parkplatz. Weber war froh anhalten zu können, schaltete den Motor ab und das Licht aus.

Sichtlich betroffen ließ er sich zurück in den Sitz fallen. „Jetzt müssen Sie mir aber alles erzählen“, flüsterte er mit leicht belegter Stimme.

Bosco hatte das Anhalten mißverstanden und kam schwanzwedelnd zu seinem Herrn und stupste ihn mit seiner feuchten Schnauze. Breitbach strich seinem Hund über den Kopf. „Jetzt nicht, Bosco, Herrchen muß nachdenken.“ Dann schaute er zu Weber hinüber, von dem er nur die Umrisse erkennen konnte.

„Die Sache ist schnell erzählt. Erst dachte ich, der Wagen sei leer und Scherer würde sich irgendwo die Beine vertreten. Dann sah ich ihn plötzlich im Wagen liegen. Er war tot. Ich muß irgendwie meine Kollegen verständigen. Ich hoffe nur, man hat mich nicht beobachtet.“

„Also von meinem Parkplatz aus habe ich niemanden gesehen“, berichtete Weber. „Ich hatte eigentlich die Straße und die Zufahrt zum Parkplatz komplett im Blickfeld.“

Breitbach vergrub sein Gesicht in den Händen und versuchte sich zu konzentrieren. Dann entschied er: „Wir fahren nach Rheinböllen zurück. Ich glaube auch nicht, daß uns jemand beobachtet oder verfolgt hat.“

Sofort startete Weber wieder den Motor, worauf sich Bosco enttäuscht unter die Sitzbank zurückzog.

In Rheinböllen ließ Breitbach gegenüber der Autowerkstatt Weber in Richtung eines Neubaugebietes abbiegen. Seine Augen suchten die Straße nach einer Telefonzelle ab. Erfahrungsgemäß fand man sie in solchen reinen Wohngebieten am ehesten. Die Straße machte einen endlos langen Bogen und ließ Breitbach ungeduldig werden. Tatsächlich entdeckte er aber an der zweiten oder dritten Kreuzung ein Telekom-‚T‘.

Weber beobachtete vom Fahrzeug aus, wie Breitbach kurz telefonierte und dann zum Wohnmobil zurückkehrte. Wieder wurde Breitbach von Bosco begrüßt, als sei er eine Ewigkeit fortgewesen. Diesmal gönnte er seinem Hund ein paar Streicheleinheiten. Dann nahm er mit einem tiefen Seufzer auf dem Beifahrersitz Platz und lehnte sich zurück.

„Und jetzt?“ fragte Weber vorsichtig.

„Gute Frage“, kam als Antwort vom Beifahrersitz.

Es vergingen vielleicht fünf oder zehn Minuten. Dann richtete sich Breitbach in seinem Sitz auf. „Ich will Sie ja zu nichts überreden. Aber wir sollten vielleicht unseren Plan doch durchziehen.“

„Meinen Sie?" kam es leise von der Fahrerseite und Breitbach spürte deutlich eine Mischung von Angst und Bewunderung in Webers Stimme.

„Ja, ich glaube schon. Ich verliere sonst die Glaubwürdigkeit in dieser Sache. Angenommen, ich hätte die Leiche nicht gefunden. Was würde ich logischerweise machen, wenn ich wüßte, wohin es nach dem Treffen auf dem Parkplatz geht?"

„Alleine hinfahren", stimmte Weber dem Gedankengang von Breitbach zu.

„Eben, also fahre ich. Zwar wird dann die Wahrscheinlichkeit Ihres Auftritts gering, aber es gibt natürlich eine andere Aufgabe für Sie, wenn Sie wollen."

„Welche?" fragte Weber fast schon wieder begeistert und ließ den Motor an.

„Ich erklär's Ihnen."

Die Aufgabe, die Breitbach nach der geänderten Situation Klaus Weber zugedacht hatte, war einfach, konnte aber durchaus auch eine unerwartete Wende nehmen. Zunächst holten sie wieder den Mercedes vom Gelände der Autowerkstatt ab und fuhren dann getrennt zu der Straßeneinfahrt, von der aus man den Parkplatz einsehen konnte, auf dem der Wagen mit Scherers Leiche stand. Noch war nichts zu sehen. Scherer hatte recht gehabt. Nachts war hier oben wirklich nicht mit allzuviel Polizeipräsenz zu rechnen.

Breitbach und Weber fuhren hintereinander durch das Guldental in Richtung Stromberg. Erst kurz vor dem Ziel ließ Breitbach Weber mit seinem Wohnmobil überholen, so wie sie es vereinbart hatten. Er hatte Weber den Weg zu dem Parkplatz beschrieben und ihm auch von Hotte eine Personenbeschreibung gegeben. Weber sollte auf dem Parkplatz Position beziehen und zunächst einmal nur beobachten, wann und mit wem Hotte kam oder ging. Alles weitere würde sich von selbst ergeben.

Als Breitbach mit seinem Wagen auf den Parkplatz mitten in Stromberg einbog, hatte Weber bereits Position bezogen. Alle Stellplätze waren belegt. Breitbach nutzte die Situation und fuhr scheinbar suchend zweimal um den Platz herum. Dabei versuchte er die Kennzeichen der Fahrzeuge zu lesen und stellte sehr schnell fest, daß dieses Mal wieder fast ausschließlich Hunsrücker Kennzeichen vertreten waren. Dann stellte er den Mercedes einfach an die Bushaltestelle. Es war kaum anzunehmen, daß um diese Uhrzeit noch Busverkehr herrschte. Ihn überfiel plötzlich das sichere Gefühl, daß der Zockabend für ihn nicht sehr lange werden würde, er aber diesmal hierfür nicht verantwortlich sei.

Vorsichtig tastete er sich im dunklen Hof zu der Tür und fand schließlich auch den Klingelknopf. Erst nach dem dritten Läuten hörte er hinter der Tür Geräusche.

„Was ist?“ rief eine Männerstimme mit gedämpfter Stimme, ohne die Tür zu öffnen.

„Alfred, ich bin allein, Hermann ist nicht gekommen“, rief Breitbach mit gedämpfter Stimme, den Oberkörper dicht zur Tür vorgebeugt. Der Mann hinter der Tür schien sich wieder zu entfernen. Breitbach lauschte und konnte nach einer Weile hören, das sich zwei Personen der Tür näherten. Dann wurde drinnen deutlich hörbar ein Lichtschalter betätigt. Die Tür öffnete sich einen Spalt, man hatte das Licht ausgeschaltet. Breitbach konnte somit nicht erkennen, wer öffnete. Statt dessen traf ihn der grelle Lichtstrahl einer Taschenlampe im Gesicht. Unwillkürlich hob Schosch Breitbach schützend seine Hand vor die Augen.

„Komm rein!“ forderte ihn eine Männerstimme auf. Breitbach erinnerte sich zwar, daß es eine Stufe zum Hauseingang gab, stolperte aber trotzdem und landete etwas unsanft in den Armen eines Mannes. Dadurch strahlte die Taschenlampe für einen Moment gegen die Flurwand und im reflektierenden Lichtschein konnte Breitbach am Handgelenk des Mannes eine Tätowierung erkennen. Es wurde ihm sofort klar, daß er diese schon einmal in den letzten Tagen gesehen hatte. Zwei kräftige Arme zogen ihn etwas unsanft ins Haus. Die Tür wurde hinter ihm geschlossen und das Licht eingeschaltet. Jetzt erkannte Breitbach den stark lispelnden Croupier aus Ravengiersburg mit seiner Goldrandbrille und dem graumelierten Schnauzbart.

„Ach Sie sind es“, rief Breitbach und streckte dem Mann seine Hand entgegen. Völlig überrascht über diese Geste, starrte der Schnauzbart ihn an und stieß nur ein monotones „Tach!“ aus.

„Ein bißchen spät für einen ‚Guten Tag‘“, scherzte Breitbach unbefangen und versuchte, sich an dem anderen Mann, den er nicht kannte, vorbeizuschieben. Doch der rührte sich keinen Millimeter vom Fleck, was Breitbach zu der Frage veranlaßte, ob er heute der Spielverderber vom Dienst sei. Doch für diese Art von Humor schienen beide nichts übrig zu haben. Der Schnauzbart griff nach Breitbachs Arm. „Wieso kommst du allein?“ lispelte er schroff.

Breitbach zuckte mit den Schultern. „Ich war mit Hermann um 22 Uhr in Rheinböllen verabredet und habe über eine halbe Stunde gewartet. Aber er kam nicht. Da bin ich allein gefahren.“

In diesem Moment wurde am Ende der Diele die Tür zum Wohnzimmer geöffnet und Hotte trat aus dem Zimmer. „Laßt Alfred reinkommen!“ befahl er. Irgend etwas war geschehen, denn Hottes sonst eher monotone und schnarrende Stimme klang nervös und erregt. Wußte er bereits von Scherers Tod? War Scherer von ihm oder auf sein Geheiß hin umgebracht worden? Oder vermißte man Scherer nur und war deshalb nervös? Aber wer hatte ihn dann ermordet?

Breitbach versuchte sich so unbefangen wie möglich zu geben Im Wohnzimmer hielten sich Reihe von Männern auf, die Breitbach bis auf die beiden goldbehangenen Zuhältertypen vom Freitag nicht kannte. „Das sieht aber nicht nach einer vergnüglichen Runde aus, mehr nach einer Vereinssitzung. Wird montags nicht gespielt?“

Breitbach drehte sich zu Hotte um, der ihm den Vortritt ins Zimmer gelassen hatte. Hotte, die biedere Gemeindedienervisage mit der blassen Hautfarbe, hatte einen hochroten Kopf, wie Breitbach jetzt im helleren Licht des Wohnzimmers erkennen konnte. Er schaute Breitbach mißtrauisch an. „Wo warst du mit Hermann verabredet?“

Spielte Hotte gut oder wußte er wirklich nichts? „Auf dem Parkplatz, gleich am Ortseingang von Rheinböllen“, antwortete Breitbach wahrheitsgemäß.

„Und?“

„Nichts und. Er war nicht da. Ich habe eine gute halbe Stunde gewartet. Hätte ich nach Kirchberg fahren sollen oder Ravengiersburg? Wir hatten uns für heute auf Stromberg geeinigt, damit ich Ihnen nochmals etwas husten kann.“

Am Blick von Hotte erkannte Breitbach sofort, daß auch er heute nicht zu Scherzen aufgelegt war. „Es wird heute nicht gespielt“, war die kurze Feststellung.

Breitbach zog enttäuscht die Schultern hoch. „Dann eben nicht. Wann geht es denn weiter?“

„Hier vorerst nicht“, antwortete Hotte bestimmt und blickte sich im Kreis seiner Kumpanen um. „Du kannst aber nach Sohren kommen, wenn du willst?“

Sofort fiel Breitbach das ‚S' in Kewes Notizbuch ein. Also bedeutete es nicht Simmern, Sargenroth oder Schnorbach, wie er vermutet hatte, sondern Sohren. ‚Später nachdenken!' rief sich Breitbach innerlich zu und schüttelte den Kopf. „Nein, den Treff in Sohren kenne ich nicht."

„Das Schönste und Größte hier im Hunsrück in der Richtung, was du je erlebt hast! Da darfst du sogar elegant kommen!" Hotte schaute sich in der Runde um. „Wer nimmt sich Alfred an? Scherer war sein Bürge."

Fast hätte Breitbach einen Freudenschrei ausgestoßen, konnte sich aber im letzten Moment noch beherrschen. ‚… war sein Bürge!' hatte Hotte gesagt. Also wußte er, was mit Scherer los war. Auch Hotte schien sich dieser verräterischen Bemerkung bewußt zu sein, denn sofort fügte er hinzu: „Wer weiß, vielleicht ist Scherer krank und so eine lange Spielpause kann man einem netten Gast doch nicht zumuten, oder?" In seiner Stimme schwang jetzt neben der Nervosität wieder eine gewisse Ironie mit. Gleichzeitig verriet die Bemerkung, daß Breitbach offenbar der einzige ‚Gast' in diesem Raum war. Es handelte sich in dieser Nacht also tatsächlich mehr um eine Vereinsversammlung.

Im gleichen Moment läutete es an der Haustür. Breitbach beobachtete, wie fast alle erschrocken zusammenzuckten. Die allgemeine Nervosität war nicht zu übersehen. Hotte machte dem mit der Goldrandbrille und der Tätowierung ein kurzes Zeichen und verschwand mit den anderen in dem verrauchten Hinterzimmer. Auch Breitbach wurde hineingeschoben. Vom Flur her hörte man Stimmen und deutlich, wie der Tätowierte lispelte: „Nein, heute nicht! Vielleicht anderswo oder ab dem Wochenende vielleicht wieder hier." ‚Aha!' sagte sich Breitbach, ‚auch andere werden abgeschoben und vertröstet. Aber mich hat man hereingebeten.'

„Also wer holt unseren Gast ab?" fragte Hotte ein zweites Mal, als draußen die Haustür wieder ins Schloß gefallen war und ließ erneut seinen Blick in die Runde schweifen. Nachdem niemand antwortete, drehte sich Hotte zu Breitbach um. „Also gut, wann hast du Zeit und Lust?"

„Lust immer", lachte Breitbach. „Zeit? Was ist mit Donnerstag?"

Hotte überlegte einen Moment, dann streckte er Breitbach die Hand entgegen. „Gut, am Donnerstag. Wir treffen uns am Bahnhof in Sohren um zehn Uhr, einverstanden?"

Zu gern hätte Breitbach sich noch eine Weile in der Wohnung aufgehalten, allein um sich die Gesichter der Anwesenden länger einprägen zu können. Aber die ausgestreckte Hand von Hotte zeigte zu deutlich, daß seine Besuchszeit beendet war. Im Umdrehen streifte sein Blick einen Spiegel, der im Korridor hing, und er glaubte eine kurze Handbewegung von Hotte gesehen zu haben, die einem der Anwesenden andeutete, Breitbach zu folgen.

Schosch Breitbach schlenderte bewußt langsam über den Parkplatz auf das Wohnmobil zu. Als er im Halbdunkel Webers Gesicht hinter der Frontscheibe erkennen konnte, machte er ihm vorsichtig ein Zeichen, daß er verfolgt werde. Nachdem er Webers erhobenen Daumen sah, drehte er ab, als habe er sich erst jetzt erinnert, wo er seinen Wagen abgestellt hatte. Dabei sah er ganz kurz in den Augenwinkeln, daß sich jemand am Rand des Platzes blitzschnell in eine Nische verdrückte. Leise vor sich hin pfeifend stieg er in den Mercedes und startete.

Kurze Zeit später sah er bereits Scheinwerfer hinter sich die Serpentinen hochfahren, die zur Autobahn Auffahrt führten. Es blieb ihm nun nichts anderes übrig, als auf der A 61 in Richtung Mainz zu fahren, wenn er sich nicht verdächtig machen wollte.

Auf der Autobahn beschleunigte er und stellte mit Befriedigung fest, daß sein Verfolger offenbar weniger Pferdestärken unter der Haube hatte. Um ihm aber eine gewisse Sicherheit zu geben, hielt er noch bis kurz vor der Abfahrt Langenlonsheim Sichtkontakt, dann beschleunigte er erneut und verließ die Autobahn, um auf der anderen Seite wieder Richtung Koblenz zurückzufahren.

In Stromberg verließ er noch einmal die A 61 und fuhr zur Ortsmitte. Mit dem Fuß am Gaspedal, um jederzeit durchstarten zu können, ließ er den Wagen langsam an dem Parkplatz vorbeirollen. Das weiße Wohnmobil von Weber stand nicht mehr dort. Also hatte Weber entweder sein Handzeichen doch falsch verstanden und war ihnen ebenfalls gefolgt oder er hatte Hotte beim Betreten des Parkplatzes erkannt und war nun auf dessen Fährte. Breitbach bog hinter der Kirche von Stromberg in eine kleine Gasse ein und wendete dort. Dann fuhr er wieder zur Autobahn zurück.

Von Westen her wehte ein starker Wind und ab und zu wurde sein Wagen von einer kräftigen Böe erfaßt. ‚Hoffentlich hatte Weber mit seinem hohen Aufbau keine Schwierigkeiten', dachte er, und ihm tat Bosco leid, der sich vor Sturm und Donner immer fürchtete. Die Neugier packte ihn, als vor ihm das Hinweisschild von Rheinböllen auftauchte. Ohne lange zu überlegen, betätigte er den Blinker und steuerte die Ausfahrt an.

Schon von weitem sah er Blaulicht und ein großes Fahrzeugaufgebot die Hauptstraße versperren. Die Polizei hatte bereits über die Simmerner Straße eine Umleitung eingerichtet, so daß niemand bis zum Parkplatz fahren konnte. Breitbach fuhr wieder bis zu der Autowerkstatt, wendete und stellte seinen Wagen vor einer ehemaligen Pizzeria ab.

Langsam ging er zu Fuß die Straße hinab bis zur Absperrung. Er konnte nur hoffen, daß sich kein alter Bekannter von ihm hier am Tatort aufhielt und ihn erkannte. Man hatte zwei große Scheinwerfer auf dem Parkplatz aufgestellt. Die Männer von der Spurensicherung waren eifrig bei der Arbeit. Auch ein Polizeihund war an den Tatort gebracht worden, der seinen Führer ganz schön auf Trab hielt. Rundum hingen etliche Anwohner in den Fenstern, die von dem Krach aus dem Schlaf gerissen worden waren. Hoffentlich hatte ihn von denen keiner vorher beobachtet, schoß es Breitbach durch den Kopf. Etwas irritiert erblickte Schosch plötzlich in der Straße beim Reisebüro ein Medimobil, in dem Schatten hinter den Milchglasscheiben geschäftig hantierten. War Scherer doch nicht tot gewesen? Er machte sich sofort Vorwürfe, daß er so viel Zeit hatte verstreichen lassen und nicht selbst versucht hatte, Erste Hilfe zu leisten. Aber er war sich doch absolut sicher gewesen, daß Scherer tot war. Plötzlich kam Bewegung rund um das Medimobil. Ein Sanitäter schwang sich auf den Fahrersitz. Im gleichen Augenblick leuchteten die drei Blaulichter auf. Ein Polizist, der neben der Absperrung Wache schob, löste das rotweiße Band und schob das provisorisch errichtete Sperrschild etwas beiseite. Ohne Martinshorn verließ das Medimobil den Tatort. Als der Wagen an Breitbach vorbeifuhr, konnte er deutlich erkennen, daß mindestens zwei Leute im hinteren Bereich standen. Also lebte Scherer noch.

Mit dieser neuen Erkenntnis und einigen Vorwürfen machte sich Breitbach auf den Heimweg. Er würde Weber vor dessen Haus erwarten. In Naßheck, der südlichen Autobahnabfahrt nach Koblenz, verließ er die A 61 und fuhr die Hunsrückhöhenstraße hinab bis zur Karthause. Auch hier schlief alles schon tief und fest. Nur im Bungalow der Webers brannte im Flur noch Licht. Er blieb im Wagen sitzen und machte es sich bequem. Plötzlich wurde das Gartenlicht eingeschaltet und Hannelore Weber trat aus der Tür und blickte suchend auf die Straße. Schosch war froh sie zu sehen, denn das ließ in ihm die

Hoffnung aufkeimen, daß er in angenehmer Gesellschaft auf Webers Rückkehr warten konnte. Er stieg aus und winkte Frau Weber zu, die bereits bis ans Gartentörchen herangekommen war.

„Ich habe doch einen Wagen gehört!“ empfing sie Schosch. „Wo ist mein Mann?“

Breitbach machte ein etwas verlegenes Gesicht. „Ich muß ehrlich sagen, ich weiß es nicht genau. Aber wir haben verabredet, daß wir uns hier treffen.“

„Jetzt kommen Sie aber erst einmal herein. Sie wollen doch wohl nicht hier draußen in der Kälte sitzenbleiben. Kommen Sie, ich mache uns einen Glühwein. Außerdem wollte ich eigentlich heute mit Klaus an Nikolaus seinen Namenstag feiern. Aber wenn er nicht kommt, feiern wir beide eben alleine.“

Eine feuchte Hundeschnauze am Handrücken ließ Breitbach aus dem Schlaf aufschrecken. Geblendet von dem hellen Deckenleuchter erkannte er als erstes Klaus Weber, der ziemlich erschöpft neben Bosco vor ihm stand. Sein zweiter Blick fiel auf Hannelore Weber, die ihm gegenüber in einem Sessel saß und offenbar auch erst gerade aus dem Schlaf gerissen worden war. Sie blickte etwas verwirrt auf Ihre Armbanduhr und stieß erschrocken hervor: „Wo kommst du denn jetzt her? Weißt du, wie spät es ist?“

Auch Breitbach warf einen kurzen Blick auf seine Armbanduhr. Es war kurz nach vier Uhr. „Mein Gott“, stieß er hervor, „ich muß eingeschlafen sein. Eben war es doch erst kurz nach eins.“

„Eben ist gut“, antwortete Weber fröstelnd. „Aber ich kann Ihnen, glaube ich, einige wichtige Hinweise geben ...“

„Willst du einen Glühwein, Klaus?“ Frau Weber erhob sich, um in die Küche zu gehen.

„Lieber einen Cognac“, antwortete Klaus Weber und ließ sich stöhnend in den freien Sessel neben Breitbach fallen. „Wieviel Glühwein habt ihr denn schon im Laufe der Nacht getrunken?“ Er deutete belustigt auf die beiden Gläser, die auf dem Couchtisch neben einem reichlich gefüllten Nikolausstiefel standen.

Breitbach blieb eine Antwort schuldig, da er es selbst nicht mehr so genau wußte und Hannelore Weber reichte ihrem Mann den gewünschten Cognac. „Wenn du uns hier die ganze Nacht warten läßt, brauchst du dich über nichts mehr zu wundern!“

„Ich habe eine halbe Weltreise hinter mir!“ antwortete Weber geheimnisvoll und prostete mit dem Schwenker seiner Frau und Schosch zu, bevor er genüßlich einen großen Schluck zu sich nahm. Dann blickte er Breitbach an. „Raten Sie einmal, wo dieser Hotte hingefahren ist?“ Breitbach antwortete nicht, sondern schaute Weber nur gespannt an. „Nach Idar-Oberstein! Und ich immer hinterher. Gott sei Dank ist er ein sehr ruhiger und langsamer Fahrer. Aber er ist quer durch den Hunsrück gefahren. Ich dachte, er kommt überhaupt nicht ans Ziel.“

Breitbachs Lebensgeister wurden durch diese Informationen sehr schnell lebendig. „Und Sie haben seine Adresse?“

„Ich gehe einmal davon aus, daß ‚Hotte' der Kosename für Horst ist, dann heißt unser Mann Horst Leininger. So steht es zumindest an der Türklingel in Idar-Oberstein.“

Breitbach stand auf und rieb sich die Hände. „Gut gemacht! Was geschah, nachdem ich den Parkplatz verlassen habe?“

„Nicht viel. Bevor Sie kamen fuhr ein Audi vor. Ein Ehepaar stieg aus und ging in die gleiche Richtung wie Sie vorher, kam aber nach zwei oder drei Minuten zurück.“

„Ich weiß!“ antwortete Breitbach kurz. Das mußten die Gäste gewesen sein, die geläutet hatten und abgewiesen wurden.

„Ein junger Mann ist in einen Polo gestiegen und hinter Ihnen hergefahren“, fuhr Weber fort. „Dann kamen aber noch drei oder vier Männer und ein weiteres Ehepaar. Ob die alle was mit unserer Sache zu tun haben, kann ich nicht beurteilen. Schließlich, so nach etwa zehn Minuten kam der Mann, den Sie mir als Hotte beschrieben haben. Er fährt einen Golf älteren Baujahres. Die Nummer habe ich mir übrigens aufgeschrieben.“ Weber zog einen kleinen Zettel aus seiner Jacke und reichte ihn Breitbach, der nur einen kurzen Blick darauf warf, bevor er ihn einsteckte.

„Sie haben mir ganz toll geholfen“, bedankte sich Breitbach anerkennend. „Ist Hotte alleine gefahren?“

Weber nickte, lehnte sich im Sessel zurück und schloß seine Augen. „Es war ganz schön anstrengend. Ich mußte ja dauernd den Abstand ändern, sonst hätte er etwas bemerkt. Das war meine größte Angst. Stellen sie sich vor, der hätte plötzlich mitten in der Landschaft angehalten und mich zur Rede gestellt. Immerhin scheint er ja nicht ganz harmlos zu sein, wenn ich so Ihre Vermutungen höre.“

„Bist du leichtsinnig gewesen und hast dich in Gefahr begeben?“ wollte seine Frau wissen.

Klaus Weber öffnete wieder die Augen. „Nein, das nicht“, sagte er und war sich nicht sicher, ob er in diesem Moment log.

4.

Breitbach hatte sich entschlossen, noch vor dem Schlafengehen mit Bosco eine Runde spazieren zu gehen. Diese späte Runde sollte ihm dazu verhelfen, bis weit in den Tag hinein ausschlafen zu können. Doch daraus sollte nichts werden. Bereits gegen halbneun klingelte das Telefon. Zuerst beschloß Breitbach, es einfach zu überhören, doch schließlich ging ihm das Klingeln derart auf die Nerven, daß er aufstand und abhob.

Am anderen Ende meldete sich ein ganz aufgeregter Dommermuth und erzählte etwas von Mord, Rauschgift, Falschgeld und Nachrichten. Breitbach verstand kein Wort. Er gähnte laut und deutlich, was schließlich Dommermuths Wortschwall ins Stocken brachte. „Hiersde mir iwerhaupt zo, Schosch?“ fragte er.

Breitbach schüttelte sich, in der Hoffnung, schneller wach zu werden. „Wenn ich ehrlich bin, Pitter, nee! Du hast mich aus dem tiefsten Schlaf geholt.“

Dommermuth staunte. „Om die Uhrzeit? Wad michste dann jetzt noch en der Fall? Ich denk, dau kemmerst dich eh beßje om unsere Kewes.“

Fast klang diese Bemerkung schon wie ein Vorwurf. Breitbach hätte verschlafen wie er war beinahe alles herausposaunt, was er diese Nacht erlebt und erfahren hatte. Im letzten Moment wurde ihm bewußt, daß jetzt noch nicht der richtige Zeitpunkt war.

„Also Pitter, sei so lieb und erzähl mir alles noch einmal der Reihe nach. Jetzt bin ich wach.“

Dommermuth berichtete, was er aus den Nachrichten des SWR wußte. In Rheinböllen hatte man zwei Männer gefunden. Der eine war erschossen, der andere niedergestochen und schwerverletzt. Im Fahrzeug der beiden hatte man Rauschgift gefunden und bei dem Schwerverletzten auch Falschgeld. Allerdings nicht, wie man im Zusammenhang mit Rauschgift vermuten konnte, einen Koffer voll, sondern nur einen einzelnen Schein.

Schosch setzte sich in den Rattansessel, der unter ihm ächzte und begann Bosco zu streicheln, der sich inzwischen mit müden Triefaugen zu ihm gesellt hatte. Verdammt, es hatte am Parkplatz also zwei Männer gegeben! Warum hatte er den zweiten, den Schwerverletzten, nicht entdeckt? Den hatte also das Medimobil abtransportiert und nicht Scherer. Er mußte so schnell wie möglich ins Präsidium, um mehr zu erfahren.

„Treffen wir uns heute abend im ‚Hubertus'?" fragte er.

„Dä hat doch heit zo. Dau könnst awer en die Owerpfarr komme, oder hat dir dä Manni nix verzählt?"

Breitbach wußte wirklich nicht worum es ging und was es mit der Owerpfarr, der Liebfrauenkirche in der Koblenzer Altstadt, auf sich hatte.

„Dä Manni hat zo su ner kleine Bittandacht für däh Kewes offgerufe. Doh wolle mer uns all om halver siwwe treffe. Mir könne ja dann anschließend zesamme off en Schoppe en de ‚Deutsche Kaiser' ginn."

Breitbach versprach an der Bittandacht teilzunehmen und hängte ein. Nur ein starker Kaffee konnte den Tag jetzt noch retten.

Er duschte schnell und kalt, während die Kaffeemaschine ein teuflisches Gebräu aufgoß. Leidlich wach und energiegeladen setzte er sich an den Eßtisch und blätterte die Rhein-Zeitung durch. Natürlich konnte hier von dem nächtlichen Geschehen noch nichts drinstehen. Dafür mußten aber die 9-Uhr-SWR-Nachrichten aktuell sein. Breitbach schaltete das Radio ein und lauschte der Musik, während er fast lustlos an seinem Brot kaute. Bosco hatte sich wieder in seine Ecke zurückgezogen und schlief laut schnarchend. Immerhin hatte er die ganze Nacht Klaus Weber beschützen müssen.

Der Nachrichtenblock hatte nur zwei Themen: Neue Erkenntnisse um die schwarzen Kassen Helmut Kohls und der Mord in Rheinböllen. Das meiste wußte Breitbach. Ein anonymer Anrufer hatte die Polizei zu dem Tatort gerufen. Wenn ihr wüßtet, grinste Breitbach. Dann erfuhr er, daß man zuerst den Toten und das Rauschgift im Kofferraum gefunden hatte. Erst der Spürhund, der daraufhin angefordert worden war, hatte dann auf einem unbebauten Grundstück in einiger Entfernung den Schwerverletzten aufgespürt. Auch er hatte kleine Mengen Rauschgift bei sich, und man hatte einen falschen Hundertmarkschein bei ihm gefunden. Bei dem Toten handelte es sich nach Angaben der Polizei um einen gewissen Jean-Pierre Godard. Breitbach blieb der Bissen im Hals stecken. Kein Zweifel, er hatte sich nicht verhört. Hermann Scherer schien von der Polizei als ein Jean-Pierre Godard identifiziert worden zu sein.

Eilig würgte er mit einem großen Schluck Kaffee das Brot hinunter und lehnte sich in seinem Stuhl zurück. Zu dem Verletzten hatte die Polizei keine näheren Angaben gemacht, außer daß man ihn in die Hunsrück-Klinik nach Simmern gebracht hatte, wo er auf der Intensivstation lag. Es folgte noch ein Hinweis auf den möglichen Zusammenhang mit dem Auftauchen von Falschgeld in Koblenz. Fast instinktiv drückte Schosch die Daumen. Hoffentlich erwähnte man jetzt nicht auch noch Kewes im Zusammenhang mit Mord und Rauschgift. Fast erleichtert vernahm er die anschließenden Wettermeldungen. Wenigstens blieb Kewes diese Vermutung auf Zusammenhänge erspart.

Breitbach schloß die Augen und versuchte, alles auf eine Reihe zu bringen. Zuerst mußte er herausbekommen, warum Scherer als ein Mann namens Godard identifiziert worden war. Dann mußte er in Erfahrung bringen, wer der Schwerverletzte war. Bis Donnerstag, dem nächsten Treffen mit Hotte, blieb ihm für all die Fragen nicht viel Zeit. Inzwischen war er fast froh, daß Dommermuth ihn aus dem Bett geholt hatte, sonst hätte er wahrscheinlich den halben Tag verschlafen.

Als er gerade Bosco rufen wollte, um mit ihm ins Präsidium zu gehen, klingelte das Telefon wieder. In Erwartung neuer Hiobsbotschaften setzte er sich gleich in den Rattansessel, bevor er den Hörer abhob. Am anderen Ende meldete sich Hannelore Weber.

„Sie bringen meinen Mann ja ganz schön in Gefahr. Haben Sie das mit Rheinböllen schon gehört?"

Sofort begann Schosch mit einem Entschuldigungs- und Beschwichtigungsgemurmel, als Frau Weber zu seinem Erstaunen fortfuhr. „Das nächste Mal fahre ich mit! Ich kann meinen Mann bei so etwas doch nicht alleine lassen. Frauen sind bei solchen Dingen sowieso viel umsichtiger und behalten einen kühleren Kopf. Nicht auszudenken, was gestern alles hätte passieren können."

Aha, daher wehte der Wind. Breitbach vergaß also die Entschuldigungen und Beschwichtigungen und versprach lediglich, das nächste Mal auch Frau Weber mitzunehmen. Er informierte sie über die geplante Bittandacht und verabschiedete sich.

Bosco machte keine Anstalten, mitgehen zu wollen. Also legte er ihm zwei kleine Leckerli vor die Schnauze. Bosco schnüffelte zwar kurz in die richtige Richtung, allerdings ohne die Augen zu öffnen, was endgültig bedeutete, daß er weiterschlafen wollte. Also ließ Breitbach seinen Hund gewähren und machte sich alleine auf den Weg ins Präsidium.

Er fand seinen Nachfolger Wagner unrasiert und mit übernächtigten Augen vor. Auch sein Assistent, Hans Berger, machte nicht den frischesten Eindruck. Beide saßen vor einem Pott mit schwarzem Kaffee und versuchten sich auf die vor ihnen liegenden Akten zu konzentrieren. Als Breitbach eintrat, hob Wagner müde den Kopf.

„Ich hab's ja geahnt!" stöhnte er und klappte den Altendeckel lustlos zu. „Hol' dir selbst einen Kaffee. Du kennst dich ja aus", bat er und lehnte sich in seinem Sessel zurück. „Wo hast du denn deinen Hund gelassen?"

Breitbach grinste über das ganze Gesicht. „Der hat heute morgen genauso ausgeschaut wie du. Allerdings habe ich heute auch nicht viel Schlaf mitbekommen. Was war denn bei euch los?" fragte er scheinheilig.

„Der Teufel! Hier boxt der Papst!" jammerte Berger und nahm einen großen Schluck Kaffee.

Breitbach zog sich gespielt interessiert einen Stuhl heran und setzte sich rittlings drauf. „Hört sich spannend an. Was gab's denn?"

„Grenzfall! Hätte das Ganze nur zwei oder drei Kilometer südlicher stattgefunden, wären die Kreuznacher und Mainzer die armen Schweine gewesen. Aber nein, am Ortsrand von Rheinböllen mußte es sein", schimpfte Wagner los. „Es sieht alles aus, als hätte das was mit deinem Freund Jakob Fischer zu tun."

Breitbach gab sich erschrocken. „Mach keinen Quatsch, habt ihr die Geldfälscher etwa gefunden?"

Wagner schüttelte den Kopf und gähnte. „Nee, nur eine Leiche und einen Schwerverletzten." Er legte die Füße auf den Schreibtisch und reckte sich. „Die Simmerner wurden über Notruf informiert, in Rheinböllen läge in einem Fahrzeug ein Toter. Gegen elf hat man mich dann zu Hause angerufen. Heute Nacht scheint hier überhaupt der Teufel los gewesen zu sein. Aber Berger mußte trotzdem mit!" Eine gewisse Genugtuung schwang in seiner Stimme, daß er nicht alleine auf seine Nachtruhe verzichten mußte. „Doch der Terror ging erst los, als die von der Spurensicherung im Kofferraum das Kokain entdeckten."

Schosch wurde sich bewußt, daß er heute nacht sehr leichtsinnig bei seinen verdeckten Recherchen gewesen war. Wie leicht hätte ihn Wagner oder Berger bei seiner Rückkehr an den Tatort entdecken können. Aber Gott sei Dank waren sie dort sehr beschäftigt gewesen. Auch er hatte sie unter den vielen Beamten nicht einmal entdeckt. „Was hat das alles mit Kewes, ich meine Jakob zu tun?" versuchte er seinen Nachfolger auszuhorchen.

„Das Rauschgift war das erste, was wir fanden. Aber der Hund, den wir kommen ließen, fand noch mehr. Gut zweihundert Meter entfernt lag ein zweiter Mann in einem Gebüsch und weißt du, was wir bei dem gefunden haben?" Er schaute Breitbach erwartungsvoll an. Dann nahm er mit einem Schwung die Füße wieder vom Schreibtisch und beugte sich zu Breitbach vor. „Einen Hunderter, einen falschen!"

Breitbach schlug mit der flachen Hand auf den Schreibtisch. „Donnerwetter, dann haben wir ja eine Spur!"

„Wir?" fragte Wagner etwas ironisch. „Du hast damit nichts zu tun, Schosch. Außerdem wissen wir noch gar nichts, außer daß der Schwerverletzte mit einem langen Messer attackiert wurde, das wir neben ihm gefunden haben und daß er Jean-Pierre Godard heißt."

„Ich denke, das ist der Tote!" entwich es Breitbach und im gleichen Moment hätte er sich ohrfeigen können.

Wagner lachte schallend. „Da kommt der Kerl ganz scheinheilig hierher und will uns aushorchen. Und in Wirklichkeit weiß er alles." Plötzlich fiel ihm ein, daß auch Breitbach nach eigener Aussage wenig geschlafen hatte. Er machte ein ernstes Gesicht und blickte seinen Vorgänger direkt in die Augen. „Was weißt du noch?"

Breitbach tat den ertappten Unschuldigen. „Na gut, ich habe natürlich heute schon Nachrichten gehört ..."

„Und wo warst du heute nacht, wenn du so wenig geschlafen hast?"

Als Breitbach das dienstbeflissene Gesicht des Hauptkommissars sah, war es nun an ihm, laut zu lachen. „Du glaubst doch nicht, daß ich den einen niedergestochen und den anderen erschossen habe. Nein, mein Freund, ich habe die halbe Nacht bei Frau Weber verbracht, der Frau des ehemaligen Oberstudienrats und sehr aktiven Chorleiters. Jetzt kannst du dir ausdenken, was du willst. Aber wir haben nur auf ihren Mann gewartet, und ich habe ihr dabei Gesellschaft geleistet." Breitbach war stolz, daß ihm so schnell eine Antwort eingefallen war und er dabei nicht einmal gelogen hatte.

„Ich werde es gegebenenfalls überprüfen!" schnaubte Wagner und schob die Akten von sich weg. „Jetzt werde ich aber erst einmal duschen, mich rasieren und frühstücken. Hans, paß mir auf unseren Exkollegen auf, und laß' dich nicht aushorchen!"

Das Wort ‚Exkollegen' betonte er fast spöttisch, stand auf, schlug Breitbach freundschaftlich auf die Schulter und verließ das Büro.

„Schlecht gelaunt, der Herr Hauptkommissar!" lächelte Breitbach und warf einen Blick auf Berger, der sich immer noch krampfhaft an seinem Kaffeepott festhielt.

„War aber auch reichlich Streß", entschuldigte sich dieser für seinen Vorgesetzten. „Erst die eine Leiche mit allem drum und dran und als wir gerade abziehen wollten, der Verletzte! Und das Verrückteste ist, der Tote im Wagen scheint nicht der Halter zu sein. Das Fahrzeug ist auf einen Mann aus Kirchberg zugelassen. Der Wagen ist allerdings bisher auch nicht als gestohlen gemeldet, und den Halter haben die Kollegen noch nicht angetroffen."

Breitbach glaubte, seinen Ohren nicht zu trauen. Daß die Medien in den Nachrichten schon einmal im Eifer der Aktualität Dinge verdrehen, war bekannt und kam vor. Aber jetzt schien sich für ihn alles wie in einem Karussell zu drehen. Hatte er nicht Scherer im Auto gefunden? Die Nachricht, der Tote habe einen französischen Namen, hatte bei ihm schon Verwirrung hervorgerufen, die sich aber durch Wagners Richtigstellung in Wohlgefallen aufgelöst hatte. Aber die neue Information von Berger stellte ihn wieder vor das gleiche Problem. Sicherlich hatte er das Gesicht des Toten nicht gesehen, denn er lag blutüberströmt mit dem Kopf nach unten auf dem Beifahrersitz. Aber er befand sich in Scherers Wagen und hatte auch die Statur von Scherer. Für ihn hatte es gestern abend deshalb keinen Zweifel an der Identität gegeben. Wenn der Tote im Wagen aber nicht Scherer war, wer war es dann, und … wo war Scherer, mit dem er verabredet gewesen war?

Die Sache wurde immer undurchsichtiger. Berger bemerkte, daß Breitbach mit seinen Gedanken weit weg war, denn der Exhauptkommissar saß regungslos auf seinem Stuhl und blickte aus dem Fenster ins Leere.

„Haben Sie eine Idee?"

„Ich?" schrak Breitbach aus seinen Überlegungen. „Nein, ich habe nur gerade überlegt, was Kewes alles damit zu tun hat."

Berger stellte seinen Kaffeepott ab und rutschte unentschlossen auf seinem Stuhl hin und her, wie Breitbach aus den Augenwinkeln sehen konnte. Breitbach summte vor sich hin und tat recht gleichgültig und gelangweilt.

„Wie meinen Sie das?" fragte Berger ehrlich erstaunt.

„Ich sehe es Ihnen doch an der Nasenspitze an, das da noch was ist, was Sie mir erzählen wollen.“ Erst jetzt blickte Breitbach den jungen Kripobeamten an. „Da ist doch noch was!?“

„Nun, Sie werden sich ja auch Gedanken bezüglich Ihres Freundes gemacht haben“, begann er zögernd. „Wir sind auch davon überzeugt, daß dieser Fischer nicht der Geldfälscher ist, und jetzt mit dem Vorfall in Rheinböllen kann er ja auch nichts zu tun haben, zumindest nicht direkt. Aber das LKA macht schwer Druck. Die kamen natürlich auch heute nacht hinzu. Also, wenn Sie mich fragen, hat das Rauschgift mit dem Falschgeld nichts zu tun.“

Breitbach schüttelte verwundert den Kopf. „Wie kommen Sie denn darauf. Ich denke, man hat bei dem Schwerverletzten ein Falsifikat gefunden?“

„Nicht direkt!“

„Was heißt nicht direkt?“ erkundigte sich Breitbach, der seine Zurückhaltung und gespielte Gleichgültigkeit schlagartig vergaß.

„Nun, der Verletzte lag in einem Gebüsch und der Hunderter auch. Verstehen Sie, der hatte den nicht in der Hand oder der Tasche. Der Hunderter lag einfach am Tatort.“

„Aber Sie wollen damit doch nicht andeuten, daß der Wind rein zufällig ...“

Berger unterbrach Breitbach und sprang auf. „Nein, um Gottes Willen, nein. Aber es könnte doch sein, vielleicht bin ich auch zu naiv, es könnte doch sein, daß die dritte Person, die es zweifelsohne gegeben haben muß, also der Mörder, den Schein verloren hat. Welche andere Bedeutung sollte ein einzelner Hunderter bei einem Rauschgiftdeal haben? Und dann noch ein falscher?“

Gar nicht so dumm der Kleine, dachte Breitbach und setzte wieder seine kleinen grauen Zellen in Gang. War hier ein Deal mit Rauschgift eskaliert oder ein Deal mit Falschgeld? Beides schien plötzlich möglich. Egal wie und was, seiner Meinung nach handelte es sich bei dem Mörder um einen Profi, und kein Profi käme auf die Idee zu versuchen, ein Rauschgiftgeschäft mit Blüten abzuwickeln. Das hätte zwangsläufig tödliche Folgen. Was hatte sich also in Rheinböllen abgespielt und ... was hatten Hotte und Scherer mit all dem zu tun?

„Eine Frage scheint mir allerdings noch äußerst wichtig ...“ begann Breitbach nachdenklich. Ihm war klar, daß aus dem jungen Beamten noch mehr herauszuholen war.

Der reagierte auch sofort mit Neugier. „Welche Frage?“ Man konnte von einem alten Kripohasen sicherlich einiges lernen.

„Wieso wißt ihr, daß der Verletzte dieser Franzose ist?"

Zur heimlichen Freude von Breitbach vergaß Berger sofort die Ermahnungen seines Chefs und packte eifrig aus. „Ganz einfach, in dem Busch, wo der Verletzte lag, fanden wir auch den französischen Paß des Mannes."

„Und Paß und Person stimmen überein?" hakte Breitbach sofort routinemäßig nach.

Berger zögerte einen Moment. „So in etwa. Ich meine, als wir den Ausweis fanden, war der Verletzte schon abtransportiert. Aber von der Größe und so war er es. Aber wir werden das natürlich alles noch in den nächsten Tagen prüfen."

Breitbach schmunzelte. Es gab also noch viel für ihn zu tun.

Als Breitbach die Tür zu seiner Wohnung öffnete, sprang ihm Bosco ausgeschlafen und überglücklich entgegen, in der Hoffnung auf einen ausgiebigen Spaziergang. Obwohl sich inzwischen bei Schosch der fehlende Schlaf bemerkbar machte, nahm er die Leine vom Haken hinter der Tür und gab das Startzeichen. Bosco rannte übermütig die Treppen hinunter und wartete schwanzwedelnd und ungeduldig an der Haustür.

Während Bosco seinen tierischen Interessen und Bedürfnissen nachging, verfolgte Breitbach noch einmal den Gedanken von Berger. Das Kewes ein Unglücksrabe und in ein großes Ding hineingetappt war, stand außer Zweifel. Ebenso, daß Hotte zumindest ein Rad im Getriebe von Falschgeld- und Rauschgiftgeschäften war. Das hatte ihm Scherer auf ihrer Rückfahrt von Ravengiersburg überschwenglich kundgetan. Scherer hingegen war nur ein kleines unbedeutendes Rädchen gewesen. Ergänzte Breitbach seine bisherige Meinung, daß das Falschgeld, das ja immer nur in kleinen Mengen aufgetaucht war, einen bisher unbekannten Zweck erfüllen sollte. So war es durchaus möglich, daß hier der Zufall alle auf eine falsche Fährte lockte. Also galt es, die Zusammenhänge immer wieder zu prüfen. Der Name Jean-Pierre Godard deutete tatsächlich daraufhin, daß auch Franzosen irgendwie mit von der Partie waren. Das hatte auch schon das Fax bewiesen, daß er auf Wagners Schreibtisch entdeckt hatte. Was aber Breitbach seit den neuesten Informationen viel mehr beschäftigte war die Frage, welche Folgen konnte der Vorfall in Rheinböllen für Kewes haben. Hatten Hotte und seine Leute, wer auch immer alles dahintersteckte, nun noch größere Angst, Kewes könne auspacken und würde man deshalb Lehn oder den Rest der Familie ins Visier nehmen, um auf Kewes

Druck auszuüben? Fragen über Fragen, auf die auch er, Breitbach, keine Antwort hatte. Von Scherer wußte er, daß Hotte seine Finger in allem möglichen hatte und dabei Kontakte nach oben! Was hatte Scherer damit gemeint: Kontakte nach oben? Hierarchisch in der Unterwelt? Oder politisch nach Mainz oder sogar Berlin? Schade, daß er Scherer jetzt nicht mehr fragen konnte. Aber vielleicht kam dieser Jean-Pierre ja durch. Er nahm sich vor, den Schwerverletzten so bald wie möglich in der Simmerner Klinik zu besuchen.

Bosco hatte offenbar all seine Geschäfte und Bedürfnisse erledigt, denn plötzlich ging er artig ‚bei Fuß' und schien kein Interesse zu haben, weiter durch die Büsche der Rheinanlagen zu streichen. Breitbach schaute auf die Uhr. Da er einen leichten Hunger verspürte, machte er einen Umweg zum ‚Deutschen Kaiser', gönnte sich einen knackigen Salat mit Putenbruststreifen und Bosco einen Freßnapf mit köstlichen Essensresten. Dann ging er nach Hause, um sich noch für zwei oder drei Stunden aufs Ohr zu legen.

Kurz vor halb sieben betrat Schosch Breitbach die Owerpfarr. Vom linken Seitenschiff her waren leise Stimmen zu hören. Tatsächlich hatten sich hier schon eine Reihe von Kewes Freunden eingefunden. Selbst einige Mitglieder der Altstädter Brunnengemeinschaft erkannte er in dem kleinen Kapellenbereich beim Passionsaltar. Während sich Schosch in die kleine Gruppe freundlich grüßend einreihte, schlug die Kirchenuhr die halbe Stunde. Nachdem die Glocke verstummt war, ergriff Manni Gniffke das Wort.

„Liebe Freunde! Mir hann uns hei engefonne, om für en Freund, dä Kewes, zo bete. Mir wesse all, wad passiert es on wesse och, dat dä Kewes su ebbes nie gemacht hat, wofür äh jetzt owen off der Kardaus setze dot. Mir könne imm net helefe, mir könne inn net do owe befreie, awer... mir könne für inn bede, dat dat alles widder sich offklärt on et für inn alles got ausgieht. On dat su baal wie miehlich. Dä Passionsaltar henner mir zeicht en Leidenswäch off on su ähnlich moß et och unserem Kewes ginn, dä sicherlich da owe off der Kardaus och net grad god ausseht. Losse mer uns also hinknie on fier dä Kewes bede."

Manni drehte sich um und soweit Bänke vorhanden waren, knieten sich alle nieder. Manni fand bei jedem Anlaß immer wieder die richtigen Worte. So formulierte er aus dem Stehgreif in seiner unverwechselbaren urwüchsigen Art ein fast zehnminütiges Bittgebet, in dem er immer wieder Pausen für den Bittruf der Anwesenden machte. Dann bat er um Gottes Schutz und Segen, bekreuzigte sich und drehte sich wieder sichtlich ergriffen zu den Anwesenden um.

„Su, dat hätte mer. Aber außer dem Herrgott gett et jo och noch annere, suzeson irdische Profis, die ebbes fier dä Kewes dohn könne. Dä Schosch es jo doh suzeson unser Mann am Ball. Die Kärch es jo net nur en Bet-, se es och en Versammlungsort, also versammele mer uns on wolle mol vom Schosch hiere, wad äh uns su berichde kann."

Breitbach sah plötzlich etliche Augenpaare auf sich gerichtet und fühlte sich durch die Aufforderung von Manni Gniffke etwas in die Enge getrieben. Er stand langsam auf und schaute in die erwartungsgeladene Runde.

„Ja, viel kann ich eigentlich nicht berichten. Von dem nächtlichen Vorfall in Rheinböllen habt ihr wahrscheinlich bereits alle aus den Nachrichten gehört. Auch dabei wurde Falschgeld gefunden, nur ein einziger falscher Hunderter. Aber immerhin! Allerdings hat man auch reichlich Kokain gefunden. Das LKA und die Kripo Koblenz sind dabei, Licht in die Sache zu bringen, was natürlich nicht von heut auf morgen zu bewerkstelligen ist. Inwieweit die Erkenntnisse aus Rheinböllen Kewes entlasten, weiß ich nicht. Ich war heute morgen auf dem Präsidium, konnte aber dazu nichts erfahren. Aber ich glaube aus meiner Erfahrung heraus, daß sich nun abzeichnet, daß Kewes, wenn überhaupt, nur eine ganz kleine, vielleicht sogar zufällige und unverschuldete Rolle in der Sache spielt. Aber das muß man halt abwarten."

Breitbach merkte, daß seine Ausführungen für die Anwesenden nicht unbedingt befriedigend waren, aber mehr konnte und wollte er nicht preisgeben. Etwas niedergeschlagen verabschiedeten sich die Versammelten voneinander.

Breitbach machte sich mit Gniffke, Dommermuth, Wingen und noch einigen anderen auf den Weg zum ‚Deutschen Kaiser', wo Vera, die Wirtin, bereits auf sie wartete.

„Tut mir leid", empfing sie die kleine Gruppe, „ich konnte nicht kommen, hier war mal wieder der Teufel los. Eine Bedienung ist so erkältet, daß sie nicht kommen konnte."

„Micht nix, dä Herrgott weiß om deine goode Wille", lachte Gniffke und schob sich hinter den großen runden Tisch gegenüber der Theke. „Hauptsach', dau has eh good Bier fier mich on e klein Schnäpje."

Auch die anderen nahmen an dem Tisch gegenüber der Theke Platz.

„Scheen warm, habt ihr es hai!" freute sich Dommermuth als die Bedienung mit den Getränken kam. „Drauße es jo en lausije Wend." Er hob sein Glas. „Jetzt loßt uns noch ganz weltlich off demm Kewes sein Wohl trenke on hoffe, dat äh baal widder hai onner uns setzt. Prost!"

Am nächsten Morgen schlief Breitbach bis in die Puppen. Selbst Bosco schien hierfür Verständnis zu haben, denn er verhielt sich ganz ruhig, bis er die Tür zum Bad quietschen hörte und sich daraufhin seine ersten Streicheleinheiten bei seinem Herrn abholte.

Breitbach ließ den Tag gemütlich angehen. Während eines ausgiebigen Frühstücks las er die Rhein-Zeitung, die ausführlich über den Mord in Rheinböllen berichtete. Gott sei Dank fand Breitbach auch hier keinen Hinweis auf einen möglichen Zusammenhang mit dem Fall Jakob Fischer. Nachdem er gespült hatte, griff Breitbach zum Telefon und rief Wagner an.

„Was gibt's Neues?" wollte er wissen.

„Wenn ich ehrlich bin, nicht viel. Das LKA wertet gerade Fingerabdrücke und Fußspuren aus. Mit dem Franzosen stimmt irgend etwas nicht. Die Personenbeschreibung aus Frankreich deckt sich nicht mit der des Verletzten und der Halter des Fahrzeugs, ein Schreiner aus Kirchberg namens Scherer, ist verschwunden. Vielleicht hat er ja etwas mit der Sache zu tun, sein Wagen wurde bisher immer noch nicht als gestohlen gemeldet. Das macht ihn verdächtig. Wir haben ihn auf jeden Fall zur Fahndung ausgeschrieben."

„Ich werde heute noch einmal Fischers Frau besuchen. Kann ich ihr irgend etwas Tröstliches oder Positives sagen?" fragte Breitbach, obwohl er die Antwort eigentlich schon wußte. Er hängte ein, pfiff Bosco herbei und unternahm mit ihm den üblichen Spaziergang entlang des Rhein- und Moselufers. Eine Information, die wieder ein völlig neues Bild entstehen ließ, hatte ihm dieser Anruf gebracht. Die Personenbeschreibung des Faxes aus Colmar, die eindeutig auf Hotte paßte, wurde also bei den französischen Kollegen diesem Jean-Pierre Godard zugeschrieben, dessen Ausweis man gefunden hatte. Er mußte versuchen, an den Ausweis zu kommen und nachschauen, ob das Foto Hotte zeigte. Wenn ja, dann mußte er davon ausgehen, daß Hotte auch am Tatort gewesen war und deshalb die merkwürdige Versammlung in Stromberg stattgefunden hatte, als er dort eintraf. Dann war Hotte oder einer seiner Kumpanen auch mit Sicherheit der Mörder.

Am Deutschen Eck stieß er auf Manfred Gniffke, der mit einer Touristengruppe auf Führungstour war und ihnen gerade die Schuhgröße der Kaiser-Wilhelm-Statue und das Gewicht des kaiserlichen

Zepters erläuterte. Als Gniffke Breitbach erblickte, rief er ihm ein „Goode!“ zu und winkte freundlich. Breitbach tat das gleiche und Bosco zerrte leise jaulend an der Leine.

Helene Fischer hatte gerade Kaffee gekocht und freute sich, Gesellschaft zu bekommen. Schnell holte sie eine zweite Tasse und eine Schale Selbstgebackenes aus dem Schrank und setzte sich fast vergnügt auf das Sofa neben Schosch.

„Ich darf Jakob morgen besuchen!“ strahlte sie. „Der liebe Gott hat offenbar euer Gebet gestern erhört.“

Schosch schaute sie erstaunt an. „Du weißt davon?“ fragte er erstaunt.

„Hör’ mal! Wenn sich die halbe Altstadt trifft …“

„Na, na. So viele waren es nun auch nicht. Aber ich habe mich ehrlich gewundert, wer alles gekommen war. Schön, wenn man so viele Freunde hat“, gab Schosch zu. Wie oft hatte er sich vor seiner Pensionierung überlegt, ob er von Koblenz wegziehen sollte, vielleicht wie viele andere Rentner in den sonnigen Süden nach Spanien, Italien oder Südfrankreich? Oder sich an der Nord- oder Ostsee ein kleines Häuschen kaufen und im Sommer abends am Meer den Sonnenuntergang genießen. Doch dann hatte er sehr schnell den Gedanken wieder fallen gelassen. Was fehlte ihm hier? Wenn er exzellenten und frischen Fisch essen wollte, fuhr er nach Neuwied in die ‚Deichkrone’ und hervorragende spanische, italienische oder französische Küche konnte er fast immer zu Fuß erreichen im ‚Columbus’ am Rheinufer, im ‚La Gondola’ kaum hundert Meter von seiner Wohnung oder im Wirtshaus am Overbergplatz ‚Chez Pierre’. Und was würde er alles anderenorts vermissen? All die tollen Wein- und Bierlokale rund ums Deutsche Eck, die beschaulichen Sommerabende auf dem Plan, die sonntäglichen Ausflüge mit Bosco auf den Kühkopf oder nach Remstecken im Koblenzer Stadtwald und vor allem … Die Menschen! Schosch hatte viele Freunde, obwohl er mit diesem Begriff sehr vorsichtig umging. Nein, vor allem waren es die Freunde, die ihn hier hielten.

„Du träumst!“ rief ihm Helene zu und schubste ihn ein wenig.

Tatsächlich, Schosch mußte sich eingestehen, daß er für kurze Zeit mit seinen Gedanken auf Reisen gegangen war. „Entschuldige, Lehn. Aber ich habe gerade an all die Menschen gedacht, die mir lieb und wert sind. Und dazu gehören zweifelsohne auch Kewes und du.“

„Danke!“ hauchte Helene sichtlich gerührt und legte zaghaft ihre Hand auf seine. „Ja, es ist schön, wenn man Freunde hat.“

Vorsichtig zog Schosch seine Hand unter der von Helene zurück und machte ein ernstes Gesicht. „Deshalb bin ich auch gekommen, wenn ich ehrlich bin. Ich wollte dir als Freund einen sehr ernst gemeinten Rat geben.“

Helene Fischer schaute ihn erwartungsvoll an.

„Frage mich bitte nicht, warum ich dir diesen Rat gebe, aber ich würde es für gut halten, wenn du morgen nicht zu Jakob gehen und statt dessen für ein paar Tage zu Freunden fahren würdest.“

Helene senkte betroffen ihren Blick und zog auch ihre Hand langsam zurück. „Du meinst, es ist so ernst?“

„Ja!“

„Hat es was mit dem zu tun, was heute in der Zeitung steht? Ich meine mit dem Mord?“ fragte sie zögernd und hob wieder ihren Kopf, um Breitbach ins Gesicht zu schauen.

Schosch nickte nur. Es verging eine Weile, in der beide schwiegen. Dann richtete sich Helene auf und stöhnte: „Was hat Jakob nur mit all dem zu tun?“

„Was zum Teufel hast du mit der Sache zu tun?“ Wagner schrie so laut ins Telefon, daß Schosch den Hörer vom Ohr nahm und fast wieder aufgelegt hätte.

„Ich?“ fragte Breitbach nach einer Weile unschuldig.

„Ja, du! Ich habe das Band der Polizeiinspektion Simmern mit dem anonymen Anruf abgehört. Das ist deine Stimme, Georg!“

„Meine ... was?“ lachte Schosch und überlegte, wie er sich aus der Affäre ziehen konnte.

„Deine Stimme! Tu nicht so unschuldig. Du warst in Rheinböllen. Ich werde es dir beweisen. Sprich doch einfach einmal den Satz 'In Rheinböllen auf dem Parkplatz bei der Volksbank steht ein Fahrzeug, darin liegt eine Leiche. Beeilen Sie sich!'. Los, sprich ihn nach. Ich werde das Ganze sofort ins Sprachlabor geben und dann ...“

Wagner schien wirklich vor Wut zu kochen. Wahrscheinlich hätte Schosch früher, als er noch im Dienst war, nicht anders reagiert.

„Ich komme vorbei!“ antwortete Breitbach knapp und legte auf, ohne eine weitere Äußerung von Wagner abzuwarten. Er griff nach dem Mantel und der Hundeleine und stieß einen leichten Pfiff aus. Sofort kam Bosco angelaufen und blieb schwanzwedelnd an der Wohnungstür stehen. „Jetzt mußt du das Herrchen beschützen“, befahl er seinem Hund, der aufmerksam die Ohren spitzte und, als habe er den Befehl verstanden, zweimal bellte.

Zum Glück saß Hauptkommissar Walter Wagner allein in seinem Büro. Bosco stürzte sich sofort auf ihn und zog sich dann sichtlich beleidigt unter den Schreibtisch zurück, nachdem es diesmal keine Streicheleinheiten zu geben schien.

„Setz dich!“ befahl Wagner.

Breitbach warf seinen Mantel über Bergers Stuhl und grinste. Inzwischen hatte er sich einen Schlachtplan ausgedacht, wobei es sich dabei mehr um die inzwischen allgemein ausgewiesene Methode von Spitzenpolitikern handelte: Scheibchenweise Bekanntes zugeben, den Rest aussitzen. Er schaute Wagner abwartend an, der damit beschäftigt war, verschiedene Blätter und Akten vor sich auf dem Schreibtisch zu verteilen. Als er das letzte Blatt zugeordnet hatte, blickte er auf.

„Also? Bist du der Anrufer oder nicht?“

Breitbach schüttelte den Kopf. „Laß mich mal hören!“

Bereitwillig startete Wagner einen Cassettenrecorder, den er aus seiner Schreibtischschublade holte. ‚In Rheinböllen auf dem Parkplatz bei der Volksbank steht ein Fahrzeug, darin liegt eine Leiche. Beeilen Sie sich!‘, hörte er sich sagen. Schade, dachte Schosch. Die Telefonzelle in Rheinböllen war keine geschlossene, was manchmal die Stimme verfremdete, sondern nur eine offene Kabine gewesen und er hatte den Hörer dicht an den Mund gehalten, um nicht all zu laut sprechen zu müssen.

„Schade!“ stöhnte Schosch laut. „Meine Chancen sind offenbar sehr gering. Ich kann mich sogar selbst erkennen ...“

„Dann höre ich!“ zischte Wagner, streckte die Arme aus und faltete die Hände hinter seinem Kopf.

„Ich sehe, du machst keine Notizen, das ist gut. Ich werde nämlich ins Unreine sprechen, ‚entre nous‘ wie man hier in Koblenz sagt.“ Er machte eine Pause und atmete noch einmal tief durch. „Ich versichere dir, Kewes hat mir bei unserem vertraulichen Gespräch letzte Woche nicht viel mehr gesagt, als anschließend dir. Er hat also in letzter Zeit ab und zu ein bißchen gezockt. Aus einem dieser Gewinne stammen die zweitausend Mark. Alles hinreichend bekannt und aktenkundig. Das einzige, was er mir mehr anvertraut hat, ist, daß er sich mit einem mir namentlich nicht bekannten Mitspieler aus weiß Gott welchen

Gründen immer gegen 22 Uhr auf diesem Parkplatz in Rheinböllen getroffen hat. Sie sind dann wohl zusammen zum Zocken gefahren. Wo gezockt wurde und mit wem und wer der andere war, mit dem er sich dort traf, hat er mir auch nicht gesagt."

„Glaube ich nicht!" Wagner schaute Breitbach herausfordernd an. „Wer A sagt, sagt auch B, zumindest unter Freunden. Also?"

„Tut mir leid. Ich kann nur sagen, was mir Kewes auch gesagt hat", fuhr Breitbach unbeirrt fort. „Ich bin seither jeden Abend auf diesen Parkplatz gefahren, in der Hoffnung, etwas zu beobachten, was in das Puzzle paßt. Meine Überlegung war, daß sich der große Unbekannte vielleicht auch mit anderen Zockern dort trifft. Aber außer am Montag waren meine Besuche dort völlig ergebnislos. Selbst am Montag wäre ich beinahe unverrichteter Dinge wieder losgefahren. Die Aufzeichnungen in Simmern werden bestätigen, daß ich erst nach halb elf angerufen habe. Ich hatte wieder etwa eine halbe Stunde gewartet. Und bevor ich abfuhr, wollte ich mir noch etwas die Beine vertreten, dabei habe ich den Toten entdeckt. Als ich anrief, konnte ich nicht einmal ahnen, daß es da einen Zusammenhang zu der Falschgeldsache gibt."

Wagner ließ die Arme fallen und stand auf. „Georg, sei mir nicht böse. Aber wir müssen mit offenen Karten spielen. Bisher gab es ein paar falsche Scheine. Seit vorgestern gibt es zusätzlich Rauschgift, einen Mord, einen durch Messerstiche schwerverletzten Franzosen und eine LKA-Soko ‚Blütenstaub', der ich angehöre. Also lege deine Karten alle auf den Tisch."

Auch Breitbach war aufgestanden und zuckte mit den Schultern. „Bedauere Walter, aber mehr kann ich dir nicht sagen."

Bosco, der das Aufstehen der beiden falsch verstanden hatte, kam unter dem Schreibtisch hervor und stellte sich an die Bürotür in der Hoffnung, man werde mit ihm spazierengehen. Breitbach schnippte mit den Fingern und deutete unter den Schreibtisch, worauf Bosco enttäuscht dem Rückweg antrat.

„Walter, du hast etwas davon gesagt, daß dieser verletzte Franzose nicht mit der Personenbeschreibung übereinstimmt, die dir vorliegt. Darf ich da einmal draufschauen und auch den Ausweis sehen? Vielleicht habe ich ja unbewußt eine solche oder ähnliche Person in den letzten Tagen in Rheinböllen gesehen."

Zu seiner inneren Freude tappte Wagner sofort in die Falle und reichte ihm offiziell das Fax, das er bereits vergangene Woche auf dem

Schreibtisch vorgefunden hatte. „Warum wird der von der französischen Polizei gesucht?“ fragte Breitbach und reichte das Fax zurück.

„Nichts Konkretes. Seine Personalien sind in Colmar bei einer Razzia in einer Bar aufgenommen worden. Man konnte ihm allerdings nichts nachweisen, außer daß er dort Gast war. Wir haben die Personenbeschreibung nur deshalb angefordert, weil in der Bar auch falsche deutsche Hunderter aufgetaucht sind.“

Hotte war also in Colmar gewesen und dort aktenkundig worden. Wieso aber unter dem Namen Jean-Pierre Godard? Breitbach zog daraus den Schluß, daß Hotte über einen deutschen und einen französischen Ausweis verfügte, von denen einer gefälscht sein mußte. Nur welcher? So wie er Hotte einschätzte eher der französische Paß. Wieso war das aber den französischen Kollegen bei der Überprüfung nicht aufgefallen. Waren das Hottes Beziehungen bis ganz oben hin, auf die Scherer so stolz war?

„Und der Ausweis“ fragte Breitbach unvermittelt.

„Tut mir leid, der ist beim LKA“, antwortete Wagner. Beide standen schweigend im Raum und jeder ging seinen eigenen Gedanken nach. Für Breitbach war Jean-Pierre Godard, der in der Hunsrück-Klinik in Simmern lag, die Schlüsselfigur.

Breitbach erkannte, daß es an der Zeit war zu gehen. Mehr würde er heute aus Wagner nicht herausbekommen, aber vielleicht käme der auf andere böse Gedanken und Fragen, denen er sich dann stellen mußte. Er schnappte seinen Mantel, was Bosco aus der soeben gemachten Erfahrung mit abwartender Zurückhaltung beobachtete. Erst als Breitbach auf die Tür zusteuerte, sprang er auf und folgte seinem Herrn.

Hätte Wagner geahnt, was in Breitbachs Kopf vor sich ging, hätte er ihn sicherlich observieren lassen. Um möglichst wenig Zeit zu verlieren, kaufte sich Breitbach unterwegs in einer Bäckerei eine Puddingschnecke und machte sich dann mit dem Auto auf den Weg nach Simmern.

Das Wetter an diesem Dezembertag ließ viel zu wünschen übrig. Grau in Grau zog der Hunsrück an ihm vorbei und zeigte sich von keiner schönen Seite. Bei der Ausfahrt Rheinböllen verließ er die A 61, ohne jedoch durch den Ort zu fahren. Er benutzte den direkten Weg über die B 50 und orientierte sich auf der Suche nach der Hunsrück-Klinik an der Beschilderung.

Im Raum Simmern herrschte Nebel, so daß Breitbach die Scheinwerfer einschalten mußte. Die Beschilderung erwies sich als gut, ein Parkplatz auf dem Krankenhausgelände war auch schnell gefunden.

Auf der Hinfahrt hatte er sich ausgiebig Gedanken darüber gemacht, wie er dort auftreten würde. Methoden, Leute zu überrumpeln, hatte er ein Leben lang studiert und geübt. An der Pforte des Krankenhauses erkundigte er sich zuerst nach dem diensthabenden Arzt der Chirurgie. Er ließ sich den Weg ins Arztzimmer beschreiben und klopfte wenige Minuten später an der Tür, in der Hoffnung, niemanden anzutreffen. Gerade die Ärzte der Chirurgie waren meist nicht in ihren Zimmern, da sie immer mal in der Ambulanz, mal im OP, mal auf der Station gebraucht wurden. Tatsächlich fand er den Raum leer vor. Doch im gleichen Moment wurde er von einer Krankenschwester sehr energisch angesprochen, die den Flur entlang kam. „Wen suchen Sie?"

Auch über diesen recht unverbindlichen Ton war Breitbach sicherlich im Gegensatz zu jedem anderen Krankenhausbesucher froh. Freundliche und verbindliche Krankenschwestern waren eher ängstlich bei Entscheidungen und versicherten sich bei Vorgesetzten, bevor sie etwas außer der Regel taten. Resolute, nüchterne Schwestern dagegen entschieden in der Regel selbstsicher.

‚Ran!' befahl sich Breitbach innerlich und war sich sicher, daß er mit seiner oft erprobten Überrumplungstaktik viele Fragen, auch die nach einem Dienstausweis, erst gar nicht aufkommen lassen würde. Er trat dicht an die Schwester, spielte den deutlich Erregten und Gehetzten, der sie flüsternd ins Vertrauen ziehen will.

„Mein Name ist Mertens, Hauptkommissar, Kripo Kreuznach. Ich suche dringend einen gewissen Jean-Pierre Godard, der hier irgendwo auf der Intensiv liegt. Ich muß ihn dringend für das LKA identifizieren."

Die Schwester machte einen deutlichen Schritt zurück und betrachtete ihn von oben bis unten. Offenbar sah er immer noch so aus, wie ein Hauptkommissar. Und die Leute waren es ja aus den Fernsehserien wie ‚Der Alte' oder ‚Derrick' gewohnt, daß Kripobeamte bis ins hohe Alter im Dienst sind.

„Wie er heißt, weiß ich nicht. Aber Sie meinen sicherlich den Patienten, der unter Polizeiaufsicht hier bei uns liegt ..."

Breitbach wußte, daß er jetzt Druck machen mußte, um unangenehmen Fragen aus dem Weg zu gehen. Er packte die Schwester kräftig am Arm, um seine Eile und die Dringlichkeit zu verdeutlichen. „Schnell, es eilt! Bitte, bringen Sie mich zu ihm. Jede Minute zählt."

Tatsächlich zeigte die alte Masche wieder vollen Erfolg. In Ruhe hätte sich jeder überlegt, warum bei einer Identifizierung jede Minute zählt. Und auch andere Fragen wären sicherlich bei längeren Überlegungen aufgetaucht. Die Schwester gab sich einen sichtbaren Ruck und eilte ihm voraus. Es ging den Flur entlang, dann über das Treppenhaus in eine andere Etage. Gott sei Dank kein Aufzug, dachte Breitbach. Dann wäre die künstlich geschaffene Hektik raus gewesen. Die Schwester war für ihn jetzt die sicherste Eintrittskarte für die Intensivstation vor der sie kurze Zeit später standen.

Hinter der Tür mit dem Schild ‚Kein Zutritt' herrschte nur gedämpftes Licht. Rechts und links hinter Glas erblickte Breitbach im eiligen Vorbeigehen jede Menge Apparaturen mit verschiedenfarbigen Lichtern. Die Schwester eilte ihm voran. Ziemlich am Ende des Flures sah er bereits einen Mann sitzen, der auf einem Stuhl saß und in einem Buch las. Als er die beiden auf sich zukommen sah, legte er das Buch auf den Boden und stand auf.

Breitbach beschleunigte seinen Schritt und drängte die Schwester vorsichtig beiseite. Er blieb dicht vor dem jungen Mann stehen, von dem er sicher sein durfte, daß es sich um einen abgestellten Polizeibeamten handelte.

„Mertens, Soko Blütenstaub. Hoffmann bat mich schnellstens den Patienten zu identifizieren." Er warf einen Blick über die Schulter des jungen Mannes in Richtung der hinter ihm liegenden offenen Tür. „Ich habe Godard schon einmal verhaftet und erkenne ihn, wenn er es wirklich ist. Sie wissen, daran bestehen erhebliche Zweifel."

„Können Sie sich ausweisen?" fragte der junge Beamte leicht irritiert.

Breitbach warf ihm einen fast verächtlichen Blick zu und holte tief Luft. „Sie grüner Witzbold. Laufen Sie mit Dienstausweis und Waffe durch die Gegend, wenn Sie undercover eingeschleust sind. Also beeilen Sie sich und fragen Sie in Mainz nach. Aber machen Sie mich nicht für den Anschiß verantwortlich."

Wortlos ließ sich der überraschte junge Mann von Breitbach beiseite schieben. Der warf einen kurzen Blick zu der Schwester. „Kommen Sie mit?" fragte er leise und so, daß ihre Antwort nur ‚Ja' sein konnte.

Sie betraten den Intensivraum, in dem etliche Geräte ihren Dienst taten. Jean-Pierre Godard wurde offenbar künstlich beatmet und war mit etlichen Kabeln und Schläuchen an allen möglichen Geräten verbunden.

„Wird er durchkommen?“ fragte Breitbach, obwohl er wußte, daß die Schwester von der Unfallchirurgie ihm dazu keinerlei Auskunft geben konnte. Man mußte aber in solchen Situationen das Hirn der Leute immer auf Trab halten, damit sie nicht in Ruhe nachdenken konnten.

„Ich kenne das Krankenbild des Patienten nicht, wenn Sie Auskunft über...“

„Verstehe“, flüsterte Breitbach, trat dicht an das Bett heran und hielt erschrocken den Atem an. Er beugte sich, soweit es die Apparaturen zuließen, über den Patienten, dann drehte er sich zu der Schwester um. „Können Sie ihm für einen ganz kurzen Augenblick die Atemmaske abnehmen?“ fragte er und sein Ton war zum zweiten Mal so, daß man eigentlich wieder nur ein ‚Ja‘ erwarten konnte.

Doch diesmal zögerte die Schwester.

„Bitte schnell, Sie wissen es eilt. Nur ein oder zwei Sekunden. Ich muß mir ganz sicher sein!“ flüsterte er eindringlich.

Die Schwester warf einen kurzen Blick auf die Anzeigen der Apparat neben dem Bett. „Moment!“ flüsterte sie und lief fast lautlos aus dem Zimmer.

‚Lieber Gott steh’ mir bei. Es ist für Kewes!‘ schickte Breitbach ein Stoßgebet zum Himmel. Die wenigen Sekunden, die die Schwester aus dem Raum war, kamen Breitbach wie eine Ewigkeit vor. Monoton das Geräusch der künstlichen Beatmung, ein leises Surren irgendwo auf der anderen Seite des Bettes und ein ständiges Tickern einer kleinen Maschine direkt neben ihm.

Schließlich hörte er auf dem Flur wieder leise, eilige Schritte. Hinter der Glasscheibe tauchte die Schwester mit einer Kollegin oder Ärztin auf. Unwillkürlich drückte Breitbach beide Daumen tief in die geballten Fäuste.

Die mit weißen Jeans und einem weißen Kittel bekleidete Frau eilte um das Bett herum und warf ebenfalls einen kurzen Blick auf die Anzeigen. Dann griffen ihre beiden Hände zu der aufgesetzten Atemmaske. Sie blickte Breitbach an.

„Aber nur für einen ganz kurzen Moment. Sagen Sie jetzt, wenn Sie bereit sind.“

Breitbach beugte sich erneut über den Patienten. „Jetzt!“

Schosch Breitbach holte tief Luft, als er wieder hinter dem Lenkrad seines geliehenen Mercedes Platz genommen hatte. In seinem Kopf ging es zu wie auf einer Achterbahn. Irgendwie hatte er das Gefühl dringend Papier und Bleistift zu benötigen, um sich eine Skizze zu machen. Zu verworren war alles. Er hatte Hermann Scherer sofort erkannt, sich aber durch das Abnehmen der Atemmaske nochmals vergewissert. Hermann Scherer war also gar nicht tot! Wieso lag aber der unbekannte Tote in seinem Wagen? Warum hatte man Scherer niedergestochen? Am liebsten hätte Schosch laut geschrien, um sich von der Achterbahn in seinem Kopf zu befreien.

Bosco war beim Eintreffen seines Herrn verbotenerweise auf den Vordersitz gesprungen. Breitbach hatte diesen Umstand nicht bewußt wahrgenommen, wofür ihm sein Hund sehr dankbar war, denn so konnte er jetzt vorsichtig seinen Kopf auf den Schoß des nachdenklichen Herrchens schieben und ihn durch leichtes Anstupsen mit der Schnauze sogar zu einem gedankenversunkenen Streicheln animieren.

Der Intensivpatient war zweifelsohne Scherer oder zumindest vorsichtig ausgesprochen der Mann, den er als Hermann Scherer kennengelernt hatte. Scherer konnte aber zumindest nichts direkt mit Rauschgift zu tun haben, sonst hätte er auf der Fahrt von Ravengiersburg anders reagiert und nicht auf den großen Hotte verwiesen, der alles besorgen kann.

Er war mit Scherer am Montag verabredet gewesen. Scherer war offenbar auch mit seinem Wagen gekommen, wahrscheinlich zu früh oder absichtlich zu früh. Alles mußte sehr schnell vonstatten gegangen sein. Denn die Motorhaube war noch warm, als er sie berührt hatte. In der kurzen Zeit hatte man Scherer niedergestochen, wahrscheinlich auch noch zu dem Busch geschleppt und den Mord begangen. Der falsche Hunderter und Godards Ausweis lagen bei dem schwerverletzten Scherer. Versehentlich oder absichtlich? Das mußte geklärt werden. Eine dritte Person mußte entweder den Toten erschossen oder Scherer niedergestochen haben. Doch wie war die Reihenfolge? Hatte man erst Scherer niedergestochen und dann den Mord begangen oder hatte Scherer den Mord miterlebt und wurde deshalb niedergestochen? Warum dann aber nicht auch erschossen? Fragen, Fragen, Fragen …

Als Breitbach bemerkte, welche Freiheiten sich Bosco herausgenommen hatte, war es draußen bereits dunkel. Er jagte Bosco unverzüglich auf seine Decke auf dem Rücksitz und beschloß, in Simmern eine Kleinigkeit zu essen, da er plötzlich Hunger verspürte. Er fuhr die Straße hinauf in die Stadt und stellte seinen Mercedes auf dem Schloßplatz ab. Dann studierte er die Speisekarte des Restaurants ‚Pfalzgraf' auf der Ecke, das von außen einen gutbürgerlichen Eindruck machte. Ein Blick in die Fenster ließ für die frühe Uhrzeit bereits viele Gäste erkennen, was sicherlich für die Qualität des Lokals sprach. Breitbach entschied sich für ein Rumpsteak mit Bratkartoffeln und frischem Salat. Obwohl die Portion überaus reichlich war, gelüstete es Schosch nach einem Nachtisch. Die hübsche Bedienung mit ihren lustigen schwarzen Locken und unverkennbarem Hunsrücker Dialekt brachte ihm noch einmal die Speisekarte.

„Mir härre heit noch e Crêpe Suzette aanzubiere, die maine Brure für Stammgäst gemacht hot", bot sie Breitbach an.

Eine Crêpe, die ihr Bruder extra für Stammgäste zubereitet hatte, versprach eine besondere Köstlichkeit zu sein. Ihm lief das Wasser im Mund zusammen, so daß er nur noch nicken konnte und ihr wortlos die Karte zurückreichte.

Das Angebot der Bedienung und die spontane Entscheidung Breitbachs erwiesen sich als Volltreffer. Die Crêpe Suzette war köstlich und erinnerte ihn an das ‚butte en vigne' auf dem Montmartre in Paris, wo er im letzten Urlaub eine ähnlich Köstliche gegessen hatte.

Die ganze Nacht wälzte sich Breitbach im Bett und konnte nicht einschlafen. Kaum konnte er den morgigen Tag erwarten, an dem er wieder auf Hotte treffen und vielleicht etwas Neues in Erfahrung bringen würde.

Für den Nachmittag hatte er sich einen Abstecher nach Idar-Oberstein vorgenommen. Er mußte sich mit seinen Recherchen beeilen, denn es war nur eine Frage der Zeit, bis ihm Wagner auf die Schliche kam und auch von seinem Besuch in Simmern erfuhr.

Er stand auf, ging an den Kühlschrank und nahm sich eine Flasche Bier heraus. Vielleicht half ihm das beim Einschlafen. Als Bosco das Öffnen der Kühlschranktür hörte, kam er angetrabt und schaute seinen Herrn erstaunt an. Breitbach bückte sich zu ihm nieder und strich ihm über den Kopf.

„Es gibt nichts zu fressen. Leg dich wieder hin, Herrchen muß noch etwas nachdenken."

Breitbach war sich sicher, daß sein Hund langsam aber sicher die menschliche Sprache verstand. Denn er machte kehrt und trabte brav zu seinem Korb zurück.

5.

Schosch Breitbach hatte den ganzen Vormittag die Karte vom Hunsrück studiert. Obwohl er durch viele Ausflüge den Hunsrück recht gut kannte, wollte er sich noch einmal ein paar Straßenverbindungen einprägen. Wer wußte, wozu das gut war?

So wie es bisher schien, hatte Hotte sein Aktionsgebiet irgendwo zwischen Simmern und Kreuznach, zumindest was die Zockerstuben betraf. Inwieweit Hotte mit Rauschgift handelte oder auch, was auf Grund der ganzen Umstände naheliegend war, mit Prostitution und Waffenhandel zu tun hatte, mußte er noch herausbekommen. Immer wieder sah er den ‚Gemeindediener' Horst Leininger vor sich, der sich anders gab, als er in Wirklichkeit war. Vielleicht sollte er auch einfach noch einmal in Ravengiersburg bei Lissy auftauchen, möglicherweise konnte er sie etwas aushorchen. Schosch ließ diesen Gedanken aber bald wieder fallen. Die Besuche in Hottes Hinterstuben mußte er auf ein zwingend notwendiges Minimum reduzieren, sonst wuchs ihm die Sache irgendwann finanziell über den Kopf.

Kurz bevor er mit Bosco das Haus verließ, klingelte das Telefon. Helene Fischer meldete sich. Ihre Stimme klang bedrückt. Sie berichtete, daß sie es nicht übers Herz gebracht hatte, auf den Besuchstermin bei ihrem Mann zu verzichten und er geweint habe. Kewes ginge es sehr schlecht und sie flehte Schosch an, etwas zu unternehmen.

„Glaub mir, Lehn, ich bin hart am Ball. Aber sprich mit keinem Menschen darüber", versuchte Schosch sie zu trösten. „Wir holen den Kewes schon raus, es braucht halt alles seine Zeit."

Dann erzählte sie ihm, daß sie vorhatte, für ein paar Tage zu einer Freundin ins Bergische Land zu fahren. Breitbach drängte sie, dies noch am gleichen Tag zu tun. Man konnte nicht wissen, was Hotte nach dem Zwischenfall in Rheinböllen, der sicherlich nicht so eingeplant war, alles anstellen würde. Plötzlich fiel ihm etwas ein. „Hat Jakob ein Handy?"

Helene Fischer bejahte und Schosch bat, es sich ausleihen zu dürfen. Lehn stimmte sofort zu und sie verabredeten, daß Schosch nach seinem Spaziergang mit Bosco bei ihr vorbeischauen werde.

Helene Fischer hatte schon alles bereitgelegt: Das Handy, die PIN, die Rufnummer, das Ladekabel und einen Ersatzakku. Da Breitbach immer noch über ein ausgezeichnetes Zahlengedächtnis verfügte, merkte er sich die beiden aufgeschriebenen Nummern und vernichtete gleich den Zettel wieder. Er bedankte sich bei Lehn und machte sich auf den Weg nach Idar-Oberstein.

Der Orkan der letzten Tage hatte nachgelassen, aber neue Stürme waren bereits angekündigt worden. Breitbach fuhr diesmal über die Hunsrückhöhenstraße und bog hinter Morbach zunächst Richtung Birkenfeld und dann nach einigen Kilometern nach Idar-Oberstein ab. Vielleicht wäre der Weg über Simmern und Kirn der schnellere gewesen, aber Breitbach haßte ständiges Kurvenfahren und die kürzere Strecke schien ihm laut Karte doch sehr kurvenreich.

Idar-Oberstein ist eine sich endloslang dahinziehende Stadt, die sich entlang des schmalen Nahetals und einiger Nebentäler entwickelt hat und überwiegend an den Hängen klebt. Obwohl die Fahrt schier endlos durch die Stadt führt, vermutet man kaum, daß hier fast 40.000 Menschen leben. Der Name Idar-Oberstein ist weltweit bekannt und berühmt für Edelsteine und eine Menge großer, kleiner und kleinster Schleifereien. Hier befinden sich eine Diamant- und Edelsteinbörse in einem abgrundtiefhäßlichen Hochhaus, aber auch alte Bergwerke und historische Schleifereien in der Nähe und, neben dem berühmten Deutschen Edelsteinmuseum, eine Anzahl anderer Museen mit insgesamt unschätzbaren Werten.

Wenn man als Kriminalbeamter hier ein Verbrechen vermutet, dann eher einen Diamanten- und Schmuckraub, aber keine Zentrale illegaler Spielhöllen, Drogenhändler und Zuhälter. Dafür gab Idar-Oberstein eigentlich keine Kulisse ab. Trotzdem hatte Weber diesen Hotte hierher verfolgt und es hätte bei dessen äußerlicher Erscheinung Breitbach nicht gewundert, wenn er hier tagsüber als braver Museumswärter oder Buchhalter tätig wäre.

Breitbach hatte sich den Zettel mit der Adresse von Horst Leininger auf den Beifahrersitz gelegt und nahm ihn jetzt, kurz hinter dem Ortsschild zum Stadtteil Idar zur Hand. Am Straßenrand stand ein alter Mann mit einem Dackel und betrachtete mißmutig den vorbeiziehenden Verkehr. Breitbach hielt an und wollte sich nach dem Weg erkundigen. Doch Bosco führte sich auch dem Hintersitz wie verrückt auf, denn er liebte kleine Hunde und wollte immer mit ihnen spielen. Also blieb Schosch nichts anderes übrig, als den verdutzten Mann, der sich bereits zum Wagen hinuntergebeugt hatte, am Straßenrand stehenzulassen und weiterzufahren.

„Blöder Köter!" schimpfte Schosch laut und barsch. Bosco kannte diese Worte und den Tonfall und rollte sich beleidigt auf dem Rücksitz zusammen, nachdem er noch einmal durch das Rückfenster geschaut und ein letztes ‚Wuff' von sich gegeben hatte.

Nach wenigen Metern entdeckte Breitbach eine Frau, die gerade dabei war, den Bürgersteig zu kehren. Diesmal stieg er aus, um Bosco keine Chance zu geben, erneut sein Vorhaben zu stören, nur weil möglicherweise die Frau zu nahe ans Auto kam. Die Frau erwies sich als freundlich und sehr ortskundig, denn die Wegbeschreibung war korrekt.

Schon von weitem entdeckte Breitbach das beschriebene gelbe Haus mit dem Schriftzug ‚Gerda Leyser'. Hier mußte er abbiegen. Die Straße stieg steil an, war kurvenreich und eng, teilweise ohne Bürgersteig. An passender Stelle stellte er seinen Wagen ab und stand schließlich, mit Bosco an der Leine, vor einem alten Haus aus der Jahrhundertwende mit einem kleinen schmalen Vorgarten.

Bosco freute sich über die unbekannte Umgebung und die völlig neuen Gerüche und schnupperte den Häuserwänden und den Gartenmauern entlang. Nach etwa fünfzig Metern machte Breitbach kehrt und ging den Weg zurück. Rechts neben dem Eingang erspähte er ein Messingschild mit dem schlichten Schriftzug ‚Horst Leininger', darüber ein einzelner Klingelknopf. Ausgerechnet hier hielt Bosco nicht zum Schnuppern an, sondern wollte weiter, worüber sich Breitbach ärgerte. Konnte der Hund nicht wenigstens etwas seine kriminalistische Arbeit unterstützen? Mißmutig zerrte Breitbach jetzt seinerseits den Hund auf die andere Straßenseite. Hier schien es erfreulicherweise interessanter zu riechen und Schosch konnte in Ruhe das alte Haus auf der gegenüberliegenden Straßenseite betrachten. Es lag am Hang und früher hätte man es als herrschaftlich bezeichnet. Heute war es etwas heruntergekommen und entstandene Schäden waren nicht unbedingt originalgetreu renoviert worden. Trotzdem war es immer noch ein ansehnliches Gebäude. Ob Hotte hier allein wohnte? Oder verbarg sich hinter dieser biederen Fassade die Zentrale eines Waffen- und Rauschgifthändlers, eines Geldfälschers und Erpressers, eines Zuhälters und vielleicht auch eines Mörders?

Breitbach überlegte, wie er mehr über diesen Hotte erfahren konnte. Weit und breit hatte er kein Geschäft entdeckt, in dem man hätte geschickt Auskünfte einziehen können. Der Zufall kam ihm diesmal zu Hilfe.

Ein hellgrauer BMW kam langsam um die Kurve die Straße hinauf geschlichen und hielt neben Breitbach an. Der Fahrer, ein Mann mittleren Alters, ließ das Fenster herunter.

„Herr Mallmann?" fragte er aus dem Wagen heraus.

Breitbach beugte sich vor und erblickte auf dem Rücksitz eine Mappe mit Goldprägung: ‚Hunsrück-Immobilien Schneider'. Sofort reagierte Schosch und setzte sein breitestes Lächeln auf.

„Leider nein!"

„Entschuldigung", kam es aus dem Wageninnern. Der Fahrer wollte bereits weiterfahren, aber Breitbach hatte sich blitzschnell mit seiner Hand in die Fensteröffnung gestützt.

„Herr Schneider?" fragte nun Breitbach ins Wageninnere.

Der Fahrer schaute ihn erstaunt an. Dann sah er Breitbachs Blick auf die Mappe gerichtet und lachte. „Ah so, ich wunderte mich gerade, wieso sie meinen Namen kennen."

„Es trifft sich gut", fuhr Breitbach unbeirrt fort. „Ich interessiere mich nämlich für das Haus dort drüben." Er deutete auf Leiningers Haus. „Sie wissen nicht zufällig, ob das zum Verkauf ansteht?"

„Der Leininger?" fragte Herr Schneider sofort. „Davon ist mir nichts bekannt. Kann ich mir auch nicht vorstellen."

„Kein Konkurs oder Scheidung?" fragte Breitbach lachend. „Was muß man dem Mann bieten, wenn man das Haus unbedingt haben will?"

Schneider, der sofort einen potentiellen Kunden erhoffte, stellte seinen Motor ab und stieg aus, worauf Bosco zu zerren begann und den Unbekannten beschnuppern wollte.

„Nein, Leininger wird nicht verkaufen. Hat der auch gar nicht nötig."

„So reich?" horchte Breitbach weiter. „Womit verdient man denn hier so viel Geld?"

Herr Schneider amüsierte sich über die Hartnäckigkeit seines Gesprächspartners. „Mit Nichtstun!" antwortete er lachend. „Nein, im Ernst, ich glaube nicht, das Leininger noch arbeitet. Er hat wirklich genug Geld." Dann machte er ein ernsteres Gesicht. „Aber ich kann Ihnen gern ähnliche Objekte anbieten, teilweise frisch renoviert, ganz hier in der Nähe."

Breitbach winkte ab. „Keine Chance. Ich habe mich in dieses Haus verliebt. Dieses oder keines!"

Schneider machte ein enttäuschtes Gesicht, zumal Breitbach sich mit diesen Worten umdrehte und ihn neben seinem BMW einfach stehenließ.

Der Exhauptkommissar machte sich auf den Weg zu seinem Auto. Also hatte man hier den Eindruck, als arbeite Hotte nicht mehr. Klar, wer ahnte schon, daß Hotte nachts seinen dunklen Geschäften nachging. Wahrscheinlich hielten seine Nachbarn ihn sogar für äußerst solide und einen Früh-zu-Bett-Geher, weil er abends selten oder nie zu Hause war. In Höhe des Leininger-Hauses blieb Schosch noch einmal kurz stehen. Während Bosco sein Bein hob, warf er noch einmal einen verstohlenen Blick zu dem Haus hinüber. Weber mußte mal wieder helfen, ging es Breitbach durch den Kopf.

Nachdem er für zweiundzwanzig Uhr mit Hotte verabredet war, ließ sich Breitbach Zeit und fuhr das Tal entlang, weiter in den Ortsteil Oberstein. Am Ende der Fußgängerzone stellte er seinen Wagen auf einem kleinen Parkplatz ab und unternahm mit Bosco zunächst einen Schaufensterbummel durch die Fußgängerzone. Eigentlich, überlegte Breitbach, konnte er in der Nähe von Hottes Haus warten bis sich dieser in Richtung Sohren in Bewegung setzte und ihm dann folgen. Vielleicht erlangte er auf diese Art und Weise weitere Erkenntnisse. Also ging er zurück und schaute sich unterwegs die Speisekarten der Restaurants an. Um diese Jahreszeit lag Idar-Oberstein schon im Winterschlaf. Einige Lokale hatten bereits geschlossen. Schließlich entschied er sich für die ‚Schloßschänke' und den ‚Original Hunsrücker Spießbraten' und genehmigte sich dazu zwei Schoppen Nahewein.

Gegen 20 Uhr fuhr Breitbach nach Idar zurück, wendete oben am Ende der Straße in einem kleinen Wendehammer mit eingefaßtem Brunnen seinen Wagen und bezog oberhalb von Leiningers Haus seinen Posten. Die Fahrt von hier nach Sohren würde je nach Fahrstrecke etwa eine halbe Stunde dauern. Er hatte also noch viel Zeit.

In der oberen Etage war hinter zwei Fenstern Licht, die aber offenbar zum gleichen Zimmer gehörten. Zum Glück hatte der geliehene Mercedes Standheizung, so daß Schosch nicht zu frieren brauchte. Er kippte den Sitz etwas nach hinten und machte es sich bequem. Sofort kam Bosco an und versuchte mit ihm zu spielen. Nachdem Breitbachs Abwehrversuche ziemlich erfolglos waren, stieg er genervt aus, nahm die Decke vom Rücksitz und legte sie auf den Beifahrersitz. Dann kommandierte er Bosco nach vorne, der von nun an zufrieden eingerollt neben seinem Herrn lag.

Breitbach ärgerte sich, daß er nicht den Krimi mitgenommen hatte, den er zur Zeit las, denn die Zeit verging sehr langsam. Außerdem konnte er nicht ununterbrochen die Standheizung laufen lassen. Also war seine einzige Beschäftigung, diese von Zeit zu Zeit an und später wieder auszuschalten, was Bosco jedesmal mit einem Kopfheben zur Kenntnis nahm.

Endlich kurz nach neun wurde das Licht im oberen Geschoß gelöscht. Breitbach richtete seine Lehne wieder auf und scheuchte Bosco in den Fußraum vor dem Beifahrersitz. Doch weiter geschah nichts. Das Haus blieb im Dunkeln liegen, kein Hotte kam. Breitbach wartete noch bis kurz vor halb zehn. Dann startete er etwas verwirrt den Wagen und machte sich auf den Weg nach Sohren in der Gewißheit, daß Hotte nicht kommen würde.

Den alten Bahnhof von Sohren hatte Breitbach schnell gefunden. Er war enttäuscht, daß Hotte ihn sitzen ließ. Zu gern hätte er gewußt, welche Art von Spielhölle sich ihm heute abend auftun sollte. Hotte hatte Andeutungen gemacht, die ihn neugierig machten. Ob sie sich im Bahnhof, in dessen Untergeschoß ein italienisches Restaurant war, verbarg?

Hotte war wie erwartet nicht eingetroffen, auch war der Parkplatz vor dem Restaurant leer, das Restaurant bereits geschlossen. Doch kaum hatte Breitbach gewendet, als von der Hauptstraße her Scheinwerfer auftauchten. Zu seinem Erstaunen erkannte er beim Näherkommen einen alten Golf mit Birkenfelder Kennzeichen, zweifelsohne der Wagen von Hotte. Noch mehr staunte er, als Hotte persönlich ausstieg. Wie war er aus dem Haus gekommen, das auf Grund seiner Hanglage keinen Hinterausgang haben konnte? Breitbach stieg aus und ging auf Hotte zu.

„Bleiben wir hier?“ fragte er zur Begrüßung.

Hotte schüttelte in der Dunkelheit den Kopf. „Nein, du fährst mit mir weiter. Laß deinen Wagen ruhig hier stehen. Irgendwer bringt dich schon zurück.“

Breitbach war schon in Stromberg aufgefallen, daß Hotte ihn plötzlich duzte. Offenbar hatte Hotte ihn seither in den festen Kundenstamm aufgenommen. Plötzlich lief es Breitbach eiskalt über den Rücken. Fast hätte er vor Wut über sich selbst laut geflucht. Bedeutete für Hotte nicht ‚Kundenstamm', daß man ihm bereits Falschgeld zugespielt hatte. Hatte er die Spielhölle in Stromberg mit mehr als nur dem einen, von ihm selbst eingeschleusten Falsifikat verlassen?

Breitbach überlegte kurz, was er mit Bosco machen sollte. Bosco war es gewohnt, längere Zeit im Auto zu bleiben. Außerdem wußte er nicht, was sich hier auf dem dunklen Parkplatz nachts abspielte. Bosco war ein ausgezeichneter Wachhund.

Also ließ er den Hund im Auto zurück, ohne ihn gegenüber Hotte zu erwähnen und stieg in den Golf ein. Auch innen hatte der Wagen seine besten Tage bereits hinter sich. Zu Breitbachs Erstaunen ging es wieder aus Sohren heraus Richtung Büchenbeuren. Hier bog Hotte an einer Ampelkreuzung links ab.

„Ich dachte, wir bleiben in Sohren?" fragte Breitbach seinen Fahrer erstaunt, der bisher kein weiteres Wort mit ihm gewechselt hatte.

„Nein, wir haben uns nur in Sohren getroffen, weil unser Ziel sehr schwer zu finden ist."

Breitbach spürte Hottes breites Grinsen bei diesen Worten und versuchte sofort, sich den Weg einzuprägen.

„Wieviel von diesen ... Clubs gibt es denn hier im Hunsrück?" fragte Breitbach unbefangen.

„Reichlich!" wich Hotte aus und Breitbach hätte wetten könne, daß Hotte erneut grinste.

„Hat man inzwischen was von Scherer gehört?" fragte Breitbach forsch weiter.

Zu seinem Erstaunen erhielt er auf diese Frage eine ausführliche Antwort. Hotte erklärte ihm, daß Scherer sich offenbar abgesetzt habe, worüber er nicht ganz unglücklich sei, da der Mann etliche Probleme habe. Zu diesen Problemen wolle er sich nicht detailliert äußern, aber er gab unmißverständlich zu verstehen, daß es sich dabei um Schulden handeln mußte. Scherer sei schon einige Mal für Tage oder Wochen von der Bildfläche verschwunden. Deshalb müsse man sich keine Sorgen machen. Immer dann, wenn ihm die Gläubiger zu nahe auf den Pelz gerückt seien, wiederhole sich dieses Spiel.

Breitbach erinnerte sich daran, daß Kewes ihm bei seinem ersten Gespräch genau das Gegenteil berichtet hatte. Scherer hatte seinem Freund gegenüber den Eindruck erweckt, sehr großzügig Geld auszugeben. Aber das eine mußte das andere nicht unbedingt ausschließen.

Auch in Rhaunen hielt Hotte nicht an. Statt dessen bog er dort in

Richtung Idar-Oberstein ab, was Breitbach mit deutlicher Nervosität zur Kenntnis nahm.

„Ist es noch weit?" fragte er und versuchte einen unbefangenen Eindruck zu machen.

„Gleich sind wir da!" kam die Antwort.

„Da denkt man, hier im Hunsrück ist alles tote Hose ..."

„Denkt man!" bestätigte Hotte und diesmal konnte Breitbach das breite Grinsen in seinem Gesicht durch eine vorbeihuschende Straßenbeleuchtung deutlich sehen.

Der nächste Ort hieß Stipshausen. Auch hier lag alles in tiefem Winterschlaf. Zu Breitbachs Erstaunen schienen sie aber das Ziel ihrer Fahrt erreicht zu haben. Sofort fiel ihm ein, daß das ‚S' in Kewes Notizbuch nicht Sohren heißen mußte, sondern durchaus auch Stipshausen bedeuten konnte. Für einen kurzen Moment hatte Breitbach nicht aufgepaßt, denn plötzlich bremste Hotte und machte den Motor aus. Sie befanden sich in einem schwach beleuchteten Innenhof, umgeben von einer Menge Fahrzeuge, davon etliche Edelkarossen.

Als Breitbach die Tür öffnete, drang unverkennbar ein Biergeruch in seine Nase, und irgendwo war das typische Stimmengewirr einer gut besuchten Gaststätte oder Kneipe zu hören. Aber offenbar befanden sie sich auf deren Rückseite, denn nirgends war eine Werbeleuchte oder ein hell erleuchteter Eingang zu sehen.

„Hier entlang!" befahl Hotte und Breitbach folgte seinem Begleiter unter eine Art Vordach. Nur ein winzig kleines und sehr schwaches Licht war zu erkennen, das sich als eine beleuchtete Klingel entpuppte. Allerdings drang das Läuten nicht bis nach draußen. Als die Tür geöffnet wurde, konnte Breitbach im Lichtschein, der von innen nach draußen fiel, für einen Moment oberhalb der Tür eine kleine Videokamera erkennen. Hotte und er betraten den Flur und Breitbach entdeckte auch sofort den dazu gehörenden kleinen Monitor. Das notwendige Licht für diese Überwachungsanlage wurde offenbar von einer Infrarotleuchte gespendet, denn für das relativ deutliche Bild, das Breitbach nun sah, war es draußen viel zu dunkel.

Auch hier drangen sofort Stimmen an Breitbachs Ohr, allerdings unterschieden sie sich erheblich von dem Gegröle, das er im Hof gehört hatte. Die Wände des Flurs in dem sie sich befanden, waren mit riesigen rahmenlosen Spiegeln versehen. Am Ende des Flurs waren eine kleine Garderobe, sowie die Türen zu einer Damen- und einer Herrentoilette. Eine zierliche Asiatin in einem superengen bodenlangen Kleid nahm lächelnd Breitbachs und Hottes Mantel entgegen und verschwand damit in Richtung Garderobe. Hotte gab dem Exhauptkommissar ein Zeichen, ihm zu folgen. Hinter einer Biegung des Flurs wurde eine breite Marmortreppe sichtbar, die nach unten führte. Nun war auch leise Musik zu hören. Breitbach folgte Hotte die Treppe hinunter.

Was sich dann für ihn auftat, verschlug ihm fast den Atem. Der Raum hier unten erstrahlte im hellen Licht von Kristalleuchtern und Spots. Vier oder fünf Spieltische erblickte Breitbach sofort. Es schien ihm aber, als gehe der Raum irgendwie weiter. All das war schwer zu erfassen, da sowohl die Wände als auch die Decke mit großen Spiegeln versehen waren. Eine Vielzahl von Lichtern und Menschen, umgeben von hellem Marmor und dunklen Spieltischen erzeugten schier einen Rausch in Breitbachs Augen. Was war Realität, was waren Spiegelbilder, was sollte er zuerst wahrnehmen?

Noch bevor er sich entscheiden konnte, trat eine schwarzhaarige Schöne an seine Seite und hielt ihm ein Sektglas entgegen. Keine billige Lissy, wie in Ravengiersburg! Breitbach erinnerte sich sofort, das Lissy für ein Glas Mineralwasser ungeniert zwanzig Mark eingesteckt hatte. Ob die schwarzhaarige Schöne mit einem Hunderter zufrieden sein würde, wenn er das Sektglas annahm? Oder reichte man hier grundsätzlich nur Champagner?

Hotte wurde sofort von einigen anderen Gästen in Beschlag genommen. Breitbach wußte nicht, wie ihm geschah. Heute hätte er wirklich seinen guten Anzug gebraucht und vielleicht auch die Begleitung des Grandseigneurs Klaus Weber.

„Willst du dich erst einmal umschauen?“ hauchte die Schöne, hängte sich bei ihm in den Arm und hielt ihm immer noch das Glas hin. „Du bist das erste Mal hier, nicht wahr?“

Breitbach nickte stumm und schaute weiter staunend in die Runde. Da und dort glaubte er sogar bekannte Gesichter zu sehen. Bei Zweien war er sich sogar auf Anhieb sicher. Das eine, ein älterer Herr mit vollem schneeweißen Haar und dem kurzgeschnittenen Vollbart, der am Roulettetisch saß, kannte er aus dem Fernsehen. Der Mann machte eine regelmäßige Wirtschaftssendung in der ARD oder dem ZDF. Schade, Breitbach hatte diese Sendung immer nur weggezappt, sonst wäre ihm der Name geläufig. Bei dem anderen Gesicht war er sich sicher, daß es einem Politiker der Landesregierung gehörte.

Seine Begleiterin hatte offenbar seine Erregung über die Eindrücke gespürt. „Mich hast du noch gar nicht richtig angeschaut. Ich bin Natascha und begleite dich, wohin du willst?“

„Auch aufs Klo?“ fragte Breitbach ironisch und ärgerte sich im gleichen Moment über den Ausrutscher.

Natascha tippte ihm mit den Fingerspitzen auf die linke Schulter und machte auf kindlich empört. „So einer bist du also?“ meinte sie und klimperte mit ihren angeklebten Wimpern.

Kein Wunder, daß Kewes in dieser Glitzerwelt ausgerutscht war. Breitbach gestand sich ein, daß auch er reichlich fasziniert von all dem war, was sich ihm hier auftat. Er blickte Natascha ins Gesicht.

„Entschuldige! Das mit dem Klo war nicht ernst gemeint. Vergiß es ganz schnell, aber ich bin sehr überrascht von dem allen hier ...“

„Mach dir nichts draus. So geht es den meisten, die das erste Mal hier sind. Es ist aber auch Hottes schönster Club. Und das schönste ist, kaum ein Außenstehender ahnt, was sich hier Untertage abspielt. Erst hat Hotte ein ganz hohen Bauzaun errichtet, bevor groß gebuddelt wurde. Und erst, als alles wieder zu war, hat er das kleine Haus draufsetzen lassen und den Zaun wieder abgerissen. Schlau, nicht?“

„Was spielt man hier?“ fragte Breitbach nicht ganz unbegründet, denn immer noch hatte er wegen der vielen Spiegel und Lichter keinen genauen Überblick.

„Alles!“ hauchte Natascha. „Hier kannst du Roulette spielen, dort drüben Bakkarat und Black Jack und dann gibt es noch Nebenräume mit kleinen 'weichen Spielwiesen'.“ Sie kicherte geheimnisvoll und nippte an dem Sektglas, das sie bisher Breitbach hingehalten hatte. „Du siehst, hier werden dir alle Wünsche erfüllt.“

Ohne daß der Exkripomann sein Kommen bemerkt hatte, stand plötzlich Hotte wieder neben ihm. „Ich vergaß“, meinte er, sich räuspernd. „Nur Blaue sind hier gefragt, ich beziehe das auf die kleinen Scheine, die hier gesetzt werden. Du verstehst, was ich meine.“

„Darauf bin ich aber nach dem bisherigen nicht vorbereitet, wie du dir sicherlich denken kannst“, entgegnete Breitbach und nahm Natascha das Sektglas ab. „Ich war der Meinung ...“

Hottes Gemeindedienergesicht wurde zusehends steinern und seine Augen glichen plötzlich denen eines Chinesen. „Ich hoffe nicht, daß ich doch auf einen Blender hereingefallen bin. Also, willst du spielen und dich amüsieren oder bist du nur so ein lächerlicher Voyeur?“

Breitbach trank nervös das Glas mit einem Zug aus. Der Sekt war ausgezeichnet, wenn auch zu warm. Danach hatte sich Schosch wieder völlig in der Gewalt und reagierte wohlüberlegt. „Was soll das?“ fragte er unwirsch und reichte seiner Begleiterin das leere Glas zurück. „Als ich das erste Mal von Hermann mitgenommen wurde, machte er sich über meinen eleganten Anzug lustig, da ich beim Spielen etwas Edleres gewohnt war. Beim zweiten Treffen wurde ich derart eingequalmt, das meine Kleidung immer noch stinkt und heute? Man hätte mich ja informieren können, dann wäre ich entsprechend gekleidet und entsprechend ‚bevorratet‘ hier aufgetaucht. Bisher hatte ich eher den Eindruck dilettantischer Hinterhofclubs.“

Das hatte gesessen. Hotte wurde kreidebleich, drehte sich auf dem Absatz um und verschwand in der Menge. Nur im Spiegel an der Decke konnte Breitbach seinen Widersacher noch eine Weile verfolgen.

Aha, das war also Hottes Schwachstelle. Ein Mimöschen, das keinen Angriff vertrug. Diese Reaktion paßte zu der Gemeindedienervisage!

„Gott, wer wird denn gleich so böse sein?“ hauchte Natascha, die das Gespräch schweigend verfolgt hatte. „Laß uns erst einmal an die Bar gehen.“

Breitbach ließ sich bereitwillig in eine kleine Nische führen, in der eine reichhaltige Bar eingerichtet war. Auch hier hatte das Geschöpf hinter dem, Tresen wenig mit Lissy gemein, die in Ravengiersburg die Bar verwaltete.

„Ein anständiges Bier bekommt man hier wohl nicht?“ fragte Breitbach etwas unsicher. Zu seinem Erstaunen griff die üppige Blondine zu einem Telefonhörer, neben dem er einen Speisenaufzug entdeckte. Aha! Über ihnen mußte also die Kneipe sein. Und wenn so Ordinäres wie Bier verlangt wurde, kam es von oben. Die Dorfkneipe als Tarnung! Er mußte sich das Umfeld oben unbedingt noch einmal bei Tageslicht anschauen. Denn entweder mußte jeder im Dorf wissen, was sich hier unten abspielte und schweigen, oder Hotte hatte wirklich auch hier alles so perfekt getarnt, wie in Ravengiersburg und Stromberg und wie seine Begleiterin es ihm eben beschrieben hatte, obwohl er daran große Zweifel hegte. Aber wer wußte, was Hotte alles drauf hatte?

Tatsächlich leuchtete nach wenigen Minuten eine kleine grüne Lampe oberhalb der Schiebetüren des Speisenaufzugs. Das Bier war angekommen und im Gegensatz zu dem Sekt frisch und angenehm kühl. Breitbach wußte nicht so recht, was er anfangen sollte. Wie immer hatte er nur rund tausend Mark bei sich. Wie hätte er auch ahnen können, was ihn hier erwartete? Magenbeschwerden oder

Hustenanfälle waren bereits theaterreif über die Bühne gelaufen, damit konnte er heute nicht wieder aufwarten und sein größtes Pech war, daß er seinen Wagen nicht vor der Tür greifbar stehen hatte.

Merkwürdigerweise fielen ihm in diesem Moment die ‚geflügelten Worte' über ihn aus dem LKA ein, über die ihm dieser Hoffmann berichtet hatte. Dieser Gedanke beflügelte ihn ungemein. Er erhob sich vom Barhocker und blickte auffällig im Raum umher, obwohl er genau wußte, wo sich die Toilette befand. „Wo kann man mal …?"

Natascha lächelte ihn verständnisvoll an und deutete nach oben. „Darf ich noch was trinken?"

„Von mir aus!" antwortete Breitbach und eilte auf die Treppe zu. Im WC überzeugte er sich zuerst, daß er allein war. Dann wählte er über das Handy schnell die Nummer von Klaus Weber, der sich auch selbst meldete. Schosch bemühte sich leise und trotzdem deutlich zu sprechen und gab Weber eine kurze Anweisung und die Handy-Nummer von Kewes durch. Gerade als er alles Wesentliche losgeworden war, betrat ein Mann mittleren Alters die Toilette. Breitbach beendete das Telefonat und murmelte: „Nicht mal hier hat man seine Ruhe!"

„Kenn' ick, kenn' ick!" stöhnte der andere und begab sich lachend in eine der Kabinen.

„Ich habe dir auch noch ein Bier bestellt", empfing ihn Natascha und reichte Schosch ein frisch gezapftes Pils. Breitbach ergriff dankbar das Glas. „Gehen wir spielen?" fragte er ohne eine Antwort zu erwarten. „Du wirst mir hoffentlich Glück bringen!"

Beide schoben sich an einigen Gästen vorbei zu dem Roulettetisch an dem gerade ein Platz frei geworden war. Breitbach warf einen verstohlenen Blick auf seine Armbanduhr. Wenn Weber alles richtig verstanden hatte, blieben ihm noch genau drei Minuten Zeit. Also mußte er noch eine Runde abwarten.

Man spielte erstaunlicherweise ohne Jetons nur mit Bargeld und tatsächlich waren nur Hunderter zu sehen. Sie waren alle wie Zigaretten gerollt. An den Plätzen standen kleine Glasschalen mit dünnen weißen Ringen. Damit wurden die Hunderter zum Spielen zusammengehalten. Ein ungewöhnlicher Anblick, aber ein überaus imposantes Bild. Schosch zog etwas umständlich die Brieftasche aus seinem Jackett, bis der Croupier die Kugel ins Rollen gebracht hatte. Ebenso umständlich zog er fünf Hunderter aus der Brieftasche. Bei seinem Nachbarn sah er, wie man geschickt die Ringe über die gerollten

Hunderter streifte. Er wickelte auf diese Weise fünf Geldzigaretten und legte sie sorgsam vor sich. Dann wartete er gespannt ab. Es dauerte eine Weile bis die Kugel endlich zur Ruhe kam, gefolgt von einem kleinen Ausschrei. Eine junge Dame auf der gegenüberliegenden Tischseite war offenbar von Fortuna geküßt worden. Breitbach interessierte das Spiel wenig, und er konzentrierte sich auf das, was sich jetzt abspielen würde. Er spürte, wie sich eine Hand zart auf seine rechte Schulter legte. Der Croupier schob geschickt die kleinen blauen Rollen über den Tisch. Allein bei diesem Spiel mochten mehr als 4.000 Mark hin- und hergeschoben werden, wie Breitbach kurz überschlug. Für einen illegalen Betrieb mitten im Hunsrück beachtlich, dachte Breitbach. Inzwischen kündigte der Croupier ein neues Spiel an. Breitbach warf ein Röllchen auf Rouge und ein zweites auf die 22. Hoffentlich hatte sein Handy hier unten Funkkontakt, fiel ihm plötzlich ein und er spürte, wie ihm das Blut in den Kopf schoß. Nicht auszudenken, wenn sein Plan nicht funktionierte. Doch fast, als habe der liebe Gott wieder einmal Einsicht, begann das Handy in seiner Innentasche zu piepsen. Mit einem deutlich hörbaren Fluch zog er das Mobiltelefon aus der Tasche. „Nicht jetzt!" stieß er aus und drückte demonstrativ die rote Taste. Dann legte er sorgsam das Gerät neben sich auf den Tisch und blickte interessiert zum Croupier, der noch zögerte, die Kugel wieder einzuwerfen. Wieder begann sein Handy zu piepsen. Sofort spürte Schosch etliche Blicke auf sich gerichtet. Deutlich genervt drückte er diesmal die Annahmetaste und reichte es mit gereizter Stimme seiner Begleiterin Natascha. „Wimmel ihn ab, egal wer es ist! Sage, ich bin in einer Besprechung."

Er hörte hinter sich, wie Natascha ein betörendes ‚Hallo' hauchte. Die Kugel rollte und rollte. Dann spürte er wieder Nataschas Hand auf seiner Schulter, diesmal aber als festen Griff. Er drehte sich zu ihr um.

„Ich glaube, es ist wirklich wichtig. Die Uniklinik in Mainz! Ich glaube dein Bruder ..."

Schosch warf noch einmal einen begehrlichen Blick auf den Roulettetisch, raffte mit der linken Hand die verbliebenen drei blauen Röllchen, griff mit der rechten nach dem Handy und stand auf. „Schmitz!" meldete er sich und lauschte. Weber stellte sich weisungsgemäß als Professor Weber von der Uniklinik in Mainz vor und teilte ihm mit, daß sein Bruder einen Verkehrsunfall gehabt habe und er gebeten würde, dringend in die Klinik zu kommen. „Selbstverständlich!" versicherte Schosch laut und drückte erregt die Schlußtaste.

„Mein Bruder ...“

Natascha schien ehrlich erschrocken. „Ich weiß! Soll ich dich fahren?“

Breitbach zögerte einen kurzen Moment. Das Angebot von Natascha war keine schlechte Idee. Vielleicht konnte er so zwei Fliegen mit einer Klappe schlagen. Von hinten zupfte ihn jemand am Jackett. Breitbach drehte sich um und blickte in das Gesicht seines Nachbarn am Roulettetisch der freudestrahlend auf zwei blaue Röllchen hindeutete, die der Croupier ihm hingeschoben hatte.

Breitbach nickte, nahm die beiden Röllchen und steckte sie Natascha in den Ausschnitt. „Also, gut. Aber du brauchst mich nur bis Sohren zu fahren. Dort steht mein Wagen.“

Er wollte zur Bar eilen, aber Natascha hielt ihn fest. „Laß mal, ich regel' das schon. Du mußt jetzt sehen, daß du zu deinem Bruder kommst.“ Die Frau war plötzlich wie ausgewechselt. Kein verführerisches Hauchen mehr, kein einschmeichelndes Lächeln, kein katzenhaftes Getue. Im Moment machte sie eher den Eindruck einer selbstbewußten Frau, die auch in Krisensituationen die Nerven behielt und wußte, was zu tun war.

Ohne weitere Worte eilten sie die Treppe hinauf. Während die zierliche Asiatin Schoschs Mantel holte, verschwand Natascha hinter einer Spiegeltür, um nach ein paar Sekunden ebenfalls mit einem Mantel zurückzukommen. Sie eilte Schosch voraus und zog ihn zielstrebig an der Hand durch die schmalen Durchgänge zwischen den Autos. Bei einem klapprigen VW Käfer blieb sie stehen und deutete auf die Beifahrerseite.

„Steigen Sie ein!“

Der Motor lief unrund und der Auspuff schien auch einen Austausch zu benötigen, aber der Wagen fuhr und Natascha lenkte ihn schnittig wie ein Sportcoupé.

„Ein Markenzeichen von Hotte?“ fragte Breitbach, nachdem sie Stipshausen hinter sich gelassen hatten.

„Wie meinen Sie das?“ Auch Nataschas Stimme hatte sich völlig geändert. Ein angenehm warmes Timbre. Im reflektierenden Scheinwerferlicht beobachtete Schosch, wie sie sich die künstlichen Wimpern herunterzog und in dem leeren Aschenbecher verschwinden ließ.

„Nun, Hotte in einem alten Golf, du ...“ Er verbesserte sich, da ihm sehr wohl auch das plötzliche ‚Sie' bei Natascha aufgefallen war. „Sie fahren auch nicht gerade eine Luxuslimousine.“

„Gewünschtes Understatement von oben!“ kam es als nüchterne Antwort. „Oder meinen Sie, Hotte hätte hier im Hunsrück so viel Erfolg, wenn er in seinem Jaguar auftauchen würde? Um hier Erfolg zu haben, mußt du nach außen bieder und bescheiden wirken. Der Rest allerdings muß das Flair der großen Welt haben. Das ist der Unterschied zu Frankfurt oder jeder anderen Großstadt.“

Breitbach sah seine Stunde gekommen. Neben ihm saß nicht so eine armselige Schwätzerkreatur wie Scherer, sondern jemand, der wußte, wovon er sprach.

„Sie kennen Hotte schon lange?“ forschte er weiter.

Natascha bog rasant in Richtung Sohren ab, so daß Schosch sich erst einmal festhalten mußte um nicht auf sie zu rutschen.

Sie entschuldigte sich. „Ich habe die Abfahrt zu spät gesehen.“ Sie schaltete und gab wieder Gas. „Hotte und alles drumherum ist für mich nur ein Job um Geld zu verdienen. Alles andere kümmert mich wenig. Sie werden es nicht glauben, tagsüber bin ich Kindergärtnerin. Aber ich will hier raus.“

„Warum?“ erkundigte sich Breitbach ehrlich überrascht. „Liegt es am Hunsrück, an den Menschen, an der Landschaft?“

Natascha lachte kurz auf. „Nein, der Hunsrück ist wunderschön, die Menschen sind nett. Selbst das Klima ist angenehm. Was mich forttreibt sind die Erinnerungen. Glauben Sie jetzt bitte nicht, daß die übliche Geschichte kommt. Aber sie ist wahr. Mit vierzehn wurde ich das erste Mal vergewaltigt, von einem amerikanischen Soldaten. Das zweite Mal mit siebzehn, der hat mich dann geheiratet, um einer Bestrafung zu entgehen. Liebe? Weder er hat mich, noch ich ihn geliebt. Nach einem Jahr ging er zurück in die USA. Ohne mich und unser Kind. Vor fünf Jahren wurde dann mein Kind überfahren. Seither will ich nur noch weg. Weg von den Erinnerungen.“

„Das kann ich verstehen“, gestand Breitbach und besann sich wieder auf sein eigentliches Anliegen. „Wieviel von diesen Clubs hat Hotte eigentlich? Ich kenne nur zwei oder drei.“

„Keine Ahnung. Ich bin immer nur in Stipshausen. Einmal, ein einziges Mal mußte ich für eine Woche nach St. Goar.“

„St. Goar?“ wiederholte Breitbach erstaunt.

„Hotte hat seine Schuppen überall da, wo es im Winter einsam ist und die Bevölkerung Abwechslung braucht oder sich im Sommer die biederen Touristen herumtreiben, die sich unheimlich groß fühlen, wenn sie einmal im Jahr heimlich das tun, was sie sich zu Hause nicht trauen würden.“

„Mich hat Scherer zu Hotte gebracht. Sie kennen Hermann Scherer?"

„Flüchtig. Ein Lakai von Hotte. Ist derzeit in Ungnade gefallen soviel ich weiß. Wie kommen Sie denn ausgerechnet an den?"

„So zufällig, wie ich Sie kennengelernt habe. Ich war in Kirchberg auf der Suche nach einem Schreiner, da wurde mir Scherer empfohlen."

Natascha verlangsamte die Geschwindigkeit, da sie bereits die Ortseinfahrt Sohren erreicht hatten. „Kirchberg? Sie wohnen in Kirchberg?"

Schade, ging es Breitbach durch den Kopf, zu gern hätte er Natascha seine wirkliche Adresse gegeben, denn irgendwie hatte er das Bedürfnis, sie wiederzusehen. Aber er mußte seine Rolle weiter spielen. Also erzählte er ihr seine Geschichte, so wie er sie Scherer erzählt hatte und wie sie wahrscheinlich auch Hotte kannte.

Als Natascha auf den Parkplatz beim Bahnhof fuhr, kam ihm der Gedanke, daß er vielleicht Nataschas Kontakt nochmals brauchen könnte. Er gab ihr Kewes Handy-Nummer, die ja nun seine war und schrieb sich ihre Telefonnummer in sein Notizbuch.

„Rufen Sie mich an, wie es Ihrem Bruder geht?" fragte Natascha und Schosch spürte ein echtes Mitgefühl. Gedankenversunken eilte er zu seinem Wagen. Bis er Bosco, der brav im Wagen auf ihn gewartet hatte, hinreichend begrüßt und den Wagen gestartet und gewendet hatte, war Nataschas VW weit und breit nicht mehr zu sehen.

Unterwegs hielt Breitbach an einer Wiese an und ließ Bosco etwas herumtollen und seine Geschäfte verrichten. Er ärgerte sich, daß er nicht daran gedacht hatte, Hundefutter und einen Napf im Kofferraum mitzunehmen. So mußte der arme Hund noch bis Koblenz warten, bevor er etwas zu fressen bekam.

Während Bosco gierig seinen Napf leer fraß, griff Schosch zum Telefon und wählte Nataschas Nummer. Es meldete sich nur ein Anrufbeantworter. Offenbar war sie zurück in den Club gefahren. Er teilte ihr nur kurz mit, daß es seinem Bruder den Umständen entsprechend gut gehe und keine Lebensgefahr bestehe.

6.

Eigentlich hatte sich Schosch Breitbach das Wochenende ganz anders vorgestellt. Doch schon der Freitag ließ erkennen, daß seine Hoffnung auf ruhige und erholsame Stunden von der Realität überrollt werden würde.

Es begann bereits mit dem Telefonläuten, das Breitbach am nächsten Morgen aus dem Schlaf riß. Nichts haßte Schosch mehr, als unausgeschlafen zu sein. Diesen Zustand hatte er während seiner Dienstzeit hinreichend kennengelernt und sich für sein Pensionistendasein vorgenommen, diesen rigoros zu bekämpfen. Doch der Fall Kewes versetzte ihn zwangsläufig in längst vergessen geglaubte berufliche Umstände zurück. Mißmutig hob er ab und meldete sich nur mit einem müden „Ja, bitte?!"

Am anderen Ende meldete sich Manni Gniffke. „Dich trefft mer iwwerhaupt net mie, wad? Mir hann gester dä ganze Omend of dich gewaat. Wo treibsde dich dann eromm?"

Breitbach zögerte nicht nur, weil er noch fast im Tiefschlaf war, sondern weil ihm wirklich nichts Plausibles einfiel, was er Manni hätte erzählen können. Schließlich schob er Bosco vor, dem es nicht gutgegangen sei, worauf dieser angetrabt kam, als er seinen Namen hörte.

Schosch versprach, am Abend im ‚Hubertus' vorbeizuschauen und ging ins Bad. Doch kaum stand er unter der Dusche, als das Telefon ein zweites Mal läutete. Nackt und naß eilte er in den Flur. Dieses Mal war es Helene Fischer, die ihm ganz aufgeregt berichtete, daß sie nicht zu ihrer Freundin ins Bergische Land gefahren sei, sondern in einer kleinen Pension in Köln sitze und schreckliche Angst habe. Bereits als sie das Haus in Pfaffendorf verließ, hatte sie das Gefühl beobachtet zu werden. Sie hatte einen jungen Mann entdeckt, der sich schnell in einem Hauseingang verdrückte, als sie auf die Straße trat und auf das Taxi wartete, das sie zum Bahnhof bringen sollte. Der gleiche junge Mann war ihr dann im Koblenzer Bahnhof aufgefallen und schließlich mußte sie feststellen, daß er auch im Zug mitfuhr. Vor lauter Angst und

Aufregung war sie dann in Köln nicht wie vorgesehen umgestiegen, sondern hatte den Bahnhof verlassen und war in ein Taxi gestiegen. Beim Abfahren hatte sie durch das Rückfenster beobachtet, wie der junge Mann ebenfalls in ein Taxi stieg.

„Ich habe noch nie in meinem Leben jemanden betrogen", gestand sie. „Aber ich sah keine andere Möglichkeit. Als ich irgendwo am Ring das Wort Passage las, ließ ich den Fahrer kurz halten. Ich gab vor, ein paar Blumen besorgen zu wollen. Nur mit meiner Handtasche bin ich in die Passage gestürzt. Meinen Koffer habe ich im Taxi gelassen. Ich bin durch die Passage gerannt und am anderen Ende wieder raus. Zwei- oder dreimal um eine Ecke gelaufen. Dort war ein kleines Café. Hier habe ich über eine Stunde gewartet bis ich mir sicher war, entkommen zu sein. Schließlich habe ich die Serviererin nach einem kleinen Hotel gefragt. Ich konnte doch nicht wieder nach Koblenz zurück. Sie hat mir dann diese Pension empfohlen. Ich habe die ganze Nacht kein Auge zugetan."

„Hast du inzwischen deinen Koffer wieder?" erkundigte sich Breitbach.

„Natürlich nicht. Ich hatte gehofft, du kannst mir dabei helfen. Ich will ja auch unbedingt den Taxifahrer entlohnen ..."

„Hast du wenigstens die Nummer des Taxis."

Trotz der Aufregung hatte sich Helene die Nummer gemerkt, als sie durch das Rückfenster den Verfolger beobachtet hatte. Breitbach notierte sich die Taxi-Nummer und versprach, sich um den Koffer zu kümmern und bat Helene Fischer in der Pension zu bleiben, bis er sich bei ihr melden würde.

Nachdem er fertig geduscht hatte, rief er die Taxizentrale in Köln an und hatte recht schnell den Taxifahrer ausfindig gemacht, mit dem Helene gefahren war. Er erreichte den Fahrer über dessen Handy und mußte erst einen mittleren Tobsuchtsanfall über sich ergehen lassen. Erst als sich der Mann einigermaßen beruhigt hatte, gelang es Breitbach, den Mann von Helenes Situation und Ängsten zu überzeugen. Man einigte sich darauf, daß sich Breitbach im Laufe des Tages noch einmal melden würde, um dann die Begleichung der Rechnung gegen Kofferrückgabe terminlich zu vereinbaren.

Im Kühlschrank war nichts mehr zu finden, was Schosch hätte frühstücken können. Deshalb entschloß er sich, den morgendlichen Spaziergang mit Bosco mit einem Außerhausfrühstück zu verbinden. Da er sowieso heute nochmals bei Wagner vorbeischauen wollte, um ihm die neuesten Erkenntnisse im Mordfall von Rheinböllen zu entlocken, machte er einen kleinem Umweg über die Schloßstraße und genehmigte sich bei McDonald's ein ‚Sweet Breakfast' mit leckeren Croissants und viel Erdbeermarmelade.

Wagner schien Breitbach erwartet zu haben, denn in einem Aschenbecher, der neben seinem Schreibtisch auf dem Boden stand, lagen einige Essensreste für Bosco bereit. Erst nach einem zustimmenden Grunzen seines Herrchens stürzte sich Bosco auf den Aschenbecher, der in Nullkommanix leer war. Dann verschwand er wie immer zufrieden unter Wagners Schreibtisch.

Berger reichte Breitbach wortlos einen Pott heißen Kaffees, was Schosch bereits verdächtig erschien. Zwar hatte er bisher immer an gekochtem Kaffee partizipieren können, aber er konnte sich nicht erinnern, daß dies automatisch geschehen war, kaum nachdem er das Büro betreten hatte. Auch schien ihm Wagner auffallend freundlich, und das ließ Breitbach hellhörig werden.

„Hast du deinen Freund Fischer nochmals besucht?" erkundigte sich Wagner.

Breitbach lachte laut auf. „Walter, mach es kurz! Das wüßtest du doch sofort, auch ohne mich zu fragen. Was willst du wissen?"

„Na gut, dann eben auf die direkte Tour! Hast du etwas von Fischers Frau gehört? Wo warst du vorgestern nachmittag? Was weißt du von Hermann Scherer?"

‚Vorsicht, Schosch!' sagte sich Breitbach innerlich und grinste Wagner erst einmal breit an. „Soviel Fragen auf einmal kann ja keiner beantworten. Also: Lehn habe ich gestern kurz gesehen. Sie ist wahrscheinlich inzwischen bei einer Freundin im Bergischen. Warum?"

„Wo bist du am Mittwoch gewesen?"

Breitbach schüttelte den Kopf. „Walter, ich bin hier nicht zum Verhör. Geb' ich dir, gibst du mir. Ich habe dir eine Frage gestellt: Warum interessiert dich, wann ich das letzte Mal von Helene etwas gehört habe. Das muß doch einen Grund haben."

Das Lächeln auf Walter Wagners Gesicht verschwand. Seine Miene wurde ernst und er zog einen Aktendeckel aus einem Stapel hervor.

„Wir haben Frau Fischer observiert, weil Hoffmann der Meinung war, sie weiß eventuell mehr, als sie zugibt und führt uns auf eine Spur."

„Und?" fragte Breitbach neugierig. „Hat sie?"

Wagner warf Berger, der gegenüber am Schreibtisch saß, einen vielsagenden Blick zu: „Wir haben sie verloren!"

„Wir – das heißt Berger?“ fragte Breitbach amüsiert und grinste noch breiter als bisher.

Bergers Gesicht lief rot an. Das war also der junge Mann, den Helene Fischer auf ihre alten Tage so elegant ausgetrickst hatte. Breitbach hätte den armen Jungen am liebsten aufgeklärt und von der Schmach befreit, aber vielleicht war sein Schweigen im Moment noch von Nutzen. Vielleicht brauchte er sein Wissen noch als Gegenleistung oder Trumpf.

„Was war deine zweite Frage?“ setzte Breitbach das Gespräch fort.

„Wo warst du am Mittwoch nachmittag?“

Breitbach spielte den Unschuldigen, denn er ahnte, was kommen würde. „Mittwoch ...? War ich Mittwoch nicht hier?“

Als keine Antwort kam, sondern ihn nur zwei Augenpaare anstarrten, zog er die Stirn in Falten. „Ich habe lange ausgeschlafen und ansonsten ... Sicherlich nichts Besonderes gemacht. Mit Bosco war ich spazieren ..., und einkaufen, glaube ich.“ Er spürte, daß dies alles nicht überzeugte, legte trotzdem eine Pause ein, was sich als richtig erwies, denn Wagner öffnete den Aktendeckel und warf einen Blick auf ein Blatt Papier darin.

„Du kennst nicht zufällig einen Exkollegen namens Mertens?“

„Mertens?“ wiederholte Breitbach nachdenklich. „Nicht das ich wüßte. Mertens heißt mein Versicherungsagent.“

„Merkwürdig“, stellte Wagner fest. „Wie sich die Zufälle doch manchmal häufen. Mertens heißt dein Versicherungsagent und ein Exkollege von dir, der zufällig einen Mercedes mit Mainzer Kennzeichen fährt, der einer Versicherungsagentur gehört. Hier kennt man tatsächlich einen Herrn Mertens, wahrscheinlich deinen Agenten, nur der hat seinen Firmenwagen gerade verliehen ...“

„An einen Exkollegen namens Mertens?!“ platzte Breitbach lachend heraus und stieß auf offensichtliches Unverständnis. Denn Wagner machte weiterhin ein ernstes Gesicht und blickte Schosch mit strengem Blick an.

„Leider war die Versicherungsagentur nicht in der Lage uns zu sagen, an wen der Wagen verliehen wurde, da der Chef des Hauses nicht anwesend war. Man weiß nur, daß es sich um einen Freund des Chefs handelt und dessen Wagen in einer Firmengarage steht.“

„Na, dann wißt ihr ja, wer zur Zeit der Fahrer des Mercedes ist?“

„Leider nein, denn die Garage ist abgeschlossen.“

„So ein Pech!“ kommentierte Breitbach diese Feststellung und schreckte auf, als Wagner mit dem Aktendeckel wütend auf den Schreibtisch knallte.

„Schosch, halt uns hier nicht zum Narren. Die Sache stinkt doch gen Himmel. Wenn ich dir nachweisen kann, daß du der Mertens bist, der vorgestern in Simmern in der Hunsrück-Klinik war und sich nach diesem Godard erkundigt hat, dann ...“

„Dann?“ fragte Breitbach naiv und schob Bosco, der durch leises Knurren seinen Unmut über den Krach äußerte, mit einer Hand beruhigend wieder unter den Schreibtisch zurück.

Wagner schob den Aktendeckel wieder in den Stapel und stöhnte. „Ich werde mir schon etwas Passendes einfallen lassen. Vergiß nicht, du bist außer Dienst!“

Breitbach setzte wieder sein typisches Lächeln auf, das früher schon so manchen zur Weißglut gebracht hatte. „Du weißt doch seit Helmut Kohl, was ein Ehrenwort bedeutet, oder? Gleiches Recht für alle, vom Staatsmann bis zum Pensionär.“

Der Hauptkommissar warf seinem Vorgänger einen vernichtenden Blick zu. „Also, was weißt du von Hermann Scherer.“ Er stand auf, stützte sich mit beiden Händen auf seinen Schreibtisch und beugte sich zu Breitbach vor. „Aber sag jetzt bitte nicht, daß du aus der Zeitung oder dem Radio weißt, daß der verschwundene Schreiner aus Kirchberg so heißt.“

„Nee“, bestätigte Breitbach. „Aber du hast mir selbst erzählt, daß der Halter des Wagens in dem die Leiche gefunden wurde so heißt und Schreiner ist. Kommt aber vielleicht aufs gleiche raus.“

Breitbach konnte deutlich sehen, daß Wagner kurz vor einem Tobsuchtsanfall stand. Er sah ein, daß er seinen Nachfolger ein paar Zuckerstücke zuschmeißen mußte. Er stellte den Kaffeepott auf dem Schreibtisch ab und lehnte sich in den Stuhl zurück. „Also gut. Ich will euch sagen was ich weiß.“

Wagner drehte sich erstaunt um und schaute Breitbach erwartungsvoll an.

„Helene hat mich heute morgen aus Köln angerufen. Berger hat sie wohl etwas ungeschickt observiert und dadurch verschreckt. Sie hat ihn in irgendeiner Passage in Köln ausgetrickst und wartet jetzt völlig verängstigt in einer Pension auf ihren Koffer, den sie im Taxi bei der Flucht vor dem Verfolger zurückgelassen hat. Zu den anderen Fragen kann ich wirklich nichts sagen.“

„Nichts?“

„Rein gar nichts!“ versicherte Breitbach.

Da er noch im ‚Löhr-Center' fürs Wochenende einkaufen wollte, ließ er Bosco wieder unten bei der Wache des Präsidiums. Er war froh, daß Berger sich wegen seiner Ungeschicklichkeit bereit erklärt hatte, die Sache mit der Taxirechnung und dem Koffer zu übernehmen. Gleich nach dem Verlassen des Präsidiums rief Breitbach Helene Fischer von Kewes Handy aus an. Er spürte förmlich, wie Helene ein Stein vom Herzen fiel, als sie erfuhr, daß sie vor einem Polizisten geflüchtet war. Trotzdem ermahnte Schosch sie zur Vorsicht. Man konnte nie wissen.

Breitbach war nachts bereits eingefallen, daß er mit Hotte kein neues Treffen vereinbart hatte und ein Ersatz für Scherer war derzeit nicht in Sicht. Also mußte er entweder einfach nach Ravengiersburg oder Rheinböllen fahren, was nicht bedeutete, dort auch auf Hotte zu treffen. Außerdem wollte er nicht unnötig Geld verspielen, sondern möglichst schnell viele von diesen illegalen Spielhöllen kennenlernen. Also entschloß er sich über Natascha den Kontakt zu Hotte wieder herzustellen. Es war aber anzunehmen, daß sie freitags um diese Uhrzeit noch im Kindergarten arbeitete. So nahm er sich vor, sie erst am Nachmittag anzurufen.

Diese Natascha hatte ihn überrascht. Im Club zunächst ihr Auftritt als Animierkatze, die möglicherweise auch mit den Männern ins Bett ging, und im Wagen dann eigentlich eine vielleicht etwas verbitterte, aber sehr natürliche Frau, die ein konkretes Ziel vor Augen hatte. Vielleicht konnte er sie im Notfall als Verbündete gewinnen. Seine Menschenkenntnis sagte ihm, daß Natascha auf keinen Fall in die kriminellen Machenschaften von Hotte verwickelt war.

Nachdem er den Einkauf im ‚Löhr-Center' beendet hatte, holte er Bosco bei seinen Exkollegen ab. Sofort erschnüffelte der Hund, daß in einer der beiden Plastiktüten auch ein Leckerli für ihn sein mußte und ließ keine Ruhe, bis sein Herrchen den Hundeknochen ausgepackt hatte und ihm hinhielt. Unter großem Gelächter der anwesenden Polizisten legte sich Bosco vor den Knochen, nahm ihn dann zwischen beide Pfoten und begann genüßlich an ihm herumzuknabbern. Dabei beäugte er einen Polizisten nach dem anderen, als wolle er sagen ‚Kommt mir nicht zu nahe, der Knochen gehört mir!'

Während Bosco seinen Knochen zerlegte, las Breitbach Zeitung. Er hatte sich im Globus die FAZ mitgenommen und überflog die Überschriften der Deutschland-Nachrichten. Bei einer kleinen Notiz blieb er hängen. Der knappe Zehnzeiler war einfach überschrieben mit ‚Falschgeld' und informierte die Leser darüber, daß weiterhin immer wieder im grenznahen Gebiet zu Frankreich und Luxemburg falsche Hunderter auftauchten. Neu an der Pressemeldung war für Schosch Breitbach, daß das Papier mit großer Wahrscheinlichkeit aus einer Papierfabrik in den neuen Bundesländern stamme und die Kripo in diese Richtung ermittle. Die Soko ‚Blütenstaub' wurde ebensowenig erwähnt wie der Mord in Rheinböllen, bei dem man ebenfalls ein Falsifikat gefunden hatte.

Breitbach faltete die Zeitung zusammen, nachdem Bosco unverschämt rülpsend aufgestanden war und sich auf eine Streichelrunde bei den Polizisten begab.

Die letzten Tage und Nächte hatten Breitbach so geschlaucht, daß er seinen eigentlich üblichen Mittagsschlaf verlängerte. Bosco schien nichts dagegen zu haben, denn auch er erhob erst aus seinem Korb, als Breitbach nach Einbruch der Dunkelheit aufstand und ein paar Liegestützen machte.

Dann setzte er sich in den Rattansessel neben dem Telefon und wählte Nataschas Nummer. Sie meldete sich mit einem einfachen ‚Ja!' und er hätte beinahe mit ‚Breitbach' geantwortet. In letzter Sekunde quetschte er ein mißglücktes ‚Schmitz' heraus und wartete. Doch es folgte wieder nur ein ‚Ja?' und Breitbach ahnte, daß sie mit dem Namen spontan nicht anzufangen wußte. Er erinnerte Natascha an ihre gestrige Begegnung und sofort erhielt ihre Stimme wieder den vertrauten Klang, der ihm gestern bereits so angenehm aufgefallen war.

„Können Sie Hotte bitten, Ihnen für mich einen neuen Termin für einen Spielabend mit ihm zu nennen. Den Weg zum Club in Stipshausen werde ich ohne Hilfe nicht finden. Und ob Hotte gerade dann in Ravengiersburg oder Rheinböllen ist, wenn ich komme... Ich muß gestehen, nachdem das gestern alles zu unerwartet kurzfristig zu Ende ging, hänge ich etwas in der Luft. Außerdem zocke ich lieber mit Karten und am liebsten würde ich den Chef einmal persönlich ausnehmen."

„Das klingt mir aber sehr fadenscheinig. So ein Typ sind Sie doch gar nicht!" kam es als Antwort erstaunt aus dem Hörer.

‚Wie recht du hast', dachte Breitbach, überhörte aber die Bemerkung. „Würden Sie das für mich arrangieren?"

Natascha willigte ein und erkundigte sich noch nach seinem Bruder. Diesmal reagierte Breitbach routiniert und erzählte etwas von einer ruhigen Nacht und der Zufriedenheit der Ärzte. Dann verabredeten sie, daß sich Natascha am nächsten Tag um die gleiche Zeit melden würde, falls sie Gelegenheit gehabt hatte, mit Hotte zu sprechen.

Herr und Hund wurden an diesem Abend mit großem Hallo im Weinhaus ‚Hubertus' begrüßt. Frau Coratti brachte Bosco sofort einen Napf mit Wasser, und die Stammtischrunde rückte gespannt zusammen, um Schosch Platz zu machen. Peter Dommermuth steckte Bosco heimlich etwas zu, was Schosch bewußt übersah. Eigentlich achtete er streng darauf, daß Bosco nicht ohne seine Zustimmung etwas zu fressen bekam. Aber bei Dommermuth wußte er, daß es nur eine Ausnahme war.

„Ich hann dat Lehn heit aanrofe wolle, ob et och komme well, awer dat scheint ned doheim zo sein", stellte Manni Gniffke etwas enttäuscht fest.

„Sie ist fortgefahren, wahrscheinlich zu einer Freundin", gab Breitbach bekannt und bestellte sich einen Schoppen.

„Do seht mer et widder, dä Schosch had et faustdegg henner de Uhre. Kaum es dä Kewes off der Kardaus, da kemmert dä sich om die Fraaläit." Gniffke lachte herzhaft und prostete Schosch mit seinem Bier zu.

„Wad mache dann dein Ermittlunge?" wollte Leo wissen. „Haste deine ahle Ballermann schon aus'm Keller gehollt?"

Schosch schüttelte den Kopf. „Den werde ich nicht brauchen. Außerdem besitze ich keinen. Aber vielleicht brauche ich demnächst die Hilfe von dem einen oder anderen von euch. Drückt mal die Daumen, daß meine Nachforschungen in die richtige Richtung laufen."

Leo Wingen stupste Pitter Dommermuth an. „Merksde, dä Schosch well uns zom Hilfssheriff mache." Dommermuth nickte eifrig und hielt sich als Bestätigung einen Glasuntersetzer ans Revers seiner Jacke.

Breitbach winkte den Wirt herbei, der hinter der Theke stand und Wein ausschenkte. „Dieter, können wir uns oben ins Stübchen setzen. Wir hätten etwas zu besprechen?"

Dieter Spahl ahnte sofort, worum es sich handelte, nickte und rief Frau Baur, die heute im hinteren Bereich des Lokals bediente, etwas zu. Frau Baur kam daraufhin mit einem Tablett an den Stammtisch geeilt. „Lassen Sie alles stehen, meine Herren, ich bring Ihnen die Gläser hoch!"

In dem kleinen Nebenraum in der ersten Etage angekommen, berichtete Breitbach seinen Freunden unter dem Siegel strengster Verschwiegenheit, einiges von dem, was er wußte. Es war für Breitbach amüsant zu sehen, wie sich jeder von den dreien sofort engagierte und mit immer verrückteren Ideen aufwartete, wie man Hotte zur Strecke bringen könnte.

Etwa gegen halb elf kam Spahl aufgeregt die Treppe heraufgestürmt und schloß sichtlich erregt die Tür hinter sich. „Wißt ihr was? Auf der Autobahn hat man heute abend einen PKW mit lauter Falschgeld gefunden!" flüsterte er außer Atem vom schnellen Treppensteigen.

Für einige Sekunden herrschte erstauntes Schweigen im Raum, dann wurde der Wirt von allen vieren mit Fragen überhäuft. Spahl winkte ab. „Unten sitzt der Krisam vom SWR, der hat es mir gerade erzählt."

„Soll raufkommen!" übertönte Breitbach seine Freunde, die weiterhin erregt kreuz und quer durcheinander redeten.

„Mensch, dat es jo eh Dinge. Worum hann mir dat net gefonne?" stöhnte Wingen.

„Wad wellst dau dann met denne gefuddelde Penunze mache? Wellsde demm Kewes off der Kardaus Gesellschaft leisde?" lachte Gniffke.

„Dodroff moß ich noch eh Schöppche trenge. Ich glaawe, jetzt wierd et intressant", freute sich Dommermuth.

Das Gespräch zwischen ihnen wurde so laut, daß sie zweimal das Klopfen an der Tür überhörten. Nur Bosco kroch unter dem Tisch hervor und bellte, worauf die Anwesenden verstummten und zur Tür blickten. Andreas Krisam klopfte zur Begrüßung mit der Faust auf den Tisch. Außer Manfred Gniffke, der auch oft als Koblenzer Original und ‚Hans Dampf in allen Gassen' für die Stadt Koblenz im SWR-Hörfunk und -Fernsehen auftrat, kannte er keinen der Anwesenden. „Sieht hier ja wie eine Verschwörung aus.

„Halb so schlimm", entgegnete Breitbach und blinzelte den anderen zu. „Aber wir interessieren uns natürlich für das, was Sie eben dem Dieter Spahl berichtet haben. Wir sind seit Jahren mit Jakob Fischer befreundet und der sitzt gerade auf der Karthause, weil man bei ihm ein paar falsche Scheine gefunden hat."

Krisam konnte sich sofort an den Vorfall erinnern, der bereits einige Tage zurücklag. Er warf seine braune Lederjacke über einen Stuhl und strich sich durch sein Haar. „Also, Genaues weiß ich auch noch nicht.

Aber wir haben heute drüben beim SWR am Friedrich-Ebert-Ring eine Besprechung gehabt, da kam die Nachricht rein. Man hat wohl bereits vor ein paar Tagen ein Fahrzeug beobachtet, das auf einem Parkplatz an der A 61 bei Emmelshausen offenbar abgestellt worden war. Heute nachmittag hat die Polizei den Wagen abgeschleppt und den Kofferraum aufgemacht. Tja, da kamen wohl etliche Bündel Falschgeld ans Tageslicht. Genaues hat die Polizei noch nicht bekanntgegeben, aber man munkelt von mehreren Millionen.

„Dat es sicher fier dä Kohl und die CDU! Stand dä Wage en Fahrtrichtung Oggersheim?“ feixte Wingen und brach in sein unverkennbar herzhaftes Lachen aus, das alle sofort ansteckte.

Und Pitter Dommermuth setzte noch schnell einen drauf. „Nä, dat es dä Nachschub fier unsere Kewes, awer dä es jo am Empfang verhennert!“

Nachdem das große Lachen abgeebbt war, meinte Gniffke ernst: „Nau mol einer noh dämm annere. Weiß mer dann och, ob et sich och om die gleiche gefuddelde Penunze hannelt, wie mer se beim Kewes gefonne hat?“

Krisam schaute Gniffke etwas ratlos an.

„Kewes ist unser Jakob, der zur Zeit sitzt“, klärte Breitbach den SWR-Mann auf. „Aber ob es aus derselben Fälscherwerkstatt kommt, weiß man sicherlich noch nicht.“

Dommermuth warf Breitbach einen herausfordernden Blick zu. „Na, grußer Meister, wad schleßt dau aus alldemm?“

„Daß die Sache ins Rollen kommt!“ antwortete Breitbach nachdenklich und schaute seinen Hund an, der sofort freudig begann, mit dem Schwanz zu wedeln.

Da es bereits recht spät geworden und sicherlich das Auftauchen größerer Mengen Falschgeld auch im ‚Deutschen Kaiser‘ Thema Nummer eins war, verzichtete Breitbach heute auf einen Besuch dort. Er wollte allein sein und nachdenken. Während er mit seinen Stammtischfreunden heraumgeblödelt hatte, waren ihm einige Gedanken gekommen, die sich langsam zu einem ganzen Puzzle bildeten und dieses wollte er, soweit es ging, für sich allein erst einmal vervollständigen.

Er machte seinen gewohnten Heimweg entlang des Mosel- und Rheinufers. In Höhe des ‚Deutschen Kaisers‘ zerrte Bosco zur anderen Straßenseite rüber. Aber sein Herrchen vertröstete ihn auf den nächsten Abend. So erreichten sie kurz nach Mitternacht die Wohnung.

Breitbach streifte die Schuhe ab und ließ sich in einen Sessel fallen. Er schaltete den Fernseher ein, allerdings ohne Ton. Vielleicht kam ja noch etwas in der Nachtausgabe der Nachrichten.

Seine Überlegungen, daß möglicherweise das Falschgeld nur dazu gedacht war, andere zu erpressen, war also leider falsch gewesen. Man wollte offensichtlich doch das große Geschäft mit dem Falschgeld machen. Und zwar jetzt und nicht, was er als weitere Möglichkeit angenommen hatte, erst beim Tausch von Mark in Euro. Warum aber dann dieses Auftauchen von Einzelscheinen entlang der Grenze? Waren das Tests, die die Qualität der Blüten ermitteln sollten? Sehr unwahrscheinlich und riskant! Bisher hatte Breitbach in seinem ehemaligen Beruf den Verlauf immer nur umgekehrt kennengelernt. Erst wurde der große Coup gelandet. Die Fälscher verkauften en gros an Hehler und dann tauchten in kleineren Mengen die Blüten auf. In diesem Fall aber war es umgekehrt. Was steckte dahinter?

Für Breitbach stand fest, hier war etwas schiefgelaufen. Das war für ihn Puzzleteil Nummer eins. Dann gab es da noch diesen mysteriösen Zwischenfall in Rheinböllen. Rauschgift und ein Mord mit einer Pistole und ein Niedergestochener, bei dem wieder nur eine Blüte gefunden worden war. Hier gab es offenbar zwei mal zwei Komponenten: Rauschgift und Falschgeld und zwei Täter, den mit der Pistole und den mit dem Messer. Hier setzte Breitbach mit seinen Überlegungen zu seinem zweiten Puzzlestück an. Der Niedergestochene war Scherer und dieser hatte in jedem Fall etwas mit Hotte zu tun. Von Scherer wußte er, daß Hotte überall seine Finger drin hatte. Rauschgift im Kofferraum in Rheinböllen und Falschgeld in einem Wagen, der seit einigen Tagen nur wenige Kilometer weiter nördlich von Rheinböllen bei Emmelshausen stand, konnte bedeuten, daß hier ein geplantes Geschäft stattgefunden oder schiefgegangen war. Da es sich um Falschgeld handelte, tendierte Breitbach zu der Annahme, daß etwas schiefgegangen sein mußte. Das war sein zweites Puzzlestück.

Neben Scherer hatte man einen einzigen falschen Hunderter gefunden. Das konnte bedeuten, daß man Scherer niedergestochen hatte, weil er mit Falschgeld bezahlen wollte und diese einzelne Blüte war sozusagen als ‚Denkzettel' für Scherers Auftraggeber gedacht. Plötzlich spürte er eine aufkommende Nervosität. Hatte man Scherers Hände nach Schmauchspuren untersucht? Er hatte Wagner, der immer noch annahm, bei dem Verletzten handele es sich um diesen Franzosen, nicht danach gefragt. Plötzlich begann vor Breitbachs Augen ein Film abzulaufen. Scherer hatte sich mit ihm für 22 Uhr auf dem Parkplatz bei der Volksbank verabredet. Vorher wollte oder sollte er noch ein großes Geschäft abwickeln. Es paßte in sein Bild von Scherer, dies der Bequemlichkeit und Einfachheit halber am gleichen Ort zu tun. Scherer fuhr also mit dem ... Falschgeld zum Parkplatz. Ja, zuerst mußte sich das Falschgeld in Scherers Auto befunden haben. Dann kam der Geschäftspartner mit dem Rauschgift. Breitbach sah plötzlich ganz deutlich vor sich, was geschehen war. Wahrscheinlich zuerst das übliche Ritual, Geld vorzeigen, die Qualität des Stoffs prüfen. Dann der Tausch. So gelangte das Rauschgift in Scherers Auto. Aber was geschah dann? Scherer stieg in seinen Wagen, denn er mußte ja auf Breitbach warten ... Dann entdeckten die anderen, daß Scherer ihnen Blüten angedreht hatte. Waren sie noch auf dem Parkplatz, als sie das merkten oder kamen sie zurück? Das spielte auch keine Rolle. Es müssen zwei gewesen sein! Der eine zerrt Scherer aus dem Wagen, der andere will natürlich so schnell wie möglich das Rauschgift wieder in seinen Besitz bekommen. Was liegt näher, als einfach in das Fahrzeug von Scherer zu steigen, in dem sich das Rauschgift befindet und in dem wahrscheinlich noch der Zündschlüssel steckt. Er startet, um wegzufahren. Vielleicht hat Scherer den Angreifer abwehren können, er schießt auf den anderen aus kürzester Entfernung. Der Knall geht im Aufheulen des Motors unter, deshalb hat auch keiner der Anwohner etwas bemerkt. Jetzt ist der andere wieder bei Scherer. Er sticht zu ... Von hinten? Er, Breitbach, mußte morgen sofort Wagner danach fragen. Dann zerrt der Mann Scherer ins Gebüsch. Jetzt will er das Rauschgift wieder aus dem Kofferraum holen. Warum geht das nicht?

Breitbach stand auf und holte sich aus dem Kühlschrank eine Flasche Bier. Wieder im Sessel angelangt, warf er einen Blick auf das Fernsehbild. Der übliche Nachtporno. Gerade wurde das heiße Treiben eines Pärchens durch das Erscheinen eines Mannes – offenbar dem Ehemann der Frau – gestört. Verschreckt sprang der Liebhaber aus dem Bett und flüchtete über den Balkon. – Klar! Auch der Rauschgifthändler mußte gestört worden sein und flüchtete. Vielleicht war ihm sogar Breitbach in die Quere gekommen, als er auf den Parkplatz fuhr. Breitbach erinnerte sich, daß der Wagen, der ihm an diesem Montag den Parkplatz frei gemacht hatte, in Richtung Autobahn gefahren war. Auf dem Parkplatz bei Emmelshausen besann sich der Flüchtende ... Vielleicht telefonierte er? Vielleicht war er aber auch dort verabredet? Auf jeden Fall ist es unwahrscheinlich, daß er von dort zu Fuß weggegangen ist. Ein Dritter kommt ins Spiel. Der Wagen ist wahrscheinlich geklaut, das Falschgeld wertlos, also läßt man den Wagen einfach stehen. Fährt zurück nach Rheinböllen, um das Rauschgift zu holen ... Breitbach rechnet. Die Fahrt von Rheinböllen nach Emmelshausen, warten, die Rückfahrt. Vielleicht hat man auch noch diskutiert, sich irgendwo telefonisch Rat geholt. Es mußte also einige Zeit vergangen sein, bis man wieder in Rheinböllen eintraf. Ja, und da war bereits die Polizei vor Ort!

So oder ähnlich mußte es gewesen sein. Breitbach war mit sich zufrieden. Sicherlich hatte sich einiges irgendwie anders abgespielt, aber grundsätzlich schien ihm alles stimmig. Wer hinter dem Rauschgift steckte, interessierte ihn nicht. Das sollten später Wagner, Hoffmann & Co herausbekommen. Er mußte nur den Weg des Falschgeldes verfolgen und der führte zweifelsohne zu Hotte. Dessen war er sich jetzt sicherer denn je.

Die ganze Nacht wälzte sich Breitbach in seinem Bett hin und her. Immer wieder tauchten die Teile aus seinem Puzzle auf. Und immer mehr war er von seiner Version überzeugt. Langsam blieben zur Bestätigung nur drei Kernfragen offen: Hatte Scherer Schmauchspuren an den Händen? Wurde er von hinten niedergestochen? Und – wieso entdeckten die Rauschgifthändler so schnell, daß man ihnen Blüten angedreht hatte?

Breitbach schreckte wieder schweißgebadet auf. Hätte man die Blüten sofort bei der Übergabe des Rauschgifts erkannt, wäre alles nicht so abgelaufen. Wie und wann hatte man die Blüten entdeckt? In Gedanken zog Breitbach einen Radius um den Tatort. Zwischen seinem Eintreffen um 22 Uhr und der Tat konnte kaum mehr als eine halbe Stunde vergangen sein. Draußen war es kalt, die Motorhaube war aber noch recht warm gewesen. Also hatte man den Betrug relativ schnell entdeckt. Aber wie und wodurch? Man hatte unterwegs das Geld kontrolliert ... Während Breitbach die Geschehnisse in Rheinböllen gedanklich durchspielte, schlief er wieder ein.

Im Verlauf des Frühstücks machte sich Breitbach zu dieser letzten Frage Notizen, die ihn vor dem Einschlafen beschäftigt und im Traum verfolgt hatte. Bald standen fünf Begriffe auf dem kleinen Block neben ihm: Gaststätte, Imbiß, Wechselautomat, Tankstelle, Rasthof.

Wie er sich hatte selbst überzeugen können, waren auf Anhieb die Falsifikate als solche nicht zu erkennen. Auch bei dem schlechten Licht auf dem nächtlichen Parkplatz hatte man sicherlich nicht feststellen können, daß es sich um Falschgeld handelte. Breitbach war sich inzwischen sicher, daß die Rauschgifthändler erst weggefahren waren, irgendwo durch Zufall die Zahlung als wertlos erkannt hatten und zurück zu dem Parkplatz kamen, wo Scherer noch auf ihn wartete. Eine Möglichkeit das Falschgeld zu entdecken, war, es auszugeben. Hatten nicht der Kellner im ‚Weindorf' und die Kassiererin im Globus sofort den falschen Hunderter erkannt? Beides Leute, die tagtäglich Geldscheine ‚erfühlten'. Sozusagen durch das Fingerspitzengefühl dieser Leute war Kewes aufgeflogen.

Breitbach spürte wieder eine innere Unruhe in sich aufkommen. Er mußte diese Idee verfolgen und schnellstmöglich herausfinden, ob er auf dem richtigen Weg war.

Bosco war sehr traurig, daß sein Herrchen heute ein unheimlich schnelles Tempo vorlegte. Kaum hatte er sich am Rheinufer rund um einen Busch geschnüffelt, war sein Herr schon fast außer Sichtweite. Nur am Deutschen Eck, wo Mosel und Rhein zusammenfließen, hatte er für einige Sekunden länger Ruhe. Breitbach stieß hier wie so oft auf eine Gruppe, die von Manni Gniffke durch die Stadt geführt wurde. Manni ließ für ein paar Sekunden seine Leute stehen und kam auf Schosch zu.

„Goode! Loß mol hiere, hasde ebbes gehiert, ob dat ganze Spektakel om dat Drillerzeich on die gefuddelde Penunze good für dä Kewes wiere wierd?"

Breitbach konnte verstehen, daß Gniffke ungeduldig wurde, weil es im Zusammenhang mit Kewes um Rauschgift und Falschgeld ging. Doch er schüttelte den Kopf. „Manni, ich darf mich da vorerst nicht zu stark hineinhängen, sonst riechen meine Exkollegen Lunte. Außerdem wäre es zu dem jetzigen Zeitpunkt nicht gut, wenn in der Presse stehen würde, das Kewes entlassen wurde."

„Wie dat dann?" fragte Manni erstaunt.

„Ich blicke noch nicht ganz durch und weiß nicht, wie gefährlich dieser Bengel da im Hunsrück einem Mitwisser werden kann. Ich glaube nämlich seit heute nacht nicht mehr, daß man Kewes wissentlich das Falschgeld untergeschoben hat. Da muß mehr dahinter stecken ... Nur was, das weiß ich noch nicht."

„Sehn mer dich häit omend?"

Breitbach pfiff seinem Hund und rief Manni im Weitergehen zu: Vielleicht. Entschuldige, aber ich habe noch einiges vor."

Manni lachte hinter dem Davoneilenden her. „Wenn dat doch alles nur good ausgieht ...", murmelte er.

Etwa eine Stunde später bog Breitbach mit Bosco auf dem Rücksitz bereits von der B 50 nach Rheinböllen ab. Auf dem Parkplatz war von dem Verbrechen nichts mehr zu sehen. Nur in einem der hinteren Sträucher tanzte noch der Rest eines rot-weißen Absperrbandes der Polizei im Wind. Breitbach stellte seinen Wagen ab und ging zu Fuß zunächst in Richtung Ortsmitte. Das erste Lokal war auf der linken Seite die Speisegaststätte ‚Im Dorf'. Breitbach stieg die Stufen empor. Die schöne alte Eingangstür war nur angelehnt. Als er das Restaurant betrat, waren weder Gäste, noch eine Bedienung oder der Wirt zu sehen. Erst auf Grund eines lauten ‚Hallo' waren Geräusche im hinteren Teil zu hören. Schließlich tauchte ein Mann auf und schaute Breitbach fragend an. „Mir honn jetz noch geschlosse!"

Breitbach entschuldigte sich. „Mir ist plötzlich nicht gut und ich müßte dringend eine Tablette nehmen. Können Sie mir nicht ausnahmsweise ein Mineralwasser geben?"

Hilfsbereit wie die Hunsrücker sind, ging der Mann hinter die Theke, öffnete eine kleine Flasche Mineralwasser und stellte ein Glas daneben.

„Setze Se sich do hien, nit das Se mer umkippe!" meinte er freundlich und schenkte ihm das Glas ein. „Soll ich Ihne en Doktor rufe?" fragte er.

Breitbach antwortete schnell. „Nein, danke. Ich kenne das, der Kreislauf!" Er nahm durch seine Hand verdeckt, aus seiner Manteltasche eine Schachtel Emser Pastillen, die er seit dem letzten Winter und einer fürchterlichen Erkältung bei sich hatte. Er hielt die Schachtel so, daß der Wirt sie nicht richtig erkennen konnte und schluckte eine der Pastillen mit dem Mineralwasser herunter. Dann zog er seine Brieftasche hervor und hielt dem Wirt einen Hunderter hin. „Was bin ich Ihnen schuldig?"

„Dän kann ich Ihne awer so frieh nit wechsele", meinte der Mann.

„Vor allem ist es heutzutage auch risikoreich, oder?"

Der Mann stutzte. „Wieso?" fragte er überrascht.

„Hat man Ihnen denn noch nie einen von den falschen Hundertern andrehen wollen, die zur Zeit in Umlauf sind?"

Der Mann winkte ab. „Die dät aich jo nit emol erkenne. Oder wisse Se, wie die aussien?"

Breitbach nahm nochmals einen Schluck Mineralwasser. „Nee, ich habe auch noch nie einen gesehen."

„Dann behalle se Ihre, und ich schenk Ihne dä Sprurel."

Breitbach bedankte sich. Hier waren also am Montag die Rauschgifthändler offenbar nicht gewesen, sonst hätte ihm der Wirt das bestimmt erzählt. Er verließ die Speisegaststätte und ging gegenüber in das italienische Restaurant ‚Calabria'. Doch auch hier kam er nicht weiter. Noch in drei anderen Gaststätten wiederholte er das Spiel, jedoch ohne Erfolg. Dafür war aber seine Schachtel mit den Emser Pastillen leer.

Auf dem Rückweg zum Parkplatz blickte er in den Eingang der Sparkasse und schließlich auch den der Volksbank, aber nirgends waren Geldwechselautomaten aufgestellt. Er setzte sich wieder in seinen Wagen und fuhr in Richtung Autobahn. Vielleicht hatte er bei dem Hotelrestaurant ‚Elbert' oder dem ‚Autohof Rheinböllen' mehr Glück.

Da er sowieso tanken mußte, nutzte er hierzu die Gelegenheit. Er bezahlte wieder mit einem Hunderter, der auch anstandslos angenommen wurde. Er beobachtete die junge Frau, wie sie ihm das Wechselgeld vorzählte.

„Haben Sie keine Angst, daß man Ihnen mal einen falschen Hunderter andreht?"

Die junge Frau lachte. „Mir!? Ich würde das sofort merken. Vor ein paar Monaten wollte mir mal jemand einen Falschen unterjubeln. Ich hab ihn ohne Zucken genommen, man weiß ja nie. Und dann hab ich mir die Autonummer gemerkt und die Polizei angerufen."

„Würden Sie es heute wieder so machen?"

„Nur so!" bestätigte sie. „Meinen Sie nicht, eine Tankstelle allein ist schon Risiko genug. Da muß ich mich nicht auch noch zusätzlich in Gefahr bringen und einen Gangster stellen. Das sollen mal die machen, die dafür bezahlt werden!"

Enttäuscht steckte Breitbach das Wechselgeld ein und versuchte in dem ‚Truck-Stop' nebenan sein Glück. Doch auch hier schien in letzter Zeit kein Falschgeld aufgetaucht zu sein. Fast entmutigt machte er einen letzten Versuch in dem Hotelrestaurant gegenüber. Auch hier zeigte man sich sehr hilfsbereit und rief einige Mitarbeiter zusammen, die in den unterschiedlichen Bereichen des Hauses mit Kassieren zu tun hatten. Keiner konnte sich daran erinnern, in letzter Zeit Falschgeld angedreht bekommen zu haben. Enttäuscht stieg Breitbach wieder in den Wagen. Vielleicht war seine Idee und das von ihm erdachte Puzzle doch nicht so gut, wie er angenommen hatte. Was hatte aber die Rauschgifthändler so schnell auf die Idee gebracht, daß man sie beschissen hatte?

In Gedanken fuhr er noch einmal die Straßen von Rheinböllen ab. In die Richtung, in die er mit Weber gefahren war, gab es nichts, wo man abends hätte Geld ausgeben können, kein Geschäft, keine Kneipe, keine Tankstelle. In die anderen Richtungen hatte er alles abgeklappert, was abends offen hatte. Bis Simmern und zurück, hatte er sich ausgerechnet, konnten die Betrogenen nicht gefahren sein ...

Als rechts von der Fahrbahn das blaue Autobahnschild ‚Ludwigshafen 94 km' auftauchte, schreckte er aus seinen Gedanken auf. Er hatte versehentlich die falsche Autobahnauffahrt genommen und fuhr in südliche Richtung. Breitbach fluchte so laut, daß Bosco sich neugierig von seiner Decke auf dem Rücksitz erhob und auf der Fahrbahn nach der Ursache schaute. Breitbach sah Boscos Kopf im Rückspiegel. „Mach schön Platz", beruhigte er seinen Hund. „Wir machen halt nur eine kleine Spazierfahrt."

Plötzlich fiel ihm ein, daß die Rauschgifthändler am Montag nicht unbedingt bereits bei der ersten Fahrt von Rheinböllen in nördliche Richtung gefahren sein mußten. Dann konnten sie auch in Stromberg irgendwie festgestellt haben, daß sie Blüten erhalten hatten. Er gab Gas! Doch im gleichen Moment tauchte das Hinweisschild ‚Rasthof Hunsrück' auf. Natürlich! An den Rasthof hatte er nicht gedacht! Zwei weitere Möglichkeiten: Die Tankstelle oder der Rasthof.

Zuerst versuchte er es bei der Tankstelle. Leider war sein Tank voll, also mußte er sich etwas anderes einfallen lassen. Er stellte den Wagen außerhalb der Zapfsäulen ab und betrat den Kassenraum. An der Kasse mußte er erst warten, da er nicht der einzige war, der bedient werden wollte. Breitbach stieg ungeduldig von einem Bein aufs andere. Es dauerte endlos bis der eine mit Scheck und der andere mit Kreditkarte bezahlt hatte. Schließlich suchte ein dritter noch Kleingeld zusammen.

„Können Sie mir bitte einen Hunderter wechseln?" fragte Breitbach überfreundlich, als er endlich an der Reihe war.

„Wenn er nicht falsch ist!" antwortete der Tankwart und nahm den Schein entgegen.

„Kommt so was vor?" Breitbachs Herz klopfte ihm bis zum Hals. Fast war er in Versuchung den Tankwart zu hypnotisieren. Aber das war gar nicht nötig.

Der Mann mit der Halbglatze, schwarzem Haarkranz und buschigem Oberlippenbart lachte laut und herzhaft. „Klar. Erst vor kurzem wollte einer mit einem falschen Hunderter bezahlen. Vielleicht war es ja einer von denen, die sie jetzt da auf dem Parkplatz bei Emmelshausen gefunden haben. Wer weiß?"

Breitbach hätte beinahe einen Freudentanz vor der Kasse veranstaltet und den Tankwart vor Freude abgeküßt. Er beherrschte sich aber. „Wie haben Sie das denn so schnell gemerkt?"

Der Tankwart deutete auf einen kleinen Kasten. „Wir schauen uns alle großen Scheine unter der UV-Lampe an. Das ist keine Kunst. Da entdeckt man die Blüten sofort."

„Und?" fragte Breitbach erwartungsvoll.

„Und – was?"

„Was haben Sie neulich gemacht? Hat man den Mann verhaftet?"

Der Tankwart tippte sich an die Stirn. „Quatsch. Hätt ja auch ein armes Schwein sein können, dem man den nur angedreht hat. Ich hab dem nur gesagt, daß der Schein falsch ist. Der ist richtig zusammengezuckt, als er das erfuhr. Kreidebleich ist der geworden und hat gestottert, er habe den gerade eben erst in einer Gaststätte als Wechselgeld bekommen. Ich habe ihm geraten, ihn dorthin zurückzubringen und die Polizei zu informieren. Wird er wohl auch getan haben."

„Würden Sie den Mann wiedererkennen?" fragte Breitbach fast routinemäßig.

„Ehrlich gesagt, nein. Aber ich würde sagen, es war ein Holländer. Sie wissen schon, das Krächzen im Hals …"

Der Tankwart zählte Breitbach das gewechselte Geld vor. „Das einzige, woran ich mich erinnere, er hat unheimlich nach Knoblauch gestunken!" Er lachte wieder laut und herzhaft und widmete sich seinem nächsten Kunden.

7.

Zu Hause öffnete Breitbach einen Piccolo. Auch Bosco erhielt eine Erfolgsprämie in Form eines großen Kauknochens, über den er sich sofort hermachte. „Junge“, streichelte Breitbach seinen Hund, „wir sind noch beide gut drauf! Findest du nicht auch?“

Bosco grunzte, ohne von seinem Knochen abzulassen und schlug nur zur Bestätigung mit dem Schwanz kräftig auf den Boden. Ein wohliges Gefühl durchströmte mit dem ersten Schluck Sekt Breitbachs Körper. Zwar hatten seine Recherchen nicht unbedingt direkten Einfluß auf die Freilassung von Kewes, aber er war auf der richtigen Spur. Die Rauschgifthändler interessierten ihn wenig, das sollten tatsächlich seine Exkollegen erledigen, aber er konnte sich jetzt ein ungefähres Bild davon machen, was sich auf Seiten der Geldfälscher abgespielt hatte und noch abspielte.

Das Falschgeld war also offensichtlich dazu hergestellt worden, sozusagen kostenlos an Rauschgift zu kommen. Er mußte schnellstens von Wagner herausbekommen, um welche Menge Rauschgift es sich handelte oder welche Menge Falschgeld gefunden worden war. Daran konnte man die Risikobereitschaft der Verbrecher messen. Hotte war bei diesem mißglückten Deal ebenso wie die Rauschgifthändler, wahrscheinlich Holländer, leer ausgegangen. Handelte es sich um eine Summe, die in gewissen Kreisen die Erde beben ließ? Und er mußte herausfinden, warum bereits lange im Vorfeld dieses geplanten Deals Falsifikate aufgetaucht waren und warum ausgerechnet entlang der französischen und luxemburgischen Grenze. Wenn er das herausgefunden hatte, da war er sich sicher, dann kannte er auch Fälscher und Hehler.

So wie er Hotte einschätzte, machte der sich nicht die Hände schmutzig. Er machte auf Understatement, wie Natascha so richtig gesagt hatte. Aber irgendwo mußte ja auch der Jaguar stehen, von dem sie gesprochen hatte. Seine Gedanken kehrten zum vergangenen Montag zurück, als er alleine in Stromberg auftauchte. Angenommen,

Hotte hatte das ganze Geschäft eingefädelt und Scherer mit dem Falschgeld losgeschickt. Dann wartete man auf Scherer mit dem Rauschgift. Und der kam nicht, sondern er, Breitbach. Von ihm erfuhr Hotte, daß er mit Scherer auf dem Parkplatz in Rheinböllen verabredet gewesen war. Und er hatte behauptet, dort vergeblich auf Scherer gewartet zu haben. Verständlich die Nervosität aller, denn es stellte sich sofort die Frage, wo war Scherer geblieben? Und was noch viel wichtiger war, wo war das Rauschgift?

Breitbach ärgerte sich, daß er seinen Besuch nicht länger hatte hinausziehen können. Vielleicht hätte er dann doch noch das eine oder andere mitbekommen. Und wieso gab es eine Personenbeschreibung Hottes und einen Ausweis mit dem Namen Jean-Pierre Godard?

Er ließ in seinem Gehirn nochmals die Nacht in Rheinböllen wie einen Film ablaufen. Scherer und die beiden anderen hatten also das Geschäft abgewickelt. Scherer wartete auf Breitbach, während die Rauschgifthändler in Richtung Mainz fuhren. Sie mußten tanken, hatten aber kein deutsches Geld. Also griffen sie in den Koffer und dabei flog der Betrug auf. Sie wendeten in Stromberg und fielen über Scherer her. Einer der beiden blieb auf der Strecke, der andere fuhr los, als er von Breitbach gestört wurde. Er bewegte sich diesmal aber in nördliche Richtung und auf einen Parkplatz. Verdammt, er mußte herausbekommen, auf welchem Parkplatz genau. Denn dort hatte der zweite Mann irgendwen getroffen, der ihn mitnahm, den er vielleicht sogar telefonisch dorthin bestellt hatte.

Ja, so in etwa mußte alles abgelaufen sein. Breitbach stand auf, holte sich aus dem Jackett seinen Notizblock und notierte alle offenen Fragen. Als er endlich den Kugelschreiber niederlegte, stöhnte er, worauf Bosco die Ohren spitzte und ihm einen mitfühlenden Blick zuwarf. Er hatte noch eine Menge zu tun. Dabei hatte er sich fest vorgenommen, sein Pensionistendasein so richtig auszukosten. Etwas übermüdet schlief er ein, denn seinen selbstverordneten Mittagsschlaf hatte er in den letzten Tagen oft genug ausfallen lassen.

Die Glocken der St.-Kastor-Kirche weckten ihn am nächsten Morgen. Trotzdem fühlte sich Breitbach zum ersten Mal seit Tagen ausgeschlafen. Heute würde er einmal ausspannen und mit Bosco einen richtigen Sonntagsspaziergang unternehmen. Gutgelaunt machte Schosch zum Frühstück den zweiten Piccolo aus dem Dreierpack auf und nahm sich die Rhein-Zeitung von gestern vor, zu deren Lektüre er bisher nicht gekommen war.

Bosco legte sich brav neben sein Herrchen. Er wußte, daß er grundsätzlich nichts vom Tisch bekam, aber er wußte auch, daß meistens dann, wenn sein Herrchen lange frühstückte, ein ausgiebiger Spaziergang folgte. Man mußte als Hund nur Geduld haben.

Tatsächlich hatte sich Boscos Geduld gelohnt. Nachdem Breitbach aufgeräumt und gespült hatte, zog er seinen dicken Wintermantel an, denn draußen blies ein eiskalter Wind. Bewaffnet mit Hundeleine und Handy fuhren Herr und Hund auf den Kühkopf, ein beliebtes Ausflugsziel der Koblenzer mit einem hohen Fernmeldeturm. Hier kannte Schosch alle Wege auswendig, denn dieses Gebiet hatte er schon als Schüler bei den regelmäßigen Wandertagen bis in den letzten Strauch erkundet. Er glaubte sogar, es würde ihm auffallen, wenn man einmal einen Baum gefällt hätte.

Gott sei Dank waren an diesem stürmischen Sonntag nicht viele Fußgänger unterwegs. So konnte Breitbach Bosco unbedenklich frei laufenlassen und gleichzeitig seinen Gedanken nachgehen.

Welche Spielhölle würde ihm Hotte jetzt vorführen? Natascha hatte etwas von St. Goar erwähnt. Durfte er Hotte dieses Wissen offenbaren oder bekam die junge Frau mit der angenehmen Stimme dann Schwierigkeiten? Immer wieder kam Bosco ängstlich angerannt, wenn die Bäume irgendwo allzu stark rauschten oder sich im Wind bogen. Nein, ein richtiger Polizeihund wäre Bosco nie geworden!

Breitbach atmete tief durch und genoß die kühle Luft. Heute würde er auf jeden Fall mal wieder in den ‚Deutschen Kaiser' gehen. Vera Dormont und die Stammgäste vermißten ihn sicherlich schon. Er lehnte sich gegen einen dicken Baum und schaute zum grauen Himmel hinauf. Regen war angesagt, vielleicht würde es sogar schneien. Sicherlich würde Kewes auch oft zum Himmel hinaufschauen und hoffen, bald seine Zelle verlassen zu können.

Ein leises Piepsen riß ihn aus seinen Gedanken. Hastig suchte er in seinen Taschen nach dem Handy. Du solltest dich mit Fischer oder Schmitz melden, fiel ihm ein. Dann meldete er sich einfach nur mit „Ja!".

Am anderen Ende war Natascha. Es war schön, ihre warme Stimme zu hören. Sie hatte Hotte tatsächlich am gestrigen Abend getroffen und er bestellte Schosch gleich für heute wieder nach Sohren. Breitbach bedankte sich, nicht ohne etwas schüchtern seiner Hoffnung Ausdruck zu verleihen, Natascha wiederzusehen.

Sch..., Ruhe ade, ‚Deutscher Kaiser' ade! Aber wenigstens hatte Bosco sich mal wieder austoben können. Er pfiff seinem Hund und machte sich mit ihm auf den Rückweg zum Auto.

Der Vorplatz zum alten Bahnhof in Sohren war bis auf ein Fahrzeug wieder leer. Breitbach erkannt sofort, daß es sich um den Golf von Hotte handelte. Er stellte den Mercedes ab. Diesmal hatte er Bosco zu Hause gelassen. Es war empfindlich kalt geworden, und er wußte ja nicht, wohin heute nacht die Fahrt ging.

Auch Hotte war aus dem Wagen ausgestiegen und lehnte sich mit den Ellenbogen gegen das Wagendach. Er wartete, bis Breitbach auf etwa vier Meter herangekommen war.

„Warum wollten Sie mich treffen? Sie wissen doch, wohin Sie gehen können?" rief er Breitbach mit seiner monotonen Stimme entgegen.

„Weiß ich nicht. Nach Ravengiersburg ist Scherer gefahren, da habe ich nicht auf den Weg geachtet. In Rheinböllen wurde gesagt, daß vorerst nichts geht, und den Kellerclub finde ich auch kaum alleine wieder."

„Sieh mal an. Das ist ja kaum zu glauben." Der theatralisch mitleidige Ton ließ Breitbach aufhorchen. Offenbar schien nicht alles so abzulaufen, wie er gehofft hatte.

Er war an dem Golf angekommen und Hotte machte keine Anstalten einzusteigen. „Was wollen Sie eigentlich, Schmitz oder wie sie heißen?"

Hotte siezte ihn wieder, das war verdächtig. „Spielen", lachte Breitbach, „endlich mal wieder richtig spielen!"

„Wie geht es denn Ihrem Bruder?" Hottes Gesicht zog sich zu einer teigigen Masse. Das sollte vielleicht ein Grinsen sein, es war im Dunkeln nicht eindeutig auszumachen.

‚Verdammt gib acht, Schosch!' riet sich Breitbach selbst. „Gut, die Ärzte sind den Umständen entsprechend zufrieden."

„Komisch", schnarrte Hotte immer noch in diesem theatralischen Ton. „Komisch, daß keiner in der Uniklinik Mainz etwas von einem Unfall und einem Herrn Schmitz weiß."

‚Jetzt wird es eng!' Breitbach steckte die Hände in die Manteltasche und zuckte mit den Schultern. „O.k., ich habe mich nicht wohl gefühlt. Alle so elegant und dann, ich hatte wirklich nicht so viel Geld dabei, daß ich hätte richtig loslegen können. Ich hatte all das nicht erwartet."

Hotte kam langsam um seinen Golf herum und nahm dabei fast eine bedrohliche Haltung ein. „Haben Sie eigentlich je einmal vorgehabt richtig zu spielen? Oder wollten sie nur etwas auskundschaften?" Hottes Stimme wurde erheblich lauter und begann vor Erregung zu zittern. „Wer sind Sie eigentlich, Schmitz?" stieß er aus und blieb vor seinem Wagen stehen.

Breitbach mimte den Unschuldigen und Betroffenen. Er erinnerte sich, wie Hotte im Clubkeller mit eingezogenem Schwanz abgezogen war, als er ihn scharf angegangen war. „Ich glaube nicht, daß ich mich von Ihnen beschimpfen oder verdächtigen lassen muß. Dann lassen wir alles eben sein. Ich kann auch weiterhin nach Wiesbaden oder Bad Ems fahren. Ich ...", erklärte Breitbach spitz, „ich brauche Sie nicht!"

„So? Sie brauchen mich nicht?" äffte Hotte Breitbach nach. „Dann sollten Sie mich auch ganz schnell vergessen!" schrie er.

Zu spät sah Breitbach, daß Hotte die Hand aus der Manteltasche gezogen hatte und mit ihr eine merkwürdig kurze Bewegung vollzog. Breitbach spürte nur noch einen harten Schlag auf den Hinterkopf, dann war alles um ihn herum dunkel.

Ein merkwürdiger Geruch stieg in seine Nase. Sein Schädel brummte. Es roch nach nassem Holz. Sein Körper war steif und kalt. Breitbach traute sich nicht, die Augen aufzumachen. Vorsichtig tastete er seine Umgebung ab. Tatsächlich, es mußte Holz sein, das er berührte, denn er spürte eine rauhe, splittrige Fläche. Er öffnete nach einer Weile doch die Augen und sah ... nichts. Er wollte sich bewegen, aber alles war wie gelähmt. Schließlich gelang es ihm, den Arm zu heben. Erst den linken, mit dessen Hand er bereits das Holz erfühlt hatte, dann den rechten. Und wieder stieß er gegen etwas Hartes, wieder Holz. Vorsichtig zog er das rechte Bein an. Alle Gelenke schmerzten. Er streckte es wieder aus und zog das linke Bein an. Mühsam! Was war geschehen? Nur schwach erinnerte er sich an die letzten Sekunden seines Bewußtseins. Er fror. Er suchte rechts und links von sich nach einem Halt. Bretter waren es, die er fühlte, dicke Bretter. Der erste Versuch sich aufzurichten scheiterte kläglich. Sein Kopf fiel wieder zurück. Der Nacken schmerzte unsagbar. Langsam rollte er sich zur Seite, doch auch das war nur begrenzt möglich. Schon wieder stieß er gegen Bretter, Balken oder Stämme. Sein Schädel brummte zu stark, als daß er hätte seine Umgebung richtig realisieren können. Er steckte die steifgefrorene Hand in die Manteltasche und spürte einen Gegenstand. Das Handy!

Er zog es aus der Tasche. Langsam führte er die beiden Hände zusammen. Es kostete ihn unheimliche Anstrengungen. Endlich hielt er das Gerät in beiden Händen und er schaltete es ein. Das Display leuchtete auf. „Danke!“ flüsterte er leise. Es war an den lieben Gott gerichtet, der ihm ein so gutes Zahlengedächtnis gegeben hatte. Er gab die PIN ein und wählte 110. Es dauerte eine Weile, bis er das Handy ans Ohr geführt hatte. Am anderen Ende hörte er bereits eine Stimme.

„Bitte!“ flüsterte er. „Helfen Sie mir. Ich bin überfallen worden oder so ähnlich.“

„Bitte sagen Sie ihren Namen und ihre genaue Adresse!“ hörte er die Stimme sagen.

„Ich weiß nicht, wo ich bin. Hier ist viel Holz, alles riecht nach Holz“, antwortete Breitbach und merkte, wie schwer ihm auch das Sprechen fiel.

„Sagen sie mir zuerst ihren Namen und Ihre Anschrift. Wir schicken Ihnen dann eine Streife vorbei. Oder sind sie auch verletzt?“

„Ja, verletzt!“ bestätigte Breitbach.

„Gut, dann schicken wir Ihnen auch einen Notarzt. Aber zuerst Ihren Namen und Ihre Adresse.“

„Ich weiß nicht, wo ich bin. Überall ist Holz, wahrscheinlich im Freien …“

„Sind sie in einem Wald?“

„Wald?“ Breitbach dachte nach. „Nein, kein Wald.“

„Sie müssen sich schon genauer äußern, sonst können wir Sie nicht finden.“

„Scheiß drauf!“ stöhnte Breitbach, drückte mit letzter Kraft die Trenntaste und sackte wieder in sich zusammen.

Als er das zweite Mal zu sich kam, war alles noch schlimmer. Der ganze Körper schmerzte. Bewegen war kaum möglich. Breitbach begann zu beten. Als ihm kein Gebet mehr einfiel, zog er wieder das rechte Bein an. Dabei stieß er an einen harten Gegenstand, der sich aber bewegte. Er versuchte den Gegenstand zur Seite zu treten, es gelang. Danach konnte er das Bein seitlich herunterlassen. Sein Fuß landete auf etwas Festem. Wieder versuchte sich Breitbach aufzurichten, diesmal über die Ellenbogen. Dabei stützte er seinen Rücken nach hinten immer wieder gegen etwas Hartes ab. Millimeter für Millimeter. Irgendwo am Horizont tauchten Lichter auf. Laternen! Breitbach brauchte fast fünf Minuten bis er aufrecht saß. Er schloß erst einmal wieder die Augen. Auch sie schmerzten.

„Scheiße!“ stöhnte er und atmete tief durch. Das funktionierte noch – unter Schmerzen. Er öffnete wieder die Augen, die sich bald an die Dunkelheit gewöhnt hatten. Er sah Umrisse von Stapeln – Holz! Kein Zweifel. Überall lagen Baumstämme und aufgeschichtete Balken. Er befand sich auf einem Holzlagerplatz, vielleicht einem Sägewerk. Schwach konnte er sich daran erinnern, daß er Ähnliches gesehen hatte, als er mit Hotte nach Stipshausen gefahren war. Ja, er mußte sich noch in Sohren befinden. Es war eiskalt. Er mußte sich bewegen!

Seine Hände klammerten sich an ein dickes Brett. Er spürte die Splitter nicht, die sich unter seine Haut drückten. Seine Finger waren durch die Kälte völlig gefühllos geworden. Aber er schaffte es. Langsam zog er seinen Körper hoch. Der Untergrund war stabil. Er stand! Schritt für Schritt setzte er einen Fuß vor den anderen. Dabei klammerte er sich immer wieder an dem Brett fest, um nicht wieder zusammenzubrechen. Alle zwei Meter blieb er stehen, schloß die Augen und atmete wieder tief durch. ‚Lieber Gott, laß mich überleben!‘

Endlich war er am Ende des Stapels angelangt. Die nächste Reihe schien ihm endlos weit entfernt, auch wenn es in Wirklichkeit nur zwei Meter waren. ‚Ich bin einsachtzig groß‘, überlegte er. ‚Wenn ich die Arme ausstrecke, dann einen großen Schritt mache und möglicherweise dabei stolpere, erwische ich auf jeden Fall einen Halt.‘ Immer wieder spielte er in Gedanken jede Bewegung durch, die er jetzt vorhatte. Das rechte Bein so weit vor wie möglich, ebenso die Arme … und dann abwarten was geschah.

Wie ein Wunder erreichte er auf diese Art den nächsten Stapel und den übernächsten. Dann stand er vor einem Maschendrahtzaun. Wie ein Gefangener klammerte er sich in die Maschen. Tatsächlich, dort hinten war der Bahnhof von Sohren. Er konnte sogar seinen Mercedes sehen. Aber daneben … daneben stand noch ein Wagen. Hotte? Nein, nicht schon wieder Hotte. Er mußte hierbleiben. Man beobachtete ihn sicherlich.

Mühsam hangelte er sich an dem Maschendraht entlang, um irgendwo einen Unterschlupf zu suchen, wo es nicht so kalt war. Es dauerte eine Weile bis er einige Meter geschafft hatte, aber langsam kamen die steifen und schmerzenden Gelenke wieder in Bewegung. Wenn nur der Kopf nicht so fürchterlich brummen würde. Nein, da war ein Motorengeräusch!

Ängstlich drehte Breitbach seinen Kopf in Richtung Bahnhof. Tatsächlich, der andere Wagen hatte die Scheinwerfer eingeschaltet. Man hatte ihn entdeckt! Kraftlos ließ Breitbach den Maschendraht los und ließ sich auf den Boden sinken. Er hatte den Rücken zum Bahnhof gewendet und sah, wie die Scheinwerfer den Lagerplatz des Sägewerkes immer heller werden ließen. Er hörte wie das Auto anhielt, jemand die Tür öffnete, denn aus dem Autoradio drang leise Musik an sein Ohr. Dann hörte er schnelle Schritte.

„Nein, bitte nicht!“ flehte Breitbach mit letzter Kraft.

Ein dunkler Schatten fiel auf seinen Körper, und jemand beugte sich über ihn. Er spürte einen warmen Atem in seinem schmerzenden und kalten Nacken.

„Kommen Sie, stehen Sie auf!“ Er kannte die Stimme, verdammt! Er kannte die Stimme. Dann war wieder alles schwarz um ihn herum.

Die nächsten zwei Stunden erlebte Breitbach in einem Zustand zwischen Bewußtlosigkeit und einem eigenartigen Dämmerzustand. Irgend etwas zog und zerrte an ihm. Aber der spürte auch eine Wärme, die wahrscheinlich von dem Körper ausging, der sich immer und immer wieder über ihn beugte. Und die Wärme war Breitbach angenehm. Dann hatte er das Gefühl, in eine Kiste hineingezwängt zu werden. Irgend jemand quetschte seinen Körper zusammen, alle Glieder schmerzten. Er schrie mehrfach auf und hörte seine Stimme wie ein Echo verhallten. Die Kiste wurde auf einem schlecht gefederten Transporter befördert. Breitbach wurde hin- und hergeschaukelt und der Motor dröhnte schmerzend in seinen Ohren. Ihm wurde fiebrigheiß und wieder fröstelndkalt. Die Kiste war so eng, daß er sich nicht bewegen konnte. Aber er hätte es vor lauter Schmerzen auch gar nicht gekonnt. Die Fahrt schien endlos. Einmal hatte er das Gefühl, eine Hand taste nach ihm. Vielleicht war es aber auch nur Einbildung. Er fror und schwitzte, er zitterte und stöhnte. Verdammt, was machte man mit ihm. Bosco, warum hatte er den Hund nicht mitgenommen? Bosco war sicherlich kein Wachhund, aber er hätte seinen Herrn verteidigt. In dieser Gewißheit verlor Breitbach wieder das Bewußtsein.

Als er wieder zu sich kam, spürte er vor seinen Augenlidern ein schwaches Licht. Es war immer noch eng um ihn, aber weich. Das Dröhnen war vorbei, offenbar stand auch der Transporter. Transporter? Ohne die Augen zu öffnen bewegte er seine Arme so gut es ging. Es war warm, unendlich warm, angenehm warm. Vorsichtig versuchte er seinen Kopf zu dem Licht zu drehen. Das Genick schmerzte. Dann öffnete er langsam die Augen. Alles um ihn herum war verschwommen. Er befand sich in einem Zimmer, denn er erkannte die Umrisse eines Schranks und Bilder an der Wand. Breitbach versuchte etwas zu sagen, aber sein Hals war trocken, wie zugeschnürt. Er lag offensichtlich in einem Bett, zugedeckt von einer Daunendecke. Langsam drehte er den Kopf in die andere Richtung. Hier war eine Wand und auch Bilder. Alles strengte ihn unheimlich an, und er schloß wieder die Augen. Breitbach versuchte die letzten Stunden zu rekonstruieren. Er sah wieder Hotte vor sich, sein ironisches Grinsen, seine monotone Stimme und die kleine Handbewegung. Er spürte den plötzlichen Schlag von hinten und hörte sein Stöhnen. Der Geruch von nassem Holz kam wieder in ihm hoch, die Hände schmerzten im Maschendraht. Er spürte den Schatten, der über seinen zusammengesunkenen Körper fiel.

„Bleiben Sie ganz ruhig liegen. Hier sind Sie in Sicherheit!"

Die Stimme! Breitbach merkte plötzlich, daß der Schatten Realität war. Wieder drehte er den Kopf und öffnete die Augen. Jemand war neben das Bett getreten, beugte sich über ihn und strich ihm über die Stirn. Die Stimme kannte er! Verschwommen sah er ein Gesicht über sich. Er spürte wieder den Atem.

„Wer ist Bosco?" fragte die Stimme. Sie war angenehm warm. Die Stimme! Die Konturen wurden langsam schärfer.

„Natascha?" flüsterte Breitbach heiser.

„Andrea!" korrigierte die Stimme. „Andrea. Natascha heiße ich nur im Club."

Erschöpft und dankbar schloß Breitbach wieder die Augen. Es war die Stimme von Nata..., Andrea?!"

„Wer ist Bosco?" wiederholte Andrea.

„Mein Hund!" stieß Breitbach hervor. Vorsichtig zog er seine Hand unter der Decke hervor und faßte sich an den Kopf, der so schmerzte. Er fühlte eine Verband. „Schlimm?" fragte er leise.

„Sie haben eine ordentliche Beule. Schlimmer ist die Unterkühlung", war die Antwort. „Wo ist Ihr Hund?"

Breitbach versuchte seine Gedanken zu ordnen. Mein Gott! Wo war Bosco? Nein, er hatte ihn nicht mitgenommen, der war zu Hause geblieben.

„Zu Hause!"

Als Andrea diese Worte wiederholte, wurden Breitbachs kleine grauen Zellen trotz Schmerzen wieder sehr aktiv und hellwach. Bosco wartete auf ihn. Er mußte Gassi.

Andrea spürte die plötzliche Unruhe in Breitbachs Körper. Sie legte wieder beruhigend ihre Hand auf seine Stirn.

„Wie spät?" hauchte Schosch und versuchte seinen linken Arm mit der Uhr unter der Decke hervorzuziehen. Es mißlang. Er war zu fest eingewickelt.

„Gleich halb sechs", war die Antwort.

„Bitte!" flehte Breitbach. „Bitte bringen sie mich zu meinem Auto."

Als Reaktion vernahm er ein leises Lachen. „Sie können nicht fahren. Sie landen gleich am nächsten Baum."

„Dann fahren Sie mich, bitte!" flehte Breitbach. „Ich muß nach Hause, ich muß!"

„Wohnen Sie allein?"

Breitbach nickte nur und versuchte zu schlucken, aber sein Hals war zu trocken. „Wasser!" flüsterte er.

Er spürte ein Glas an seinen Lippen, und eine Hand schob sich unter seinen Kopf und hob ihn vorsichtig an. Wieder schmerzte das Genick und Breitbach stöhnte laut. Das Getränk war heiß und brannte in seinem ausgetrockneten Hals. Es war Tee. Nachdem er zwei große Schlucke zu sich genommen hatte, wurde sein Kopf wieder in das Kissen gebettet.

„Ich muß nach Hause!" wiederholte Breitbach und blickte Andrea an, die unentschlossen neben ihm stand.

„Sie sind erschöpft und krank. Ich glaube nicht, daß Sie ..."

Breitbach sammelte alle Kräfte in sich. „Ich muß!" stieß er laut hervor und erschrak über seine eigene kräftige Stimme.

Schosch lag in dicke Decken gewickelt auf der Rückbank des VW Käfers. Andrea hatte das halbe Bett ins Auto geschleppt und mit Kissen rundherum ausgepolstert. Der Motor dröhnte, vielleicht war es auch ein defekter Auspuff. Lichter huschten an ihnen vorbei.

Breitbach versuchte, mit seiner schwachen Stimme gegen das Dröhnen anzukämpfen. „Wohin fahren wir?" rief er nach vorne.

„Nach Mainz!" kam es von vorne.

„Koblenz!" stieß Schosch aus. „Koblenz!"

Das Dröhnen ließ nach. Andrea hatte den Fuß vom Gas genommen und ließ den Wagen nur rollen.

„Wieso Koblenz?"

„Sie heißen nicht Natascha und ich wohne nicht in Mainz!"

Breitbach spürte mit Genugtuung, wie der Wagen gewendet wurde.

Dann begann wieder das furchtbare Dröhnen, das sich mit dem Dröhnen in seinem Schädels vereinte und ihn müde machte.

Er öffnete die Augen, als er eine Hand an seiner Schulter spürte, die ihn vorsichtig rüttelte. Um ihn herum war es still. Andrea hatte den Wagen angehalten.

„Wo sind wir?“ fragte Breitbach, aber es war draußen immer noch dunkel.

„Auf der Hunsrückhöhenstraße, hinter Waldesch, Richtung Koblenz. Wie muß ich jetzt fahren?“

„Kennen Sie sich in Koblenz aus?“

Andrea schüttelte den Kopf. „Wenig! Ich bin nur sehr selten in Koblenz.“

Breitbach beschrieb ihr den Weg zur Rheinstraße so gut er konnte, und Andrea schien begriffen zu haben. Sie startete wieder den Motor und das Dröhnen begann von neuem.

Breitbach hatte noch nie gewußt, wieviel Stufen es bis zu seiner Wohnung hinauf waren, obwohl er bereits seit fast zwanzig Jahren hier wohnte. Heute aber schien sich die Anzahl vervielfacht zu haben. Jede Stufe war wie das Erklimmen eines Gebirgsgipfels für ihn. Andrea stützte ihn auf der einen Seite, auf der anderen Seite stützte er sich, so gut er konnte, auf das Geländer. Nachdem sie den Hausflur betreten hatten, hörte man oben das Wimmern und Jaulen von Bosco, der das Kommen seines Herrn gespürt hatte. Bei jeder Stufe wurde das Jaulen lauter und Breitbach hoffte nur, daß es nicht in diesen frühen Morgenstunden in ein lautes Freudengebell ausartete. Außerdem wäre es ihm nicht recht gewesen, wenn ein aufgeschreckter Nachbar ihn so gesehen hätte. Endlich hatten sie die Wohnungstür erreicht.

„Vorsichtig, Bosco ist groß und stürmisch!“ warnte Schosch, als Andrea den Schlüssel ins Schloß steckte. Langsam öffnete Andrea die Tür, doch im gleichen Moment schob Bosco bereits zunächst wie wild seine Schnauze, gefolgt von seinem Kopf und dann seinem ganzen breiten Körper so vehement durch den Spalt, daß die Tür aufflog. Hastig schnupperte Bosco zur Begrüßung kurz an der Hose seines Herrchens, dann rannte er winselnd die Treppe hinunter.

„Der hat's aber eilig!“ wunderte sich Andrea.

Breitbach deutete auf den Rattansessel neben dem Telefon. „Lassen Sie ihn bitte kurz vor die Tür, dem muß das Wasser bis zur Unterlippe stehen.“

Er ließ sich in den Sessel sinken, der ächzend seinen schmerzenden Körper aufnahm. Breitbach schloß erschöpft die Augen und atmete tief durch. Andrea hatte ihm eine dicke Wolldecke über die Schultern gelegt, so daß es angenehm warm war, obwohl er immer noch eine innerliche Kälte verspürte.

‚Es dauert halt seine Zeit, bis ein alter Körper wieder aufgetaut ist', dachte Breitbach und hörte, wie unten die Haustür ins Schloß fiel. Er warf einen verstohlenen Blick die Diele auf- und abwärts. Nirgends war ein Haufen oder eine Pfütze zu entdecken, die Rückschlüsse auf Bosco zuließen. Er lehnte sich vorsichtig zurück, bis sein Hinterkopf die Wand berührte. Die Kälte der Wand, die langsam durch den Verband drang, tat seiner Beule gut.

Natascha hieß also Andrea. Wieso war sie plötzlich in Sohren gewesen? Hatte Hotte sie geschickt? War das alles eine Falle, um ihn zu eliminieren? Oder gab es einen anderen Grund? Langsam wurden die Bilder der letzten Stunden wieder lebendig und setzten sich zu einem Ganzen zusammen.

Nach dem Schlag auf den Hinterkopf hatte man ihn auf dem Lagerplatz eines Sägewerks abgeladen. In der Hoffnung, daß er am nächsten Tag erfroren aufgefunden werde? Wollte man vielleicht sogar einen Unfall vortäuschen? Ein Mann hatte unerlaubt das Gelände betreten, war ausgerutscht, rückwärts gestürzt und auf einem Balken oder Baumstamm aufgeschlagen. Hätten die Gerichtsmediziner den vorgetäuschten Unfall entdeckt? Und immer wieder tauchte die Frage auf, wieso Andrea dort aufgekreuzt war.

Nach einiger Zeit hörte er durch die offene Wohnungstür Geräusche im Hausflur. Das Tapsen wurde immer lauter, dann war das Hecheln zu hören. Bosco stürmte mit einem Satz durch die Diele und sprang freudig an Breitbach hoch, der sich kaum bewegen konnte.

„Guter Hund!" brummte Breitbach beruhigend. Bosco konnte gar nicht genug von seinem Herrn bekommen. Er drückte seinen Kopf tief in dessen Schoß und stemmte die Vorderpfoten auf die Oberschenkel, daß es schmerzte.

„Bitte nicht!" befahl Breitbach. Doch Bosco hatte ein Nachholbedürfnis und ließ nicht so schnell ab. Erst als Andrea die Diele betrat, sprang Bosco herunter, begrüßte Andrea und bedankte sich auf seine Art, was ihm sofort Streicheleinheiten einbrachte.

„Ich lege Sie jetzt ins Bett!" meinte Andrea und schaute sich suchend in der Diele um.

„Nur, wenn Sie hierbleiben und erst einmal schlafen. Ich lasse Sie jetzt nicht mehr zurückfahren", meinte Breitbach und fügte lächelnd hinzu. „Es besteht für Sie keine Gefahr – außer Bosco!"

Tatsächlich hatte Bosco inzwischen die junge Frau voll in Beschlag genommen und strich ihr schwanzwedelnd um die Beine wie eine große Katze.

„Wo ist Ihr Schlafzimmer?"

Breitbach deutete ans Ende der Diele. Andrea griff ihm unter die Arme und half ihm beim Aufstehen. Langsam schleppte er sich die Diele entlang.

„Haben Sie eine Couch?" wollte Andrea wissen.

„Im Wohnzimmer. Und Decken finden Sie ausreichend im Kleiderschrank."

Breitbach wurde von einem köstlichen Kaffeeduft geweckt. Draußen war es unheimlich hell. Vorsichtig richtete sich Breitbach auf. Sein Nacken tat immer noch unendlich weh und der Kopf dröhnte und hämmerte. Aber die Arme und Beine fühlten sich schon wieder normal an.

„Andrea?!" rief er leise in den Raum.

Sofort hörte er Bosco aus seinem Korb springen und die Diele entlang traben. Ihm folgte Andrea, die allerdings reichlich übernächtigt aussah.

„Ich darf doch weiterhin Andrea zu Ihnen sagen?" fragte Breitbach leise.

Sie nickte zustimmend lächelnd.

„Ich heiße Georg. Aber alle nennen mich Schosch. Georg Breitbach oder Schosch Breitbach." Schosch spürte, wie er verlegen wurde, wußte aber nicht warum.

„Ich heiße Andrea Karbach. Wie geht es Ihnen denn heute morgen?"

Breitbach überlegte und prüfte in Gedanken seinen Körper von den Zehenspitzen bis zur Schädeldecke. „Ich glaube, außer dem Nacken ganz gut."

„Danken Sie vor allem Gott, daß Sie die Kälte so gut überstanden haben. Beinahe hätte ich einen Notarzt gerufen. Sie müssen ja mindestens zwei Stunden da gelegen haben. Heute morgen wären Sie ..." Andrea schluckte erschrocken den Rest ihres Satzes herunter.

„Sagen Sie es nur: Sie haben mir das Leben gerettet!" bestätigte Breitbach.

„Es hat heute nacht geschneit!“ stieß Andrea hervor und drehte sich schnell ab. Die Vorstellung, was geschehen wäre, hätte sie nicht zufällig Hottes Bemerkung nach seiner Rückkehr in den Club mitbekommen, erschütterte sie. Auch ihr wurde erst jetzt in diesem Moment richtig bewußt, was sich diese Nacht abgespielt hatte.

Andrea hatte am Sonntag, wie fast jeden Abend, gegen 21 Uhr in Stipshausen ihren Dienst als Natascha angetreten. Diesen Namen hatte ihr Hotte zugelegt, als sie den Job bei ihm übernommen hatte. Keines der Mädchen von Hotte arbeitete unter richtigem Namen. Die meisten waren biedere Hunsrücker Hausfrauen und Mütter oder arbeiteten tagsüber, so wie Andrea, in einem alltäglichen Beruf. Die Gründe für diesen Nebenjob waren recht unterschiedlich. Doch für viele stand im Vordergrund, mit diesem Nachtjob einen recht ansehnlichen Nebenverdienst zu haben. Stipshausen, das hatte Andrea schnell herausgefunden, war anders als die vielen kleinen Spielhöllen, die sie bis auf St. Goar nur vom Hörensagen kannte. Während es in den meisten Hinterzimmern und Scheunen in erster Linie die Landbevölkerung war, die sich hier heimlich für ein paar Stunden in die Zockerwelt versetzen und ausnehmen ließ, waren es in Stipshausen und einigen wenigen anderen Clubs die Städter, die die Anonymität dieser ‚Hunsrücker Spezialität‘, wie Hotte sie gerne nannte, bevorzugten. Dementsprechend edel war die Ausstattung und die Höhe der Einsätze.

Andrea hatte mit einem Gast an der Bar Platz genommen, als Hotte in Begleitung der ‚Faust‘, wie alle Charly nannten, den Club betrat. Die ‚Faust‘ war Hottes Mann fürs Grobe. Er räumte schon mal diskret auf, wenn jemand randalierte, weil er zu viel getrunken hatte oder sorgte handfest für Ordnung, wenn es innerhalb der Mitarbeiter von Hotte Streitigkeiten gab. Während sich die ‚Faust‘ Charly in einen der hinteren Räume zurückzog, kam Hotte an die Bar, wo ihm sofort ein Glas Champagner hingeschoben wurde.

Andrea, die die Verabredung zwischen Schosch und Hotte vermittelt hatte, wußte sofort nachdem Schosch nicht mitgekommen war, daß die ‚Faust‘ in Aktion getreten sein mußte. In einem unbeobachteten Moment eilte sie nach oben und bat die Asiatin, Hotte mitzuteilen, daß es ihr plötzlich schlecht geworden sei. Sie kannte ja den Treffpunkt von Schosch und Hotte und fuhr so schnell sie konnte mit ihrem alten Käfer dorthin. Als sie Breitbachs Mercedes auf dem Parkplatz an dem alten Bahnhof erblickte, sah sie ihren Verdacht bestätigt, auch wenn sie nicht ahnen konnte, warum die ‚Faust' eingegriffen hatte.

Zunächst suchte sie im Dunkeln die Gegend rund um den Parkplatz ab. Als sie Breitbach nirgendwo entdecken konnte, blieb sie in ihrem Wagen sitzen, um auf ihn zu warten. Ihr Instinkt sagte ihr, daß Schosch möglicherweise Hilfe brauchte. Von Zeit zu Zeit stieg sie aus und lief sich auf dem Parkplatz warm. Dann zog sie wieder in ihr Auto zurück und wartete.

„Ich mache mir Vorwürfe, daß ich nicht den Holzlagerplatz kontrolliert habe", sagte sie leise und nippte an ihrer Kaffeetasse. „Dann hätten Sie schon gut eine Stunde früher gefunden werden können."

Breitbach legte beruhigend seine Hand auf ihren Arm. „Ich bitte Sie, ich muß doch froh sein, daß Sie überhaupt auf die Idee gekommen sind, mich zu suchen." Er warf einen Blick auf seine Uhr. „Müßten Sie jetzt nicht längst in Ihrem Kindergarten sein?" fragte er erschrocken.

„Ich habe mir erlaubt Ihr Telefon zu benutzen und habe mich krank gemeldet. Das ist vielleicht auch gar nicht so schlecht, nachdem ich mit dieser Ausrede auch aus dem Club abgehauen bin."

Es trat am Frühstückstisch wieder eine Pause ein. Andrea hatte den Stuhl von Schosch mit zwei Kissen gepolstert, damit er einigermaßen schmerzfrei sitzen konnte. Stillschweigend hatte sie ihm auch ein Brot geschmiert, als sie sah, wie zittrig und kraftlos er das Messer in die Hand nahm.

„Welchen Grund hatte Hotte, Charly auf Sie zu hetzen?"

Schosch überlegte, ob er Andrea in alles einweihen sollte, denn er hatte das Gefühl, ihr das nach dieser Nacht schuldig zu sein. Oder war das alles nur Show und hatte Hotte sie geschickt, um ihn zu enttarnen? Er blickte Andrea prüfend an. Sie hielt seinem Blick stand.

„Eigentlich", begann Schosch, „helfe ich nur einem Freund von mir". Dann erzählte er Andrea in kurzen Worten die Geschichte von Kewes, wie er sich von Scherer bei Hottes Zockerstuben hatte einführen lassen und wie er dann an das Falschgeld gekommen war. Er verschwieg ihr allerdings, daß er pensionierter Kripobeamter war und in Rheinböllen den Mord entdeckt hatte. Als er zu Ende gesprochen hatte, schaute er Andrea wieder an und sein Blick verfehlte nicht die gewünschte Wirkung.

„Und Sie hätten jetzt gern, daß ich mithelfe, die Unschuld Ihres Freundes zu beweisen?"

„Ich möchte Sie darum nicht bitten“, antwortete Schosch. „Es könnte durchaus sein, daß Sie sich dadurch in Gefahr bringen würden.“

Ein Lächeln huschte über Andreas Gesicht. „Gefahr? Wenn mir jemand gefolgt ist, habe ich diesen Volltreffer schon gelandet! Das erfahre ich spätestens, wenn ich heute abend meinen Dienst antrete.“

Schosch spürte, wie es ihm kalt den Rücken herunterlief. Daran hatte er bisher noch nicht gedacht. Er wußte aber auch keine Lösung, wie er Andrea vor dieser Gefahr schützen konnte.

„Sie werden mich heute nacht aber in jedem Fall anrufen, wenn Sie wieder zu Hause sind“, bat er mit eindringlicher Stimme. „Das müssen Sie mir versprechen!“

Andrea nickte und begann den Frühstückstisch abzuräumen. „Ich lasse Sie nicht gern allein. Denn so ganz über den Berg scheinen Sie noch nicht zu sein.“

Darüber hatte Schosch auch bereits nachgedacht. Aber er war fest entschlossen, sich nicht hängen zu lassen und die Situation ohne fremde Hilfe zu meistern. „Machen Sie sich da mal keine Gedanken“, versuchte er Andrea zu beruhigen. „Ich bin hart im Nehmen. Außerdem paßt Bosco gut auf mich auf.“

Als der Hund seinen Namen hörte, kam er sofort unter dem Tisch hervor und blickte seinen Herrn zustimmend an.

„Ich wäre Ihnen allerdings dankbar, wenn Sie mit Bosco noch einmal Gassi gehen würden, bevor Sie fahren.“

„Wie kommen Sie wieder an Ihren Wagen?“ fragte Andrea, der plötzlich eingefallen war, daß der Mercedes immer noch in Sohren auf den Parkplatz am Bahnhof stand.

„Das bekomme ich schon auf die Reihe. Irgendwer wird ihn mir schon holen“, versicherte Schosch und erntete einen ermahnenden Blick von Andrea.

„Überfordern Sie sich nicht!“ Dann nahm sie die Hundeleine, worauf Bosco ihr sofort folgte, was Breitbach mit Zufriedenheit zur Kenntnis nahm. Hunde haben einen sicheren Instinkt, ob es Menschen ehrlich meinen. Und Bosco schien Andrea sofort ins Herz geschlossen zu haben, das sprach für sie.

Als er allein in der Wohnung war, erhob er sich vorsichtig. Seine Glieder schmerzten noch immer und Andrea hatte mit ihrer Ermahnung sicherlich recht. Andererseits mußte er gerade jetzt möglichst schnell weitermachen, denn Hotte würde ihm keine Chance mehr geben, weiter in seinen Clubs herumzuschnüffeln. Die vergangene Nacht war mehr als ein Denkzettel, es war eher eine letzte Drohung. Was ahnte oder wußte Hotte?

Als Andrea mit Bosco zurückkehrte, brachte sie ihm aus dem Briefkasten von unten die Rhein-Zeitung mit. Sie ermahnte Schosch noch einmal, sich nicht zu übernehmen und versprach, nachts anzurufen, wenn Sie vom Club nach Hause gekommen war. Dann verabschiedete sie sich. Dabei zog Schosch sie am Arm zu sich hinunter und drückte ihr einen schüchternen Kuß auf die Stirn. „Danke!" flüsterte er und drückte ihr fest die Hand.

Nachdem Andrea gegangen war, erhob sich Breitbach mühsam aus seinem Stuhl. Er stützte sich am Tisch und an einem Sideboard ab und erreichte so den Flur. An der Wand entlang tastend schleppte er sich zum Badezimmer, wo er die Mischbatterie der Badewanne bediente und sich Wasser einlaufen ließ. Bevor er wieder das Badezimmer verließ und in dem Rattansessel Platz nahm, kippte er reichlich Fichtennadelextrakt in die Wanne.

Er suchte nach dem Zettel, auf dem er sich die Telefonnummer von der Pension notiert hatte, in der sich Helene Fischer aufhielt. Er erfuhr, daß sie die Pension wieder verlassen hatte. Er versuchte sie zu Hause anzurufen. Aber dort meldete sich keiner. Wahrscheinlich war sie jetzt doch zu ihrer Freundin gefahren. Heimlich hatte er gehofft, er könne sie überreden, ein paar Tage bei ihm zu wohnen. Damit wäre ihnen beiden geholfen gewesen. Lehn hätte eine sichere Unterkunft gehabt und er ein wenig Hilfe.

Dann nahm er sich die Zeitung, die Andrea ihm hochgebracht hatte und begab sich wieder ins Badezimmer. Vorsichtig zog er sich aus und stieg in das warme Wasser, daß sofort wohltuend seinen schmerzgeplagten Körper umflutete. Er ließ sich zurücksinken, griff nach der Zeitung und überflog die Titelseite. Kohl weigerte sich weiterhin die Namen der Spender zu nennen, und der Einzelhandel war mit dem bisherigen Weihnachtsgeschäft zufrieden. Breitbach blätterte vor bis zu den regionalen Seiten. Dort fand er an drei verschiedenen Stellen Berichte, die ihn interessierten. Zunächst einmal erfuhr er, daß man zwei Millionen Mark Falschgeld in einem Fahrzeug gefunden hatte. Es stand auch inzwischen fest, daß es sich um die gleichen Falsifikate handelte, die bisher in kleinen Mengen aufgetaucht waren. An anderer Stelle war zu lesen, daß die Höhe des Falschgeldes etwa dem Schwarzmarktwert des Rauschgiftes entsprach, das in Rheinböllen in Scherers Auto entdeckt worden war. Die dritte Meldung war für Breitbach die wichtigste und stürzte ihn in arge Betroffenheit. Scherer war im Simmerner Krankenhaus seinen Verletzungen erlegen, ohne daß die Polizei ihn hatte vernehmen können.

Breitbach ließ die Zeitung neben die Badewanne fallen. Bosco sprang erschrocken auf, denn er hatte sich heimlich dicht neben die Wanne geschlichen, um seinem Herrchen möglichst nahe zu sein.

Da Breitbach einige Telefonate erledigen wollte, nahm er nach dem Bad das Handy von Kewes mit ins Wohnzimmer. Das warme Wasser und der Fichtennadelextrakt hatten ihm sehr gut getan, und er fühlte sich viel entspannter. Er hatte im Wasser liegend nach den Gründen gesucht, die Hotte veranlaßt hatten, ihm diese Warnung zu verpassen. Was oder wieviel wußte Hotte? War es nur eine Warnung gewesen oder bereits der geplante Mord, der als Unfall kaschiert werden sollte? Das mußte er unbedingt herausbekommen.

Natürlich konnte er jetzt nicht einfach in Ravengiersburg, Rheinböllen oder Stipshausen auftauchen und Hotte danach fragen. Das wäre sein sicheres Ende gewesen. Aber Hotte direkt fragen, wollte er schon. Vor allem wollte er erfahren, wie Hotte reagieren würde, wenn er sich meldete. Er rief die Telekomauskunft an und erhielt tatsächlich die Rufnummer von Horst Leininger, womit Breitbach eigentlich nicht gerechnet hatte. Hotte spielte also nach außen perfekt den unscheinbaren, soliden Bürger.

Breitbach wählte die Nummer in Idar-Oberstein. Es dauerte lange, bis am anderen Ende abgehoben wurde.

„Leininger!"

Breitbach stutzte. Das war nicht Hottes Stimme oder er verstellte sie.

„Horst Leininger?" fragte Breitbach.

Eine Fistelstimme am anderen Ende bestätigte seine Frage. Aber das konnte nicht Hotte sein. Breitbach startete einen Versuch. „Schmitz, ich wollte das Gespräch von gestern abend mit Ihnen fortführen", begann er und machte eine Pause.

Auch ohne Pause wäre er sicherlich sofort unterbrochen worden, denn die Stimme reagierte mit einem empörten „Blödsinn!"

Nun wollte es Breitbach aber genau wissen. „Ich spreche doch mit Horst Leininger oder?"

Die Fistelstimme wiederholte den Namen. „Was wollen Sie von mir.

Ich hatte gestern abend keinen Besuch und Sie ... Wie war noch einmal ihr Name? Ich kenne Sie überhaupt nicht."

Breitbach vergaß schlagartig alle Schmerzen. Sein Gehirn arbeitete wie auf Knopfdruck wieder auf vollen Touren. „Vielleicht habe ich mit Ihrem Sohn gesprochen, der heißt doch sicherlich ..."

Der Mann am anderen Ende reagierte äußerst aggressiv. „Was wollen Sie mir da einreden?"

Es folgten Geräusche, die Breitbach für kurze Zeit befürchten ließen, es werde am anderen Ende eingehängt. Aber offenbar hatte der Teilnehmer nur den Hörer von einem Ohr zum anderen gewechselt.

„Bitte entschuldigen Sie vielmals, es muß sich da um eine Verwechslung handeln, deren Klärung aber für mich sehr wichtig ist. Es geht um eine Versicherung. Darf ich Sie einmal persönlich besuchen kommen, um das alles aufzuklären?"

Der Mann am anderen Ende schien nicht abgeneigt, denn er zögerte mit der Antwort. Dann sagte die Fistelstimme: „Von mir aus, aber kommen Sie tagsüber und nicht abends!"

Breitbach wollte sich bedanken, aber der Mann legte sofort auf. Auch Schosch betätigte die Trenntaste und begann nachzudenken. Der Mann, der sich mit Horst Leininger gemeldet hatte, konnte nicht Hotte sein. Und doch hatte Weber Hotte in das Haus gehen sehen, in dem dieser Horst Leininger wohnte. Ein Problem, das Breitbach nur vor Ort klären konnte. Er rief Klaus Weber an, der aber war nicht zu Hause. Breitbach bat auf Anrufbeantworter um einen Rückruf, dann rief er Wagner an. Auch der war unterwegs, dafür meldete sich aber Berger.

Man hatte inzwischen herausgefunden, daß der Tote Hermann Scherer war und suchte jetzt nach diesem Jean-Pierre Godard. Auch den Erschossenen hatte man mit Hilfe von Interpol und einer DNA-Analyse inzwischen eindeutig identifiziert. Es handelte sich tatsächlich um einen Niederländer namens Klaas-Johan Zaadhof, der in der Amsterdamer Drogenszene kein Unbekannter war.

Am frühen Abend rief Klaus Weber zurück. Breitbach verschwieg sein Erlebnis vom Vorabend und bat Weber, ihm noch einmal zu helfen. Er hatte Glück. Weber konnte sich am nächsten Tag freimachen, da zwei Reitschülerinnen wegen Erkältung ihren Unterricht abgesagt hatten. Man verabredete sich für den nächsten Vormittag.

Breitbach nahm sich vorsichtig den Verband ab, den Andrea ihm angelegt hatte und rieb sich das Genick mit Heparin ein. In der Hoffnung, niemand werde ihm so genau auf sein Genick schauen, zog er seinen Mantel an und machte sich mit Bosco auf den Weg zum ‚Deutschen Kaiser', wo beide mit großen ‚Hallo' begrüßt wurden.

Schosch war froh, daß er einen Platz mit dem Rücken zur Wand fand und ließ sich vorsichtig auf der Bank nieder.

„Dau sehs aus, wie vom Duut erschrock!" begrüßte ihn Manni Gniffke. „Hasde Malässe, dau leifs romm wie en geprüjelde Köder. Dau weiß doch, vom ville Schaffe ginn die besde Pärd kabott!"

Breitbach überging Mannis Bemerkungen mit einem geheimnisvollen Lächeln. Er wollte möglichst wenig an die gestrige Nacht erinnert werden. „Ich glaube, ich habe mich etwas erkältet, und das geht einem in die Knochen".

„Dann zeh dich mol warm an!" empfahl Pitter Dommermuth. „Dä Bosco hat doch och seine Wenderpelz angelächt". Wie auf Kommando schob sich Bosco, als er seinen Namen hörte, neben Dommermuth und ließ sich wohlig grunzend übers Fell streichen.

Der Abend verlief ruhig und endete recht früh, da Gniffke noch einen Termin hatte. Breitbach machte wie üblich noch seinen Rundgang mit Bosco und war froh, als er wieder zu Hause war. Das Bad am Nachmittag hatte ihm zwar gut getan, aber er fühlte sich trotzdem immer noch recht elend.

Er legte das Handy auf den Nachttisch, um den Anruf von Andrea nicht zu verpassen. Hoffentlich erging es ihr nicht so, wie ihm gestern abend. Bosco spürte die Unruhe seines Herrn und ließ sich nicht davon abbringen, sich statt in seinen Korb in der Diele ins Schlafzimmer neben das Bett zu legen. Eigentlich durfte er diesen Platz nur auf Reisen in Hotelzimmern einnehmen. Aber bei so viel Mitgefühl konnte Breitbach heute nicht anders, als großzügig von der Regel abzuweichen.

Gegen halb vier piepste das Handy. Breitbach war sofort hellwach und meldete sich. Ihre Stimme war wie immer, wie Breitbach sofort mit Erleichterung feststellte. Hotte war an diesem Abend gar nicht in Stipshausen erschienen und nichts deutete darauf hin, daß man Andreas Abgang gestern mißtraute. Sie ermahnte Schosch noch einmal, sich zu schonen und versprach auf Drängen von ihm, auch in der nächsten Nacht nach ihrer Rückkehr noch einmal anzurufen.

8.

Kurz vor halb elf Uhr klingelte Weber. Er entschuldigte sich, daß seine Frau nicht mitgekommen war, obwohl sie darauf brannte, einmal Detektiv spielen zu können. Aber die therapeutischen Reitstunden hatten nunmal Vorrang.

Breitbach hatte sich das Genick wieder dick mit Heparin eingerieben und einen Schal um den Hals gewickelt. Um diese Jahreszeit wirkte eine Erkältung glaubwürdig. Es hatte in der Nacht wieder geschneit, aber in der Koblenzer Innenstadt war wenig davon übriggeblieben. Bosco freute sich mit dem Wohnmobil zu fahren. So konnte er während der Fahrt immer wieder einmal auf- und ablaufen, und es gab hier so viele unbekannte Gerüche, die sein Hundeherz höher schlagen ließen.

In Idar-Oberstein stellten sie das Wohnmobil auf einem Parkplatz an der Hauptstraße ab. Beide hatten vereinbart, daß Weber hier auf Breitbach eine halbe Stunde warten würde. Sollte er bis dahin nicht zurück sein, würde Weber die Polizei verständigen.

Breitbach machte sich zu Fuß auf den Weg zu Leiningers Haus und läutete. Es dauerte eine Weile, bis der Türöffner betätigt wurde. Breitbach betrat das Haus und befand sich in einem großen hölzernen Windfang mit grünen Butzenscheiben. Er drückte die Tür zur dahinterliegenden recht großen Diele auf, die rundherum halbhoch mit dunkelbraunem Holz getäfelt war.

„Kommen Sie hierher!“ hörte er jemanden rufen und erkannte sofort die Fistelstimme vom Telefon.

Breitbach blickte sich vorsichtig um. Er wollte nicht schon wieder in eine Falle laufen. Neben der breiten Treppe nach oben war eine große Flügeltür, deren einer Flügel offenstand. Aus diesem Raum mußte die Stimme kommen. Schosch betrat den Raum, der sich als eine Art Bibliothek entpuppte. Vor einem großen Fenster stand ein breiter Schreibtisch, hinter dem ein Mann saß, der zweifelsohne nicht Hotte war.

„Herr Leininger?“ fragte Breitbach und ging auf den Schreibtisch zu.

„Immer noch!“ antwortete die Fistelstimme. „Sie entschuldigen, daß ich ihnen nicht entgegengekommen bin. Nehmen Sie Platz. Wie war noch mal Ihr Name?“

Der Mann deutete auf einen Sessel, der seitlich vor dem Schreibtisch auf Besucher wartete. Erst jetzt sah Breitbach, daß der Mann in einem Rollstuhl saß.

Breitbach hatte sich vorgenommen, vorsichtshalber auch hier als Alfred Schmitz aufzutreten und die Rolle des Versicherungsagenten aus Mainz zu spielen. Man konnte ja nie wissen, wie sich alles weiterentwickelte.

„Es geht um eine Versicherung“, begann Breitbach. „Deswegen hatte ich am Sonntag abend ein Gespräch und ging davon aus, daß Sie es seien, mit dem ich gesprochen habe. Der Mann nannte sich Hotte Leininger.“

„Und bin ich's?“ fistelte der Mann. Breitbach schätzte ihn weit über siebzig. Er hatte weiße Haare und ein ausgesprochen hageres Gesicht.

Breitbach lachte. „Natürlich nicht. Es muß sich um eine Verwechslung handeln.“

„Na sehen Sie“, rief sein Gegenüber erleichtert aus. „Aber deswegen mußten Sie ja nicht extra zu mir kommen.“

Breitbach schaute verlegen unter sich. „Nun, vielleicht besteht ja auch bei Ihnen Bedarf an Versicherungen. Das Geschäft ist heute hart, da nutzt man gern jede Gelegenheit.“

Der Mann im Rollstuhl lachte laut auf. „Sie sind gut! Was wollen Sie denn bei einem alten Mann noch versichern? Meinen Rollstuhl? Der ist zehn Jahre alt und nichts mehr wert. Da hätten Sie ein halbes Leben früher kommen müssen, da hätten Sie vielleicht eine Chance gehabt.“

Breitbach überlegte, wie er sein Gegenüber ausfragen konnte, wieso letzte Woche Hotte, der sich offenbar des Namens seines Gegenübers bediente, nachts dieses Haus betreten hatte.

„Sie leben allein? Vielleicht gibt es ja eine Frau Leininger oder eine Haushälterin, die eine Versicherung benötigt.“

„Sie sind hartnäckig, verdammt hartnäckig, mein Freund. Nein, es gibt keine Frau Leininger und meine Haushälterin, die alte Schlampe, kommt nur einmal in der Woche. Und die versichere ich nicht. Nein, ich lebe hier allein. Glauben Sie mir, hier gibt es nichts und niemanden zu versichern. Ich muß Ihnen gestehen, ich finde Ihr Auftauchen mehr als merkwürdig und habe mir lange überlegt, ob ich nicht zu Ihrem Empfang die Polizei rufen soll.“ Fast wie selbstverständlich zog er eine Pistole aus seiner Schreibtischschublade und legte sie, mit dem Lauf auf Breitbach gerichtet, auf seinen Schreibtisch.

Breitbach wußte im ersten Moment nicht, wie er reagieren sollte. Da aber dieser Leininger keine Anstalten machte, sich der Pistole zu bedienen, blieb er in seinem Sessel sitzen, auch wenn er sich blitzschnell überlegte, in welche Richtung er sich fallen lassen würde, wenn der Mann plötzlich zur Waffe griff.

„Ich kann mich selbst schützen. Das habe ich ein Leben lang gekonnt!" fuhr Leininger fort.

„Darf ich fragen, was Sie beruflich gemacht haben?" erkundigte sich Breitbach und blickte sich ungeniert im Raum um. Aber nirgends war ein Hinweis auf den Beruf der Fistelstimme zu entdecken, außer einer Menge Bücher und alter Ölgemälde.

„Was macht man schon, wenn man hier lebt. Man handelt mit Edelsteinen und Diamanten. Aber meine wahre Begabung und meine große Liebe war die Gravur."

Breitbach zuckte zusammen, als Leininger die Pistole ergriff und dann mit dem Rollstuhl hinter dem Schreibtisch hervorkam. Er schob die Pistole seitlich hinter den Gürtel und fuhr zu einem Buchregal.

„Interessieren Sie sich für Gravuren?" fragte Leininger, nicht ohne Breitbach aus den Augen zu lassen. Er zog aus dem Regal eine ledergebundenes Album. „Wenn Sie schon hier sind und mich mit so einem Quatsch wie Versicherungen belästigen, dann müssen Sie mir wenigstens etwas Gesellschaft leisten. Ich bekomme nämlich sehr selten Besuch."

Das war für Breitbach das Stichwort!

„Aber ab und zu schon. Als ich neulich hier in der Nachbarschaft einen größeren Vertragsabschluß hatte, sah ich einen Mann in dieses Haus gehen. Ich glaube, er fuhr einen alten Golf. Deshalb fiel er mir überhaupt auf."

Leininger kam mit den Lederalbum auf Breitbach zugerollt. „Das war kein Besuch!" widersprach Leininger barsch und wechselte das Thema. „Meine Gravuren waren berühmt!" Er war inzwischen mit seinem Rollstuhl bei Breitbach angekommen und hielt ihm das Album hin. „Schauen Sie nur hinein. Meine Arbeiten waren wirklich gut. Ich darf bei aller Bescheidenheit sagen, ich war einer der Besten."

Breitbach schlug das Album auf. „Aber das ist ja Dürer!" rief er aus und starrte in das Album.

Leininger amüsierte sich wie ein kleines Kind. „Leininger!" sagte er stolz. „Ein echter Leininger! Dürer hat nur die Vorlage geschaffen." Er kicherte in sich hinein und schlug sich mit seinen Händen vor Freude auf die Oberschenkel.

Breitbach spürte, wie ein leichtes Zittern durch seinen Körper fuhr, als er versuchte zu begreifen, was dieser Leininger ihm soeben offenbart hatte. Einmal abgesehen davon, daß dieser Mann etwas wunderlich war, vielleicht sogar ein bißchen verrückt, war er ein begnadeter Künstler.

Leininger schien seine Gedanken erraten zu haben. „Meine Gravuren sind meist besser als die Originale. Ich hatte brillante Augen und eine absolut sichere und ruhige Hand." Er machte eine weit ausholende Armbewegung. „Aber das war einmal!"

Breitbach blätterte ehrfurchtsvoll in dem Album. Die Qualität der Arbeiten war tatsächlich überwältigend. Er warf einen verstohlenen Blick auf seine Armbanduhr. Wenn er jetzt nicht die Kurve kriegte, dann würde Weber in Kürze mit der Polizei hier auftauchen. Er schlug das Album zu und reichte es Leininger zurück. „Bemerkenswert!" nickte er anerkennend.

Leininger machte plötzlich ein grimmiges Gesicht. „Meine beste Arbeit wurde mit gestohlen!" Seine Fistelstimme war verbittert und brüchig. „Sie sehen, Sie hätten mich früher versichern müssen."

Breitbach stand auf. „Und es gab keine Chance, den Dieb ausfindig zu machen?"

Leininger schaute Breitbach von der Seite an. Haß blitzte in seinen Augen. „Ich brauche keine Polizei, ich kenne den Dieb! Gott wird ihn bestrafen!"

„Warum haben Sie den Diebstahl der Polizei gemeldet, wenn Sie den Dieb sogar kennen?" erkundigte sich Breitbach erstaunt.

Statt einer Antwort streckte Leininger seinem Besucher die Hand entgegen. Breitbach schüttelte ihm die Hand. „Es tut mir leid, daß ich Sie belästigt habe."

„Schade, daß Sie sich nicht für Gravuren interessieren", meinte Leininger enttäuscht.

‚Wenn du wüßtest', dachte Breitbach und machte zum Abschied eine knappe Verbeugung.

Weber wartete bereits ungeduldig auf dem Parkplatz.

„Ich habe bereits angefangen zu zählen!" begrüßte er Breitbach. „Bei Hundert hätte ich die Polizei angerufen."

„Und wie weit waren Sie gekommen?“ fragte Breitbach lachend und schob Bosco beiseite, der ihm den Eingang in das Wohnmobil versperrte.

„87!“

„Verdammt knapp!“ Breitbach schob sich stöhnend auf den Beifahrersitz. Sein Genick und sein Rücken schmerzten noch sehr. „Aber mein Besuch hat sich gelohnt.“

„Jetzt machen Sie mich aber neugierig!“ Weber, der gerade den Motor starten wollte, ließ den Zündschlüssel wieder los und schaute Breitbach erwartungsvoll an.

„Wissen Sie, was dieser Horst Leininger da oben früher gemacht hat?“ Breitbach genoß es zu beobachten, wie Weber unruhig auf seine Mitteilung wartete.

„Jetzt spannen Sie mich doch nicht so auf die Folter!“ bat ihn Weber.

„Er hat Gravuren gemacht!“

An Webers etwas irritiertem Blick erkannte Breitbach, daß dieser seinen Rückschlüssen nicht folgen konnte. Aber er ließ ihn noch etwas zappeln und wiederholte nur etwas langsam und eindringlicher das Wort: „Gravuren!“

„Ich verstehe nicht ganz“, gestand Weber. „Was ist daran so außergewöhnlich. Ich meine, hier in Idar-Oberstein wird es sicherlich mehrere Graveure geben ...“

„Mit Gravuren kann man auch drucken. Tiefdrucke!“ stieß Breitbach hervor. „Mensch, Weber! Vielleicht sind wir kurz vor der Lösung des Falls.“ Breitbachs Stimme überschlug sich fast vor Vergnügen. „Die Falsifikate sind erste Sahne! Das sind Tiefdrucke, von Druckplatten eines Künstlers. Und dieser Künstler heißt Horst Leininger, sitzt in seinem Haus im Rollstuhl. Und mein Hotte heißt wahrscheinlich in Wirklichkeit Jean-Pierre Godard!“ Breitbach rutschte vor lauter Aufregung auf seinem Sitz hin und her.

„Das darf doch nicht wahr sein!“ Webers sonst so blasse Hautfarbe hatte plötzlich einen rötlichen Schimmer bekommen. „Mensch, Herr Breitbach, das ist ja ein Ding!“

Doch Breitbach hob beschwichtigend die Hand. „Noch sind wir nicht am Ziel, aber nahe dran. Ich habe mir auf dem Rückweg schon etwas überlegt. Einen Schlachtplan sozusagen.“

Sofort spitzte Weber die Ohren, denn er ahnte, daß dabei wieder eine Aufgabe auf ihn wartete.

Mühsam schleppte sich Breitbach die Treppen des Polizeipräsidiums hinauf. Weber hatte ihn auf dem Rückweg in Sohren abgesetzt und er war in seinem Mercedes nach Koblenz zurückgefahren. Bosco schoß schnurstracks auf das Büro von Wagner zu und blickte sich nach seinem Herrn um, der ihm wesentlich langsamer als sonst folgte. Kaum hatte Breitbach angeklopft und die Tür geöffnet, schoß Bosco auf den Hauptkommissar zu und ließ sich begrüßen. „Was treibt euch denn wieder hierher?“ fragte Wagner. „Will mich dein Herrchen wieder aushorchen?“

„Genau das!“ bestätigte Breitbach laut und meinte es diesmal sogar ernst. „Ich will mit dir ins Geschäft kommen!“

„Sag bloß, du weißt jetzt, wer dieser Kommissar Mertens ist, der in der Hunsrück-Klinik aufgetaucht ist.“

„Er steht vor dir und bittet, Platz nehmen zu dürfen“, antwortete Breitbach trocken.

Vor so viel Offenheit vergaß Wagner ganz das Streicheln und richtete sich auf. Scheinbar wollte ihm Breitbach tatsächlich etwas anbieten, was ihn interessieren könnte. „Dann schieß mal los, Schosch!“

Breitbach zog sich den Stuhl heran und stützte sich beim Hinsetzen auf Wagners Schreibtisch ab. „Ich habe da eine Theorie, die ich mit dir besprechen möchte“, begann er und beobachtete, wie Wagner unwillkürlich nach einem Kugelschreiber griff. Sofort winkte Breitbach ab. „Bitte nicht mitschreiben. Ich bin ganz privat hier und werde nur ins Unreine sprechen.“

Wagner schmunzelte. Sie beide wußten, daß er sich seine Notizen auch später machen konnte. Aber es hatte sich unter den Kollegen eingebürgert, daß man sich bei vertraulichen Gesprächen keine Notizen machen durfte. Er legte den Kugelschreiber wieder zurück und schaute Breitbach an, der für einen kurzen Moment seine Augen geschlossen hatte, um sich besser konzentrieren zu können.

„Verbessere mich, wenn ich etwas Falsches sage!“ begann Breitbach. „Die Falsifikate sind im Tiefdruckverfahren hergestellt ...“ Er machte eine Pause. Nachdem Wagner ihm nicht widersprach, fuhr er fort. „Der Niedergestochene und inzwischen Verstorbene aus Rheinböllen war Hermann Scherer, wovon ich mich selbst überzeugt habe. Er wurde von hinten erstochen ...“ Wieder machte er eine Pause. Aber auch diesmal kam kein Widerspruch. „Ihr sucht einen Jean-Pierre Godard, von dem ihr eine Personenbeschreibung habt und einen Ausweis besitzt ...“ Breitbach blickte auf und sah, daß Wagner ihn immer noch erwartungsvoll anschaute. „Ihr stellt euch genau so wie ich die Frage, wie kann man so blöd sein, Rauschgift mit Falschgeld bezahlen zu wollen ... Einfache Antwort: Geldfälscher und Rauschgifthändler sind Profis, der Dealer muß ein absoluter Dilettant gewesen sein."

Dann erzählte Breitbach, wie er sich den Ablauf des für Scherer und diesen Zaadhof tödlich verlaufenen Drogendeals vorstellte. Natürlich erwähnte er nichts von Hotte, den Zockerstuben und seiner Begegnung mit dem echten Hotte Leininger in Idar-Oberstein. Auch ließ er die Zusammenhänge zwischen Kewes und Scherer unter den Tisch fallen. Noch war die Zeit nicht reif, sein ganzes Wissen zu präsentieren. Wagner hörte interessiert zu und wartete immer noch auf die Neuigkeit, die Breitbach ihm mitteilen würde.

„Scherer ist ein armer, kleiner Ganove gewesen ...", fuhr Breitbach fort und wurde von Wagner unterbrochen.

„Hier irrt der Herr Hauptkommissar a. D.! Wir haben in Scherers Wohnung, die tatsächlich mehr als bescheiden aussah, Kontoauszüge und Depotbelege gefunden, wonach er jede Menge Geld hatte, echtes Geld."

Breitbach riß die Augen auf. Also hatte Kewes recht gehabt! „Wieviel?"

„Einige Hunderttausend", antwortete Wagner. „Wir wissen nur noch nicht, wo er das Falschgeld gedruckt hat, und wie er es umgetauscht hat. Denn als Schreiner war er die meiste Zeit arbeitslos. Also stammt sein Vermögen wahrscheinlich aus dem Falschgeldgeschäft."

„Aber doch nicht von den paar Scheinen, die inzwischen aufgetaucht sind!" entgegnete Breitbach.

„Wir wissen nur von den denen. Du weißt genau so gut wie ich, daß für Aufkäufer von Falschgeld bei der Umstellung auf den Euro eine große Chance ist, mit einem Schlag geschickt alles abzustoßen. In Montenegro, und soweit ich weiß, auch in Bosnien wurde die D-Mark gerade als offizielle Landeswährung eingeführt. Weißt du, was da alles passieren kann? Hast du dir das schon einmal ausgemalt? Wer darauf spekuliert, hier mit Falschgeld Geschäfte zu machen, der hat schon eingekauft. Vor allem, wenn er so gute Ware angeboten bekommt." Wagner hatte sich in Erregung geredet. Er sprang auf und begann nervös um seinen Schreibtisch zu gehen. „Was meist du, warum die Soko ‚Blütenstaub' inzwischen auf über dreißig Mann aufgestockt worden ist. Wenn wir die Druckerei nicht bald zumachen können, dann Gnade uns Gott."

Breitbach mußte unwillkürlich an Kewes denken, der unter diesem Aspekt in einer grenzenlosen Bedeutungslosigkeit verschwand. Er sah ein Päckchen Zigaretten auf Bergers Schreibtisch liegen und griff danach. Breitbach zündete sich eine Zigarette an. Er hatte durch Wagners Schweigen all das erfahren, was er wissen wollte. Seine Theorie über den Ablauf in Rheinböllen war richtig. Der politische und wirtschaftliche Aspekt in dieser von Wagner dargestellten Dimension interessierte ihn nur am Rande.

Plötzlich blieb Wagner neben Breitbach stehen. „Du wolltest doch mit mir ins Geschäft kommen. Wo ist denn dein Angebot?"

Breitbach spielte den Erstaunten und meinte mit Unschuldsmiene: „Ich habe dir doch gerade den halben Fall gelöst oder war dir der Ablauf bereits bekannt?" Er sah, wie Wagners Gesicht rot anlief. Es war vielleicht besser, wenn er sich jetzt verabschiedete. Er schnippte mit den Fingern, worauf Bosco sofort aufsprang und stand mit schmerzverzerrtem Gesicht auf.

„Was wolltest du denn von mir wissen?" fragte ihn Wagner etwas gereizt.

Breitbach zuckte mit den Schultern. „Wenn du das Gefühl hast, daß ich dir nichts Neues angeboten habe, dann kann ich auch nicht von dir erwarten, daß du mir was verrätst", antwortete er bescheiden und versuchte sein aufkommendes Lachen zu unterdrücken. Da ihm dies nicht so richtig gelang, drehte er sich schnell zur Tür um.

„Übrigens, Kewes wird morgen entlassen!"

Breitbach blieb wie angewurzelt stehen. Bosco fing an zu winseln, weil er darauf wartete, daß sein Herrchen die Tür öffnete. Doch der drehte sich langsam zu Wagner um und nahm wieder auf dem Stuhl Platz. „Das ist doch nicht dein Ernst!" stöhnte er und wußte, daß er jetzt doch einiges preisgeben mußte.

Schosch Breitbach verließ mit der Zusicherung Wagners das Präsidium, daß die Presse über die Entlassung von Kewes nichts erfahren würde. Doch das alleine genügte Schosch nicht. Kewes durfte nirgends auftauchen. Zu leicht fühlten sich ein Nachbar oder Bekannter verpflichtet, die Neuigkeit so schnell wie möglich zu verbreiten. Und dies mußte unter allen Umständen verhindert werden. Außerdem bestand die Möglichkeit, das Hotte von Kewes Entlassung über seine von Scherer erwähnten Beziehungen erfahren würde.

Breitbach machte sich sofort auf den Weg zu Lehn, die er zu seiner Erleichterung auch antraf. Man hatte sie bereits informiert und sie empfing Schosch überglücklich mit Freudentränen in den Augen.

„Helene, bei aller Freude. Es gibt auch einen anderen Aspekt. Wir müssen etwas unternehmen!“ Mit diesen ernsten Worten brachte Breitbach die Frau seines Freundes wieder auf den nüchternen Boden der Realität zurück. Sie schaute ihn sofort ängstlich an.

„Nein, nichts Schlimmes“, beruhigte er sie sofort, als er erkannte, was seine etwas ruppige Einleitung bewirkt hatte. „Ich muß dich bitten, mit Jakob unterzutauchen. Jakob könnte in Gefahr geraten.“

„Gefahr?“ wiederholte Lehn und ließ sich langsam in einem Sessel ihres Wohnzimmers nieder. „Nimmt das alles denn kein Ende?“

„Doch!“ antwortete Breitbach, denn er war davon überzeugt, er würde den Fall bald lösen können. Zumindest, was Kewes betraf. Es würde sicherlich noch ein paar Tage dauern, aber diese Zeit mußten Jakob und Helene untertauchen. „Paß auf, ich habe mir auf dem Weg hierher schon alles überlegt. Du hast mir von deiner Freundin im Bergischen erzählt. Du packst für dich und Jakob jetzt sofort die Koffer. Pack alles ein, was ihr für etwa eine Woche benötigt. Ich komme dich heute abend abholen und heute nacht schläfst du bei mir auf der Couch. Morgen hole ich persönlich Jakob ab und dann fahren wir gemeinsam zu deiner Freundin. Keiner, Lehn, hörst du, keiner darf wissen wo ihr seid!“

Lehn starrte stumm vor sich hin und nickte gedankenverloren. Sie machte einen so bedrückten Eindruck, daß Schosch sie vorsichtig an der Hand nahm und ihr half, aufzustehen. Dann nahm er sie ihn seine Arme. „Glaube mir, Lehn, es wird alles wieder gut.“

Trotz seiner Schmerzen im Genick und Rücken hatte es sich Schosch nicht nehmen lassen, für Lehn und sich zu kochen. Früher, als seine Frau noch lebte, hatte er fast immer gekocht, wenn es sein Dienstplan zuließ. Doch seit dem Tod seiner Frau lebte Schosch eher zurückgezogen, hatte selten Besuch und traf sich lieber mit seinen Freunden in der Altstadt, wo er dann auch aß.

Er hatte Rouladen gemacht, ‚ohne Gurke drin’ wie er betonte. In Rouladen gehörten Speck und Zwiebeln, um sie schön dick ausschauen zu lassen, das Fleisch mußte innen mit Senf und Tomatenmark bestrichen werden. Dazu hatte er Apfelrotkohl und Salzkartoffeln gekocht und die Soße mit einem kleinen Schuß Rotwein abgeschmeckt.

Er wußte, daß er sich anstrengen mußte, denn Lehn war als hervorragende Köchin bekannt und wußte ebenso wie Schosch ein gutes Essen zu schätzen.

Er führte Lehn direkt ins Wohnzimmer, wo er bereits den Tisch gedeckt hatte. Beim Duft, der aus der Küche durch die Diele bis zum Eßtisch gelangte, vergaß Lehn sehr schnell ihre Sorgen, was in den nächsten Tagen auf sie und ihren Mann zukommen würde. Schosch reichte ihr einen trockenen Sherry und stieß mit ihr an.

„Auf das alles ganz schnell wieder gut wird!" lächelte er und Lehn lächelte dankbar zurück.

Bosco fühlte sich etwas benachteiligt. Er hatte sich quer vor den Eßtisch gelegt und beobachtete intensiv, wie sein Herrchen mit einem Tablett wohlduftenden Essens den Raum betrat. Hoffentlich fiel für ihn etwas ab.

„Ich habe mit der Gefängnisleitung gesprochen", meinte Schosch. „Es wird alles so unauffällig wie möglich gemacht werden. Meine alten Kontakte sind doch noch nicht ganz eingeschlafen", fügte er etwas stolz hinzu.

„Was glaubst du, wie lange wir uns versteckt halten müssen?"

Breitbach verteilte die Kartoffeln und den Rotkohl. „Ich habe das Gefühl, ich bin kurz vor meinen Ziel. Aber versprechen kann ich noch nichts. Ich weiß halt nicht, wie gefährlich dieser Bengel da im Hunsrück ist, der auf deinen Jakob möglicherweise Druck ausüben will."

Während sie aßen, erzählte Schosch seinem Gast behutsam, was er alles in Erfahrung gebracht hatte. Immerhin ersparte er so seinem Freund Kewes das Geständnis, das ihm sicherlich sehr schwerfallen würde. Lehn hörte aufmerksam zu und stellte ab und zu eine Frage, die sie von Schosch auch sofort wahrheitsgemäß beantwortet bekam. Als sie mit dem Essen fertig waren und auch Schosch seine Berichterstattung beendet hatte, meinte Lehn leise: „Jetzt sind Jakob und ich fast vierzig Jahre verheiratet und trotzdem stellt man fest, man kennt sich immer noch nicht. Ich hätte nie gedacht, daß Jakob in so etwas hineingeraten könnte."

Schosch hob sein Weinglas und hielt es gegen das Licht der Kerzen, die er zum Essen angezündet hatte. Er beobachtete, wie die Flamme dem Wein eine rötliche Färbung verlieh. „Zuerst habe ich es auch nicht glauben wollen. Aber seitdem ich in die Rolle eines Spielers geschlüpft bin, möchte ich selbst für mich keine Hand ins Feuer legen. Es hat schon etwas Prickelndes an sich, selbst für einen nüchtern denkenden

Menschen wie mich. Außerdem hätte Jakob nicht weitergespielt, hätte man ihn nicht so abgezockt. Zum Schluß wollte er ja nur noch den Verlust wieder reinholen."

Helene schaute Breitbach mit leicht zusammengekniffenen Augen an. „Du willst wohl für Jakob um gutes Wetter bitten?" fragte sie. Schosch fühlte sich ertappt und schaute schmunzelnd auf den Boden. „Ist das so schlimm?"

Es dauerte eine Weile bis Lehn antwortete.

„Es ist schön einen Freund zu haben!"

Breitbach schreckte schweißgebadet aus seinem Traum auf. Er hatte sich wieder auf dem Holzlagerplatz befunden und unentwegt um Hilfe geschrien, aber niemand hatte ihn gehört. Er tastete im Halbschlaf um sich und erkannte erleichtert, daß er sich in seinem Bett befand und alles eben nur ein Traum gewesen war. Auf dem Nachttisch piepste das Handy unentwegt. Trotzdem mußte er erst das Licht anmachen, denn die Tasten waren unbeleuchtet und er wollte auf keinen Fall die falsche drücken.

Andrea meldete sich. Breitbach atmete erleichtert auf. Ihre Stimme klang wohltuend nach diesem Traum, fast so wie in der Nacht in Sohren.

„Mir geht es gut. Keiner hat einen Verdacht. Hotte war wie immer, aber ..."

Breitbach war schlagartig hell wach. „Aber?" rief er aufgeregt in den Hörer.

„Ich habe das Gefühl, irgend etwas ist anders als sonst. Hotte ist heute mit drei oder vier Männern gekommen, die ich nicht kenne. Zwei oder drei weitere sind noch nachträglich zu ihm gekommen. Sie haben die halbe Nacht an der Bar gesessen und erregt diskutiert. Ingrid, meine Kollegin an der Bar, wurde weggeschickt, und Charly hat alle Gäste von der Bar ferngehalten. Das hat es noch nie gegeben."

Breitbach überlegte, was dahinterstecken könnte. Es war fast unmöglich, daß Hotte bereits Wind von Kewes Entlassung bekommen hatte. „Sei bitte vorsichtig!" meinte er schließlich und nahm ihr erneut das Versprechen ab, daß sie sich sofort melden solle, falls sie sich bedroht fühle oder etwas geschehen würde, was ihn interessieren könnte.

Breitbach hatte sich über Handy angemeldet und konnte somit ohne anzuhalten in den Hof der Justizvollzugsanstalt auf der Karthause einfahren. Kewes wartete bereits ungeduldig im Vorraum zur Freiheit und Schosch konnte ein leichtes Zittern verspüren, als er ihm die Hand gab. Kewes umarmte seinen Freund und drückte ihn fest an sich.

„Es ist nur der erste Schritt, Kewes“, ermahnte ihn Schosch. „Die Hauptarbeit steht noch vor uns, und ich hoffe auf deine Unterstützung.“

Breitbach spürte das Nicken an seiner Schulter und warf einen Blick zu dem wartenden Vollzugsbeamten. „Hat Herr Fischer alles erledigt?“

„Sie können ihn mitnehmen, alle Formalitäten sind erledigt!“

Breitbach löste sich vorsichtig aus der Umarmung und nahm seinerseits Kewes in den Arm und begleitete ihn hinaus zum Auto. „Setz dich bitte nach hinten, und leg dich hin.“ Als er Kewes erstaunten Blick sah, erklärte er ihm, daß er nicht wolle, daß man sie beim Verlassen der Vollzugsanstalt sehen solle. Kewes verlangte keine Erklärung, sondern legte sich auf den Rücksitz. Er spürte wie sich der Wagen in Bewegung setzte, sah aus der Froschperspektive, wie sie die Gefängnismauern hinter sich ließen und sich über ihm ein grauer Dezemberhimmel auftat.

Am Abend war Breitbach wieder zurück. Als er das ‚Hubertus‘ betrat, hatte er irgendwie das Bedürfnis es laut hinauszuschreien. Da saßen sie alle, Manni, Karl, Leo und Pitter und plötzlich war es ganz still am Stammtisch. Selbst Dieter Spahl hielt mit dem Ausschenken inne und schob Frau Baur versehentlich ein halb volles Glas hin. Erst als diese laut meinte: „Chef, ist das nicht ein bißchen wenig?“ schenkte er verwirrt das Glas randvoll und murmelte eine Entschuldigung. Jeder merkte, daß Schosch irgend etwas Besonderes zu berichten wußte. Selbst Bosco verzichtete auf das übliche Zerren, sondern verschwand sofort unter dem runden Tisch gegenüber der Theke. Manni Gniffke fand als erster die Sprache wieder.

„Wad es? Dau sehst su annerscht aus. Gett et wad Neijes?“

Jetzt konnte Schosch sich nicht mehr zurückhalten. Er strahlte übers ganze Gesicht und rief Spahl zu: „Eine Runde für alle!“

Dommermuth reagierte als erster: „Ich wedde, dä Kewes es drauße!“ Er schaute flehend auf Schoschs Lippen und erwartete auf das erlösende „Ja!“

Alle brachen in lauten Jubel aus, und die anderen Gäste schauten erstaunt, was sich am Stammtisch abspielte. Manni Gniffke sprang auf und griff Schosch an die Schultern. „Mensch, Schosch, ich kenne dich ...“

„Do es, do es!“ feuerte ihn Leo an, der vergnügt auf seinem Stuhl herumhopste. Schosch wehrte ab und klopfte zur Begrüßung auf den Tisch.

„Noch ist nicht alles erreicht. Und vor allem ...“, er beugte sich vor und seine Stimme wurde leiser. „Ihr dürft keinen Ton darüber verlauten lassen. Kewes und Lehn sind in Sicherheit, aber es darf keiner wissen, daß er draußen ist!“

Spahl war inzwischen mit einem Tablett voller Weinpokale an den Tisch getreten und verteilte die von Schosch ausgerufene Runde. Selbst Karl Rosenbaum ließ sein Mineralwasser stehen und griff nach dem Weinglas, das der Wirt ihm reichte. „Egal, dat muß mer feiere!“ freute er sich deutlich bewegt. „Dat annere, dat schafft dä Schosch och noch!“

Eigentlich fühlte er sich furchtbar müde, aber ein gewisser Stolz trieb Schosch noch kurz vor Mitternacht in den ‚Deutschen Kaiser‘. Manni Gniffke begleitete ihn, was er selten tat, da er meistens morgens früh raus mußte. „Awer, an su nem scheene Omend, do kann mer doch net einfach end Bett ginn!“ hatte er gesagt und sich Schosch bei seinem Spaziergang am Moselufer entlang angeschlossen.

„Vera! Zwei Bier, zwei Klare!“ rief er bereits von der Tür aus der Wirtin entgegen. Einige unentwegte Altstädter saßen noch im Lokal und grüßten zur Theke hin. Breitbach stupste Gniffke an. „Maul halten!“ flüsterte er, denn er hatte plötzlich die Befürchtung, Manni würde seine Freude laut hinausposaunen. Aber Gniffke wußte genau, worauf es ankam. „Fier wänn hälst dau mich eijentlich, Schosch. Mer kann doch och eine ohne besonnere Grond ausgewe, oder?“

Breitbach nickte beruhigt und prostete Manni zu.

Vera Dormont blickte zu Bosco hinunter. „Hat dir denn dein Herrchen heute schon was zu Fressen gegeben?“

Bosco antwortete mit leisem Jaulen und heftigem Schwanzwedeln, was die Wirtin veranlaßte, in die Küche zu verschwinden.

9.

Für den nächsten Morgen hatte sich Breitbach den Wecker gestellt. Er hatte sich einiges vorgenommen und nach der Entlassung von Kewes trieb ihn eine innere Unruhe zum Handeln. Draußen war es noch stockfinster als er das Bad betrat und duschte. Bosco betrachtete das frühe Umherwandern seines Herrn mit äußerster Zurückhaltung. Er hatte noch nicht ausgeschlafen und zog es vor, im seinem Hundekorb liegen zu bleiben. Erst als Breitbach die Wohnung verließ, um im Briefkasten die Zeitung zu holen, stand er auf, reckte sich und schaute erstaunt seinem Herrn hinterher.

Breitbach blätterte schnell die Rhein-Zeitung durch und stellte befriedigt fest, daß nirgends etwas von Kewes Entlassung stand. Auch die SWR-Nachrichten, die Schosch zum Frühstück einschaltete, brachten nichts. Er durfte sich also sicher sein, daß zumindest aus dieser Richtung nichts an Hottes Ohr dringen würde.

Als erstes rief er Wagner an. Nachdem er diesen nicht erreichen konnte, wählte er die Nummer von Klaus Weber. Seine Frau meldete sich am Telefon. Als sie Schoschs Stimme hörte, ahnte sie sofort, daß es wieder um Kewes ging. Sie sagte Breitbach zu, daß ihr Mann ihn im Laufe des Vormittags zurückrufen werde. Schosch gab ihr die Nummer von Kewes Handy, das er diesem noch nicht zurückgegeben hatte. Er wollte nicht den ganzen Vormittag zu Hause zu bleiben, um auf den Rückruf zu warten. Als letztes rief er Andrea an. Als das Meldezeichen ertönte, fiel ihm ein, daß er eigentlich gar keinen triftigen Grund hatte, sie anzurufen. Es war mehr ein unbewußtes Bedürfnis, vielleicht auch die latente Angst, Hotte könne doch etwas gemerkt haben. Sie meldete sich nicht, was in ihm die Unruhe wachsen ließ, obwohl immerhin anzunehmen war, daß sie um diese Uhrzeit im Kindergarten arbeitete.

Er unternahm mit Bosco den üblichen Morgenspaziergang und machte sich dann auf den Weg zum Polizeipräsidium. Inzwischen war Wagner in seinem Büro, schien aber wenig Zeit zu haben, Berger hatte sich krank gemeldet. Trotzdem ließ sich Breitbach am Schreibtisch des

Erkrankten nieder und wartete einen günstigen Moment ab. Als dieser gekommen schien, lehnte er sich gemütlich zurück.

„Gibt es etwas Neues zu diesem Godard?"

Wagner warf seinem Vorgänger einen reichlich genervten Blick zu. „Du sollst dich da raushalten. Der Fischer ist frei, was willst du mehr?"

„Frei, aber noch nicht freigesprochen!" entgegnete Breitbach. „Also hab ich noch etwas zu tun ..."

Wagner stieß einen leisen Fluch aus und ging auf Breitbach zu. „Glaubst du, du kannst mehr erreichen als die Soko? Ich kann dir nur raten, laß die Finger davon. Wir haben es hier mit international agierenden Profis zu tun. Das ist nichts für einen Rentner."

Breitbach verzog sein Gesicht. „Also gut, wenn du meinst ich bin zu alt, dann werde ich wohl das Handtuch werfen müssen. Aber eine Information brauche ich noch für mein eigenes Ego."

„Und die wäre?"

„Wer ist dieser Godard? An dem habe ich mir bisher die Zähne ausgebissen."

Wagner überlegte einen Moment, dann griff er zu einer Akte und blätterte kurz darin. „Also, wenn du dich dann endgültig aus der Sache raushältst, sollst du deinen Willen haben." Erst als Breitbach zustimmend nickte, fuhr er fort. „Jean-Pierre Godard wurde am 6. April 1953 in Nancy geboren. Vater unbekannt, ist 1969 nach Jugoslawien gegangen, um nicht zum Militär zu müssen und hat dort verschiedene Jobs gemacht. 1975 verliert sich seine Spur bis seine Personalien eben dieses Jahr in Colmar aufgenommen werden. Der Ausweis, den wir gefunden haben, ist echt. Mehr kann ich dir nicht sagen."

Breitbach schien zufrieden. „Mehr wollte ich auch nicht wissen. Sollte mir der Mann über den Weg laufen, werde ich es dir sagen." Er stand auf und machte eine fast überschwengliche Verbeugung.

Im Treppenhaus begann sein Handy zu piepsen, der versprochene Rückruf von Weber. Breitbach wußte, wie man Mäuse fing. Früher waren die Webers oft Gäste bei ihm und seiner Frau und umgekehrt. Gelegentlich ging man auch gemeinsam essen. Und es waren immer interessante und lustige Abende gewesen. Auch heute noch schätzten Hannelore und Klaus Weber ein gutes Essen. Also lud er die beiden zum ‚Columbus' ans Rheinufer ein. Weber war sofort Feuer und Flamme, auch wenn er ahnte, daß mehr dahintersteckte, als nur eine harmlose Einladung in ein neu eröffnetes spanisches Lokal.

Nachdem Breitbach das Gespräch beendet hatte, drückte er versehentlich die Menütaste des Handys und landete in Kewes abgespeichertem Telefonbuch. Wie unter Zwang blätterte Breitbach die Datei durch und entdeckte prompt den Namen Scherer und seine Rufnummer in Kirchberg. Dadurch kam Breitbach die Idee, vielleicht einen anderen Namen zu finden, der ihn bei seinen Nachforschungen weiterbringen konnte. Er holte Bosco von der Wache ab und setzte sich voll Ungeduld auf die Mauer, gleich neben der Einfahrt zum Präsidium. Er begann wieder bei A und blätterte langsam das ganze Register des Handys durch, wobei er nach Erscheinen des Teilnehmernamens gleich die Nummer abfragte. Kewes benutzte offenbar sein Handy auch als heimlichen Speicher für Kontonummern oder Codes. So entdeckte Breitbach unter der Abkürzung EC hinter der Koblenzer Vorwahl eine vierstellige Rufnummer. Ein Versuch bestätigte ihm, daß es diese Nummer nicht gab. Wahrscheinlich verbarg sich dahinter die Codenummer von Kewes Scheckkarte. Plötzlich tauchte der Begriff HL-Markt auf. Breitbach konnte sich nicht entsinnen, in Koblenz und Umgebung jemals einen HL-Markt gesehen zu haben. Beim Abrufen der dazugehörenden Telefonnummer erschien auf dem Display vor einer fünfstelligen Zahl die Vorwohl von Idar-Oberstein. Das konnte kein Zufall sein. HL konnte mit dieser Vorwahl auch ‚Hotte Leininger' bedeuten. Wieso kannte Kewes den vollen Namen von Hotte und dessen Telefonnummer?

Neugierig wählte Breitbach die Nummer. Es dauerte eine Weile, bis sich am anderen Ende eine Frauenstimme meldete, allerdings leider nur mit einem kurzen „Ja, bitte?"

„Ist Hotte da?" fragte er und spürte seinen Pulsschlag ansteigen.

Die Frau am anderen Ende schien zu überlegen. „Mit wem spreche ich bitte?" Ihre Stimme wirkte unsicher, was Breitbach anspornte, alles auf eine Karte zu setzen. Mit deutlich gereizter Stimme antwortete er.

„Komm' mach keinen Quatsch. Ich habe keine Zeit. Gib mir Hotte!" Trotz des lauten Straßenverkehrs um ihn herum konnte er deutlich ein Flüstern an anderen Ende hören. Dann meldete sich einen Männerstimme.

„Wer ist da?"

Schnell drückte Breitbach die Trenntaste. Es war Hottes schnarrende Stimme. Er hatte sie ganz eindeutig erkannt. Da niemand in der Nähe war, den er vor Freude hätte umarmen können, beugte er sich zu Bosco, der völlig verwundert um ihn herumsprang und drückte ihn vor Freude fest an sich.

Auf dem Weg nach Hause kaufte der Exkripomann seinem treuen Begleiter einen großen Knochen, allerdings gut verpackt und in einer Plastiktüte, damit Bosco nicht all zu sehr vom Geruch gepeinigt wurde. Zu Hause angekommen, durfte er sich allerdings sofort darüber hermachen, was er dann auch genüßlich tat.

Während Breitbach noch seinem Hund gedankenverloren beim Abnagen zuschaute, piepste das Handy. Doch sofort, nachdem er sich mit ‚Schmitz' gemeldet hatte, wurde am anderen Ende eingehängt. Breitbach wählte Andreas Nummer, doch sie meldete sich immer noch nicht. Er beschloß, es auf jeden Fall heute nacht noch einmal zu versuchen.

Der Abend mit Webers war in jede Richtung ein Erfolg. Mit vollem Bauch, einer riesigen Knoblauchfahne und reichlich Sangria im Blut machte sich Breitbach mit Bosco leicht beschwingt und schwankend auf den Heimweg. Er verzichtete sogar auf den kleinen Umweg zur Theke des ‚Deutschen Kaisers'. Man hatte sich wie immer viel zu erzählen und viel miteinander gelacht. Alte Zeiten wurden wieder wach, Erinnerungen an gemeinsame Abende, an Webers Kindheit in der Koblenzer Altstadt und an Reiseerlebnisse mit und ohne Wohnwagen. Zum Schluß, als sie die letzten Gäste im Lokal waren, hatte Klaus Weber sogar einen der Spanier überredet, eine Gitarre zu holen und ihnen ein spanisches Volkslied vorzusingen. Doch das Wichtigste war, er hatte Klaus Weber gleich für den nächsten Tag überreden können, nochmals mit ihm nach Idar-Oberstein zu fahren. Allerdings nur unter der Bedingung, daß auch seine Frau mitfahren durfte.

Zu Hause entdeckte er einen Zettel, den er sich geschrieben hatte, um seinen Anruf bei Andrea nicht zu vergessen. Er blickte auf seine Uhr, aber es schien ihm noch viel zu früh. Trotzdem wählte er ihre Nummer, wie erwartet hob niemand ab. Er stellte sich seinen Wecker und legte sich schlafen.

Kurz nach drei Uhr wurde er durch das leise Summen geweckt. Noch halb verschlafen drückte er die Wiederholungstaste des Handys. Es erschien ihm eine Ewigkeit, bis das Rufzeichen ertönte. Doch Andrea hob nicht ab. Breitbach rief ein zweites Mal an, doch auch ohne eine Antwort zu erhalten. Er stellte die Weckzeit eine Stunde vor und versuchte wieder einzuschlafen. Doch eine innere Unruhe hatte ihn gepackt und ließ ihn nicht los. Er verfluchte sich, daß er sich nicht von Andrea ihre Adresse hatte geben lassen. Er wäre sofort zu ihr gefahren, da er Schlimmes befürchtete. Sein Gehirn begann fieberhaft zu arbeiten. Er hatte sich ihren Familiennamen nicht notiert, weil er sich nicht fortbewegen konnte, als sie mit ihm frühstückte. Nachher hatte er vergessen es zu tun. Aber er konnte sich erinnern, daß ein früherer Kollege einen ähnlichen Namen gehabt hatte. Er ging zum Telefon und wählte das Polizeipräsidium. Wagner hatte keinen Nachtdienst, Berger war immer noch krank gemeldet. „Verflucht", brüllte Breitbach recht ungehalten in den Hörer und entschuldigte sich gleich. „Ist irgendein älterer Kollege da, der mich noch kennt?" fragte er verzweifelt. Er hörte, wie es mehrfach in der Leitung knackte. Endlich meldete sich eine tiefe männliche Stimme. „Was treibt dich denn mitten in der Nacht ans Telefon?" Breitbach kam die Stimme bekannt vor, aber er wußte nicht recht, wem sie gehörte. „Hilf mir auf die Sprünge", bat er.

Der Mann am anderen Ende lachte herzhaft. „Wenn du meinen Wein vor dir hättest, wüßtest du auch, wer ich bin."

„Rebstock!" rief Breitbach erleichtert ins Telefon. Wagner oder Berger hatte den Kollegen erst vor kurzem erwähnt, ohne daß sich Breitbach an dessen Gesicht erinnern konnte. „Mensch, gut daß ich dich erwische. Ich suche dringend nach dem Namen eines Kollegen, der vor etwa fünf oder sechs Jahren geheiratet hat und sich dann hat versetzen lassen."

„Du meinst doch nicht etwa den Karmanns Heinz?"

„Genau den!" schrie Breitbach förmlich in den Hörer und erschreckte sich selbst über seinen Aufschrei in der nächtlichen Ruhe. „Genau den meine ich", wiederholte er leiser. „Rebstock, ich hab es jetzt eilig, laß uns demnächst mal wieder ein gutes Glas trinken. Ich komm zu dir in deine Straußwirtschaft."

Er hörte nicht mehr, was sein Exkollege antwortete, sondern hängte ein und wählte die Telekomauskunft. Trotz oder gerade wegen der nächtlichen Stunde dauerte es eine Ewigkeit, bis sich eine junge Dame meldete. Ich suche eine Rufnummer aus Stipshausen im Hunsrück ..."

„Und wie heißt der Teilnehmer?"

Breitbach kannte die Dienstvorschriften der Telefondamen und wußte, daß ihm jetzt nur eine Albernheit weiterhelfen konnte. „Sie müssen entschuldigen, aber ich habe ein bißchen viel getrunken und mir den Namen der Dame nicht genau gemerkt. Irgend etwas mit Karma oder Karla."

„Mit der Vorwahl von Stipshausen gibt es aber etliche Orte ...“
„Bitte“, flehte Breitbach und versuchte seiner Stimme einen leicht angeheiterten Klang zu verleihen, was ihm allerdings nach diesem Abend nicht all zu schwerfiel. „Die Dame hatte auch etwas getrunken und ich mache mir Sorgen, ob sie heil angekommen ist.“
„Ich hätte da Kaufmann, Kappel, Karbach ...“
„Karbach!“ Breitbach erinnerte sich sofort an diesen Namen.
„Andrea, mehr steht hier nicht?“
Die Dame von der Auskunft nannte ihm die Rufnummer, die auch Andrea ihm gegeben hatte.
„Und Frau Karbach wohnt nicht in Stipshausen?“ fragte er.
„Nein, die Teilnehmerin wohnt in Oberkirn...“
„Ach ja, dann hieß die Straße irgend etwas mit Stipshausen ...“
„Gasserweg!“ verbesserte ihn die Telefondame.
„Hausnummer?“
„Tut mir leid. Ich darf keine Adressenauskunft geben“, kam es aus dem Hörer und Breitbach freute sich, daß es ihm mal wieder gelungen war, jemanden zu überlisten. Ort und Straße reichten ihm vollends. „Ich brauche aber noch die Rufnummer der Polizei in Idar-Oberstein.“
Breitbach erhielt gleich zwei Nummern.
Er wählte noch einmal Andreas Nummer, aber wieder ohne Erfolg, dann rief er die Polizeiinspektion in Idar-Oberstein an. Er meldete sich schwer atmend und als erregt als ‚Klaus Anschütz in Oberkirn, Gasserweg’ und bat dringend um Hilfe. Gegenüber, bei Frau Karbach habe er Schüsse gehört.
„Welche Hausnummer hat Frau Karbach?“ wollte der Polizist wissen.
Brietbach steigerte seine gespielte Aufregung und brüllte: „Herr Gott, daß fällt mir im Moment nicht ein. Kommen Sie schnell, die Frau braucht Hilfe ...“ Er knallte den Hörer auf den Apparat. Breitbach wußte genau, welche Folgen und Kosten sein Anruf haben würde, wenn sich alles nur als Einbildung und übertriebene Angst von ihm herausstellen würde. Aber Andrea hatte ihm immerhin das Leben gerettet. Die Polizei würde jetzt erst versuchen, Andrea Karbach zu erreichen. Dann würde man sich nochmals bei diesem Anschütz vergewissern wollen, aber hierzu keine Rufnummer finden. Da aber eine Nummer Andrea Karbach existierte, dort aber nicht abgehoben wurde, würde man wahrscheinlich nicht weiter zögern. Man würde also eine Streife rausschicken. Mehr konnte Breitbach auf die Schnelle nicht tun. Er zog sich an und schnippte mit dem Finger.

Bosco reckte und schüttelte sich zuerst. Irgendwie begriff der Hund nicht, was das alles sollte. Mitten in der Nacht aufstehen, das hatte es schon Monate nicht mehr gegeben. Trotzdem trottete er seinem Herrn hinterher, immerhin hatte es heute auch einen Knochen außer der Reihe gegeben.

Draußen schneite es heftig. Selbst im Stadtgebiet blieb der Schnee liegen. Erst als er die Hunsrückhöhenstraße erreichte, begegnete ihm das erste Räumfahrzeug. Auf der Autobahn hatte man vorsorglich auch gestreut. Er entschloß sich deshalb die A 61 bis Rheinböllen zu nehmen. Auf der B 50 mußte Breitbach etwas vom Gas herunter. Hier war es teilweise recht glatt. Hoffentlich hatte ihn sein Gefühl nicht betrogen und die Kollegen in Idar-Oberstein waren umsonst nach Oberkirn gefahren. Doch noch viel mehr quälte ihn der Gedanke, sie könnten zu spät eingetroffen sein.

Kurz hinter Simmern hielt er an, um einen Blick in seine Karte zu werfen. Er entschied sich für den Umweg über Büchenbeuren, da zu befürchten war, daß die Nebenstraßen nicht geräumt und gestreut waren. Breitbach war froh, daß er dieses Jahr frühzeitig hatte die Winterreifen aufziehen lassen. Endlich erreichte er Büchenbeuren und stellte fest, daß er sich richtig entschieden hatte, denn auf der Straße nach Rhaunen lag der Schnee gute zehn Zentimeter hoch, noch schlimmer wurde es, nachdem er kurz vor Rhaunen in Richtung Oberkirn links abbog.

Im Schrittempo erreichte er Oberkirn. Er brauchte nicht lange nach dem Gasserweg zu suchen. Unmittelbar nach dem Einbiegen in die Straße entdeckte er gleich rechts vor einem unbeleuchteten Gasthof eine Gruppe von Leuten, die frierend und fröstelnd zusammenstanden und sich erregt unterhielten. Fast das gleiche Bild tat sich ihm wenige Meter weiter vor dem Gemeindehaus auf, wo auch ein Feuerwehrauto stand und einige Männer in Brandschutzkleidung mit den Neugierigen diskutierten. Sofort wurde ihm klar, daß dies für die Uhrzeit ungewöhnlich war und wieso die Leute sich hier zusammengefunden hatten. Breitbach lief eine Schauer über den Rücken. Was war mit Andrea geschehen? Er hielt an und stieg aus.

„Wenn Se de Doktor senn, komme se ze spät!“ krächzte ihm ein zahnloser Alter entgegen.

„Zu spät?!“ Breitbach hielt sich an seinem Wagen fest. Er spürte, wie ihm flau im Magen wurde. ‚Zu spät!‘ echote es in seinem Kopf.

„De Rettungswaan hot die Fra schon metgehult!“ krächzte der Alte weiter und freute sich offenbar, daß er ein Opfer gefunden hatte, dem er die Sensation in dem kleinen Dorf berichten konnte. Breitbach war es nur recht, dann brauchte er nicht lange zu fragen. Was war geschehen? Wo hatte der Rettungswagen Andrea hingebracht? Schosch schaute den Alten ungeduldig an.

„Dat weer en Sach, als lo plätzlich die Bullizai uftaucht ess un dann dat viele Bloliecht. Un dann ginge aach noch die Siren. Auwer waile senn se all wiere fort. Se komme auwer more wiere, hon se gesaat, un alles versieschelt honn se.“

Breitbach konnte sich nur zu gut vorstellen, was in einem kleinen Dorf geschah, wenn plötzlich nachts Polizeifahrzeuge auftauchten und die Sirenen gingen. Man hatte also die Wohnung versiegelt und morgen würden die Kollegen von der Kripo kommen und sich des Tatorts annehmen.

„Und Frau Karbach?“ fragte Breitbach leise.

Der Alte zog nur die Schultern hoch. „Wäß eich net, scheinba hat se noch gelebt. Wat eer wuhl passert ess? Mer hie honn neist metgriet, net wor, Hans?“ Er drehte sich zu einem der Wartenden um, der aber gerade einen Nießanfall hatte und nicht antworten konnte.

Eine korpulente Frau, die neben dem Mann stand, den der Alte mit Hans angesprochen hatte, schlug fröstelnd den Kragen ihres Mantels hoch und nickte. „Die wollt net me leve!“

„Dat war so enn hibsch Fra, Herr Doktor. Auwer se komme ze spät.“ Der zahnlose Alte wendete sich von Schosch ab und gesellte sich wieder zu den anderen.

Enttäuscht blickte ihm Schosch hinterher. Was er erfahren hatte, war nicht viel. Die Augenzeugen hatten also den Eindruck, daß Andrea noch lebte, als sie abtransportiert wurde und es machte sich offenbar schon das Gerücht breit, die junge, hübsche Frau habe nicht mehr leben wollen und einen Selbstmordversuch unternommen.

Breitbach ließ sich wieder in seinem Auto nieder, startete den Motor und fuhr langsam bis zum Ortsende. Hier hielt er neben einem Wegkreuz an und schaltete die Standheizung ein. Ihn fror, innerlich und äußerlich. Im Scheinwerferlicht entdeckte er die kleine Christusfigur am Kreuz. Er starrte sie einige Minuten an, dann schaltete er die Scheinwerfer aus, schloß die Augen, faltete die Hände und begann zu beten.

Bosco trabte mit eingezogenem Schwanz sofort in sein Körbchen als sie die Wohnung betraten. Er spürte, daß sein Herr irgendwie anders war. Die ganze Fahrt hatte er kein Wort mit dem Hund gesprochen, auch nicht beim Aussteigen oder im Treppenhaus, wo zumeist mal ein leiser Befehl kam.

Jetzt ging Breitbach als erstes ins Bad und ließ Badewasser. Er hatte das Gefühl, sich von seinen Gedanken, die ihn quälten, im Wasser befreien zu können. Hätte er die Gefahr in der sich möglicherweise auch Andrea befand, nur ernster genommen! Er machte sich große Vorwürfe. Man hatte sie also doch beobachtet, dann wußte man wahrscheinlich auch, wer er war und wo er wohnte.

Man hatte Andrea ins Diakonie-Krankenhaus nach Kirn gebracht. Er hatte vom Handy aus ein zweites Mal die Polizei in Idar-Oberstein angerufen und sich als Andreas Bruder ausgegeben. Über die Umstände und ihren Zustand wollte man ihm am Telefon nichts sagen. Also hatte er das Krankenhaus angerufen. Hier teilte man ihm nur mit, daß es keinen Zweck habe, wenn er kommen würde. Er solle nach acht Uhr anrufen, wenn der zuständige Arzt dasei. Diese Aussage hatte Breitbach insofern etwas beruhigt, als daß man den Bruder, als den er sich auch bei diesem Anruf ausgab, nicht sofort kommen ließ. Folglich bestand keine akute Lebensgefahr, hoffte er zumindest. Konnte er unter diesen Umständen jetzt auch noch Hannelore und Klaus Weber in diese Sache mit hineinziehen?

Das heiße Wasser tat gut, aber er mußte dauernd gegen die Müdigkeit ankämpfen. Nach einer Viertelstunde stieg er wieder aus der Wanne und kochte sich in der Küche einen starken Kaffee. Draußen wurde es langsam hell. Kurz vor acht Uhr versuchte er erneut sein Glück und rief im Krankenhaus an. Erst hieß es, der Arzt sei bereits im OP, dann vermutete man ihn auf der Station und schließlich kam er doch ans Telefon.

„Ich kann Ihnen am Telefon nur soviel sagen, es war knapp, aber sie wird durchkommen."

„Was ist eigentlich geschehen, die Polizei wollte mir über die Umstände keine Auskunft geben."

Doch auch der Arzt ließ sich nicht erweichen, etwas Näheres zu sagen und Breitbach war zu müde, um sich einen Trick auszudenken. Einerseits beruhigt, andererseits schwer getroffen, hängte er ein. Bevor er sich angezogen auf die Couch legte, ging er an seine ‚Asservatenkammer' in der Diele und steckte sich einiges Kleinwerkzeug ein, von dem er annahm, daß es ihm bei der Verwirklichung seines Planes heute hilfreich sein könne. Bis Weber kommen würden, hatte er noch gut zwei Stunden Zeit. Vielleicht konnte er doch noch etwas schlafen.

Boscos lautes Bellen weckte ihn. Er blickte auf die Uhr und sprang auf. Wahrscheinlich hatte Bosco das Schellen gehört. Er eilte zum Haustelefon. Tatsächlich meldete sich Weber, der im Parkverbot mit dem Wohnmobil wartete. Hastig warf sich Breitbach den Mantel über und schnappte sich die Hundeleine.

„Gott, wie sehen Sie denn aus!" entwich es Weber, dem seine Äußerung sofort peinlich war.

„Ich weiß!" Breitbach versuchte ein Lächeln. „Ich erzähle es Ihnen gleich im Wagen. Wir müssen aber am Ufer noch einmal kurz anhalten, der Hund ..."

Während Bosco durch die Büsche schlüpfte blieb Breitbach im Wohnmobil sitzen und berichtete Familie Weber, was sich in der Nacht ereignet hatte. Als er fertig war, schaute er die beiden an und meinte: „Ich bin nicht böse, wenn wir unseren heutigen Plan hiermit beenden."

Beide empörten sich spontan, jetzt nicht mehr helfen zu dürfen. Immerhin ging es nicht mehr nur um Kewes, sondern offenbar um ein weiteres unschuldiges Opfer dieses Leininger. Schosch wußte nicht, was er sagen sollte. Er drückte schweigend den beiden die Hand und rief nach Bosco.

„Ich mache Ihnen einen Vorschlag", begann Hannelore, als sie wieder gestartet waren. „Klaus und Sie gehen wie geplant zu diesem Leininger nach Idar-Oberstein und ich fahre zwischenzeitlich nach Kirn und erkundige mich im Krankenhaus nach dem Gesundheitszustand dieser Frau. Vom Alter her könnte ich doch wahrscheinlich ihre Mutter sein?" Sie schaute Breitbach an, der kurz nickte. „Vielleicht bekomme ich in einem persönlichen Gespräch mehr heraus. Ich nehme zusätzlich unser eigenes Handy mit, dann können wir uns verständigen, wenn ihr bei diesem Leininger fertig seid."

Breitbach schaute die Straße auf und ab. Niemand war zu sehen. Er drückte sich dicht an die Gartenmauer und nickte Weber zu, der daraufhin läutete. Nachdem der Türöffner bedient worden war, drückte Weber das Tor auf und lehnte es hinter sich vorsichtig an, ohne daß das Schloß einrastete. Das gleiche tat er mit der Haustür. Breitbach hatte ihm den Weg in das Arbeitszimmer von Leininger bestens beschrieben. Er klopfte leise an die halbgeöffnete Flügeltür und hörte die Fistelstimme des Hausherrn.

Mit einer leichten Verbeugung trat er ein. Leininger saß hinter dem Schreibtisch und schaute seinem Besucher etwas mürrisch entgegen.

„Was kann ich für Sie tun, wer sind Sie?"

Weber trat bis an den Schreibtisch heran und machte nochmals eine gekonnte Verbeugung der Zurückhaltung. „Sie entschuldigen, aber ein Freund von mir war neulich bei Ihnen, Herr Schmitz, ein Versicherungsagent ..."

Leininger machte eine abwehrende Handbewegung. „Ach, dieser aufdringliche Kerl, ja, ja. Und was wollen Sie jetzt von mir?"

Weber setzte gekonnt ein überhöfliches Lächeln auf. „Herr Schmitz hat mir von ihren hervorragenden Gravuren erzählt, und ich bin Sammler ..."

Schlagartig erhellte sich das Gesicht von Leininger, seine Augen begannen zu leuchten. Er griff zu den Rädern seines Rollstuhles und fuhr behend um den Schreibtisch herum, um Weber zu begrüßen.

„Sie sind Kenner, das freut mich, das freut mich außerordentlich. Wissen Sie, es gibt heute nur wenige Leute, die noch etwas von diesem Handwerk verstehen und gute Arbeit zu schätzen wissen."

Weber winkte bescheiden ab. „Kenner kann ich mich nicht unbedingt nennen, aber ich interessiere mich dafür und ich habe eine bescheidene Sammlung an Gravuren."

Leininger interessierte es offenbar nicht, welche Wertschätzung Weber Gravuren entgegenbrachte. Er war überglücklich, jemanden gefunden zu haben, der sich dafür interessierte. Und das war die Hauptsache!

Breitbach war unbemerkt hinter Weber hergeschlichen und hörte in der Diele den wortreichen Freudenausbruch von Leininger, obwohl Weber die Flügeltür hinter sich geschlossen hatte. Vorsichtig sah er sich in der Diele um. An der breiten Treppe nach oben war einen kleiner Treppenlift älteren Datums angebracht worden. Leininger konnte sich also tatsächlich ohne seinen Rollstuhl nicht fortbewegen. Breitbach stieg leise Stufe für Stufe die Treppe empor, immer in der Angst, eine der Holzstufen könnte knarren und ihn verraten. Oben, gleich am Ende des Treppenliftes, stand ein weiterer Rollstuhl. Das Polster war abgegriffen, der Chrom teilweise beschädigt. Auch im oberen Stockwerk tat sich Breitbach eine Diele auf, allerdings wesentlich kleiner als die untere. Von hier aus ging es in drei Zimmer.

Behutsam öffnete Breitbach die erste Tür. Die Rolläden waren heruntergelassen und ließen nur spärliches Licht in den Raum. Alle Möbel, bis auf einen Flügel, der mitten im Raum stand, waren mit weißen Tüchern zudeckt. Auf ihm lag eine kleine Brokatdecke mit einem goldglänzenden Bilderrahmen, aus dem Breitbach das Portrait einer jungen Frau entgegenblickte. Kein Staubkorn war auch dem schwarzen Flügel zu entdecken, woraus Breitbach die Schlußfolgerung zog, daß das Instrument noch benutzt wurde, im Gegensatz zum Rest der Einrichtung.

Er schloß die Tür wieder hinter sich und betrat den zweiten Raum, ein Schlafzimmer. Von dem großen Doppelbett war nur eine Seite bezogen. Die Möbel stammten wohl alle noch aus dem 19. Jahrhundert. Hochpoliertes rotbraunes Kirschbaumholz, massige Schranktüren und Schubladen, eine riesige Spiegelkommode. Etwas unpassend stand gleich neben der Tür ein hellgrüner Wäschekorb aus Plastik, in der Leininger offenbar seine Schmutzwäsche sammelte.

Danach inspizierte der Exkripomann den Raum hinter der dritten Tür, ein Badezimmer. Die Wände waren auf gut zwei Meter gefliest. An der Decke entdeckte Breitbach einen alten großen gelbbraunen Flecken, wohl die Erinnerung an ein undichtes Dach. Über der Wanne war nachträglich ein Badelift eingebaut worden, wie Breitbach sie aus Krankenhäusern kannte und wie sie bei Gelähmten verwendet werden.

Er schloß auch die dritte Tür leise und blieb für einen Moment enttäuscht stehen. Nichts von allem, was er suchte oder erwartet hatte, war zu entdecken. Er warf einen Blick über das Geländer hinunter und überzeugte sich durch den Vergleich mit dem unteren Stockwerk, daß es hier oben auch keinen verborgenen Raum geben konnte. Also stieg er wieder die Treppe hinab. ‚Der arme Weber', dachte Breitbach, Leininger redete und redete. Aber das war ja Absicht gewesen, Weber sollte Leininger so lange ablenken wie möglich.

Im unteren Stockwerk gab es ebenfalls drei Türen. Die Flügeltür, hinter der sich Leiningers Wohn- und Arbeitszimmer verbarg und zwei weitere, kleinere Türen. Wie Breitbach richtig vermutete, befand sich neben dem Eingang gleich die Küche. Sie war erstaunlich modern eingerichtet. Auf dem Herd standen noch zwei Töpfe mit Essensresten, die sich Leininger offenbar noch einmal aufwärmen wollte. Der Inhalt des

Kühlschranks deutete nur auf einen bescheidenen Einpersonenhaushalt hin. Ansonsten verriet die Küche auch nichts, was Breitbach weitergeholfen hätte. Also machte er sich auf den Weg zum dritten Raum, doch auch hier wurde er enttäuscht. Ein Eßzimmer mit schweren dunkelbraunen Eichenmöbeln tat sich vor ihm auf. Am Kopf war ein Platz, der so aussah, als würde er öfter benutzt. Alle anderen Stühle um den Tisch herum standen ordentlich in Reih und Glied, und nichts deutete daraufhin, daß hier in letzter Zeit mehr als eine Person gespeist hatte. Breitbach ging noch einmal in die Küche zurück und suchte nach einer Speisekammer oder einen Zugang zum Keller, wie das bei Häusern aus dieser Epoche häufig der Fall ist. Aber auch hier blieb der Erfolg aus.

In der großen Diele schaute er sich noch einmal um. Dabei sah er unter der Treppe in der Holztäfelung ein türgroßes Paneel, an dem auch ein kleiner Griff zu sehen war. Bei näherem Betrachten entdeckte Breitbach eine kleine geschnitzte Scheibe, die sich leicht zur Seite schieben ließ. An den deutlichen Schleifspuren war zu erkennen, daß diese Scheibe häufig hin- und hergeschoben worden war. Darunter verbarg sich ein auffallend modernes und schweres Türschloß. Behutsam versuchte Breitbach die Tür zu öffnen, doch sie war verschlossen. Er griff in die Innentasche seines Jacketts und zog ein kleines Etui hervor. Seit seinem Ausscheiden aus dem Kriminaldienst war er nicht mehr in Übung, trotzdem dauerte es nur wenige Sekunden, bis sich ein kaum hörbares Klicken ein zufriedenes Lächeln auf sein Gesicht zauberte. Er steckte das Werkzeug wieder ein und drückte die Tür vorsichtig auf. Kälte und Dunkel strömten ihm entgegen. Das Dämmerlicht der Diele reichte aber aus, den Lichtschalter zu finden. Eine ausgetretene Steiltreppe, die heute keiner Bauabnahme mehr standgehalten hätte, führte steil nach unten. Das elektrische Licht war hier offenbar erst später gelegt worden, denn die Kabel waren mit Schellen an der Wand befestigt und – was ihn noch mehr wunderte – der Stromkreis offenbar erst in den letzten Jahren nochmals erweitert worden.

Genau 22 Stufen zählte Breitbach bis unten. Hier fand er einen weiteren Lichtschalter, den er betätigte. Jetzt sah Breitbach, daß es auch hier drei Türen gab, von denen zwei Brandschutztüren waren. Eine dieser Türen schien relativ neu und erregte sofort Breitbachs Interesse, da auch die erst in jüngerer Zeit verlegten Kabel neben der Tür in der Wand verschwanden. Auch diese Tür war verschlossen. Also griff Breitbach wieder in seine Tasche. Diesmal benötigte er fast zwei oder drei Minuten, bis das erlösende Klicken zu hören war. Noch bevor er nach einem Lichtschalter tasten konnte, stieg ihm der typische Geruch eines Verdünnungsmittels in die Nase. Dann flammten mit leisem Surren vier große Neonröhren gleichzeitig auf. Schosch blieb wie angewurzelt stehen. Mitten im Raum stand ein großes Etwas, von einer dicken Ölplane zugedeckt, das fast den ganzen Raum einnahm. An der Wand zu seiner Rechten befanden sich mehrere Regale mit Kanistern und Dosen und an der gegenüberliegenen Seite ein großer Arbeitstisch mit einem Leuchtkasten und zwei Stühlen davor. Alle Wände und selbst die Decke waren sorgsam mit Eierpappen ausgekleidet.

Wie ‚Alice im Wunderland' betrat der Exkripomann den Raum, wohl darauf bedacht, nichts zu berühren und keine Spuren zu hinterlassen. Unter der Plane schaute eine etwa fünf Zentimeter dicke Gummimatte hervor. Er spürte, als seine Hand nach der Plane griff, wie sie vor Aufregung leicht zitterte. Die Plane war so schwer, daß er beide Hände benutzen mußte, um sie anzuheben. Zuerst kam eine schwerer Eisensockel zum Vorschein, dann Chromstangen und mehrere Kurbeln und ein Schaltkasten. Schließlich, als Schosch fast die halbe Plane angehoben und mit aller Kraft zurückgeworfen hatte, kam eine riesige Druckmaschine zum Vorschein. Breitbach hatte nicht viel Ahnung von Druckmaschinen, aber er war sich sicher, daß es sich wohl um eine Tiefdruckmaschine handelte, und daß auf ihr das Falschgeld gedruckt wurde. Rasch deckte er das Ungetüm wieder mit der Plane zu und ging langsam den Boden absuchend zwischen Tisch und Maschine in den hinteren Teil des Raumes. Nichts deutete auf Falschgeld hin. Kein einziger Schnipsel Papier, kein Abfall. Der Raum war säuberlich aufgeräumt und gekehrt worden. Dann kehrte er auf der anderen Seite zur Tür zurück. Bei den Dosen und Kanistern handelte es sich eindeutig um Farben und Farbverdünner. Er zog sein Notizbuch aus der Tasche und notierte sich einige Bezeichnungen. Dabei fiel ihm auf, daß fast alle Produkte noch aus VEB-Betrieben stammten.

Zufrieden löschte er das Licht und schloß die Tür wieder ab, was sich als schwieriger erwies als das Öffnen. Er verzichtete darauf, die beiden anderen Kellerräume zu inspizieren. Wahrscheinlich befanden sich hinter der zweiten Brandschutztür die Heizung und hinter der einfachen Holztür ein alter Vorratskeller. Das festzustellen überließ er gern seinen ehemaligen Kollegen. Ihm reichte es zu wissen, wo sich die Fälscherwerkstatt befand.

Leininger gab Weber wenig Hoffnung, daß seine Begeisterung jemals ein Ende finden würde, endlich jemanden gefunden zu haben, der sich für seine Gravurarbeiten interessierte. Immer wieder schielte Weber auf seine Armbanduhr, auch wenn er gestehen mußte, daß er wirklich sehr angetan war von Leiningers Arbeiten. Leininger kannte wirklich alle Gravurtechniken und überschüttete Weber unentwegt mit Fachbegriffen wie Grabstichel, Graviernadel, Punze, Meißel, Pantographen und Rakel. Zu Webers größtem Erstaunen erfuhr er, daß Leininger sich dem Wandel der Zeit angepaßt hatte und zuletzt sich sogar der optoelektronischen Wandeltechnik bediente, bevor er vor gut zehn Jahren durch einen schweren Autounfall an den Rollstuhl gefesselt wurde und nicht nur seine Arbeit, sondern offenbar auch sich selbst aufgab. Seither, so erfuhr Weber, lebte er zurückgezogen hier in diesem Haus, verbittert und vereinsamt.

„Herr Schmitz hat mir erzählt, Ihre besten Werke seien Ihnen gestohlen worden“, erkundigte sich Weber in der Hoffnung, mehr darüber zu erfahren. Leininger zuckte spürbar zusammen, sein Gesicht wurde maskenhaft und er ließ sich erschrocken zurück in seinen Rollstuhl fallen.

„Das hat Ihnen dieser Schwätzer auch gesagt?“ fistelte er spitz. „Darüber will ich nicht reden. Das ist vorbei. Vorbei!“ Mit einem Ruck rollte er rückwärts hinter seinen Schreibtisch wie eine Schnecke die sich in ihr Haus zurückzieht. „Gehen Sie!“ befahl er unwirsch. „Sie haben mir genug von meiner Zeit geraubt.“

Als Weber tatsächlich unverzüglich dieser Aufforderung Folge leistete und aufstand, meinte Leininger: „Sie können ja ein andermal wiederkommen. Aber sprechen Sie mich nie wieder auf mein Meisterstück an!“ Den letzten Satz schrie er fast in den Raum, soweit dies seine Fistelstimme zuließ.

In einiger Entfernung sah Weber Breitbach gegen eine Mauer gelehnt stehen und mit dem Handy telefonieren. Er blickte sich noch einmal um und glaubte zu sehen, daß sich der Vorhang hinter dem einen Parterrefenster leicht bewegte. Scheinbar hatte Leininger ihm nachgeschaut.

Breitbach war kreidebleich und starrte abwesend ins Leere als Weber ihn erreichte.

„Um Gottes Willen, Herr Breitbach“, stieß Weber erschrocken hervor. „Was ist mit Ihnen?“

„Ihre Frau ...“, begann Schosch kaum hörbar und stockte wieder.

Jetzt erschrak auch Weber. „Was ist mit meiner Frau?“

„Quatsch, es geht nicht um Ihre Frau. Aber sie war im Krankenhaus ... Andrea soll einen Suizidversuch begangen haben ...“ Er wendete sich Weber zu und griff ihn am Revers seines Mantels. „Das kann ich nicht glauben, die nicht!“

Weber versuchte Breitbach zu stützen, der ganz offensichtlich zu schwanken begann. „Kommen Sie, Sie müssen sich erst einmal setzen. Aber nicht hier. Leininger hat hinter mir hergeschaut, und man weiß nie ...“

Wortlos ließ sich Breitbach von Weber unter den Arm greifen und folgte ihm die Straße hinab.

10.

Hannelore Weber wartete bereits auf dem verabredeten Parkplatz auf die beiden Männer und hatte ein paar Brote vorbereitet. Auch Bosco hatte schon ein Häppchen abbekommen und begrüßte seinen Herrn stürmisch, als dieser von Weber geschoben in das Wohnmobil stieg.

Breitbach setzte sich erschöpft auf die Sitzbank und stützte seine Arme auf den Tisch. „Sagen Sie mir, was mit Andrea ist. Aber bitte die Wahrheit!"

Familie Weber setzte sich ihm gegenüber, und Bosco verschwand wie gewohnt unter dem Tisch.

„Man war im Krankenhaus sehr freundlich. Frau Karbach wurde also in den frühen Morgenstunden mit schweren Atenproblemen und einer Sauerstoffunterversorgung eingeliefert. Mehr wußte man über die Vorgeschichte auch nicht. Aber es geht ihr den Umständen entsprechend sehr gut und der Arzt meinte, es bestünde die berechtigte Hoffnung, daß keine Schäden zurückbleiben. Ich wollte zu ihr, aber das wurde abgelehnt."

„Andrea ist kein Mensch, der sich umbringt. Das war ein Mordversuch! Aber warum?" Breitbach schlug leicht mit der Faust auf den Tisch. „Warum, warum, warum?"

Weber warf seiner Frau einen kurzen Blick zu und deutete auf die belegten Brote, die hinter seiner Frau auf einer Platte lagen. Man mußte Breitbach auf andere Gedanken bringen. Hannelore Weber stellte die Platte auf den Tisch. „Jetzt essen Sie erst mal etwas und erzählen Sie, was Sie erlebt haben."

Tatsächlich vollzog sich in Breitbachs Gesicht eine deutliche Veränderung. Langsam, aber deutlich sichtbar, lösten sich seine Gedanken von Andrea und seine Erkenntnisse aus dem Haus Leininger gewannen Oberhand. Wie befohlen nahm er sich eine Scheibe Brot und biß hinein.

„Wir haben sie!" freute er sich kauend. „Ich habe die Fälscherwerkstatt gefunden. Unten im Keller. Eine alte Tiefdruckmaschine, aber noch toll im Schuß. Aber kein Papier, kein Schnipsel Falschgeld, aber alles sonst, was man wahrscheinlich zum Drucken braucht. Farbe, Verdünner, was weiß ich."

„Vielleicht kann ich noch etwas dazu beitragen", unterbrach ihn Weber. „Leininger beherrscht, soweit ich das beurteilen kann, auch die modernen Graviertechniken, also nicht nur das Gravieren mit Hand. Wir sollten uns vielleicht einmal ein Fachbuch darüber kaufen, um festzustellen, ob er in der Lage war, die Druckplatten herzustellen."

„Nur, er kann unmöglich in diesen Keller gegangen sein", wendete Breitbach sofort ein. „Seit der im Rollstuhl sitzt, hat er den Keller mit Sicherheit nie mehr betreten."

„Man könnte ihn hinuntergetragen haben", meinte Frau Weber nachdenklich."

„Keinesfalls!" Weber konnte sich ebensowenig wie Breitbach vorstellen, daß dieser Mann etwas mit dem Druck des Falschgeldes zu tun hatte. „Vielleicht hat er die Druckplatten hergestellt, als Künstler!"

„Aber für wen?" wollte Breitbach wissen.

Weber zwickte wissend mit den Augen. „Für niemanden. Ich habe selbst einmal als junger Mann nur deshalb eine schwierige Fuge komponiert, nur um mir zu beweisen, daß ich das konnte. Verstehen Sie?"

„Und Leininger?"

„Ich habe ihn auf sein Meisterstück angesprochen, das ihm gestohlen wurde. Er hat richtig erzürnt reagiert und sofort unser Gespräch abgebrochen. Ich soll ihn nie wieder darauf ansprechen. Was ist, wenn dieses Meisterwerk die Druckplatten waren?"

„Und man sie ihm gestohlen hat!" ergänzte Frau Weber, die durch Breitbach von dieser Geschichte Leiningers bereits wußte."

Schosch war plötzlich wieder in seinem Element. Seine Gesicht hatte an Farbe gewonnen und er rutschte aufgeregt auf seiner Bank hin und her. „Und er hat mir erzählt, er kennt den Dieb!"

Webers Zeigefinger schob auf Breitbach zu, das dieser unwillkürlich mit den Augen zuckte. „Und das ist dieser andere Hotte Leininger, den ich nachts ins Haus habe gehen sehen."

„Ja! Ich glaube, wir sind heute einen großen Schritt weitergekommen ,und ich könnte mich so richtig darüber freuen, wenn jetzt nicht Andrea Karbach im Krankenhaus läge. Wieviel Zeit haben Sie noch?"

„Sie wollen noch mal nach Kirn?" fragte Weber.

Breitbach schüttelte den Kopf. „Nein, das wird heute wenig Zweck haben. Aber ich würde mich gern noch bei der Polizei über die näheren Umstände des angeblichen Suizidversuchs erkundigen.“

„Und wir sollten uns ein Buch über Gravierkunst kaufen, vielleicht hilft uns das weiter!“

„Stop!“ rief Hannelore Weber, als ihr Mann in den Verkehrskreisel im Ortsteil Idar einfuhr, um zurück in Richtung Polizei zu fahren. „Dort drüben ist eine Buchhandlung!“ Sie deutete in die Fußgängerzone, die vor ihnen lag. Weber warf einen kurzen Blick in den Seitenspiegel und bog ruckartig ab. Vom Parkplatz aus waren es nur ein paar Meter zu Fuß. Bereits im Bürobedarfsbereich, der der Buchhandlung Schmidt räumlich vorgelagert ist, wurden die drei von einer freundlichen Verkäuferin begrüßt. Wie zu erwarten hatte man hier in Idar-Oberstein besonders bei den regionalen Themen eine reiche Auswahl.

„Suchen Sie in Bezug Gravuren mehr einen Bildband oder ein Fachbuch?“ wollte die Verkäuferin wissen.

Die drei schauten sich etwas ratlos an, dann meinte Hannelore Weber: „Wissen Sie, wir suchen ein Buch, daß uns mit Text und Bild etwas über die Großen dieser Kunst sagt und vielleicht auch ein paar Beispiele zeigt, was und wie es gemacht wurde.“

Die Verkäuferin überflog das Regal mit einem Blick und nahm zielstrebig ein recht dickes Buch heraus. „Es ist zwar nicht gerade das Preiswerteste, was ich Ihnen anbieten kann, aber vielleicht schauen Sie es sich einmal an, ob es das ist, was Sie suchen. Der Autor wohnt sogar hier in Idar-Oberstein und zählt wohl zu den bekanntesten Graveuren Europas.

Hastig griff Breitbach nach den Buch. „Das nehmen wir!“ Er deutete zur Erklärung für seine beiden Begleiter auf den Autorennamen: Horst Leininger.

„Sie kennen den Autor?“ fragte Frau Weber, während Breitbach sein Portemonnaie zog.

„Er wohnt gar nicht weit von hier. Leider hatte er vor vielen Jahren einen schweren Unfall und lebt seither sehr zurückgezogen und an den Rollstuhl gefesselt“, erklärte die Verkäuferin. „Man sagt, er sei wirklich ein ganz Großer gewesen. Schauen Sie sich das Buch einmal an, da werden Sie staunen.“

Breitbach drehte sich zu den Webers um und zwinkerte. „Glauben Sie, daß man den Mann einmal besuchen kann?“

„Tut mir leid, ich kenne ihn persönlich nicht. Man hat nur früher sehr viel von ihm erzählt ..."

„Was zum Beispiel?" Breitbach fuhr wieder seine übliche Überrumplungstaktik, die er immer noch perfekt beherrschte.

Die Verkäuferin zog etwas verlegen die Schultern hoch. „Ich weiß nichts Genaues. Seine Haushälterin, Frau Becker, wohnt in der Wilhelmsstraße. Vielleicht kann sie Ihnen einen Besuch vermitteln."

Bereits wenige Minuten später bog das Wohnmobil von Webers in die Wilhelmsstraße ein. Das Haus, in dem Frau Becker wohnte, war schnell gefunden. Man hatte verabredet, daß Breitbach allein zu Frau Becker gehen würde, während sich Webers schon einmal mit dem Buch beschäftigen wollten.

Frau Becker machte Breitbach in einer buntgeblümten Schürze die Tür auf. Sie war spindeldürr und sicherlich bereits seit einigen Jahren in Rente. „Was wollen Sie?" fragte sie mit einer Männerstimme, daß Breitbach froh war, sie zu sehen, sonst hätte er vor Gericht jeden Eid geschworen, mit einem Mann gesprochen zu haben.

„Mein Name ist Breitbach. Ich arbeite gerade an einem Buch über bekannte Menschen hier im Nahetal ..."

„Und jetzt meinen Sie, mich kennenlernen zu müssen, um über mich zu schreiben." Sie lachte laut hustend, so daß es im ganzen Hausflur hallte.

„Es geht um Herrn Leininger", erklärte Breitbach höflich.

„Ach, den verrückten Alten", wieder lachte und hustete sie. „So, und der ist so berühmt, daß sie über den schreiben wollen."

„Man hat mir gesagt, daß Sie seine Haushälterin sind."

Offenbar schien auch diese Äußerung Frau Becker derart zu amüsieren, daß sie ein weiteres Mal laut lachen mußte, dabei aber Breitbach den Weg freimachte, um in die Wohnung treten zu können. Die Wohnung war völlig überheizt, und überall stank es nach Zigarettenrauch. Frau Becker schob Breitbach durch die schmale Diele vor sich her in eine kleine Wohnküche.

„Wollen Sie einen Kaffee?" fragte sie.

„Danke, nein. Aber eine Zigarette", antwortete Breitbach in der Hoffnung, so den Gestank besser ertragen zu können und erinnerte sich sofort an jenen Abend in Hottes Zockerbude in Rheinböllen.

Frau Becker schmiß ihm eine halbvolle Schachtel Zigaretten auf den Tisch und schob ihm einen fast vollen Aschenbecher vor die Nase.

„Bei dem Alten darf nicht geraucht werden", stellte sie fest und meinte damit Leininger. „Aber die paar Stunden, die ich da bin, halte ich es auch ohne Zigaretten aus. Das ist immer Urlaub für meine Lunge!" Wieder begann das Lachen und Husten und Breitbach überlegte sich, wie wohl die Lunge der Frau aussehen mochte.

„Aber Herr Leininger ist doch an den Rollstuhl gebunden, soweit ich gehört habe. Da wird er doch öfter Hilfe brauchen."

„Der? Näää. Einmal in der Woche gehe ich hin, bring' ihm Lebensmittel, immer die gleichen und koch' ihm was für zwei Tage. Den Rest macht er selbst. Ich hol' die Wäsche mit und bringe sie ihm gebügelt wieder. In seinem Arbeitszimmer darf ich nichts anfassen, bis vor zwei Jahren durfte ich es nicht einmal betreten. Manchmal glaube ich, der ist machulle!"

Als sie Breitbachs fragenden Blick sah, lachte sie wieder laut los: „Machulle kennen Sie nicht? Mein Vater war Jude! Machulle heißt soviel wie verrückt. Und ich glaube, der Alte ist machulle." Sie zündete sich eine Zigarette an und schob das Feuerzeug zu Breitbach hin. „Aber, der hat es auch nicht leicht gehabt im Leben."

Breitbach wußte, daß er jetzt schweigen mußte und keine Fragen stellen durfte. Frau Becker war der Typ von Zeugin, die viel erzählte, viel Wahres, viel Subjektives und viel durch Gerüchte Erfundenes. Man mußte nur richtig selektieren können. So ließ er Frau Becker freien Lauf.

„Seine Eltern wohnten schon hier und waren angesehene Leut'. Ich glaub, der Vater war Diamantenhändler, steinreich. Mein Vater war auch Diamantenhändler, aber halt Jude. Er mußte '33 fliehen, Leininger nicht. Der Alte war wohl das einzige Kind und lernte bei einem Verwandten dieses Kritzeln und Krakeln. Ich hab' dafür nicht viel übrig, wissen Sie. Der ist nach dem Krieg als junger Mann durch die ganze Welt gereist. Erzählt er zumindest immer. Wird wohl auch wahr sein. Irgendwann Anfang der fünfziger Jahre starb sein Vater, den hab ich aber nicht gekannt. Der Alte verkaufte die Firma seines Vaters, weil er was anderes vorhatte, eben dieses – Sie wissen schon! Er muß wohl damals ein rechter Draufgänger gewesen sein. Auf jeden Fall hat er sich in eine junge Französin verliebt, leider war die mit einem Soldaten verheiratet. Und dann ist es halt passiert. Die junge Frau wurd' schwanger. Ich kann mich noch genau erinnern. Das war hier in Idar das Tagesgespräch als das herauskam. Ich war etwa im gleichen Alter wie die Französin. Und die wurd' mir dann von meinen Eltern immer als mahnendes Beispiel vorgehalten, nicht mit den Jungens ins Bett zu gehen!“ Sie lachte und hustete wieder, während sie in Erinnerungen kramte und es dauerte eine Weile, bis sie fortfahren konnte.

„Doch plötzlich waren die Französin und der Soldat fort. Von heut' auf gleich! Man hat sich erzählt, der Alte sei wochenlang durch Frankreich gefahren, um sein Liebchen zu suchen. Aber nix war's. Der Alte hat dann mit seiner Mutter zusammengelebt. Viele haben behauptet, wegen der unbefriedigten Liebe sei er schwul geworden. Mag sein! Er war viel unterwegs und wurd' sowas wie berühmt. Ich erinnere mich noch, daß es sogar mal Ausstellungen von ihm hier im Museum gab. Aber wie gesagt, mich interessiert das Gekritzel auf Metall, Stein oder Glas nicht. Mag ja schön sein, aber wenn man kein Geld mehr hat. Mein Vater hatte alles verloren, selbst sein Leben.“ Diesmal unterbrach sie sich ohne zu lachen und zu husten, sondern nutzte die Pause nur, um die Zigarette auszudrücken und für ein paar Sekunden ihren Gedanken nachzuhängen. Dann blickte sie wieder auf und schaute Breitbach direkt in die Augen. „Ja, und dann starb seine Mutter. Das war ... Das muß so Ende der achtziger Jahre gewesen sein. Er hat ihr jeden Tag Blumen aufs Grab gebracht, fast so wie der Modeclown da aus München, der ständig irgendwo abgebildet ist, der mit dem Hund. Sie wissen, wen ich mein'? Nur war der Alte nicht so dick und groß. Und dann kam der Unfall. Tragisch, sag ich. Es muß auf der Autobahn passiert sein. Ich hab' die Fotos in der Zeitung gesehen, schrecklich. Das der überhaupt da noch lebend rausgekommen ist, ein Wunder sag' ich.“

Sie zündete sich erneut eine Zigarette an und hielt Breitbach die Schachtel hin. Breitbach lehnte mit einem freundlichen Lächeln ab.

„Der war wohl bei den bekanntesten und besten Ärzten. Das Haus hat fast ein Jahr lang unbewohnt dagestanden. Damals hab' ich den Job übernommen, auf eine Anzeige hin. Ich weiß nicht mal, wer die aufgegeben hat. Den Schlüssel bekam ich aus irgendeiner Klinik in der Schweiz zugeschickt, wo sich der Alte gerade aufhielt. Gott, sah das damals aus in dem Haus. Eines Tages, als ich wieder lüften gehen wollte, saß er da, hinter dem Schreibtisch, im Rollstuhl. Er hat mich gehaßt, weil er glaubte, ich hätt' in seinen Sachen rumgestöbert.“

„Und, haben Sie?“ fragte Breitbach blitzschnell.

Frau Becker nutzte die Zwischenfrage, um wieder in lautes Lachen auszubrechen, diesmal jedoch ohne den üblichen Hustenanfall. „Klar, so ein bißchen neugierig ist man ja. Aber ich hab' nichts mitgehen lassen!" betonte sie sofort. „Ich vergreif' mich nicht an anderer Leute Sachen, so wie der Junior."

„Der Junior?"

Frau Becker blickte Breitbach erstaunt an. „Ach, das wissen Sie gar nicht?" Sie überlegte kurz, wie sie beginnen sollte und tippte dabei mehrfach mit ihrer Zigarette auf den Rand des Aschenbechers. „Das war kurze Zeit, nachdem der Alte wieder hier war. Eines Tages stand ein Mann vor der Tür und behauptete, der Sohn vom Alten zu sein. Der Alte ist fast ausgeflippt. Er war super stolz auf seinen Sohn. Aber der war ganz anders als der Vater. Ich hatte das Gefühl, der ist nur gekommen, um den Alten auszunehmen wie eine Weihnachtsgans. Nächtelang war der weg. Machte auf feinen Pinkel. Der Alte war aber blind vor Liebe. Er ließ sogar einen Architekten kommen, der das Haus umbauen sollte, damit der Sohn dort eine eigene Wohnung gehabt hätt' und vieles mehr. Aber das Ganze hielt nur ein paar Jahre.

Eines Tages, als ich mit drei großen Tüten Lebensmittel das Haus betrat, stand der Alte mit seinem Rollstuhl hinter der Eingangstür. Er wartete auf mich und war außer sich vor Wut. Wissen sie, wenn so ein kleines Männchen mit dieser hellen Stimme ..."

Die Vorstellung, Leininger mit seiner Fistelstimme im Rollstuhl sitzend und ihm gegenüber die große und dürre Frau Becker mit ihrem Männerbaß, brachte Breitbach zum Lachen. Er entschuldigte sich mit einer kurzen Handbewegung, was Frau Becker sofort veranlaßte, fortzufahren.

„Also er schrie und tobte. Er riß mir die Tüten aus der Hand und schleuderte alles in der Gegend herum. Ich habe eine Stunde gebraucht, um alles wieder aufzuräumen und zu wischen. ‚Nie wieder betritt der mein Haus!' hat er geschrien, und ‚Nie wieder will ich diesen Namen hören!'"

„Welchen Namen?" erkundigte sich Breitbach und hielt den Atem an.

„Der Junior nannte sich ‚Hotte' Leininger. Hotte! Verstehen Sie, nicht Horst! Seither hat er auch das Haus seines Vaters nicht mehr betreten. Außerdem hat der Alte sofort alle Schlösser ausgetauscht. Aus dieser blinden Liebe war blinder Haß geworden, verstehen Sie?"

Klaus Webers Augen leuchteten und Hannelore hatte vor Freude und Eifer rote Backen bekommen, als sie hörten, was Schosch zu berichten wußte. Weber rieb sich die Hände. „Toll, Herr Breitbach, wir schaffen es!"

Dessen war sich seit wenigen Minuten der Hauptkommissar a. D. auch sicher. Langsam konnte er ein Puzzleteil an das andere fügen. Doch im Moment des Erfolges drückten ihn die Sorgen um Andrea um so mehr. Er mußte schnellstmöglich erfahren, was sich gestern nacht in Oberkirn abgespielt hatte.

„Fahren Sie mich zur Polizeiinspektion in der Hauptstraße", bat er Weber, der sich sofort hinter das Lenkrad klemmte und losfuhr.

„Ich werde dort auch allein hingehen", meinte Breitbach, als sie einen Parkplatz gefunden hatten. „Es ist besser so. Ich weiß noch nicht, welche Rolle ich spielen werde, um möglichst viel zu erfahren. Ich muß erst die Atmosphäre schnuppern."

In der Inspektion saßen drei jüngere Beamte, die gerade dabei waren, eine Landkarte zu studieren.

„So geht es mir auch!" begrüßte Breitbach die Beamten, als er den Raum betrat. „Ich suche diesen Ort Oberkirn, gehört der zu Ihrer Inspektion oder nach Kirn?" fragte er scheinheilig.

Einer der drei Beamten richtete sich von der Karte auf, über die er sich gebeugt hatte und grinste. „Bis heute nacht hätte ich Ihnen auch nicht auf Anhieb genau sagen können, wo das liegt."

Jetzt wußte Breitbach, welche Rolle am geschicktesten für seine Recherchen war. Er streckte dem Beamten freundlich lächelnd die Hand entgegen: „Alfred Schmidt, Allianz-Versicherung. Dann waren Sie gestern bei dieser Frau Karbach, Andrea Karbach?"

„Richtig", antwortete der Polizist und deutete höflich auf einen Stuhl. „Das war ein merkwürdiger Einsatz. Wir waren mit dem Wagen unterwegs und wurden per Funk über einem Schuß informiert. Als wir hinkamen, war weit und breit nichts zu sehen, das Haus rundherum stockfinster. Wir sind dann vorsichtig ums Haus herumgegangen, dabei haben wir im Garten den Flüssiggastank entdeckt. Und da es überall nach Gas roch, kam uns der Verdacht, es könne jemand im Haus hilflos daliegen, denn Flüssiggas verdrängt den Sauerstoff und man erstickt. Mein Kollege hat sofort ein Fenster eingeschlagen und ist rein, während ich über Funk die Feuerwehr und vorsichtshalber die Rettung gerufen habe. Nicht auszudenken, wenn wir vorm Eintreten geläutet hätten. Flüssiggas ist hochexplosiv. Mein Kollege fand dann die Frau. Sie lag auf dem Boden. Wir haben sie sofort an die frische Luft getragen, sie atmete kaum noch." Er blickte Breitbach neugierig an. „Was wollen Sie von der Frau?"

Breitbach hatte auf dem Stuhl Platz genommen und tat so, als suche er etwas in der Innentasche seines Jacketts. „Einiges! Schade, ich habe wohl mein Notizbuch im Auto liegen lassen. Einmal geht es um die Sachbeschädigungen, die ihr hinterlassen habt, Scheibe und so und dann hat die Frau eine Lebensversicherung, die natürlich beim Freitod verfällt. Nun soll ich feststellen, ob hier möglicherweise ein Unfall vorgetäuscht werden sollte, also ein geplanter Versicherungsbetrug vorliegt."

Der Beamte zog sich einen Stuhl heran und meinte: „Also, wie ich das einschätze war das eindeutig ein Selbstmordversuch. Die Frau ist geschieden, hat vor einiger Zeit ihr Kind verloren und lebt seither sehr zurückgezogen. Die hatte genügend Gründe, am Leben zu verzweifeln. Allerdings gibt es zwei Merkwürdigkeiten, die aber mit dem Selbstmordversuch wahrscheinlich wenig zu tun haben."

Breitbach zog die Augenbrauen hoch. „Haben Sie ein Stück Papier, damit ich mir Notizen machen kann?"

Einer der beiden anderen Polizisten riß ihm von einem Block zwei Blätter ab und reichte sie ihm mit einem Kugelschreiber, während sein Gegenüber in seinem Bericht fortfuhr.

„Dieser merkwürdige Anruf wegen des Schusses und ... Den Anrufer konnten wir bisher nicht ermitteln."

„Und zweitens?" forschte Breitbach nach.

„Es hat hier in der Nacht kräftig geschneit. Als wir ankamen, führten zwei Fußspuren zum Haus und eine zurück. Aber damit beschäftigen sich die Kollegen von der Kripo. Die untersuchen auch, ob es nicht doch einen Schuß gegeben hat. Vielleicht sollten Sie sich einmal mit denen in Verbindung setzen. Ich gebe Ihnen gerne die Rufnummer."

„Die Fußspuren, waren das nur flache Schuhe oder ..."

Breitbach wurde sofort unterbrochen. „Nee, das waren zum Haus eindeutig eine Frau mit hochhackigen Schuhen und große Männerschuhe. Zurück zur Straße ist nur der Mann gegangen. Die Nachbarn meinte, die Frau sei fast jeden Abend weggegangen. Wahrscheinlich ist sie mit einem Kerl zurückgekommen. Vielleicht hat sie auch Krach mit dem gekriegt oder er hat Schluß gemacht und sie hat deshalb... Der hat vielleicht auch die Polizei angerufen. Da gibt es mehrere Möglichkeiten."

„Auch die, daß der Mann einen Selbstmord vortäuschen wollte und dann Gewissensbisse bekommen hat ..." warf Breitbach ein. „So, dann zeigen Sie mir mal, wo dieses Oberkirn liegt!"

Breitbach wurde nicht nur von seinem Hund, sondern auch von Familie Weber aufgeregt empfangen. Sie hatten inzwischen in dem Buch geblättert und an zwei Stellen Lesezeichen hineingelegt.

„Schauen Sie!“ Herr Weber nahm das erste Lesezeichen heraus, deutete auf eine Textstellen und las vor: „Anfang der sechziger Jahre war der erste Auftrag von Giesecke & Devrient mein ganzer Stolz ...“ Weber drehte sich zu Breitbach um. „Sie wissen, wer Giesecke & Devrient ist?“

Natürlich kannte Breitbach das Unternehmen. Giesecke & Devrient ist eine der wenigen deutschen Wertpapierdruckereien, die auch Geldscheine drucken. Weber zog das zweite Lesezeichen heraus und hielt das Buch Breitbach vor die Nase. „Lesen Sie selbst!“

Breitbach überflog den Text bis zu der Zeile, auf der Webers Zeigefinger ruhte. ‚Zu den schwierigsten Gravurarbeiten, gleich welcher Technik man sich bedient, gehört heute noch die Herstellung von Druckplatten für den Tiefdruck von Wertpapieren. Deshalb habe ich mich ein Leben lang damit beschäftigt. Der Mehrfarbendruck und die äußerste Präzision ist eine der größten Herausforderungen für Graveur und Drucker. Auch wenn im Laufe der Zeit die moderne Technik die Arbeit hieran wesentlich erleichtert hat, so sind doch auch die Anforderungen an fälschungssichere Dokumente, wie Aktien und Geldscheine erheblich gewachsen‘.

Es war für Breitbach völlig klar, Horst Leininger hatte die Druckplatten für die Falsifikate hergestellt und Hotte, sein Sohn, brachte sie in den Umlauf. Die einzige Frage war nur, wer von beiden war für den Druck verantwortlich. Diese Frage würde sehr schnell beantwortet sein, wenn man feststellen konnte, ob der Haß zwischen Vater und Sohn echt war oder nur Mittel zum Zweck.

Weber hatte wie selbstverständlich den Weg in Richtung Kirn eingeschlagen. Er wußte, daß Breitbach sich sonst in Koblenz sofort wieder in seinen Wagen setzen würde, um hierher zurückzufahren und sich über Andrea Karbachs Zustand zu informieren. Als Breitbach dies merkte, fiel ihm ein Satz ein, der ihm in den letzten Tagen mehrmals durch den Kopf gegangen war: Schön ist es, einen Freund zu haben.

Weber fuhr auf den unteren Parkplatz des Diakonie Krankenhauses. Vor ihnen im Hang lag das große Gebäude. Breitbach reichte Weber das Handy. „Ich hoffe, Sie können so gut lügen, wie Sie schauspielern können?“

Weber wußte mit der Frage nichts anzufangen.

„Rufen Sie im Krankenhaus an und lassen Sie sich den diensthabenden Arzt von Frau Karbachs Station geben. Melden Sie sich einfach mit Polizeipräsidium und Weber. Fragen Sie, ob Ihr Kollege Mertens schon da ist und lassen Sie ihm dringend ausrichten, er möge die Soko anrufen."

Mit geschlossenen Augen prägte sich Weber seine Aufgabe ein, dann drückte er die Wähltaste, da Breitbach die Nummer bereits eingetippt hatte.

Kaum hatte sich Breitbach als ‚Hauptkommissar Mertens' vorgestellt, übermittelte ihm der Arzt auch die fingierte Nachricht von Weber. Breitbach bedankte sich, damit war seine Vorstellung und Legitimation bereits erledigt.

„Es gibt da am Tatort verschiedene Ungereimtheiten, weswegen ich ein paar Auskünfte benötige." Diesmal zog er wirklich sein Notizbuch hervor und schaute den Arzt an. „Gibt es irgendeinen Hinweis darauf, daß eine zweite Person an dem versuchten Selbstmord oder Mord beteiligt gewesen sein könnte. Ich meine, könnte es zum Beispiel eine handgreifliche Auseinandersetzung an dem Abend gegeben haben, die Spuren hinterlassen hat."

„Nein! Wir haben nur eine starke Sauerstoffunterversorgung und Kohlenwasserstoffgas in der Lunge festgestellt, was zum Erstickungstod geführt hätte." Die Antwort war ebenso klar, wie enttäuschend für Breitbach.

Trotzdem wollte er so schnell nicht aufgeben. „Gibt es sonst etwas, was wir noch nicht in unseren Protokollen haben? Auf gut deutsch, hatte Frau Karbach kurz vorher zum Beispiel Geschlechtsverkehr oder größere Mengen Alkohol getrunken?"

„Auch das muß ich verneinen, bis auf eine Kleinigkeit, die aber bei Suizidversuchen eigentlich typisch ist."

Breitbach horchte auf. „Und die wäre...?"

„Frau Karbach hat ein Schlafmittel zu sich genommen, bevor sie den Gashahn aufgedreht hat."

„Und was ist daran typisch?"

„Die meisten Selbstmörder sind feige, vor allem, wenn die Tat geplant ist und betäuben sich vorher mit Alkohol."

Breitbach zog die Stirn in Falten. „Sie sagen, es ist typisch, und im gleichen Atemzug sprechen Sie von einer Kleinigkeit, die ihnen offenbar aufgefallen ist."

Der Arzt verzog das Gesicht, als wisse er selbst nicht so recht, warum er den Satz so formuliert hatte. „Wissen Sie, ich bin kein Psychologe. Aber man hat so seine Erfahrung. Wer ein Schlafmittel nimmt, um sich umzubringen, der nimmt eine Überdosis. Vor allem Frauen schlucken ganze Röhrchen und mehr. Ich habe noch nie jemanden erlebt, der ein Schlafmittel in relativ harmloser Dosis nimmt und sich dann auf andere Art und Weise umbringt. Also entweder eine Überdosis an Schlafmittel oder Gas. Denn das Gas wirkt schneller. Und so viel früher kann die Patientin das Schlafmittel nicht genommen haben, denn sie ist noch kurz vorher Auto gefahren. Das haben mir Ihre Kollegen bestätigt."

Breitbach machte sich wieder ein paar Notizen. Dann schaute er auf die Uhr. „Kann ich die Patientin kurz sprechen?"

„Sie liegt noch auf einem Intensivzimmer, ihre Beatmung mußte bis eben noch etwas unterstützt werden. Morgen vielleicht, heute nicht. Rufen Sie mich an."

„Aber sehen darf ich sie wohl, oder?" Breitbach wußte, daß Hartnäckigkeit meist zum Ziel führte und er behielt recht. Der Arzt begleitete ihn in das Zimmer von Andrea. Breitbach mußte unwillkürlich an Scherer denken. Hier sah alles Gott sei Dank viel harmloser aus. Sie hing noch an einem Tropf, und um ihren Mund herum waren leichte Spuren der Beatmungsmaske zu erkennen.

Gerade wollte er sich zum Gehen umdrehen, als Andrea die Augen leicht öffnete. Breitbach blieb stehen und sah ein müdes Lächeln um ihren Mund. Ihre Lippen bewegten sich. Noch bevor der Arzt eingreifen konnte, war Schosch Breitbach mit einem Schritt dicht neben ihr und beugte sich über sie. Kaum hörbar und schwer kamen ihr zwei Worte über die Lippen, aber Breitbach verstand sie und wußte, was sie bedeuteten. Und das ließ sein Herz höher schlagen.

„Schön..., Faust..."

Gern hätte Breitbach noch Familie Weber zum Essen eingeladen, aber Hannelore hatte nachmittags noch Reitunterricht und ihr Mann am Abend Chorproben. So blieb ihm nur die Möglichkeit, in eines seiner geliebten Altstadtlokale zu gehen oder zu Hause zu bleiben. Er entschied sich schweren Herzens für letzteres, obwohl er gern Menschen um sich gehabt hätte. Aber seine Freunde würden ihn mit Fragen überhäufen und er bekäme keine Zeit zum Nachdenken. Und Nachdenken schien ihm im Moment wichtiger als Gesellschaft um sich herum zu haben. Auch Bosco schien die Entscheidung recht zu sein, denn er verzog sich sogleich in sein Körbchen als sie die Wohnung betraten. Ein Blick in den Kühlschrank sagte ihm, daß es kein fürstliches Abendessen geben würde. Zum Glück fand er im Tiefkühlfach noch eine selbstgemachte Linsensuppe, die er sich auftaute. Als wenig später ein leicht säuerlicher Linsengeruch um seine Nase streifte, wußte er, daß er richtig entschieden hatte. Er stieg in den Keller hinab und suchte sich eine passende Flasche Wein dazu. Gutes Essen und ein guter Tropfen waren sein Leben lang eine gute Voraussetzung für gute Ideen gewesen. Und er fühlte, daß der heutige Abend ihm dazu Chancen bot. Im spärlichen Kellerlicht suchte er sein kleines Weinregal ab. Dabei fiel zufällig sein Blick auf eine Flasche ‚Alkener Burgberg', Spätburgunder Rosé, trocken. Im gleichen Moment tauchte vor seinen Augen ein Gesicht auf und er erkannte seinen Exkollegen. ‚Rebstock' hatte ihm die Flasche zu seiner Pensionierung geschenkt. Sie stammte aus dessen eigenen Weinberg. Jetzt wußte er auch endlich wieder, wer ‚Rebstock' war. Er sah deutlich das freundlich lächelnde Gesicht vor sich, daß ihn früher immer ein wenig an Räuber Hotzenplotz erinnert hatte, lebhafte Augen, markantes Profil und ein voller Bart. Er nahm die Flasche und stieg wieder in seine Wohnung hinauf, wo die dampfende Suppe bereits auf ihn wartete.

„Auf dein Wohl und werde bald wieder gesund!" sagte er laut und seine Gedanken weilten wieder bei Andrea. Er würde sie morgen auf jeden Fall abermals aufsuchen. Dann erhob er zum zweiten Mal das Glas. „Auf, das alles gut wird!" Und in diesen Wunsch schloß er auch Kewes und Lehn ein, die wahrscheinlich inständig darauf hofften, bald wieder nach Pfaffendorf zurückkehren zu können. Der Wein funkelte kräftig rot, obwohl er sich Rosé nannte und schmeckte köstlich. Er erinnerte sich, daß Rebstock ihm einmal erklärt hatte, warum er ihn als Rosé anbieten mußte, bekam aber die Hintergründe nicht mehr zusammen. Aber immerhin war sein Exkollege einer der wenigen Moselwinzer, der Rotwein anbaute und diesen auch wie Rotwein behandelte und bearbeitete, was die meisten Winzer nicht begriffen hatten und ihre Rotweine folglich wie Weißweine schmeckten.

Nach dem Essen zog er sich in seinen Sessel zurück und versuchte sich zu konzentrieren. Die Informationen, die er in den letzten Stunden gesammelt hatte, mußten noch aufeinander abgestimmt werden. Hotte war also der uneheliche Sohn von Horst Leininger. Seine

Mutter war Französin, vielleicht kam daher der Name Godard. Hotte war Godard, daran bestand kein Zweifel. Horst Leininger hatte die Französin Anfang der fünfziger geschwängert, Godard war 1953 geboren. Er war mit etwa 18 Jahren statt zum Militär ins Ausland gegangen, Jugoslawien hatte Wagner ihm gesagt. Etwa 1990 war er in Idar-Oberstein aufgetaucht, allerdings als ‚Hotte' Leininger. Was hatte er in der Zwischenzeit gemacht, und wie kam er an einen deutschen Paß, den er zweifelsohne haben mußte? Schosch hatte die Kfz-Nummer des alten Golfs und würde morgen die Zulassungsstelle anrufen, um sich zu erkundigen, auf wen der Wagen zugelassen war.

Der alte Leininger hatte die Druckplatten graviert, auch hier bestand für Breitbach kein Zweifel mehr. Aber wer druckte das Geld? War es nur der Spleen des Alten, seine Kunst unter die Leute zu bringen und sich im Rollstuhl sitzend immer noch zu beweisen, daß er der Beste war? Auf keinen Fall waren ihm die Druckplatten gestohlen worden, wenn es sich um sein Meisterwerk handelte, von dem er immer sprach.

Schließlich blieb noch die Frage, wer hatte zu welchem Zweck die Einzelfalsifikate entlang der deutschen Grenze gestreut, an die auch Kewes geraten war, die ihn ins Gefängnis gebracht hatten, und was war in Rheinböllen wirklich geschehen?

Es läutete an der Haustür. Bosco, der neben seinem Herrn lag, gab ein mißmutiges ‚Wuff' von sich, erhob sich dann aber schwanzwedelnd. Erwartungsvoll trabte er hinter seinem Herrn her, der sich über das Haustelefon meldete.

„Machen Sie bitte auf, Polizei!“

Breitbach wollte gerade schon den Türöffner betätigen, als ihm blitzartig bewußt wurde, daß er die Stimme kannte. „Wer spricht da?“

„Breitbach, machen Sie sofort auf!“ Der Mann lispelte stark und zweifelsfrei gehörte die Stimme dem Mann mit der Tätowierung, den er in Ravengiersburg und in Rheinböllen bei Hotte getroffen hatte. Seine Stimme klang wütend.

„Ich bin im Moment nicht allein!“ antwortete Breitbach und strich unwillkürlich Bosco über sein Fell. „Ein anderes Mal gern, aber jetzt nicht!“ Er wunderte sich, wie selbstsicher seine Stimme klang, obwohl ihm die Knie reichlich weich wurden. Wer wußte, wen der Mann alles mitgebracht hatte, den Schwitzer oder Charly, die ‚Faust'? Hotte hatte ihn also entlarvt und sein Rollkommando geschickt.

Merkwürdig, unten reagierte niemand. Breitbach überlegte bereits, ob er zum Telefon eilen und seine Exkollegen um Hilfe rufen sollte.

Er griff statt dessen zum Handy, das in seiner Manteltasche steckte und löschte sowohl in der Diele als auch im Wohnzimmer das Licht. Bosco folgte ihm gespannt. Vorsichtig trat er ans Fenster und versuchte, einen Blick nach unten zu werfen. Die Rheinstraße war um diese Zeit menschenleer. Millimeter um Millimeter wagte er sich weiter ans Fenster heran. Plötzlich entdeckte er, daß sich im schräg gegenüberliegenden Schaufenster zwei Gestalten spiegelten, die sich ihm abgewandt unterhielten. Das Straßenlicht reichte nicht aus, um die Personen erkennen zu können. Aber er war sich sicher, daß es Hottes Leute waren. Dann trennten sich die beiden Gestalten. Die eine verschwand aus dem Spiegelbild, die andere wechselte auf die gegenüberliegende Straßenseite und verschwand in einer Hausnische.

„Bosco, es wird brenzlig!“ flüsterte Breitbach und spürte eine dünne Schweißschicht auf seiner Stirn. Es war in jedem Fall Eile geboten. „Geh in dein Körbchen!“ befahl er leise, streifte die Schuhe an und schlich auf Zehenspitzen in sein Schlafzimmer. Je schneller er jetzt war, desto größer waren seine Chancen. Er riß oben vom Kleiderschrank eine Reisetasche herunter, der eine leichte Staubwolke folgte und ihn fast zum Niesen veranlaßt hätte. Dann öffnete er den Kleiderschrank und warf ein paar Wäschestücke hinein. Wieder auf Zehenspitzen eilte er ins Bad, nicht ohne an der Wohnungstür einen Moment zu lauschen. Aber Bosco hätte angeschlagen, wenn jemand den Flur heraufgekommen wäre. Im Bad raffte er das Notwendigste zusammen und stopfte alles in die Reisetasche. Vor seiner Asservatenkammer, dem Wandschrank in der Diele, blieb er kurz stehen und überlegte. Dann nahm er auch hier einige Dinge heraus, die er allerdings sorgsam in die Reisetasche legte.

„Komm!“ befahl er seinem Hund und griff nach seinem Mantel. An der Tür lauschte er vorsichtshalber noch einmal, dann öffnete er sie einen Spalt. Im Flur war es dunkel. „Bei Fuß!“ flüsterte er Bosco zu, der sich mit erhobenem Schwanz an das Knie seines Herrn drückte. Merkwürdig, daß Hunde instinktiv wissen, wie sie sich zu verhalten haben, wenn die ‚Chemie' zwischen Mensch und Tier stimmt, dachte Breitbach zufrieden und zog vorsichtig die Tür hinter sich ins Schloß.

Er tastete sich langsam der Wand entlang die Treppe hinunter bis in den Keller. Die Hintertür war immer abgeschlossen, aber der Schlüssel hing an einem Nagel. Breitbach hatte ihn schnell gefunden und steckte ihn leise ins Schloß. Vorsichtig schob er mit dem Knie Bosco ins Freie. Bosco würde sofort reagieren, wenn sich draußen jemand aufhielt. Doch Bosco blieb abwartend vor der Tür stehen und Schosch konnte die Augen seines Hundes erkennen, die auf ihn gerichtet waren. Also war die Luft rein. Er schob sich durch den Türspalt und trat in den Garten. Er hatte schon oft die Nachbarskinder beobachtet, wie sie durch eine Öffnung im Zaun von einem Grundstück auf das andere gelangt waren, um ihre Freunde zu besuchen. Diese Öffnung suchte Breitbach jetzt.

Als er sie gefunden hatte, zwängte er sich hindurch, was für einen Erwachsenen nicht ganz leicht war. Aber Schosch war gut trainiert. Er wußte, daß ein Grundstück weiter eine Tordurchfahrt war, die meist offenstand, also mußte er noch eine Mauer überwinden, was mit dem Hund wesentlich schwieriger war. Erst setzte er die Tasche auf die Mauer, dann hob er Bosco hoch, der sich nur widerwillig auf die Mauer heben ließ und plötzlich das Gefühl hatte, sein Herrchen wolle mit ihm spielen und jedesmal an den Händen schnupperte, wenn diese nach einem Halt suchten. Erst ein deutliches „Aus!" verhalf dem Exkripomann, über die Mauer zu klettern, um dann wieder Reisetasche und Hund herunterzuholen. Der Rest war ein Kinderspiel.

Das Tor stand wie erwartet offen, und Breitbach warf einen vorsichtigen Blick auf die Seitenstraße. Es war nichts Verdächtiges zu sehen. Schnellen Schrittes, eng an der Häuserwand der Kastorpfaffenstraße entlang, eilte er in Richtung Burgstraße. Immer wieder blickte er sich um. Bosco trabte dicht bei Fuß neben ihm her. Ihm schien der unerwartete abendliche Ausflug zu gefallen, zumal sie sich seinem geliebten Ziel, dem Weinhaus ‚Hubertus' näherte.

Um diese Uhrzeit waren nur noch wenige Gäste in dem Weinlokal. Frau Feller, die an diesem Abend für Frau Coratti eingesprungen war, machte bereits ihre Abrechnung und Frau Baur wartete darauf, die Wünsche der letzten Gäste noch erfüllen zu können.

„Wollen Sie verreisen?" fragte sie mit einem Blick auf die Reisetasche. „Wenn Sie verheiratet wären, würde ich Sie um diese Uhrzeit fragen: Sind Sie zu Hause rausgeworfen worden?" Sie lachte vergnügt und beugte sich zu Bosco hinunter, um ihn zu begrüßen.

Breitbach nahm am leeren Stammtisch Platz und atmete erst einmal richtig durch. Ein Glück, daß er heute abend zu Hause geblieben war. Nicht auszudenken, wenn er ahnungslos in eine Falle gelaufen wäre.

„Och, guck an! Wen haben wir denn da so spät?" begrüßte ihn Spahl, als er aus der Küche kommend hinter der Theke auftauchte.

„Bring mir eine Drei und einen Zettel mit!" rief er dem Wirt zu und deutete ihm an, sich zu ihn zu setzen. Nachdem Spahl das Weinglas vor ihn gestellt und sich neben ihn gesetzt hatte, beugte er sich zu ihm hinüber. „Paß auf, Dieter! Ich muß verschwinden, bin aber kurz vor dem Ziel. Wenn jemand nach mir fragt, den du nicht kennst: Du weißt von nichts! Sag aber den anderen, und das gilt auch für dich, wenn ich mich bis übermorgen abend nicht bei einem von euch gemeldet habe, dann ruft Wagner im Präsidium an."

Schosch machte ein paar Notizen auf dem Zettel und schob ihn Spahl hin. „Gib ihm den Zettel und sage ihm, er soll sich zusätzlich mit dem Klaus Weber und seiner Frau in Verbindung setzen. Hast du verstanden?"

Spahl steckte den Zettel ein und nickte. „Mach keine Dummheiten, Schosch. Es reicht, wenn der Kewes in Gefahr ist."

„Ich weiß was ich mache", versicherte Schosch. „Sei so lieb, bestell 'mir jetzt ein Taxi!"

Auf der Fahrt nach Mainz war Breitbach ebenso wie Bosco im Taxi eingeschlafen. Im Gegensatz zu Bosco schnarchte Schosch nicht, dafür zuckte er ab und zu zusammen. Er träumte von einer Verfolgungsjagd über Zäune und Mauern. Mal war er der Jäger, mal der Gejagte. Aber Bosco war immer neben ihm und mußte über alles hinweggehoben werden, was im Weg stand. Erst als das Taxi vor dem angegebenen Ziel, dem Hotel ‚Holiday-Inn' am Fuße des Lerchenbergs, anhielt, wachte er auf. Auch Bosco richtete sich erstaunt auf und begann zu jaulen.

Breitbach bezahlte und machte sich mit seinem Hund auf den Weg zur Rezeption. Um diese Zeit war es am Wahrscheinlichsten in diesem Hotel noch ein Zimmer zu bekommen. Breitbachs Vermutungen wurden von dem müde dreinschauenden jungen Mann an der Rezeption bestätigt. Nachdem er die Anmeldung ausgefüllt hatte, wurde ihm der Zimmerschlüssel überreicht. Wenige Minuten später lag Breitbach im Bett und fiel in den wohlverdienten Schlaf, der ihm nach den anstrengenden letzten Stunden zustand. Bosco lag neben seinem Bett und genoß es, so dicht bei seinem Herrn schlafen zu dürfen.

Am nächsten Morgen fuhr Breitbach als erstes mit dem Taxi in die Stadt und holte seinen Astra wieder ab. Den Wagen kannte keiner von Hottes Leuten, und das erschien ihm nach der vergangenen Nacht lebenswichtig. Während des etwas späten Frühstücks im Hotel hatte er sich genau überlegt, was er die nächsten 24 Stunden machen würde. Er hatte genug Puzzleteile zusammen, um zum Angriff zu blasen. Vorsorglich hatte er drei Telefonnummern, die das Handy als ‚letzte angerufene Nummer' speicherte, angerufen und somit für ein schnelles Wählen vorgesorgt.

Sein erster Besuch galt Andrea Karbach. Der Stationsarzt erkannte Breitbach sofort wieder und gestattete ‚dem Herrn Hauptkommissar Mertens', einige Minuten Frau Karbach vernehmen zu dürfen.

Andrea Karbach war noch sehr schwach, wie Breitbach sofort erkannte, als er an das Krankenbett trat. Sie war inzwischen in ein Zweibettzimmer verlegt worden, lag aber allein, was Breitbach sehr angenehm war. Andreas Augen strahlten, als sie ihn erblickte.

„Reden Sie nicht zu viel, das strengt an!" lächelte Breitbach, als sie nach seiner Hand griff und etwas sagen wollte. Breitbach schaute sich zur Tür um, ob diese geschlossen und er allein im Raum war. Dann meinte er: „Ich bin als Hauptkommissar Mertens hier und darf Sie ein paar Minuten vernehmen." Dabei blinzelte er ihr zu und sie nickte.

„Ich habe mir da etwas zusammengereimt und Sie nicken einfach, wenn ich recht habe und schütteln den Kopf, wenn etwas nicht stimmt, einverstanden?"

Gehorsam nickte Andrea wortlos und drückte Breitbachs Hand so fest wie es ihre wenigen Kräfte zuließen.

„Hotte hat Sie beobachtet oder beobachten lassen?"

Andrea Karbach schüttelte leicht den Kopf.

„Nein?" fragte Breitbach erstaunt, denn mit diesem Kopfschütteln schien seine ganze Theorie zu zerfallen.

„Aber die Gasvergiftung war doch kein Selbstmordversuch?"

Wieder schüttelte sie den Kopf.

„Es war Charly, die ‚Faust'!?"

„Aber warum, wenn Hotte nichts von uns wußte?"

Andrea löste ihre Hand aus der seinen und deutete ihm an, sich näher zu ihr herunterzubeugen. Als Schosch dicht mit seinem Ohr an ihrem Mund war flüsterte sie kurzatmig: „Ich habe … ein Gespräch mitbekommen … Man will Sie… ausschalten, hält Sie … für gefährlich und hat … ‚Faust' beauftragt …"

Da Breitbach wußte, welche Mühe ihr das Sprechen bereitete, fiel er ihr hastig ins Wort. „Ich weiß, weiter!"

Andrea schluckte und holte tief Luft. „Ich habe heimlich vom Club … aus telefoniert. Hotte hat die Wahlwiederholung … Hatte ich vergessen …!“

Breitbach richtete sich auf. „Und da ist die ‚Faust' hinter Ihnen her und hat den Hahn aufgedreht?“

Andrea nickte. „Vorher“, stieß sie hervor, „da an der Bar … Schlafmittel im Sekt …“

Jetzt war Breitbach alles klar. Also war man ihm irgendwie auf die Spur gekommen. Als Andrea ihn warnen wollte, hatte man ihr heimlich Schlafmittel verabreicht. Die ‚Faust' war ihr gefolgt und hatte, als sie eingeschlafen war, den Gashahn aufgedreht.“

Er spürte wieder Andreas Hand in der seinen, und sie drückte diese fest. Im gleichen Moment hörte Breitbach ein Geräusch hinter sich. Der Stationsarzt stand in der Tür.

„Ich glaube, für heute sollten Sie Schluß machen!“

Noch bevor Breitbach seinen Astra wieder startete, wählte er Wagners Nummer im Koblenzer Präsidium. Er meldete sich mit ‚Hauptkommissar Mertens', worauf Wagner anfing zu lachen. Doch Breitbachs weiteren Worte ließen ihn zunächst aufhorchen und schließlich sogar wütend werden.

„Hören Sie mir gut zu, Herr Kollege, und notieren Sie sich: Im Diakonie-Krankenhaus in Kirn liegt eine gewisse Andrea Karbach. Ich kann beweisen, daß ihr Selbstmordversuch ein Mordversuch war. Stellen Sie sicher, daß die Frau umgehend rund um die Uhr bewacht wird. Aber nicht von so einem Greenhorn wie in Simmern. Wenn was schiefgeht, reiße ich Ihnen persönlich den Arsch auf!“ Breitbach drückte schnell die Trenntaste, um Wagner keine Chance zu geben, eine Frage zu stellen, und er wußte selbst nicht, warum er sich so in Rage befand.

Sein nächstes Ziel war wieder Idar-Oberstein und Horst Leininger. Morgens war die größte Chance, Hotte nicht über den Weg zu laufen, falls dieser bei seinem Vater auftauchte. Wer sich bis früh in die Morgenstunden in Clubs und Zockerstuben aufhält, schläft in der Regel lang.

11.

Horst Leininger war sehr erstaunt, den Versicherungsagenten Alfred Schmitz wiederzusehen. Aber immerhin hatte dieser ihm einen angenehmen Gesprächspartner und Interessenten an seiner Gravierkunst geschickt. Trotzdem zeigte er sich zunächst recht rauhbeinig gegenüber seinem Besuch.

„Was wollen Sie noch?" fistelte er ihm entgegen. „Ich habe Ihnen doch gesagt, hier gibt es nichts zu versichern!"

„Auch nicht das schöne alte Stück unten im Keller?" fragte Breitbach unerwartet laut in den Raum.

Als Leininger mit dem Rollstuhl etwas zurückfuhr um die Schreibtischschublade zu öffnen, herrschte Breitbach ihn an. „Lassen Sie die Pistole ruhig in der Schublade. Mein Name ist Georg Breitbach, Hauptkommissar Breitbach!"

Das hagere und blasse Gesicht von Leininger wurde noch schmaler und blasser. „Was wollen Sie von mir?"

Ohne eingeladen zu sein, schob sich Breitbach einen Sessel bis dicht vor den Schreibtisch und setzte sich dem komischen Kauz im Rollstuhl gegenüber. „Leininger, wir sollten aufräumen. Ich habe ihr Buch gelesen, Sie waren ein ganz großer Ihrer Zunft. Was soll ein krimineller Abgang? Das ist Ihrer doch nicht würdig."

„Krimineller Abgang?" rief Leininger aus und seine Hände begannen wie Espenlaub zu zittern. „Was hat das Schwein mir wieder angetan, was! Sagen Sie es mir!" Leiningers zitternde Hand griff an seine Brust, und Breitbach sprang erschrocken auf. Mit dieser Reaktion hatte er nicht gerechnet.

„Herr Leininger, was ist?!" rief Schosch Breitbach und beeilte sich um hinter den Schreibtisch zu kommen. Doch Leininger streckte den Arm aus, so daß Breitbach nicht an ihn heran konnte. „Lassen Sie nur!" stöhnte Leininger. „Erzählen Sie, erzählen Sie bitte!"

Breitbach erblickte auf einem kleinen Tisch hinter dem Schreibtisch eine Flasche Cognac und ein paar Gläser. Ohne Leininger aus den

Augen zu lassen, öffnete er die Flasche und füllte ein Glas. Als er es Leininger reichte, bedankte dieser sich sogar und kippte es mit einem Schluck hinunter.

„Sie gestatten?!“ Breitbach öffnete die Schublade, nahm die Pistole heraus und steckte sie sich in den Gürtel, nachdem er sich überzeugt hatte, daß das Magazin voll und die Waffe gesichert war. Sicher ist sicher, dachte er und nahm wieder in dem Sessel gegenüber von Leininger Platz. Der hatte sich wieder etwas erholt, trotzdem zitterten seine Hände immer noch. „Sagen Sie mir die Wahrheit, die volle Wahrheit!“ stöhnte er.

„Erst werde ich ein paar Fragen stellen. Und da sagen sie mir die volle Wahrheit!“ antwortete Breitbach und wartete, bis Leininger zustimmend genickt hatte.

„Also, wozu dient diese Tiefdruckmaschine da unten im Keller?“

Leininger lehnte sich tief in seinen Rollstuhl hinein und richtete seine Augen gegen die Decke. „Wenn Sie eines meiner Bücher gelesen haben, dann wissen Sie, daß ich wirklich ein Künstler war. Aber ein ehrlicher Künstler. Vielleicht war ich in meinem Leben leichtsinnig, oft leichtsinnig, aber immer ehrlich!“ Er griff sich wieder an seine Brust als wenn er mit der Hand seinen Herzschlag erfühlen wollte und lauschte für kurze Zeit in sein Inneres. Dann fuhr er leise fort.

„Ich war, wovon Sie sich selbst überzeugen konnten, auch ein Fälscher, aber eben ein ehrlicher Fälscher. Ich habe die bekanntesten Kupferstecher kopiert und nachgeahmt, Dürer, Schongauer, Merian und die ganze Palette der englischen Meister. Aber ich habe sie immer als Gravuren von Horst Leininger, nach den Vorlagen großer Meister, ausgestellt und verkauft. Glauben Sie mir, es ist kein Größenwahn, aber meine Kopien waren besser! Später habe ich viele Wertpapieraufträge gehabt, schwierigste Dinge, auch von einer Münchner Firma ...“

„Giesecke & Devrient!“

„Ja, ... und mein größter Traum war es immer den Hundertmarkschein zu machen. Aber diesen Auftrag habe ich nicht erhalten. Also ... Habe ich ihn mir selbst gemacht. Wissen Sie, wie lange ich daran gearbeitet habe?“ Er blickte Breitbach an und sah, daß der alte Mann feuchte Augen hatte. „Ein Meisterwerk! Nur ... Es wollte mir natürlich keiner einen Abdruck davon machen. Verstehen Sie. Ich konnte das Meisterwerk nie in seiner Vollendung sehen.“

Er unterbrach sich und Breitbach konnte beobachten, wie sich sein Gegenüber in die Vergangenheit hineinträumte. Die Augen wurden ganz schmal, das Zittern der Hände ließ nach und von Herzschlag zu Herzschlag tauchte die Vergangenheit vor seinen Augen auf.

„Eines Tages war ich wieder in München. Ich hatte die Vorlage für eine Aktie geschaffen. Da erfuhr ich von dem damaligen Abteilungsleiter, daß eine ausgediente kleine Tiefdruckmaschine verkauft werden sollte. Ich war kein armer Mann, und das gute Stück war den Preis auch wert. Also kaufte ich die Maschine, ließ sie hier im Keller aufbauen und mich einweisen. Dann kam der große Tag."

Leininger öffnete wieder seine Augen und sie leuchteten wie die eines Kindes vor dem Weihnachtsbaum. „Genau um 14 Uhr 23 an einem Freitag hielt ich den ersten Bogen meines Meisterwerkes in den Händen. Ich war stolz, ich war glücklich. Ich war der Größte!"

Er machte wieder eine Pause und genoß noch einmal seinen Stolz und sein Glück in vollen Zügen. Dann verließ langsam das Lächeln sein Gesicht, und die leichte Rötung schwand aus seiner Haut.

„Nur einen Schönheitsfehler hatte mein Werk, ich hatte kein Originalpapier." Er nickte eine Weile zur eigenen Bestätigung vor sich hin. Dann richtete er sich in seinem Rollstuhl wieder auf und blickte Breitbach an.

„Ist damit Ihre Frage beantwortet?"

„Was ist aus den Druckplatten geworden?" fragte Breitbach. Seine Stimme war nach dem gerade Erlebten wesentlich umgänglicher und persönlicher geworden. Ihm war schlagartig klar, daß ihm gegenüber kein Täter, sondern höchstens ein Opfer saß. Ein Opfer wie Kewes und vielleicht viele andere.

„Die Druckplatten ..." Leiningers Gesicht wurde noch blasser und Breitbach beobachtete, wie auch wieder seine Hände zu zittern begannen. Das Thema nahm Leininger ganz offensichtlich enorm mit. „Die Druckplatten mit insgesamt drei Drucken lagen immer dort in diesem Schrank, gehütet wie die Kronjuwelen von England. Alles andere hatte ich sorgfältig vernichtet. Dann tauchte dieser Kerl hier auf, dessen Name nie mehr über meine Lippen kommen wird."

„Ihr Sohn ...?"

„Mein ... Dieser Verbrecher. Ich schmiedete Zukunftspläne. Mein Leben hatte wieder einen Sinn bekommen. Er erzählte mir von seinem armseligen Leben, das er bisher geführt habe und ich wollte alles wiedergutmachen. Ein halbes Vermögen habe ich ihm geschenkt. Voll Stolz habe ich ihm natürlich auch mein Lebenswerk gezeigt, nachdem wir uns nach fast vierzig Jahren zum ersten Mal begegneten. Und schließlich auch mein Meisterstück! Er schien genauso angetan von allem wie ich. Doch dann ...? Er kam immer seltener, ich hatte Angst ihn wieder zu verlieren, verstehen Sie? Eines Tages kam er wieder und tat geheimnisvoll. Ich glaubte ihm, als er mir sagte, er könne mir echtes Banknotenpapier beschaffen. Er habe Kontakte in die DDR. Er brauche nur eine Unterschrift. Er legte mir Papiere vor, wahrscheinlich waren es russische Papiere. Sie waren auf jeden Fall in Kyrillisch geschrieben. Ich konnte sie nicht lesen. Dann legte er mir eine Unterschriftskopie vor, die ich darunter fälschen sollte. Zunächst wollte ich nicht. Aber die Vorstellung, mein Meisterwerk endlich so zu erleben, als habe ich selbst den deutschen Hundertmarkschein gemacht, wie es ihn in allen Bankhäusern der Welt gibt, das brannte in meiner Seele. Und ich habe unterschrieben, die Unterschrift gefälscht. Ja, ich gebe es zu! Vielleicht hatte ich auch die Hoffnung, meinen Sohn wieder mehr für mich zu haben. Ich tat es für mich und für uns."

Leininger atmete schwer. Seine Augen waren auf Breitbach gerichtet, aber sie sahen ihn nicht, durchdrangen ihn und verloren sich in der Unendlichkeit.

„Eines Tages hörte ich ein merkwürdiges Geräusch im Haus. Es hämmerte und klopfte. Es kam aus dem Keller. Dann war es wieder tagelang still. Er beruhigte mich und behauptete, er habe nur etwas am Heizungskamin repariert. Dann war da plötzlich ein Dröhnen, ein Vibrieren. Zuerst wußte ich nicht, was es war und woher es kam. Ich bat meinen ... Diesen Kerl nachzuschauen, aber er grinste nur. Ich hatte doch nie das Laufen der Druckmaschine hier oben gehört, weil ich sie nur einmal selbst da unten hatte laufen lassen. Aber als ich dieses Grinsen sah, da ahnte ich etwas. Ich ging an den Schrank und ... Die Druckplatten waren nicht mehr da, meine drei Drucke verschwunden. Drei Tage und drei Nächte hindurch hat es gedröhnt und gebrummt, und dieses Schwein ist hier nicht mehr aufgetaucht. Ich hätte damals die Polizei rufen sollen, aber ich hatte Angst. Ich hatte doch diese Unterschrift gefälscht. Ich schämte mich. Ich, der berühmte Horst Leininger, ein Fälscher?!"

„Was geschah danach?" forschte Breitbach weiter.

Sein Gegenüber war wieder in dem Rollstuhl zusammengesunken. Keine glänzenden Augen mehr, kein Stolz und kein Glück war mehr in diesem Menschen zu spüren. Die Gegenwart hatte ihn wieder.

„Plötzlich stand er vor mir und sagte: ‚Das sind wahre Hunderter, besser als die sogenannten Echten! Ich habe ihm den Bogen aus der

Hand gerissen. In tausend Stücke habe ich ihn zerrissen. Ich habe geschrien, ihn verflucht und rausgeschmissen." Leininger legte eine Pause ein. Seine Augen bekamen plötzlich noch einmal einen leichten Glanz. Gespannt wartete Breitbach das Ergebnis dieser Veränderung ab. Es mußte noch eine Pointe kommen.

„Fast einen halben Tag habe ich gebraucht, um die Treppe zum Keller hinunter und wieder hinauf zu kommen. Auf allen Vieren und unter großen Schmerzen. Aber ich habe die Tür zugeschlossen, aus der Fälscherwerkstatt einen ‚Sarg' gemacht. Ich habe den Schlüssel vernichtet! Und alle Schlösser im Haus austauschen lassen. Seither hat dieser Verbrecher mein Haus nie mehr betreten."

„Sind Sie sich da ganz sicher?" fragte Breitbach leise und beobachtete die Reaktion von Leininger. Doch der zuckte nicht einmal mit der Wimper, sondern wiederholte nur: „Ganz sicher!"

Breitbach öffnete wortlos seine Reisetasche und zog die Ledermappe hervor, in dem sich in einer Plastikfolie das Falsifikat befand, auf dem Hottes Fingerabdrücke waren. Er reichte es Leininger, der sofort neugierig auf den Schein starrte.

„Nicht herausnehmen, nur anschauen!" meinte Breitbach und übergab Leininger den Schein.

Der entnahm seiner Schreibtischschublade eine Fadenlupe und rollte, gefolgt von Breitbach, zum Fenster hin. Dort betrachtete er schweigend den Schein. Immer und immer wieder suchte er das kleine Stück Papier mit der Lupe ab. Nach knapp zwei Minuten ließ er die Arme sinken.

„Wo haben Sie diese Fälschung her?"

„Wieso Fälschung?" wollte Breitbach wissen.

„Ist das ein Schein von denen, die seit einiger Zeit auftauchen?"

„Woher wissen Sie das?"

Mit einem Ruck drehte Horst Leininger seinen Rollstuhl um und blickte Breitbach grimmig an.

„Ich lese Zeitungen, ich sehe fern! Und ich flehe Sie an: Fassen Sie dieses Schwein, und knallen Sie ihn ab! Oder bringen Sie ihn mir her, dann tue ich es. Er hat es verdient!"

Als Breitbach wieder in seinen Astra stieg, fiel ihm auf, daß er noch immer die Pistole von Leininger im Gürtel stecken hatte. Vielleicht war es auch besser so, dachte er, sonst würde sich Leininger zu allem Übel damit noch tiefer ins Unglück stürzen. Bosco bestürmte sofort seinen Herrn und versuchte vom Rücksitz nach vorne zu klettern, was Schosch aber mit sanfter Gewalt verhinderte. Es dauerte ein Weile, bis Bosco sich beruhigt hatte und einsah, daß alles einmal ein Ende haben mußte.

Auf zwei Dinge konnte er sich keinen Reim machen. Weber hatte Hotte hier ins Haus gehen sehen. Leininger, dem er versuchte zu glauben, bestritt dies aber. Und – Leininger behauptete, er habe seinen Sohn hinausgeworfen und aus der Fälscherwerkstatt einen ‚Sarg' gemacht. Also ging Leininger bisher davon aus, daß das Geld noch in seinem Keller lag. Jetzt hatte ihm Breitbach aber durch das Vorlegen des Falsifikates bewiesen, daß dies nicht stimmte. Leininger wußte also, daß inzwischen Falschgeld aus seinem Keller in der Öffentlichkeit aufgetaucht war.

Unter einem plötzlichen inneren Zwang stieg Breitbach wieder aus seinem Wagen und rannte zurück zu dem Haus von Leininger. Bosco schaute ihm enttäuscht hinterher. Er hatte gehofft, seinen Herrn begleiten zu dürfen.

Breitbach läutete, aber niemand öffnete. Kurzerhand kletterte Breitbach über das Gitter und hastete die Stufen hinauf. Die Haustür stand weit offen und in einiger Entfernung, am Ende der Hauswand, Leiningers Rollstuhl. Leer. Schosch eilte zur Hausecke. Vom Rollstuhl führte eine deutliche Schleifspur an der Rückwand des Hauses entlang hinter einen Busch. Breitbach konnte gerade eben noch zwei Beine sehen, die sich langsam mehr und mehr hinter den Busch bewegten und Schleifspuren hinterließen.

„Herr Leininger!" rief Breitbach und eilte dem alten Mann zu Hilfe, der dabei war zu versuchen, bäuchlings zum anderen rückwärtigen Hausende zu robben. Leininger, völlig verdreckt und von Schnee durchnäßt, drehte sich um.

„Helfen Sie mir!" stieß er hervor. „Dahinten ..." Er deutete um die Ecke des Hauses zum Hang hin. „Ich brauche Gewißheit ..."

„Was wollen Sie wissen?" fragte Breitbach und versuchte Leininger auf die Beine zu helfen, was aber nicht möglich war, da Leininger ab dem ersten Brustwirbel abwärts gelähmt war und keine Kraft hatte. Breitbach ging zu dem Rollstuhl zurück und trug ihn etwas umständlich bis zu dem Busch. Mit vereinten Kräften gelang es, daß sich Leininger wieder in seinen Rollstuhl hieven konnte. Mit großem Kraftaufwand schob Breitbach den Rollstuhl bis zu der Stelle, an der Leininger den Stuhl wieder mit eigener Kraft bewegen konnte.

„Was wollten Sie dahinten?“ schnaubte der Exkripomann, dem auch die Luft vom schweren Schieben des Rollstuhls durch den hohen Schnee ausgegangen war.

„Unten ... Unten war früher eine Tür ... Nach dem Krieg haben wir die zugemacht ... Schauen, ob ...“ Weiter kam er nicht, aber Breitbach hatte begriffen. Er stapfte durch den Schnee am Busch vorbei und arbeitete sich durch nacktes, schneebeladenes Geäst zur hinteren Hausecke vor. Es folgte ein steiler Hang, den Breitbach mehr oder weniger rutschend nehmen mußte. Er landete auf einem kleinen Vorplatz und vor einer fast neuen verzinkten Tür. Man konnte noch deutlich sehen, daß hier einmal die Erdoberfläche anders verlaufen war. Durch das Freilegen der ehemaligen Wandöffnung waren erst der Steilhang, den Breitbach überwunden hatte und der kleine Vorplatz entstanden. Schosch überlegte, wieso er die Tür von innen her nicht entdeckt hatte. Er erinnerte sich an die Wandverkleidung mit den Eierpappen. Wahrscheinlich hatte er durch die Regelmäßigkeit der Quadrate den Zugang zur Tür nicht wahrgenommen. Er hatte auch mit keinem zweiten Ausgang gerechnet.

Auf diesem Wege hatte also Hotte seinen gutgläubigen Vater ausgetrickst. Von dem kleinen Vorplatz aus schien ein schmaler Trampelpfad zurück zur Vorderseite des Hauses zu führen, der aber jetzt völlig zugeschneit war. Mühsam folgte Breitbach diesem Weg. Der Schnee reichte ihm durch die Verwehungen fast bis an die Knie. So kam er wieder an das Gartentor und sah Leininger mit dem Rücken zu sich gewandt, ihn immer noch von der Rückseite des Hauses her erwartend.

„Hallo!“ rief Breitbach und Leininger drehte seinen Rollstuhl erschrocken herum.

„Wo kommen Sie denn jetzt her?“ fragte er erstaunt.

Breitbach ging nachdenklich die Stufen zur Ebene vor dem Hauseingang empor. Jetzt war ihm klar, wohin Hotte gegangen war, als Weber ihn beobachtet hatte und auch, warum Leininger mit Recht annehmen mußte, aus der Fälscherwerkstatt einen Sarg geschaffen zu haben.

„Ich muß mich bei Ihnen entschuldigen!“ murmelte Breitbach als er wieder vor dem Rollstuhl angelangt war. „Ich habe Sie grundlos verdächtigt. Wo finde ich Ihren Sohn?“

„Hat er ...?“ begann Leininger, beendete aber sogleich seine Frage, als er sah, daß Breitbach nickte. „Ich weiß nicht, wo er wohnt, ich weiß es wirklich nicht!“ schwor Leininger und legte seine Hand auf die Stelle, wo sich sein Herz befand.

„Darf ich von Ihnen aus einmal telefonieren.“

Leininger hatte ihn in seinem Büro allein gelassen, was Breitbach zu schätzen wußte, wenn er an die Erzählung von Frau Becker dachte. Er überlegte, wie er am schnellsten Hottes Adresse herausbekommen konnte. Diesmal entschied er sich dafür, nicht die Telekomauskunft anzurufen, sondern rief die Kfz.-Zulassungsstelle an, die unter bestimmten Umständen nicht so zurückhaltend mit ihren Adreßdaten war. Passend zum vorgetäuschten Anrufer versuchte er es in einem rheinischen Dialekt.

„Hier is de Colonia-Versicherung in Kölle, juten Tach. Mein Name ist Schmitz, juter rheinischer Volksadel. Kann mer sich leicht merken!" Er lachte herzhaft. „Isch hann da su ne merkwürdische Fall jekrischt. Wenn se mer da bitte en bißche hälfe täten. Et jeht da um nen Versischerungsfall, wissense. Da bräucht isch mal den Halter und sin Anschrift. Könne mer dat sozusaachen off dem kleine Dienstwäch maache, so unner uns?

Er nannte dem Sachbearbeiter Hottes Zulassungsnummer und hatten nach knapp einer Minute die vollständige Anschrift. Er notierte sich diese und warf einen Blick auf seine Uhr. Spahl würde noch nicht im Lokal sein, Gniffke war sicherlich unterwegs. Die Telefonnummern von Wingen, Rosenbaum und Dommermuth hatte er weder im Kopf noch fand er sie in Kewes Handy gespeichert. Er nutzte also eine seiner vorprogrammierten Nummern und rief Weber an. Zu seiner Enttäuschung meldete sich nur der Anrufbeantworter. Trotzdem sprach er die Adresse von Hotte Leininger drauf. Dann ging er zurück auf den Flur.

„Wo ist das?" fragte er Leininger, der zusammengesunken in seinem Rollstuhl saß und vor sich hinstarrte.

„Ist das seine Adresse?" wollte Leininger wissen.

Schosch nickte.

„Das ist praktisch gegenüber auf der anderen Hangseite. Da wohnt dieser Verbrecher?!"

Breitbach beugte sich zu dem Gelähmten hinunter und stützte sich dabei auf die beiden Armlehnen des Rollstuhls. „Versprechen Sie mir eines? Sie schließen jetzt hinter mir die Haustür ab und öffnen die nächsten vierundzwanzig Stunden niemandem. Auch nicht Frau Becker, selbst nicht, wenn jemand behauptet, ich sei es. Haben Sie das verstanden. Versprechen Sie mir das?"

Breitbach konnte dem Blick von Leininger kaum standhalten. Es war eine Mischung aus Verzweiflung, Rache und Dankbarkeit. Er spürte wie eine zitternde Hand nach seinem linken Handgelenk griff. „Tun Sie es!“ zischte Leininger. „Ich verspreche es Ihnen!“

Das Haus war ein Bungalow, im Hang gelegen und Breitbach hätte wetten können, daß man von einem Fenster des Hauses auch das Haus des Vaters sehen konnte. Er fuhr langsam an dem Grundstück vorbei und entdeckte in dem halb geöffneten Garagentor auch sofort den Jaguar, von dem Andrea erzählt hatte. Oben auf dem Berg wendete Schosch seinen Astra und fuhr ebenso langsam wieder bergab an dem Haus vorbei. Er überlegte, was zu machen sei. Er brauchte Beweise, die zumindest vorübergehend zu einer Festnahme von Hotte führten. Das andere mußten dann seine Exkollegen erledigen.

Breitbach haßte es, wenn er nicht genügend Zeit hatte, sich einen Plan zurechtzulegen. Aber wann hatte er als Kriminaler schon einmal dazu Zeit gehabt. Meist verlangte der Alltag eines Kripobeamten Spontanentscheidungen. Nur er war schon in Pension. Er gab sich einen Ruck und trat aufs Gas. Erst mußte er einmal feststellen, ob Hotte überhaupt zu Hause war. Er fuhr ins Tal auf einen Parkplatz und wählte wieder die von Kewes gespeicherte Telefonnummer Hottes. Diesmal meldete sich Hotte gleich selbst. Befriedigt drückte Breitbach sofort die Trenntaste. Hotte war also zu Hause. Sollte er Wagner verständigen?

„Was meinst du?“ fragte er Bosco und schaute in den Rückspiegel.

Bosco erhob sich von seiner Decke und gab durch lautes Winseln zu verstehen, daß er unbedingt einmal den Wagen verlassen wollte. Also entschloß sich Breitbach, einen kurzen Spaziergang mit dem Hund zu machen. Vielleicht half ihm die Kälte draußen auch, auf gute Ideen zu kommen.

Bosco rannte sofort quer über den Parkplatz und suchte sich ein stilles Örtchen. Sein Herrchen hatte ihn heute reichlich vernachlässigt und sein Druck war außerordentlich. Breitbach schaute kopfschüttelnd hinter seinem Hund her, der frechdreist mangels eines Baumes an die Reifen eines BMW pinkelte.

Breitbach ging langsam auf den Hund zu und überlegte immer noch, wie er jetzt vorgehen solle. Hotte würde heute wahrscheinlich wie an jedem Abend zu einem seiner Clubs fahren und dort spielen. Er wußte zwar, daß sein neuer Kunde Schmitz ein gewisser Herr Breitbach aus Koblenz war, ahnte wahrscheinlich auch die Zusammenhänge mit Kewes, aber wußte wohl kaum, daß Breitbach ein ehemaliger Kriminalhauptkommissar war. Sonst hätten sich seine Handlanger gestern abend anders verhalten.

Breitbach pfiff seinen Hund zurück und schlenderte wieder zu seinem Astra. Für ihn hatte sich das Puzzle heute fast vervollständigt. Godard war nach Jugoslawien ausgewandert, hatte wahrscheinlich im Laufe der Jahre im Ostblock bestimmte Kontakte aufgebaut. So unter anderem auch zu der Papierfabrik in der DDR, die ihm dann mit der gefälschten Unterschrift irgend einer östlichen Behörde den Zugriff auf echtes Banknotenpapier verschafft hatte. Wie Hotte das Falschgeld in echtes Geld umtauschen wollte, interessierte Breitbach nicht, höchstens, warum man es Kewes zugespielt hatte und er dadurch im Gefängnis landete. Er würde in Idar-Oberstein warten und sich dann vor Hottes Haus postieren, um ihn zu verfolgen, wohin er diesen Abend fahren würde. Alles Weitere mußte er dem Zufall überlassen.

Er setzte sich in seinen Astra, der leider über keine Standheizung verfügte, ließ die Sitzlehne etwas nach hinten runter, deckte sich mit seinem Mantel zu und beschloß, ein wenig zu schlafen. Enttäuscht über den kurzen Ausflug zog sich Bosco auf seine Decke auf dem Rücksitz zurück.

Kurz nach neun verließ Hotte mit einer jungen Frau das Haus. Sie bestiegen den Jaguar, dann ging alles recht schnell. Fast geräuschlos wendete Hotte den Wagen vor der Garage, dessen Tor sich automatisch schloß und lenkte ihn in einem eleganten Bogen auf die Straße.

Breitbach startete seinen Astra und folgte dem Jaguar. Es hatte den Anschein, als wolle Hotte in Richtung Stipshausen fahren. Aber bereits nach zwei Kilometern hinter Idar-Oberstein hatte Schosch den wesentlich schnelleren Wagen aus den Augen verloren. Enttäuscht hielt er auf einem kleinen Waldweg an und überlegte, was er machen konnte. Hotte war bisher immer mit diesem alten Golf aufgetaucht und Schosch war sich sicher, daß er auch an diesem Abend wieder seinen alten Golf benutzen würde. Andrea hatte betont, daß Hotte besonderen Wert auf dieses Understatement legte. Also mußte es irgendwo eine Tauschstation geben, wo Hotte in den Golf umstieg. Plötzlich kam Breitbach eine teuflische Idee.

Er fuhr beschwingt nach Idar-Oberstein zurück. Hotte würde kaum vor zwei oder drei Uhr zurückkehren. Trotzdem sagte er sich, je früher, um so besser. Obwohl Bosco unbedingt mitgehen wollte, redete Schosch seinem Hund gut zu und versprach ihm für den nächsten Tag einen ganz großen Knochen. Bei diesem Wort spitzte Bosco die Ohren und legte sich brav auf seine Decke auf dem Rücksitz. Der Hauptkommissar a. D. kramte aus seiner Reisetasche ein kleines Etui und die kleine Ledermappe mit dem Falsifikat, das er vorsichtig in die Innentasche seiner Jacke schob. Dann machte er sich auf den Weg zu Hottes Haus.

Weder an der Tür noch an der Klingeltafel war ein Name angebracht. Breitbach ging an dem Grundstück vorbei und schaute sich die Nachbarhäuser an. Dann ging er zurück, blickte sich noch einmal um und verschwand in der unbeleuchteten Eingangsnische des Hauses.

Er war sich sicher, daß das Haus über keine externe Alarmanlage verfügte. Ein Auslösen würde entweder einen Sicherheitsdienst oder die Polizei herbeirufen. Und an beidem konnte Hotte nicht gelegen sein.

Es dauerte in der Dunkelheit eine Weile, bis er das Schloß geöffnet hatte. Leise schloß er die Tür wieder hinter sich und lauschte. Irgendwo war das typische dumpfe Ticken einer Standuhr zu hören. Er wartete, bis sich die Augen an die Dunkelheit gewöhnt hatten, dann folgte er auf den Zehenspitzen dem Ticken, immer darauf bedacht, nichts zu berühren. Zum Glück hatten die meisten Türen Glaseinsatz, so daß er wenigstens Umrisse erkennen konnte. Alles schien sehr feudal eingerichtet zu sein. Er spürte einen dicken Teppich unter seinen Schuhen und erkannte im Vorbeigehen an der Wand ein Bild von Marc Chagall. Er war sich sicher, daß es echt war, so wie er Hotte einschätzte.

Das Wohnzimmer, in dem er tatsächlich die Standuhr vorfand, war trotz der Dunkelheit relativ hell, denn zum Tal hin zog sich fast über die ganze Wandbreite eine Fenster-Tür-Kombination, hinter der sich offenbar eine Terrasse oder ein Balkon befand auf dem Schnee lag, der das Mondlicht der klaren Nacht reflektierte. Breitbach blickte sich lange in dem Raum um. Dann endlich entschloß er sich für den alten Barockschrank, dessen wulstigen Füße knapp zehn Zentimeter hoch waren. Breitbach kniete sich vor dem Schrank nieder und zog die kleine Ledermappe aus seiner Innentasche. Er öffnete vorsichtig die Klarsichthülle und ließ den falschen Hunderter vorsichtig bis über die Hälfte hinausrutschen. Dann zog er den Schein mit den Fingernägeln vollends heraus und ließ ihn mit einem kleinen Schwung aus dem Handgelenk unter den Schwank gleiten. Dann legte er sich flach vor den Schrank und pustete noch leicht hinterher. Er war sich sicher, daß man den Schein so schnell nicht entdecken würde, wenn man nicht ausdrücklich nach ihm suchte. Mühsam erhob er sich wieder, sein

Genick und sein Rücken schmerzten wieder sehr. Er hatte sich nach dem Schlag in Sohren zu wenig auskuriert und gleichzeitig zu viel zugemutet.

Während er sich aufzurichtete, hörte er ein leises gleichmäßiges Geräusch. Er hielt inne und lauschte. Das Geräusch kam aus dem Schrank. Er zog sein Taschentuch und öffnete langsam die Schranktür. Tatsächlich wurde das Geräusch dabei lauter und aus dem Inneren des Schrankes leuchteten ihm zwei kleine grüne und ein rotes Lämpchen entgegen. Als er die Tür weit geöffnet hatte und einen Schritt zur Seite getreten war, um das reflektierte Mondlicht hineinfallen zu lassen, entdeckte er einen Fernseher und darauf einen Videorecorder. Doch das Geräusch kam aus Richtung des noch verschlossenen Türflügels. Also öffnete er auch noch diesen Teil der Tür und entdeckte einen zweiten Videorecorder. Er erkannte sofort, daß es sich hierbei um das Aufzeichnungsgerät einer Überwachungsanlage handelte. Breitbach stieß einen leisen Fluch aus und blickte sich instinktiv um, konnte aber keine Kamera entdecken. Kurz entschlossen tastete er mit dem Taschentuch das Gerät ab und drückte alle Knöpfe, die er zu fühlen bekam. Bereits beim Drücken des vierten Knopfes stoppte das Band, das leise Geräusch verstummte. Breitbach tastete und drückte weiter, bis er das Ausfädeln des Bandes vernahm, dem das Ausspucken der Cassette folgte. Er nahm die Cassette und steckte sie in seine Manteltasche. Hotte würde wohl kaum merken, daß jemand im Haus gewesen war und das Band entfernt hatte. Denn in der Regel schaute man sich nur im Verdachtsfall die Bänder an und diesen Verdacht würde er Hotte nicht liefern.

Bosco begrüßte seinen Herrn wie immer überschwenglich. Fast schien er zu merken, daß Schosch einen weiteren Pluspunkt für sich verbucht hatte. Breitbach überlegte, ob er sich ein Hotel suchen oder auf den Weg machen sollte, Hotte zu suchen. Dabei fiel ihm Andrea ein und Kewes, die beide in Gefahr waren, solange Hotte und seine Leute frei herumliefen. Also entschied er sich, Stipshausen einen Besuch abzustatten und den Hinterhof des Clubs zu suchen.

In dieser klaren Nacht waren die Straßen teilweise spiegelglatt und Schosch konnte nur sehr langsam fahren. Am Ortsrand von Stipshausen stellte er seinen Wagen ab und nahm Bosco an die Leine. Die Hauptstraße war menschenleer. Es gab bei der Polizei ein bestimmtes System Gelände oder Flächen abzusuchen und dabei möglichst keinen Quadratmeter auszulassen. Das war natürlich in einer bebauten Ortschaft wesentlich schwieriger, trotzdem versuchte Breitbach dieses System anzuwenden, so gut es ging. Fast eine Stunde lang stapfte Schosch durch den Schnee und schlitterte meist unfreiwillig durch Straßen, Gassen und Wege. Alle Kneipen hatten bereits zu, kein Hinterhof, der dem ähnelte, den er suchte. Vielleicht war der Club auch an dem Wochentag geschlossen, wenn die Kneipe Ruhetag hatte. Weder Hotte noch Andrea hatten diesbezüglich etwas erwähnt. Enttäuscht und müde gab Breitbach völlig durchfroren auf und setzte sich wieder in seinen Wagen. Er wußte ja nicht einmal, wie viele von diesen Clubs und Zockerstuben dieser Hotte hatte. Eigentlich war sein Suchen das nach einer Nadel im Heuhaufen. Trotzdem entschloß er sich, Ravengiersburg anzufahren. Außerdem würde er in Kirchberg oder Rheinböllen eher noch einen Gasthof oder ein Hotel finden, das nach Mitternacht offenhatte.

Im letzten Moment konnte Breitbach seinen Wagen noch anhalten. Der Layenberg in Ravengiersburg war abschüssig, spiegelglatt und nicht gestreut. Sicherlich würde keiner von Hottes Kunden an diesem Abend die Straße hinuntergefahren sein. Eine andere Zufahrt zu der Scheune kannte Breitbach nicht und würde er auch bei Dunkelheit und dieser Witterung nicht finden. Also entschloß er sich, gleich ein Hotel zu suchen. Ein Blick auf die Uhr veranlaßte ihn, direkt nach Rheinböllen durchzufahren. Wahrscheinlich hatte das Hotel ‚Elbert' beim Autohof noch am ehesten offen.

Auf der Fahrt von Ravengiersburg nach Rheinböllen überfiel Breitbach plötzlich der Ehrgeiz. Vielleicht hatte er Glück und Hotte befand sich heute abend in Stromberg. Das Guldental war sicherlich geräumt und nicht so glatt, vielleicht sogar bereits gestreut. Dann würde die Hin- und Rückfahrt kaum eine halbe Stunde dauern, und er hätte wirklich alles versucht. Nachdem die B 50 gut zu fahren war, stand kurz vor Rheinböllen sein Entschluß fest. Statt zum Hotel bog er ins Guldental ab und fuhr Richtung Stromberg.

Das erste, was Breitbach auf dem kleinen Parkplatz erblickte war Hottes Golf. Das Herz von Schosch schlug höher. Sein Entschluß noch nach Stromberg zu fahren, hatte sich also gelohnt! Er warf einen Blick auf den Rücksitz, Bosco hatte sich eingerollt und schlief friedlich. Trotzdem war es vielleicht ratsam, mit dem Hund jetzt Gassi zu gehen.

Wer wußte, wie sich die Nacht entwickelte. Außerdem würde ihn die Kälte wieder etwas munterer machen.

Also weckte er Bosco durch einen leisen Pfiff, der auch sofort seine Wirkung zeigte. Sie überquerten die Hauptstraße und Breitbach ließ seinen Hund in der Sackgasse hinter der Kirche von der Leine. Der Exhauptkommissar fand seine Idee genial. Er hatte Hotte heute abend nicht folgen können, weil der Jaguar wesentlich schneller war als sein Astra. Nun aber mußte er wieder nur dem Golf folgen, um auszukundschaften, wo Hotte die Fahrzeuge wechselte. Doch plötzlich fiel ihm ein, daß auch Weber bereits einmal Hotte von hier aus gefolgt war und die Fahrt vor dem Haus von Hottes Vater geendet hatte. Das gleiche konnte ihm heute nacht passieren. Etwas in seiner Vorfreude gedämpft kehrte er mit Bosco zu seinem Opel zurück, stellte aber zufrieden fest, daß der Golf immer noch auf dem Parkplatz stand.

Zu seinem großen Erstaunen mußte Breitbach nicht allzulange warten bis Hotte in Begleitung einer Gruppe von Männern und einer jungen Frau auftauchte. Im Licht der Laternen erkannte er, daß es sich hierbei wieder einmal eher um ein Mädchen handelte, das übertrieben aufgedonnert war und deshalb auf die Entfernung älter wirkte.

Die Gruppe blieb am Kopf des Parkplatzes stehen und Breitbach konnte deutlich erkennen, daß Hotte Anweisungen gab. Denn abwechselnd nickte der eine oder andere, löste sich dann von der Gruppe und verschwand in Richtung Hauptstraße oder stieg in einen der Wagen auf dem Parkplatz ein und fuhr davon. Schließlich blieben nur noch Hotte, das Mädchen und ein breitschultriger Mann übrig, der von Andreas Schilderung her durchaus Charly ‚die Faust' sein konnte. Schließlich trennte sich auch dieser von Hotte, der sofort in seinen Golf einstieg und den Motor startete, während das Mädchen das Eis von den Scheiben kratzte. Breitbach bedauerte das junge Ding in seinem bodenlangen Mantel, der aber bei jeder Drehbewegung nackte Beine und einen giftgrünen Minirock herausblitzen ließ.

Endlich hatte sie es geschafft und stieg zitternd vor Kälte in den Golf ein. Im gleichen Moment startete auch Breitbach seinen Opel, wartete aber, bis Hotte außer Sichtweite war. Erst dann schaltete er die Scheinwerfer ein und folgte dem Golf. Nach der ersten Kurve hatte er bereits wieder Sichtkontakt.

Im Guldental hielt Breitbach genügend Abstand, um nicht entdeckt zu werden. Hotte wählte also auch den sichereren Weg über die B 50, anstatt der schmalen Straße am Schanzerkopf vorbei, die er hinter

Scherer hergefahren war. In Rheinböllen warf Breitbach einen sehnsüchtigen Blick zu dem hell leuchtenden Schriftzug ‚Hotel'. Nur der Gedanke an Andrea und Kewes hielt ihn von der Versuchung ab, auf die Verfolgung Hottes zu verzichten. Auch auf der B 50 hielt er wieder ausreichend Abstand, mußte sich aber immer dann konzentrieren, wenn er trotz der winterlichen Straßen von einem schnelleren Fahrzeug überholt wurde, um die vor ihm fahrenden Rücklichter richtig zu unterscheiden.

Breitbachs Lebensgeister erhielten einen erneuten Kick, als Hotte nicht wie erwartet auf die B 421 Richtung Simmertal abbog, was der schnellste Weg nach Idar-Oberstein gewesen wäre, sondern weiter auf der B 50 blieb. Bosco schien die sich schnell aufbauende Spannung zu spüren, denn er stand plötzlich auf und legte seinen Kopf auf die Lehne des Beifahrersitzes, als wolle auch er genau verfolgen, wohin Hotte fuhr.

Als das gelbe Blinklicht an Hottes Golf aufleuchtete, wurde das Ziel klarer: Sohren. War Sohren der Ort, wo sich Leininger junior, der unbescholtene Bürger mit dem Jaguar, in den Kriminellen Hotte mit dem verrosteten Golf verwandelte? Dann war ihm auch klar, warum sich Hotte hier mit ihm getroffen hatte.

Die Antwort sollte Breitbach sehr schnell bekommen. In Sohren bog Leininger ohne Blinker plötzlich in eine Seitenstraße ein. Reaktionsschnell fuhr Breitbach geradeaus weiter, lenkte den Wagen aber sofort an den Straßenrand und stellte ihn ab. Selbst wenn er in einem absoluten Halteverbot stand, würde sich um diese Uhrzeit keiner aufregen. Er lief so schnell er konnte zu der Seitenstraße zurück und sah an einer Hauswand einen sich bewegenden Lichtschein, der nur von Hottes Scheinwerfer stammen konnte. Vorsichtig näherte er sich dem Haus und entdeckte auf der gegenüberliegenden Straßenseite ein kleines Gebäude, kaum größer als zwei Doppelgaragen. Breitbach hatte gerade noch genügend Zeit in einen Hauseingang zu flüchten, als bereits der Jaguar surrend auf die Straße schoß und an ihm vorbeifuhr.

Breitbach harrte gut zwei Minuten bewegungslos in dem Eingang aus. Er wollte, so nahe am Ziel, kein Risiko mehr eingehen. Vorsichtig löste er sich aus dem schützenden Schatten des Eingangs und trat auf die Straße. Nichts war zu sehen, außer einem bellenden Hund war nichts zu hören. Er warf einen Blick über die Häuserfronten. Nur noch wenige Fenster waren erleuchtet. Langsam, Schritt für Schritt, näherte er sich diesem kleinen flachen Gebäude, das eher einen heruntergekommenen Eindruck machte. Die Scheiben waren von innen zugemauert, das Stahltor war mit Graffiti bemalt.

Breitbach eilte zu seinem Wagen zurück. Zum ersten Mal seit Tagen begrüßte ihn Bosco nicht wie üblich. Wahrscheinlich war ihm langsam das ständige Warten und Hin- und Herfahren zu dumm. Er schaute nur einmal kurz auf, als sein Herrchen einstieg und rollte sich dann wieder mit einem leichten Grunzen zusammen.

Breitbach nahm aus seiner Reisetasche einen kleinen Metallkasten und aus dem Handschuhfach die Pistole des alten Leininger. ‚Für alle Fälle!' dachte Breitbach und stieß einen leisen Pfiff aus. Verschlafen reckte sich Bosco erst einmal und gähnte herzhaft seinem Herrn entgegen. Erst als Schosch ihm ungeduldig ein Zeichen machte, sprang er aus dem Wagen und schüttelte sich erst einmal kräftig.

Das Schloß des Stahltores war leicht zu öffnen. Allerdings mußte Breitbach feststellen, daß damit ein deutliches Quietschen der Scharniere verbunden war. Also zog er das Tor mit einem Ruck einen ausreichenden Spalt auf, um möglichst wenig Geräusche zu verursachen und hindurchzukommen. Nachdem er Bosco hinter sich spürte, schloß er ebenso ruckartig das Tor und befand sich in absoluter Finsternis. Ein leise beginnendes Jaulen von Bosco veranlaßte Breitbach zu einem schnellen „Psssccht!“ Sofort war Bosco wieder still.

In dem Gebäude war es erstaunlich warm. In unmittelbarer Nähe hörte er das typische Knacken abkühlenden Metalls. Also mußte in dieser Richtung der Golf stehen. Vorsichtig setzte er Fuß vor Fuß, die Arme vorgestreckt. Bereits nach weniger als zwei Metern fühlte er das Heck des Golfs. Er tastete sich langsam zur Fahrertür vor und öffnete sie. Automatisch schaltete sich die Innenbeleuchtung ein. Breitbach blickte sich um. Das Gebäude war seiner groben Schätzung nach provisorisch in zwei gleich große Räume unterteilt. Wie er bereits von außen gesehen hatte, waren die Fensteröffnungen zugemauert worden. Das Mauerwerk aber unverputzt. In der Trennmauer der beiden Räume befand sich eine Tür, die Breitbach sofort an die im Keller vom alten Leininger erinnerte. Wahrscheinlich waren sie auch zur gleichen Zeit gekauft und eingebaut worden.

Breitbach machte sich sofort an die Arbeit. Bosco setzte sich erwartungsvoll gähnend neben ihn in der Hoffnung, endlich die ersehnte Nachtruhe zu erlangen. Die Tür zu dem anderen Raum war in Sekundenschnelle geöffnet. Er grinste. Vielleicht hätte er auch Karriere als

Einbrecher machen können. Er tastete nach einem Lichtschalter, denn die Gefahr entdeckt zu werden, bestand nicht, da die Fenster zugemauert waren. Als erstes erblickte er eine grüne Maschine, die wie eine kleine, breite Guillotine aussah und sich bei genauerer Betrachtung als eine Papierschneidemaschine entpuppte. Daneben standen etliche blaue Säcke, wie man sie für den Müll verwendet, eine alte Liege, ein Stuhl und ein Tisch.

Als sich Breitbach umdrehte, hätte er beinahe aufgeschrien vor Freude. Auf drei Paletten lagen fein säuberlich aufeinander gestapelt und mit Banderolen versehen, lauter druckfrische Hundertmarkscheine. Er konnte es nicht fassen, er war sich aber sicher, daß vor ihm mehrere Millionen Mark Falschgeld lagen. Von einer Palette hatte man sich offenbar bereits bedient, wahrscheinlich das Geld, das man in dem zurückgelassenen Auto der Holländer gefunden hatte.

Breitbach überlegte, was er machen sollte. Eigentlich war in diesem Moment sein Versprechen gegenüber Kewes eingelöst. Er konnte beweisen, daß Kewes nichts mit der Fälscherbande zu tun hatte und Kewes konnte endlich erklären, wie er an das Falschgeld gekommen war. Hotte konnte seinen Kopf nicht mehr aus der Schlinge ziehen, denn so gut er sich auch abgesichert haben mochte, bei einer Hausdurchsuchung würde man zumindest einen falschen Schein finden. Und der trug seine Fingerabdrücke.

Er warf einen Blick auf seine Armbanduhr. Jetzt hatte er wahrscheinlich keine Chance mehr, hier im Hunsrück ein Bett zu finden. Als er Bosco neben sich liegen und schon fast wieder schlafen sah, kam ihm eine verrückte Idee. Was sprach eigentlich dagegen, wenn er Hottes Versteck als Übernachtungsquartier nutzen würde. Es war angenehm warm, es gab eine Liege und Hotte würde mit Sicherheit nicht vor morgen auftauchen.

Ein leises Knurren von Bosco weckte ihn. Es war stockfinster um ihn herum, denn er hatte vor dem Schlafenlegen alle Lichter ausgeschaltet. Vorsichtig tastete er neben die Liege und fühlte Boscos Fell. „Nicht bellen, es ist nichts!“ flüsterte er beruhigend, merkte aber, daß Bosco aufstand und gleichzeitig erneut zu knurren begann. Jetzt hörte auch Breitbach ein leises Geräusch. Es kam von draußen. Instinktiv richtete er sich auf und suchte nach Leiningers Pistole, die er zum Schlafen auf den Tisch gelegt hatte. Da, wieder ein Geräusch, dann folgte das Quietschen des Stahltores. Irgendjemand kam zu Besuch.

„Aus!" befahl Breitbach seinem Hund, der bereits Anstalten machte, dem Besucher entgegenzulaufen. „Du bleibst hier!" Schosch stand geräuschlos auf und wollte sich gerade in der Dunkelheit zu der Tür vortasten, als nebenan Licht gemacht wurde. Blitzschnell packte er Bosco am Halsband und zerrte ihn hinter sich her, um hinter dem Türblatt der halboffenen Verbindungstür ein Versteck zu finden. Leise entsicherte er die Waffe und machte Bosco ein Zeichen, sich still zu verhalten.

Breitbach hörte deutlich Schritte näherkommen. Irgendwer trat in den Raum und schaltete auch hier das Licht an. Jetzt konnte Breitbach nicht mehr verhindern, daß Bosco laut knurrte. Er hatte keine andere Wahl. Breitbach machte zwei schnelle Schritte aus seinem Versteck und brüllte „Hände hoch!" unterstützt von Boscos Gebell.

Er schaute in das erschrockene Gesicht eines Mannes, den er sofort als den Schwitzer aus Ravengiersburg erkannte und der ängstlich die Hände hochriß. „Nicht schießen!"

Breitbach schob, die Pistole ständig auf ihn gerichtet, den Schwitzer beiseite und blickte sich kurz im Nebenraum um. Der Schwitzer war offenbar alleine gekommen. Der Exhauptkommissar suchte routiniert sein Gegenüber nach Waffen ab.

„Setzen Sie sich dort hin!" befahl er und deutete mit der Pistole auf die Liege. Bosco folgte dem Mann bei Fuß, als habe er die Verantwortung übernommen, daß dieser auch alles tat, was sein Herrchen befohlen hatte. Er ließ sich neben dem Schwitzer vor der Liege nieder und richtete seinen Blick auf ihn, was den Besucher offenbar äußerst nervös machte.

„Nehmen Sie den Hund weg!" bat er kleinlaut. Breitbach ließ diese Bitte unbeachtet und setzte sich so auf den Stuhl, daß er auch den Nebenraum im Blickfeld hatte. Vielleicht war der Schwitzer nicht der einzige, der hier auftauchte.

„Was suchen Sie hier?" fragte Breitbach, erhielt jedoch keine Antwort. Er überlegte, was er nun machen sollte. Mit seiner ersehnten Nachtruhe war es vorbei, und er hatte einen von Hottes Leuten gefangen. Vielleicht die Chance, noch einige der Lücken seines Puzzles zu schließen. Nur wie am geschicktesten? Der Schwitzer schien große Angst zu haben, denn er knetete seine Hände ineinander und blickte unentwegt Bosco an, jeden Moment bereit aufzuspringen, falls ihn der Hund angreifen würde.

„Wir sind uns bereits in Ravengiersburg und Stromberg begegnet.

Damit Sie gleich wissen, woran Sie sind und einschätzen können, wo Ihre Chancen liegen: Mein Name ist Breitbach, Hauptkommissar. Alleine dieses Wissen dürfte Ihnen ausreichen um zu ahnen, wie nahe wir an Hotte dran sind." So wie sich sein Gegenüber verhielt, rechnete er sich mit diesem Bluff einige Chancen aus, doch der Schwitzer blieb regungslos sitzen und schwieg.

„Gut. Fassen wir einmal kurz zusammen. Sie sind beteiligt an illegalen Spielbetrieben, Rauschgifthandel, Falschgeldgeschäften, wahrscheinlich auch noch Erpressung und Nötigung. Das reicht für etliche Jahre. Aber dann kommt Mord hinzu ..."

„Das ist nicht wahr!" stieß der Schwitzer hervor. „Nehmen Sie den Hund weg, dann sage ich Ihnen was ich weiß."

Breitbach ließ sich Zeit. Er durchdrang mit seinem Blick förmlich den Mann, dem die Angst ins Gesicht geschrieben stand. Gott, welch erbärmliche Figur. Schosch schnippte mit den Fingern und deutete neben seinen Stuhl. Gehorsam erhob sich Bosco und zog sich auf den ihm zugewiesenen Platz zurück. Allerdings konnte er sich beim Niederlegen einen unwilligen Grunzer nicht verkneifen.

„Also?" Breitbach schaute den Mann an, legte die Waffe neben sich auf den Tisch und zog sein Notizbuch aus der Jacke. „Dann schießen Sie mal los! Sie werden ja nicht das erste Mal mit der Polizei Bekanntschaft machen. Name, Adresse, und so weiter."

„Hans Bückler ..." begann der Schwitzer und wischte sich mit dem Handrücken den Schweiß von der Stirn. Breitbach notierte sich die Angaben. Wagner würde alles nochmals prüfen müssen, aber er hatte jetzt bis zum Morgen die Chance und die Zeit, einen von Hottes Leuten zu vernehmen.

„Dann fangen Sie mal an!"

Mühsam begann Bückler nach Worten zu suchen. Er berichtete Breitbach, wie er Hotte vor einigen Jahren kennengelernt hatte. Bückler war nach seinen Angaben noch nie mit der Polizei in Berührung gekommen, aber mangels einer beruflichen Ausbildung ein Leben lang immer wieder arbeitslos geworden. Hotte hatte ihm diesen Job in seinen Spielhöllen angeboten und einige Tricks beigebracht. Schon damals gehörte Scherer zu den Männern, die für Hotte arbeiteten.

„Scherer hatte Hotte zunächst geholfen, eine Kellertür zu setzen. Dabei hatte Scherer wohl eine Druckmaschine entdeckt und gefragt, wozu diese gut sei. Damals vertraute Hotte Scherer noch und hat ihm alles erzählt. Sofort kam Scherer auf eine Idee. Als er dann Hotte half, auch dieses Gebäude hier umzubauen, hat er sich heimlich Kopien von den Schlössern gemacht."

Eines Tages hatte ihn Scherer auf eine Zechtour mitgenommen und Bückler den großen Mann von Welt vorgespielt. Breitbach konnte sich Scherer in der Rolle gut vorstellen. Scherer hatte sich an diesem Abend über Bückler lustiggemacht, daß dieser nicht mehr aus diesem Job herausholе. Jeder von Hottes Leuten habe so seine kleinen oder größeren Nebengeschäfte. Bückler hatte daraufhin Scherer gefragt, was denn dieses Nebengeschäft für ihn sein könne. Und dann hatte Scherer ihm von Hottes Falschgeld erzählt und daß er einen Nachschlüssel besäße.

„Scherer hatte Hotte wohl auch beim Packen der Geldpaletten geholfen und dabei einige Scheine abgezweigt, ohne daß Hotte etwas davon merkte. Selbst als die Zeitungen vom Auftauchen falscher Hunderter berichteten, ist Hotte nicht auf die Idee gekommen, daß es sich um seine eigenen Scheine handelte. Die waren für ein ganz großes Geschäft gedruckt, wie er Scherer erzählt hatte. Scherer spielte gegenüber Hotte immer den Mann, der immer kanpp bei Kasse war und jeden anpumpte. Ein geschickter Einfall, wissen Sie?"

Bückler wischte sich wieder den Schweiß von der Stirn. Seine Angst war etwas gewichen, und er konnte inzwischen sogar dem Blick von Breitbach standhalten.

„Selbst als Hotte einmal von der französischen Polizei in Zusammenhang mit dem Falschgeld gebracht wurde, ahnte er nicht, daß Scherer sogar ihm bei der Abrechnung eines Spielclubs irrtümlich einen falschen Hunderter angedreht hatte. Scherer blieb Hottes Vertrauensmann und wurde immer dreister. Erst als dieser Koblenzer Gast ..."

„Sie meinen Jakob Fischer?" unterbrach Breitbach.

„Ich weiß nicht, wie er heißt, aber es liegt erst drei oder vier Wochen zurück ... Erst als das Geld auftauchte, lief Scherer Gefahr, daß sein Tun entdeckt würde. Denn dieser Koblenzer hatte beim Spielen gewonnen und Scherer machte an diesem Abend die Bank und hat den Mann ausbezahlt. Scherer fing den Mann rechtzeitig ab, als dieser auftauchte und die falschen Scheine reklamieren und echte haben wollte. Scherer hat sich ihn kräftig zur Brust genommen und gedroht. Es ging recht laut zu! Aber so blieb er unentdeckt und genoß weiterhin Hottes Vertrauen."

„Was geschah dann?" wollte Breitbach wissen.

Bückler zog die Stirn in Falten. „Scherers Plan, an dem großen Geldcoup von Hotte beteiligt zu werden, geriet unter Zeitdruck, denn ihm war klar, daß Hotte ihm über kurz oder lang auf die Schliche kommen würde. Also beschloß er, auf eigene Faust zu arbeiten und heuerte mich an. Scherer wickelte für Hotte viele Dinge ab. Er wußte von Rauschgift- und Waffengeschäften mit denen Hotte Geld machte und half ihm bei den Deals. Hotte trat dabei nie in Erscheinung, immer nur Scherer. So wurde wieder eine Lieferung Rauschgift aus Holland erwartet. Scherer sollte wie üblich den Deal für Hotte abwickeln. Er erzählte mir, daß er heimlich das Geld vertauschen und die Lieferung mit den falschen Hundertern bezahlen wolle. Ich sollte mit hunderttausend Mark beteiligt werden, wenn ich am Abend vorher Hotte seinen französischen Ausweis klauen, ihm beim schnellen Umladen des Geldes helfen und anschließend genügend Zeitvorsprung für seine Flucht verschaffen würde. Wir hatten ein Zeichen verabredet."

„Was für ein Zeichen?"

„Scherer würde eine Lokalrunde schmeißen. Damit wußte ich, daß es soweit war, und der Deal stattfinden würde. Scherer nahm wie üblich in Sohren das Geld in Empfang. Dann trafen wir uns unten auf einem Parkplatz, von dem aus wir Hottes Abfahren beobachten konnten. Wir fuhren hierher zurück und luden das Falschgeld in Scherers Auto. Dann gab er mir die Hunderttausend, und ich fuhr nach Stromberg, um Hotte und seine Leute solange wie möglich aufzuhalten, bevor sie nach Scherer und dem erwarteten Rauschgift suchen gingen."

Bückler unterbrach sein Geständnis. Er war inzwischen ruhiger geworden und konnte sich sogar ein Grinsen abringen. „Er versprach mir zum Abschied, den Schlüssel hier in der Nachbarschaft in einen Mauerspalt zu legen. Ich könne ihn mir dort abholen und mich auch bedienen und reich werden."

„Und das wollten Sie heute nacht erledigen?"

Bückler schüttelte den Kopf. „Ich weiß nicht, ob ich es geschafft hätte, nachdem Scherers Plan so für ihn endete. Vielleicht ..." Er schaute sich in dem Raum, seine Augen blieben an den drei Paletten mit Geld hängen. „Wahrscheinlich bin ich zu feige dafür. Außerdem ..." Er blickte wieder zu Breitbach und hob hilflos die Arme in die Luft, was Bosco sofort zu einem deutlichen Knurren veranlaßte. „Selbst mein Versuch ist ja bereits gescheitert!"

„Wo sind denn nun die echten Scheine geblieben?"

Bückler begann hämisch zu lachen. „Ist das nicht ein Witz. Nach der ganzen Aufregung an dem Abend in Stromberg, wo jeder dachte, die

Holländer hätten Scherer gekillt und sich mit dem Rauschgift und den zwei Millionen aus dem Staub gemacht, kommt Hotte hierher und findet das ganze Geld hier vor. Ich hätte zu gern seine Augen gesehen."

Breitbach konnte Bückler nicht ganz folgen. Wie hatte er das gemeint? „Das müssen Sie mir erklären!"

„Ganz einfach. Scherer wollte nach dem Deal Sie nach Stromberg bringen, das Rauschgift Hotte ordnungsgemäß übergeben und dann hierher fahren, die echten Scheine holen und dann ... nichts wie über die Grenze!" Seine Augen leuchteten als er Breitbach anschaute. „Ein guter Plan, das werden Sie eingestehen müssen, selbst wenn Sie ein Bulle sind."

Breitbach steckte sein Notizbuch wieder ein, warf einen Blick auf seine Armbanduhr und zog das Handy aus der Tasche. „So, dann wollen wir mal meine Kollegen anrufen."

Zum Glück hatte Breitbach über den Notruf seine Exkollegen angerufen und Bückler abholen lassen. Als er anschließend Wagner anrief, um ihm stolz das Ergebnis seiner Nachforschungen zu präsentieren, wurde er mit einer fürchterlichen Schimpfkanonade begrüßt.

„Was denkst du dir eigentlich! Hier giltst du bereits als tot, zumindest als verschollen! Weißt du eigentlich, was du da treibst und in welcher Gefahr du dich befindest? Man hat gestern nacht deine Wohnung aufgebrochen, diese Frau beinahe umgebracht, dieser Fischer ist untergetaucht! In welchen Kreisen treibst du dich eigentlich herum? Wo steckst du?"

Breitbach hörte genüßlich zu. Es hatte keinen Zweck Wagner zu unterbrechen, das wußte er. Immerhin hatte der Mann recht. Außerdem traf ihn eine gewisse Teilschuld, denn er hatte es versäumt, sich am Vorabend bei Spahl oder Weber zu melden. Als seinem Nachfolger endlich die Luft ausgegangen war und ihm nichts mehr einfiel, meldete er sich betont kleinlaut zu Wort.

„Walter, verzeih mir. Aber wir haben den Fall gelöst. Ein Bengel ist bereits verhaftet. Ich brauche dich nur noch zur Verhaftung des Oberbengels, und bring' Hoffmann mit. Er soll auch Anteil am Erfolg haben."

„Ist das dein Ernst?"

„Verlaß dich auf mich. Die Soko soll mit einem MEK um 20 Uhr auf dem Autohof Rheinböllen sein."

Er wartete keine Reaktion ab, sondern drückte schnell die Unterbre-

chungstaste. Er war sich aber sicher, Wagner würde seiner Bitte Folge leisten.
Als erstes besorgte er sich in einer Metzgerei ein paar belegte Brötchen, die er sich mit Bosco teilte. Als er sah, wie Bosco seinen Anteil verschlang, mußte er unwillkürlich an die TV-Serie ‚Kommissar Rex' denken. Für solche Dinge brauchen Hunde kein Training, da sind sie alle gleich. Dann fuhr er nach Kirn ins Krankenhaus. Wagner hatte tatsächlich einen Beamten abstellen lassen und Breitbach hatte trotz aller Tricks Schwierigkeiten, in Andreas Zimmer zu gelangen. Erst der Stationsarzt konnte den Beamten überzeugen, daß es sich bei dem Besucher um den ihm persönlich bekannten ‚Hauptkommissar Mertens' handelte.

Andrea sah zu Breitbachs Freude schon wieder gesund und munter aus. Sie überraschte ihn mit der Mitteilung, daß sie am nächsten Tag entlassen werden sollte und man auf eine Einweisung in die Psychiatrie absah, nachdem sich abzeichnete, daß es sich um keinen Suizidversuch handelte.

„Es ist auch besser, wenn du noch unter Bewachung bleibst, wir werden erst heute nacht zuschlagen."

„Wir?" fragte Andrea erstaunt.

Erst jetzt fiel Breitbach ein, daß Andrea gar nicht wußte, daß er ehemaliger Polizeibeamter war. Er spürte, wie seine Hände feucht vor Erregung wurden, und ihm das Blut in den Kopf schoß. „Ich bin Kriminalbeamter, allerdings außer Dienst", gestand er leise.

„Ich habe es mir fast schon gedacht", antwortete sie und warf ihm einen kleinen Kuß zu. In diesem Moment war sie wieder ein Hauch Natascha, die er zuerst kennengelernt hatte.

Bei der Rückfahrt nach Rheinböllen fielen ihm fast die Augen zu. Nur mühsam konnte er gegen seine Müdigkeit ankämpfen. Bosco hatte es da besser. Er schlief seit ihrer Abfahrt in Sohren auf dem Rücksitz den Schlaf des Gerechten und hatte nicht einmal den Kopf gehoben, als sie in Kirn die Fahrt unterbrochen hatten. Breitbach mietete sich ins Hotel ‚Elbert' ein und schlief, kaum auf seinem Zimmer, sofort ein.

Zufrieden stellte Breitbach vom Fenster aus fest, wie langsam ein Polizeifahrzeug nach dem anderen auf dem gegenüberliegenden Autohof eintraf. Er hatte beschlossen, Bosco den Abend im Hotelzimmer zu lassen und sich unten im Restaurant einen Napf mit Wasser und einen mit Essensresten erbettelt. Kurz vor 20 Uhr zog Breitbach die Straßenkarte aus seiner Reisetasche, steckte die Pistole von Leininger ein und verabschiedete sich von Bosco, der ihm beleidigt hinterherschaute.

Wagner erblickte seinen Vorgänger als erster und stürzte auf ihn zu. „Ich hoffe, du weißt, was das alles kostet und hast gute Gründe. Wenn du wüßtest, was ich lügen mußte, um diese Aktion genehmigt zu bekommen."

Breitbach lächelte geheimnisvoll. „Walter, ich habe deinen Job viele Jahre gemacht und mir genügend Anschisse geholt. Das Risiko mußt du auch kennenlernen."

Inzwischen war auch Hoffmann aufgetaucht. Er machte einen beleidigten Eindruck und hatte kein Verständnis, warum ihn Breitbach so unverschämt angrinste, als er ihm die Hand gab. ‚Er hat den echten Hunderter immer noch nicht bemerkt!' freute sich Schosch insgeheim. Er winkte mit seiner Straßenkarte. „Können wir irgendwo in Ruhe eine Einsatzbesprechung machen?"

Die elf Herren, teils in Zivil, teils in Uniform hatten Schosch fast eine Stunde gebannt zugehört. Er hatte ihnen die wesentlichen Fakten seiner bisherigen Nachforschungen und anschließend seinen Plan unterbreitet. Breitbach blickte auf seine Armbanduhr. „Es ist jetzt genau 21.05 Uhr. Ich ordne mich jetzt brav ein und überlasse Ex-Kollegen Hoffmann das Feld."

Nicht nur, weil er das 'Ex' betont hatte warf ihm Hoffmann einen mißbilligenden Blick zu. Er erhob sich und schaute in die Runde. „Obwohl die Vorbereitungszeit dank des Alleingangs von Herrn Breitbach erschreckend kurz ist, muß ich ihm zustimmen, daß Gefahr in Verzug ist und wir so schnell wie möglich, aber auch so effektiv wie möglich handeln müssen. Das sogenannte Lager und die Wohnung dieses Hotte Leininger können wir zunächst außer acht lassen, da läuft uns nichts weg. Ich schlage vor, daß Herr Breitbach den Kollegen des MEK diese Spielhölle in Rheinböllen und in Stipshausen zeigen wird und wir uns zunächst mit der Topographie und den Möglichkeiten in Ravengiersburg auseinandersetzen werden."

Schosch hatte die Hand gehoben und wartete geduldig, bis Hoffmann ihn anblickte. „Den unterirdischen Spielclub werde ich nicht finden. Ich schlage deshalb vor, daß man die Inspektion in Kirn bittet, Frau Karbach im Krankenhaus abzuholen. Sie kann den Kollegen den

Weg zeigen. Ihr Gesundheitszustand ist so stabil, daß sie morgen entlassen werden kann. Ich sehe da also kein großes Risiko, sofern sie nicht während der Aktion anwesend ist. Außerdem könnte sie, wenn die Zeit noch reicht, ein Einsatzkommando zu der Spielhölle in St. Goar führen. Das wäre ein zusätzlicher Einsatzort."

Erstaunlicherweise nickte Hoffmann sofort zustimmend. „Wir werden in Funkkontakt bleiben. Ich schlage vor, der Zugriff erfolgt um Mitternacht an allen Orten gleichzeitig!" Er blickte sich im Raum um. Nachdem niemand widersprach, faltete er die Straßenkarte auseinander und winkte Schosch zu sich.

Die Nacht war klar und kalt. Der Schnee reflektierte das Mondlicht in der fast unberührten Winterlandschaft so stark, daß sich einige Beamte des MEK weiße Overalls übergezogen hatten, um sich möglichst unbemerkt der Scheune in Ravengiersburg nähern zu können. Hoffmann und Wagner waren nach langem Abwägen übereingekommen, daß es wohl am sinnvollsten sei, wenn Breitbach noch einmal in Aktion treten und ihnen als Besucher die Tür zur Scheune öffnen würde. Allerdings mußte ihnen Schosch hoch und heilig versprechen, sich unverzüglich vom Einsatzort zu entfernen, sobald sich die Tür geöffnet hatte.

Als kurz vor Mitternacht alle Männer ihre vorgesehene Position eingenommen hatten, baute sich die übliche Anspannung auf, die immer vor solchen Einsätzen in Leerlaufzeiten auftritt. Es wurde über Funk leise Verbindung aufgenommen und sich nochmals versichert, daß jeder auf seiner Position war und auch die mobilen Einsatzkommandos in Rheinböllen, Stipshausen und St. Goar für den zeitgleichen Zugriff bereitstanden.

Andrea hatte sich, wie Schosch über Funk erfahren hatte, sofort bereit erklärt, an der Aktion teilzunehmen und den LKA-Leuten die beiden bisher unbekannten Einsatzziele zu zeigen. Breitbach war aber erst aus dem Einsatzwagen gestiegen, nachdem ihm der Einsatzleiter in St. Goar versichert hatte, daß Andrea unter Begleitschutz die Gefahrenzone bereits wieder verlassen hatte.

Die Zeit zog sich wie Kaugummi dahin. Schosch hockte dicht neben Wagner hinter einem Gebüsch und konzentrierte sich auf seinen Einsatz. Die relativ helle Nacht brachte dem Einsatz einige Nachteile, die nicht zu unterschätzen waren. Zum Glück schneite es wenigstens nicht.

„Ich glaube, du kannst dich jetzt bereitmachen!" raunte Wagner. „Ich halt' dir die Daumen. Und vergiß nicht, was du versprochen hast."

Breitbach nickte. Er hatte sich genau überlegt, wie er vorgehen würde. Er rutschte vorsichtig den kleinen Hügel, auf dem der Busch stand, hinunter und benutzte den offiziellen Weg über die Wiese, auf der etliche Fahrzeuge parkten. Sollte rein zufällig im gleichen Moment jemand die Scheune verlassen, würde sein Kommen unverdächtig und normal aussehen. Ziemlich am Rande des Parkplatzes entdeckte er Hottes Golf. Der Oberbengel würde ihnen also heute auf jeden Fall ins Netz gehen, freute sich Schosch. Obwohl er genau wußte, wo sich die Männer des MEK verbargen, konnte er nichts Auffälliges entdecken. Etwa zwanzig Meter vor der Scheunentür drückte er die Sprechtaste seines kleinen Funkgerätes, das er in der Manteltasche trug und zu dem er das kleine Mikrofon unter einem geliehenen Schal verbarg und den Knopf im rechten Ohr trug.

„Position eins und zwei können jetzt mit vorkommen!"

„Verstanden."

Im gleichen Moment sah Breitbach zu seiner Linken Schnee von einem Busch hinunterfallen, eine Folge davon, daß Position zwei ihr Versteck verlassen hatte. Noch zehn Meter bis zur Scheunentür. Breitbach spürte, wie sein Puls schneller schlug. Er streckte seinen linken Arm vor und warf einen Blick auf das Zifferblatt seiner Armbanduhr. Das Timing war gut, der große Zeiger zeigte auf zwei Minuten vor Mitternacht.

„Ich bin jetzt am Ziel und warte auf das Kommando zum Einsatz." Er blieb stehen und konnte beobachten, wie sich rechts und links des Scheunentors je ein MEK-Mann in weißem Overall postierte, das Maschinengewehr im Anschlag. Die letzte Minute schien Breitbach eine Ewigkeit zu dauern. Dann kam endlich über den Kopfhörer das Kommando: „Wir stürmen in zehn Sekunden. Breitbach vor!"

Schosch gab sich innerlich einen Schubs und marschierte auf die Tür zu. Mit der rechten Faust donnerte er gegen das Holz und hörte zu seinem Erstaunen gleichzeitig drinnen leise eine Klingel läuten. Offenbar hatte er damit einen Kontakt ausgelöst. Das Läuten verstummte wieder, und es meldete sich von drinnen eine Stimme. „Wer ist da?"

„Alfred Schmitz!" antwortete er laut.

Dann ging alles äußerst schnell. Man hörte, wie der Riegel innen zurückgeschoben wurde. Dann begann sich die Tür zu öffnen, doch im gleichen Moment sprangen die beiden MEK-Männer schon in den Eingang, begleitet von einem lauten ‚Jetzt' im Kopfhörer. Breitbach sprang vereinbarungsgemäß zur Seite, gerade noch rechtzeitig, um den aus ihrem Versteck heranstürmenden MEK-Männern Platz zu machen. Unglücklicherweise erwischte ihn dabei trotzdem einer der Behelmten, entweder mit dem Ellenbogen oder der Waffe, am Rücken. Schosch schrie vor Schmerz leise auf, lief gebückt weiter und suchte schnellen Schutz zwischen den Fahrzeugen. Im gleichen Moment sah er hinter der Scheune im fahlen Mondlicht einen sich schnell entfernenden Schatten. Die Scheune mußte einen Hinterausgang haben, schoß es ihm durch den Kopf. Im gleichen Moment hörte er einen Schuß. Hotte durfte auf keinen Fall entkommen. Er richtete sich kurz auf, seine Augen suchten nach Hottes Golf. Trotz seiner Schmerzen schlängelte er sich in gebückter Haltung zu dem Fahrzeug. Dabei verlor er den Knopf aus dem Ohr und blieb zu allem Unglück irgendwo mit dem baumelnden Kopfhörerkabel hängen. Mit einem Ruck versuchte er sich wieder zu lösen, dabei riß das Kabel.

Wenigstens mit dem Golf hatte er Glück. Hotte hatte seinen Wagen nicht abgeschlossen. Der Exkripomann öffnete rasch die Beifahrertür und ließ sich auf den Sitz fallen. Die Scheiben waren zugefroren, stellte er beruhigt fest. Falls Hotte fliehen konnte, würde er nicht ohne weiteres starten können.

Breitbach ließ die Fahrzeugtür offen, um wenigstens akustisch das Geschehen draußen verfolgen zu können, nachdem er den Funk nicht mehr hören konnte. Neugierig blickte sich Schosch in dem Fahrzeug um. Doch im spärlichen Licht der Innenbeleuchtung konnte er nichts entdecken, was seine Neugier erregt hätte. Fast gelangweilt öffnete er das Handschuhfach. Neben einem Päckchen Papiertaschentüchern, einem Deodorant und einem Paar Handschuhe befand sich nur eine Brieftasche darin. Instinktiv nahm Schosch die kleine Ledermappe und öffnete sie. In einer Klarsichthülle befanden sich der Kfz-Schein, die grüne Versicherungskarte und ein paar Fotos. Breitbach überflog die amtlichen Eintragungen der Fahrzeugpapiere. Der Golf war auf Hotte zugelassen. Die Fotos erregten schon mehr seine Aufmerksamkeit. Sie zeigten den alten Leininger, als dieser noch nicht im Rollstuhl saß. Offenbar handelte es sich um Urlaubfotos. Und diesen hatte er wohl in alter Erinnerung in Frankreich verbracht. Breitbach erkannte sofort die typischen französischen Marktplätze und schließlich auch einige Bilder aus Paris. Wahrscheinlich hatte Leininger seinem Sohn diese Fotos geschenkt, als die beiden sich noch gut verstanden.

„Schosch! Bitte melden!“

Über ein Megaphon wurde draußen nach ihm gerufen. Er steckte die kleine Brieftasche ein und zog sich mit beiden Armen am Rand des Wagendaches aus dem Wagen. Es dauerte eine Weile, bis er, von Schmerzen gepeinigt, aufrecht stehen konnte.

„Hier bin ich!“ rief er und sofort umgab ihn eine Atemwolke. Gestützt auf Kotflügel und Motorhaube machte er sich auf den Weg in Richtung des Busches, hinter dem er sich vor dem Einsatz mit Hoffmann und Wagner versteckt gehalten hatte.

Inzwischen waren Mannschaftswagen den Weg hochgefahren und Schosch konnte sehen, wie etliche Personen in Handschellen zu den Wagen gebracht wurden. Wagner winkte ihm mit einer brennenden Taschenlampe, als er Breitbach entdeckte.

„Um Gottes Willen, was ist passiert?“ empfing ihn sein Nachfolger, als er die gebückte Haltung und das schmerzverzerrte Gesicht von Schosch sah.

„Irgendeiner von euren Leuten hat mich im Eifer des Gefechtes kräftig am Rücken gestreift. Aber es ist halb so schlimm. Unkraut vergeht nicht!“

„Gratuliere! Ein voller Erfolg!“ Hoffmann strahlte über das ganze Gesicht und sein Glückwunsch klang ehrlich.

„Was war das für ein Schuß?“ wollte Breitbach besorgt wissen.

„Nur ein Warnschuß“, beruhigte ihn Wagner, einer der Gäste wollte nach hinten abhauen. Aber wir haben alle Nester sorgfältig ausgehoben.“

„Alle?“ fragte Breitbach mißtrauisch. „Ich glaube, da werden wir im Hunsrück noch einige finden. Aber das ist euer Bier. Mein Teil ist erledigt.“

12.

Obwohl eigentlich Ruhetag im ‚Hubertus' war, drangen laute Stimmen einer fröhlichen und ausgelassenen Gesellschaft an Breitbachs Ohr, als er reichlich verspätet mit Bosco die Gemüsegasse in Koblenz hinunterkam. Er hatte sich am frühen Nachmittag zu einem weihnachtlichen Einkaufsbummel entschlossen und dabei völlig die Zeit vergessen. Spahl hatte ihm am Telefon gesagt, daß er wegen des Ruhetages den Seiteneingang benutzen solle. Kaum hatte er die Tür geöffnet, jubelten ihm bereits einige Altstädter entgegen, die sich in dem kleinen Treppenhaus zusammengefunden hatten.

„Unse Kriminale kimmt!"

Seine Ankunft verbreitete sich in dem Weinhaus wie ein Lauffeuer. Viele stürmten sofort zur hinteren Tür, um Schosch zu begrüßen, allen voran Kewes und Lehn. Mit Tränen in den Augen schüttelten beide ihrem Freund die Hand, so daß Bosco eifersüchtig an seinem Herrn hochsprang, um wenigstens auch ein paar freundliche Worte und Streicheleinheiten abzubekommen.

Es dauerte eine Weile bis sich Schosch zu dem Stammtisch gegenüber der Theke vorgearbeitet und seinen Mantel ausgezogen hatte. Jeder wollte ihm gratulieren. Dieter Spahl und seine Frau hatten alle Hände voll zu tun, denn die Bedienungen hatten heute frei, und so mußten sie selbst ausschenken und servieren.

„Mensch, Schosch, wie fühlsde dich dann su? Hasde dir jemols vurstelle kenne, nochemol off Räuberjacht ze ginn?"

Manni Gniffkes Augen leuchteten vor Freude. Auch er hatte sich extra freigenommen und eine Stadtführung sausen lassen, um an dem Treffen teilzunehmen. Er hob sein Bierglas und stand auf.

„Leit'!" rief er in den Raum. „Hiert emol all zo!" Er mußte mehrfach mit einem Löffel an sein Glas klopfen, bevor wirklich Ruhe eintrat. „Esset net scheen, datt mer all häit widder hei zesamme senn on uns freue könne. Wer hätt dann noch vur acht Dach gedaacht, dat dat all su glecklich on vur allem su schnell iwwer die Bühn gieht? On wemm verdange mer dat alles? Unserem Altstädter on Mitglied der Gruuße, unserem altgedehnde Spürhond, unserem Schosch!"

Vor lauter Hochrufen und Jubelschreien konnte Gniffke nicht fortfahren. Er schaute sich nur noch einmal kopfschüttelnd in der Runde um, hob sein Glas und trank einen kräftigen Schluck.

Bosco hatte sich etwas beleidigt unter den Tisch zurückgezogen. Alles war heute anders, da war es wohl am besten, sich zusammenzurollen und aufmerksam die vielen Füße und Beine zu betrachten, die sich um den Tisch herum bewegten. Wieder klopfte jemand an ein Glas.

Diesmal war Kewes aufgestanden und hatte sein Glas in der Hand und wieder dauerte es, bis soweit Ruhe eingetreten war, daß er seine kleine Rede beginnen konnte.

„Lieber Schosch, liebe Freunde! Mir fehlen die Worte..."

„Aber etwas lauter bitte!" rief eine Stimme aus dem Hintergrund. Sofort begann Manni Gniffke herzhaft zu lachen. „Jawohl! Die fehlenden Worte awer bidde ebbes lauder!" Alle stimmten in sein Lachen ein und Kewes mußte wieder warten, bis er sich zu Wort melden konnte. „Ich möchte euch allen danken. Danken dafür, daß ihr zu mir gehalten habt und von meiner Unschuld überzeugt wart. Danken dafür, daß ihr euch um meine Frau gekümmert habt und schließlich danken dafür, daß ihr heute gekommen seid."

„Prost!" rief Leo Wingen dazwischen und hob sein Glas. Nachdem alle einen Schluck zu sich genommen hatten, setzte Kewes seine Rede fort.

„Besonders möchte ich aber unserem Schosch danken. Ohne ihn würde ich vielleicht noch Weihnachten auf der Karthause sitzen und vielleicht sogar nicht an den Karnevalssitzungen der Großen teilnehmen. Und dann euch, Hannelore und Klaus. Wie ich gehört habe, seid auch ihr mächtig aktiv geworden und habt euch auf gefährliche Situationen eingelassen." Er blickte Klaus Weber an, der seine Blicke etwas verlegen auf sein Weinglas gerichtet hatte. „Laß gut sein, Kewes", meinte er bescheiden. „Es hat auch richtig Spaß gemacht, mal wieder ein bißchen die grauen Zellen arbeiten zu lassen."

Schosch nahm die Hand, die Kewes ihm entgegenhielt und nutzte die Gelegenheit, ihn auf seinen Stuhl zu ziehen, um weiteren Lobeshymnen vorzubeugen. Doch kaum hatte Kewes sich gesetzt, stand Karl Rosenbaum auf und winkte in die Runde, um sich Gehör zu verschaffen.

„Mir esset jo net su rechtisch miehlisch gewese, zo helefe. Dä Herrgott hat mich jo nochemol ermahnt, wie ihr all weßt, awer dä wollt mich noch net. Deshalb dät ich ger met nem kleine Gedicht von mir en Beitrach zo der Versammlung hei leisde on wenn ihr eh besje leis seid, dann hiert ihr och, worum et gieht."

Er faltete seine Hände vor seinem Bauch und machte zu Schosch hin eine leichte Verbeugung.

„Scheen, en Freund ze hann!

Wie oft hat mer als kleiner Quand
En Burg gebaut aus Matsch on Sand,
met Dilldopp on met Flitscheboge
es mer durch Wald on Flur gezoge,
man wor su fruh on hat gelacht –
dann kome annere, hann alles kabott gemacht.
Doch einer wor do – zo dem hatt mer Vertraue,
dä hätt einem geholfen – die annere verhaue;
dann freut mer sich als kleiner Mann,
wie scheen et es, en Freund ze hann.

Dann wor mo äller, hatt sich fein gemacht,
hatt sich en Mädchen angelacht.
Herrlich die Zeit der jungen Liebe;
doch et gof schun immer Herzensdiebe.
Ärjer gof et wie noch nie –
Liebeskummer – dä dot wieh.
Doch einer wor do – dem hatt mer vertraut,
dä hätt eine schnell widder offgebaut.
Dann freut mer sich als junger Mann,
wie scheen et es, en Freund ze hann.

Für Geld mer vill sich kaufe kann,
mer braucht et och seijn Lewe lang;
doch ebbes get et nit für Gut on Geld,
en goode Freund hei off dä Welt –
en Freund, dä jederzeit bereit,
get et nur off Gejeseitigkeit.

Datt es och good su em Lewe,
mer kann net nur holle, mer moß och gewe;
dann freut mer sich, ob Kend, ob Mann,
wie scheen et es – en Freund ze hann!"

Beschwingt und leicht schwankenden Schrittes absolvierte Schosch weit nach Mitternacht seinen Spaziergang am Mosel- und Rheinufer entlang nach Hause. Bosco war etwas verstimmt und trottete lustlos neben seinem Herrn her. Er verstand die Welt nicht mehr. Keiner hatte sich den ganzen langen Abend um ihn gekümmert. Nur Pitter Dommermuth hatte irgendwann Erbarmen gezeigt und sich bei der Wirtin ein paar leckere Reste aus der Küche besorgt und ihm unter dem Tisch heimlich zugesteckt.

Obwohl keine Gefahr mehr bestand, hatte Schosch sich nach dem Einbruch durch Hottes Leute ein zusätzliches Sicherheitsschloß und innen einen Sperriegel an seiner Wohnungstür anbringen lassen. „Vielleicht stürze ich mich ja nochmals in einen Fall", hatte er augenzwinkernd zu Kewes gesagt. Natürlich hatte der ihm die Teile geschenkt und kostenlos eingebaut. Und auch das verspielte Geld hatte ihm Kewes auf Heller und Pfennig sofort zurückbezahlt. Lehn hatte Schosch gebeten, über Weihnachten zu ihnen zu kommen. Doch das hatte Breitbach dankend abgelehnt. Er hatte schon eine Verabredung ...

Nachdem er die Wohnungstür hinter sich geschlossen und den Sperriegel arretiert hatte, nahm er sich aus dem Kühlschrank eine Flasche Bier, setzte sich wie jeden Abend in den letzten Tagen vor dem Schlafengehen mit seinem nagelneuen Handy, das Kewes ihm auch geschenkt hatte, ins Wohnzimmer und wählte Andreas Nummer. Er wußte, daß sie auf diesen Anruf schon lange wartete und wahrscheinlich bereits eingeschlafen war. Doch zu seinem Erstaunen wurde am anderen Ende sofort abgehoben. Schosch spürte deutlich ihre Erleichterung, als er sich meldete. Er hatte ihr zwar erzählt, daß er sich mit Kewes und seinen Freunden treffen werde, aber trotzdem hatte sie sich Sorgen gemacht. Trotz seiner Müdigkeit mußte er ihr ausführlich über den Abend berichten.

„Georg", sagte Andrea etwas zögernd, nachdem er seinen Bericht beendet hatte, „ich würde gern einmal deine Freunde kennenlernen."

„Das hast du dir auch verdient. Wenn du über Weihnachten und Silvester hier bist, dann lade ich mal alle zu Vera ein."

„Vera!" drang es erschrocken aus dem Hörer.

Breitbach spürte förmlich, wie Andrea blaß geworden war und grinste. „Vera ist die Wirtin des ‚Deutschen Kaisers', eines meiner Lieblingslokale hier."

Als Schosch am nächsten Morgen wieder das Wohnzimmer betrat, fand er auf dem Teppich die kleine Ledermappe, die er aus Hottes Handschuhfach mitgenommen hatte. Sie war ihm wohl am Abend beim Ausziehen aus dem Jackett gefallen. Beim Aufheben überkam ihn ein schlechtes Gewissen. Er hatte seit der Verhaftungsnacht in Ravengiersburg etwas seine Seele baumeln lassen und viele Dinge vor sich hergeschoben, die er längst hätte erledigen müssen. Da war diese Mappe, die er Wagner bringen mußte. Er hatte immer wieder gezögert, weil er sich überlegt hatte, ob er Horst Leininger die Fotos von ihm und seinem Sohn bringen solle. Außerdem mußte er dem Alten seine Pistole zurückbringen. Sie war ordnungsgemäß auf ihn registriert, so daß keine Veranlassung bestand, sie an seine Exkollegen weiterzuleiten.

Die ersten Verhöre von Hotte und seinen Leuten hatten für Schosch, der seither täglich mit Bosco das Polizeipräsidium aufgesucht hatte, nichts wesentlich Neues gebracht. Aber er hatte immerhin erfahren, wieso Hotte ihm auf die Spur gekommen war. Seine Anrufe bei Hotte mit dem Handy hatten ihn verraten, da der Oberbengel aus dem Hunsrück eine ISDN-Anlage hatte und auf dem Display seine Nummer sehen konnte. Da auch Kewes ihn schon einmal angerufen hatte, der aber zum Zeitpunkt des ersten Anrufes im Gefängnis saß, könnte er schnell eins und eins zusammengezählen und war sofort auf den neuen Gast Alfred Schmitz gekommen. Seine Adresse hatte schließlich Charly, die ‚Faust', in Erfahrung gebracht. Er hatte in Oberkirn in sicherer Entfernung auf den großen Knall gewartet, der aber dank des schnellen Eintreffes der Polizei nicht stattfand. Um herauszubekommen, wieso der vorgetäuschte Selbstmordversuch vereitelt wurde, hatte er sich unter die neugierigen Dorfbewohner gemischt und beobachtet, wie Schosch vorfuhr und war ihm dann nachgefahren. Damit waren für Schosch auch die letzten Fragen in diesem Fall beantwortet. Leid tat ihm der alte Leininger, der, an seinen Rollstuhl gefesselt, vom Leben und seinem Sohn so enttäuscht worden war.

Nachdenklich betrachtete Schosch, während er frühstückte, wieder die Fotos. Auch er träumte davon, wieder einmal nach Paris zu fahren. Vielleicht würde er Andrea fragen, ob sie mit ihm fahren würde.

Plötzlich zuckte Schosch zusammen. Er sprang auf und eilte in den

Flur zu seinem Asservatenschrank. Hastig suchte seine Hand das eine Schubfach nach der Fadenlupe ab. Als er sie endlich gefunden hatte, rannte er zurück und stellte sich mit dem Foto dicht an das Fenster, um möglichst viel Licht zu haben. Horst Leininger, in einem bunten Sporthemd vor einer großen Wasserfontäne und im Hintergrund der Eiffelturm. Breitbach setzte die Fadenlupe auf und stieß einen leisen Pfiff aus. Sofort kam Bosco angeschossen und setzte sich erwartungsvoll neben seinen Herrn. Doch der schien ihn gar nicht zu beachten, sondern packte schleunigst alle Bilder in die kleine Ledermappe zurück und wählte mit seinem Handy eine Nummer. Klaus Weber meldete sich am anderen Ende.

„Gut, daß ich Sie zu Hause antreffe. Haben Sie heute morgen Zeit, mit mir nach Idar-Oberstein zu fahren?"

Weber bedauerte, denn er war damit beschäftigt, ein großes Konzert in Maria Laach vorzubereiten und hatte sich mit einigen Herren verabredetet, die jeden Moment bei ihm eintreffen mußten.

„Macht nichts!" versicherte Schosch. „Wenn ich mich bis heute nachmittag nicht wieder bei Ihnen melde, dann verständigen Sie Wagner. Ich fahre noch einmal zu Horst Leininger."

Weber wollte noch fragen, warum, da hatte Schosch aber bereits die Verbindung getrennt und das Handy in die Jackentasche geschoben.

„Komm!" befahl er Bosco und nahm seinen Mantel von der Garderobe.

Wie üblich war das erste, was Breitbach von Leininger mit seiner unverwechselbaren Fistelstimme zu hören bekam: „Kommen Sie bitte hier herein!" Leininger saß wie immer hinter seinem Schreibtisch, blickte aber Breitbach mit ungewohnt heiterem Lächeln entgegen. „Sie haben ihn gefaßt! Ich habe es in der Zeitung gelesen und bin glücklich. Ich danke Ihnen!" Dann wurde sein Gesicht jedoch ernst und fast maskenhaft fahl. „Nur, Sie hätten ihn einfach erschießen sollen. Jetzt kostet er den Steuerzahler auch noch Geld."

Schosch überhörte diese Bemerkung, legte die Pistole vor Leininger auf den Schreibtisch und die Ledermappe daneben. „Ich wollte Ihnen nur Ihre Pistole zurückbringen. Schauen Sie nach, das Magazin ist voll. Es wurde nicht damit geschossen."

Leininger machte eine joviale Handbewegung. „Und wenn? Hauptsache, Sie hätten ihn getroffen!"

„Das wäre Ihnen wohl sehr recht gewesen!" antwortete Breitbach unerwartet schroff und stellte sich breitbeining vor den Schreibtisch.

Leininger blickte verwirrt auf. „Wie meinem Sie das?" fistelte er.

„Die Antwort finden Sie in der Ledermappe!"

„Was ist das für eine Mappe?"

Breitbach schnippte mit den Fingern und deutete auf den Schreibtisch. „Schauen Sie doch hinein!"

Leininger richtete einen ängstlichen Blick auf die Mappe, griff aber dann doch ruckartig zu und öffnete sie. Zuerst zog er den Kfz-Schein heraus. „Gott, hat er immer noch diesen alten Wagen von mir?" Dann entdeckte er die Fotos und legte sie langsam, eins neben das andere, vor sich auf den Schreibtisch hin. „Wieso hat er die Fotos aufgehoben?" murmelte er und schien von vergangenen Zeiten träumen zu wollen. Doch Breitbachs Frage riß ihn mit seiner Frage aus diesem Vorhaben heraus.

„Wann haben Sie Ihrem Sohn diese Fotos gegeben?"

Leininger kniff nachdenklich halb die Augen zusammen und blinzelte Schosch an. „Ich weiß es nicht mehr genau. Das sind vielleicht acht Jahre her oder mehr. Es sind Erinnerungsfotos von meiner letzten Reise nach Paris."

„Und wann war diese Reise?"

Leininger richtete seinen Blick erneut auf die Fotos, und wieder ließ sein Gesicht ein verträumtes Lächeln erkennen. „Es ist so lange her ..., ja. Kurz vor meinem Unfall ..."

Die flache Hand von Breitbach landete mit einem lauten Knall auf der Schreibtischplatte, so daß einige der Fotos kurz hochsprangen und Leininger erschrocken zusammenfuhr. „Dann nehmen Sie sich einmal eine Lupe und schauen Sie nach, was auf der großen Digitalanzeige am Eiffelturm steht: Noch 142 Tage bis zum Jahr 2000!" Breitbach holte tief Luft und brüllte: „Stehen Sie auf, Leininger, Sie simulieren und wissen auch, warum!"

Blitzschnell griff Leininger nach seiner Waffe auf dem Schreibtisch und richtete sie auf Breitbach. Langsam erhob er sich von seinem Rollstuhl und starrte dabei sein Gegenüber wütend an. „Dieser Idiot! Warum schleppt er die Fotos mit sich herum? Ich wußte, daß er einen Fehler machen würde mit seinem grenzenlosen Leichtsinn. Nicht abwarten können, immer noch mehr wollen. Nicht nur das Geld, nein! Auch diese Spielschuppen, Rauschgift, Mädchen, Waffen. Er hatte keinen Stil, dieser Mensch", rief er verächtlich aus.

Leininger war auf Schosch zugegangen und schob ihn mit dem Lauf der Waffe in den Sessel, der vor dem Schreibtisch stand. Wortlos ließ es der Exkripomann geschehen.

„Wir hätten Millionen verdient, ohne uns die Finger schmutzig zu machen, ohne auch nur ein klitzekleines Risiko einzugehen. Über fünfzehn Jahre habe ich an diesem Plan gearbeitet und jetzt ...?" Leininger fuchtelte mit der Waffe vor Schoschs Nase herum. „Es ist alles vorbei. Aber ich gebe noch nicht auf, nein! Ich habe mich nicht umsonst all die Jahre in diesen Rollstuhl gesetzt und hier verkrochen. Nicht Horst Leininger, der große Leininger, der begnadete Künstler!" Seine Stimme überschlug sich. „Alles durfte ich den Herren machen, alles! Nur den Hunderter, den wollte man mich nicht machen lassen. Aber ich habe ihn gemacht! Ich habe es Ihnen gezeigt!" Er kicherte vor sich hin und sein starrer Blick durchbohrte Schosch. „Weißt du, was es heißt, plötzlich gesagt zu bekommen, daß du für so etwas nicht mehr taugst? Nach all den Jahren des Erfolges, des Ruhms, der Ehrungen – weltweit!?"

Breitbach schwieg, er wußte, auf diese Art und Weise würde er in der Gewißheit, dieses Gespräch nicht zu überleben, am meisten von Leininger erfahren, und er war gespannt, wie dieser kleine, dürre Alte ihn beseitigen wollte.

„Aber Leininger wird es ihnen wieder zeigen! Ich werde Ihnen einen Euro kreieren, noch besser, noch meisterhafter als mein Hunderter. Ich werde sie überschütten mit Millionen!"

Breitbach drückte sich tief in das Polster des Sessels und griff in seine Seitentasche.

„Keine falsche Bewegung!" schrie Leininger mit seiner Fistelstimme.

„Ich wollte nur das Handy aus der Tasche nehmen, weil es drückt!"

„Leg' es da auf den Schreibtisch!" befahl Leininger hastig und beobachtete, wie Schosch sein Handy aus der Tasche zog und auf dem Schreibtisch ablegte. „Und dann halt deine Hände ruhig, sonst ..." Und wieder fuchtelte er mit der Waffe herum, so daß Breitbach tatsächlich die Hände schnell und artig auf seine Oberschenkel legte. Er wollte kein unnötiges Risiko eingehen.

„Den Unfall hat es damals tatsächlich gegeben. Mit meinem Wagen! Und der Fahrer war gelähmt, aber es war eben der Fahrer. Ich war der Beifahrer und wurde hinausgeschleudert, bevor sich der Wagen überschlug. Das war meine Chance, auf die ich all die vielen Jahre gewartet hatte. Und ich habe sie genutzt. Kein Mensch würde je auf die Idee kommen, das ein Gelähmter das vollbringen würde, was ich vollbracht habe. Als ich im Rollstuhl hier auftauchte, glaubten mir alle sofort, daß es sich bei den Pressemeldungen um eine Verwechslung handelte. Ich war der Gelähmte, der Hilflose! Eine geniale Idee! Dann ließ ich Jean-Pierre kommen, den ich vor vielen Jahren im Ostblock kennengelernt hatte. Ein wunderbarer Einfall, ihn als meinen Sohn auszugeben. Es war alles so glaubwürdig. Friede, Freude, Eierkuchen. Dann das Zerwürfnis!"

Leininger schob seinen Kopf weit vor und begann zu flüstern. „Und ich war immer in Sicherheit. Jean-Pierre war mein Frontmann und meine Marionette. Wenn er nur nicht immer noch mehr gewollt hätte. Das war der einzige Haken! Das Risiko, das ich unterschätzt habe. Aber, ich hatte mir die Rolle des Gelähmten ja selbst ausgesucht, konnte nicht eingreifen und verhindern, was er da draußen machte. Unser ganz großer Coup durfte auf keinen Fall gefährdet werden. Und dann ließ sich dieser Esel auch noch von einem seiner Leute beklauen." Leininger hatte sich in Rage geredet und seine feuchte Aussprache ekelte Schosch an, aber er bewegte sich nicht. „Immer wieder tauchten Scheine auf, und Godard wußte nicht, wer es war. Erst, als dieser Scherer ihn auch noch mit dem Rauschgiftgeschäft bescheißen wollte und dabei alles schiefging, flog er auf. Scherer, sein angeblich bester und zuverlässigster Mann!"

Leininger holte tief Luft und stöhnte. „Ich habe ihm gesagt, jetzt mußt du aufpassen. Und dann kamst plötzlich du! Da wußte ich gleich, da ist etwas faul. Und dann dieser Gentleman, der sich angeblich für meine Gravuren interessierte. Ha!" Leininger kicherte wieder in sich hinein. Seine Augen glänzten, doch sein Blick blieb starr. „Ich habe alles durchschaut. Ich habe euch alle durchschaut, ja!"

„Und jetzt?"

Wieder kicherte Leininger. „Ja, das wüßtest du gern! Gut, Jean-Pierre ist jetzt nicht mehr mit von der Partie. Er kriegt, was er für seine Dummheit verdient. Das Geld ist weg. Aber ich werde für alle der Gelähmte bleiben, und ich werde neues Geld drucken. Denn nur dazu habe ich damals die teure Maschine gekauft. Und wieder wird keiner auf die Idee kommen, daß ich es bin, der das Geld druckt. Ich, der große Leininger! Es kommt mir nicht auf den Reichtum an. Ich will nur, daß es meine Hunderter sind, mit denen Millionen Menschen bezahlen. Meine Hunderter, die besser sind als die Echten, die ich nicht machen durfte. Und ob Mark oder Euro. Das ist dieser Hand egal!"

Fast beschwörend hielt Leininger seine rechte Hand Breitbach entgegen. Es schien ihm nicht einmal aufzufallen, wie sehr sie zitterte. Diesem Irren war es sicherlich auch egal, ob von der Erregung oder dem Alter, solange er in seinem Wahn vom großen Künstler weiterleben konnte. Plötzlich sprang er hysterisch lachend auf. „Nur du stehst mir jetzt im Weg. Steh' auf!"

Ohne mit der Wimper zu zucken, erhob sich Breitbach bereitwillig und hielt die Hände leicht angehoben. Dabei warf er einen verstohlenen Blick auf seine Armbanduhr.

„Wir gehen in den Keller! Ich werde dir etwas zeigen." Leininger drückte Breitbach den Lauf in den Rücken und schob ihn vor sich her. Es war ein kurioses Bild. Der kleine schmächtige Alte und mit erhobenen Händen der wesentlich größere und massigere Exhauptkommissar.

Über die Diele erreichten beide die Stelle, an der sich die Tür befand, die in den Keller führte. Ohne Breitbach aus den Augen zu lassen zog Leininger einen Schlüsselbund aus der Tasche und öffnete die Tür.

„Vorwärts!" fistelte er und deutete nach unten.

Gehorsam stieg Breitbach die Treppe hinab. Er war gespannt, welche Überraschung ihn dort unten erwartete. Zu seinem Erstaunen war die Tür zum Druckraum offen. Kein Wunder, denn Leininger hatte sicherlich mit keinem Besuch gerechnet.

Die Plane war von der Druckmaschine gezogen. Leininger hatte offenbar bereits mit den Vorbereitungen für einen neuen Druckvorgang begonnen, denn auf der Vorratstisch der Maschine lag neues, noch unbedrucktes Papier.

Als Leininger Breitbachs Blicke sah, kicherte er wieder. „Man muß nur wissen, wo man es herbekommt. Ich weiß es! Drüben ist alles zu haben."

Breitbach warf einen Blick auf den großen Arbeitstisch. Er war nicht mehr so aufgeräumt, wie vor einigen Tagen, als er heimlich diesem Raum seinen Besuch abgestattet hatte. Tatsächlich sah es aus, als habe Leininger bereits damit begonnen, erste Details des Euro zu üben. Ein Leuchtkasten hing an der Wand, verschiedenes Gravierwerkzeug lag auf einem Vlies bereit und daneben stand ein kleiner Projektor.

„Zwei Fragen hätte ich noch ..."

„Und?" Leininger schien besessen zu sein, Breitbach noch vor dessen Tod in alle Details seines Planes einzuweihen.

„Wieso konnte jeder über all die Jahre glauben, daß sie gelähmt sind, wenn Sie zum Beispiel nach Paris reisen konnten. Sie waren doch auch sicherlich nicht wie angenommen immer hier im Haus?“

Das Lächeln in Leiningers Gesicht verschwand für einen Moment. Er zuckte mit den Mundwinkeln und wurde etwas nachdenklich. „Sie haben recht!“ sagte er leise. „Es war schwer. Ich habe wirklich sehr zurückgezogen gelebt. Nur, wenn meine Zugehfrau selbst in Urlaub war oder ich einen Kuraufenthalt vortäuschte, konnte ich mich richtig frei bewegen. Aber es war die Sache wert!“ Er blickte Breitbach direkt in die Augen und begann wieder zu lächeln. „Doch für große Ideen, muß man große Opfer bringen. Auch dich muß ich leider opfern!“

„Aber doch nicht, bevor Sie mir auch meine zweite Frage beantwortet haben, oder? Warum haben Sie mir das Theater als Gelähmter im Schnee vorgespielt?“

„Weil ich dich habe zurückkommen sehen, und es war eine gute Chance, dich in Sicherheit zu wiegen und dir die Tür zu zeigen, durch die Hotte mein Haus hätte unbemerkt betreten können. Irgendwer mußte ja beobachtet haben, daß er manchmal zu mir kam.“

„Und haben Sie jetzt keine Angst, daß Godard singen wird? Er hat doch nichts mehr zu verlieren!“

„Er wird schweigen! Er ist leichtsinnig, aber nicht dumm! Irgendwann wird er wieder frei sein, und wir haben einen Vertrag, einen ehrlichen Vertrag, sogar bei einem Notar hinterlegt. Dann wird ihm alles gehören, alles! Das Haus, mein Vermögen und das, was noch hinzukommt und meine ‚Geliebte‘.“ Fast zärtlich streichelte er mit der freien Hand über ein Chromrad der Druckmaschine.

Im gleichen Moment machte Breitbach einen Satz nach vorn und stürzte sich auf den um gut einen Kopf kleineren Leininger. Dem sofortigen zweimaligen Klicken der Pistole folgte ein kurzes Auflachen Breitbachs. „Haben Sie wirklich geglaubt, ich gebe Ihnen unter diesen Umständen eine geladene Pistole zurück?“ keuchte Breitbach, während Leininger rückwärts zu einem Schlag mit der Pistole ausholte. Doch Breitbach reagierte noch schneller. Seine Faust sauste auf Leiningers rechte Hand zu, die Pistole flog mit einem dumpfen Schlag gegen die Druckmaschine und landete scheppernd unter dem Tisch. Leininger warf sich mit aller Kraft zur Seite und versuchte in Richtung Tür zu flüchten, stolperte aber über Breitbachs Fuß, den dieser blitzschnell in den Weg gestellt hatte. Gekonnt drehte ihm der ehemalige Hauptkommissar den Arm auf den Rücken.

„Sie tun mir weh, Sie brechen mir den Arm!" jammerte Leininger mit seiner Fistelstimme.

„Und Sie mir das Herz!" entgegnete Breitbach mit einem zufriedenen Unterton. Er schob Leininger vor sich aus dem Kellerraum und dirigierte ihn zur Treppe hinauf.

„Lassen Sie mich los!" flehte Leininger mit erregter Fistelstimme. „Ich teile mit Ihnen alles. Sie werden ein reicher Mann."

In der Diele angekommen löste Breitbach gekonnt seinen Gürtel von der Hose. „Hände auf den Rücken!" herrschte er Leininger an und freute sich, daß er diese Fesselmethode immer noch perfekt beherrschte. Dabei entdeckte er einen langen Schal an der Garderobe. Er schnappte ihn, zog ihn durch die Arme von Leininger und verknotete ihn mit dem Geländer.

„So, Leininger", knurrte er zufrieden. „Das war's!"

Von der Haustür her waren Geräusche zu hören. Breitbach eilte zur Tür. Er blieb vor ihr stehen, ohne sie zu öffnen und lauschte. Die Geräusche waren wieder verstummt. Der Exhauptkommissar eilte in Leiningers Arbeitszimmer und griff nach dem Handy, das immer noch auf dem Schreibtisch lag.

„Breitbach hier, Herr Weber, sind Sie noch dran?"

Breitbach hatte heimlich die Wahlwiederholung seines Handys gedrückt, als er es aus der Tasche zog und auf den Schreibtisch gelegt hatte. Als Leininger die Pistole auf ihn richtete, hatte er sich erinnert, mit Weber das letzte Handygespräch geführt zu haben. Jetzt konnte er deutlich den Seufzer der Erleichterung hören, den Weber von sich gab.

„Haben Sie alles mitbekommen und die Polizei verständigt?"

„Ja, natürlich! Wie geht es Ihnen? Was ist geschehen?"

„Später!" Breitbach drückte hastig die Trenntaste und wählte den Notruf.

„Hauptkommissar Breitbach hier. Haben Sie Kontakt zu dem MEK in Idar-...."

Weiter kam er nicht. Von draußen war eine Stimme über Megaphon zu hören.

„Scheiße!" zischte Breitbach und eilte zurück in die Diele. „Nicht stürmen! Nicht schießen! Es ist alles unter Kontrolle! Hier spricht Breitbach!" schrie er so laut er konnte in Richtung Haustür.

Es dauerte eine Weile bis von draußen eine Reaktion kam. Dann meldete sich wieder die Megaphonstimme. „Kommen Sie mit erhobenen Händen heraus!"

Vorsichtig öffnete Breitbach die Haustür, legte beide Hände auf den Kopf und trat ins Freie. Sofort stürmten zwei Beamte mit Schußwaffe, Helm und in kugelsicherer Weste auf ihn zu.

„Es ist schon gut, Freunde, Leininger ist drin und bereits gefesselt. Ich bin ehemaliger Hauptkommissar. Fragen Sie bei der Einsatzleitung nach."

„Lassen Sie die Hände oben und kommen Sie mit!" antwortete ihm einer der beiden energisch. Breitbach ging gehorsam vor dem MEK-Mann her. ‚Er tut auch nur seine Pflicht', dachte Breitbach und suchte auf der Straße unter den anwesenden Beamten nach einem bekannten Gesicht. Er fand es zu seinem Erstaunen direkt neben seinem Wagen: Kurze Haare und Vollbart – Kommissar ‚Rebstock'. Der ehemalige Kollege amüsierte sich köstlich. „Wer hätt' gedacht, daß ich dich noch mal im Einsatz treffen würd'?"

„Dich hätte ich auch nicht hier erwartet!" Breitbach nahm die Hände vom Kopf und deutete in seinen Wagen hinein, in dem Bosco fletschend die Szene vor dem Auto beobachtete und ganz heiß darauf schien, seinem Herrn zur Hilfe zu eilen. „Wehe, wenn ich jetzt die Wagentür aufmache. Dann siehst du aber alt im Gesicht aus."

„Ein häßliches Gesicht entstellt sowieso nichts!" lachte Hauptkommissar ‚Rebstock' und umarmte seinen ehemaligen Kollegen. „Schön, daß die Kollegen dich da so heil rausgeholt haben! Jetzt gehen wir erst einmal ein schönes Schöppchen trinken. Ich bin nämlich heut' nur als Zuschauer hier."